ullstein

Das Buch

Als Philipp Bettlach auf einem Golfplatz bei Zürich aus einer Distanz von sechshundert Metern erschossen wird, kann sich diesen Mord niemand erklären. Bettlach, der jüngere Bruder eines einflussreichen Bankiers, war charmant, geistreich und verkehrte in den allerbesten Kreisen. Kommissar Eschenbach, gerade fünfzig geworden, übernimmt den Fall mit wenig Enthusiasmus, die piekfeine Gesellschaft interessiert ihn nicht. Er hat einen Mord am Hals, eine ungeduldige Chefin und Claudio Jagmetti, einen unbedarften Praktikanten aus der Polizeischule. Das alles zur Sommerferienzeit, bei vierzig Grad im Schatten.

Eschenbach und Jagmetti recherchieren in Schützenkreisen und beim Militär, stöbern in der Vergangenheit des Toten, spüren seine geschiedene Frau auf, die sich über Nacht davonmachte und nach Paris zog. Doch nichts ist, wie es scheint im Mordfall Bettlach: Im Zuge der Ermittlungen fördern die beiden unterschiedlichen Charaktere Eschenbach und Jagmetti ein beklemmendes Familiendrama zutage.

»Ein ausgezeichneter Kriminalroman mit glaubwürdigen, lebendigen Figuren« *Handelsblatt*

»Mein Lieblingskrimi aus dem Schweizer Bankenmilieu«
Annemarie Stoltenberg, *Hamburger Abendblatt*

Der Autor

Michael Theurillat, geboren 1961 in Basel, studierte Wirtschaftswissenschaften, Kunstgeschichte und Geschichte und arbeitete jahrelang erfolgreich im Bankgeschäft. Die Romane mit Kommissar Eschenbach sind eine der beliebtesten Krimiserien der Schweiz. 2012 wurde *Rütlischwur* mit dem Friedrich-Glauser-Preis ausgezeichnet. Michael Theurillat lebt mit seiner Familie in der Nähe von Zürich.

Von Michael Theurillat sind in unserem Hause bereits erschienen:

In der Reihe »Ein Kommissar Eschenbach-Krimi«:
Im Sommer sterben
Eistod
Sechseläuten
Rütlischwur
Wetterschmöcker

Michael Theurillat

Im Sommer sterben

Kriminalroman

Ullstein

Besuchen Sie uns im Internet:
www.ullstein-buchverlage.de

MIX
Papier aus verantwortungsvollen Quellen
FSC® C083411

Neuausgabe im Ullstein Taschenbuch
1. Auflage Oktober 2018

Umschlaggestaltung: Büro für Gestaltung – Cornelia Niere
Titelabbildung: Arcangel / © Hanka Steidle
Satz: Franzis print & media GmbH, München
Gesetzt aus der Adobe Garamond und Folio light
Druck und Bindearbeiten: CPI books GmbH, Leck
ISBN 978-3-548-29189-5

Am schlimmsten:
Nicht im Sommer sterben,
wenn alles hell ist
und die Erde für Spaten leicht.

Gottfried Benn

1

Der Mann, der das Grün betrat und den kleinen weißen Ball aufhob, hatte in seinem Leben noch nie Golf gespielt.

Er trug eine randlose Brille und Handschuhe aus dünnem Latex, wie es sich für einen Polizeibeamten von der Spurensicherung gehörte. Es war das erste Mal, dass er einen Golfball in den Händen hielt. Nachdem er den Fundort mit einem spitzen Holzstück markiert hatte, steckte er den Ball in einen Plastikbeutel.

Es war der einzige Fund an diesem Nachmittag, abgesehen von dem Toten, der hundertfünfzig Meter weiter oben lag.

Der Anruf wegen des toten Golfers erreichte Kommissar Eschenbach kurz nach seiner Mittagspause. Er saß vor einem Berg Akten, den er schon seit Tagen unerledigt vor sich herschob; daneben stand ein Becher mit Espresso. Er hatte ihn vom neu eröffneten Starbucks Café mitgenommen.

»Einfach erschossen, am fünfzehnten Loch«, war die kurze Zusammenfassung von Elisabeth Kobler, der Polizeichefin des Kantons Zürich. »Fahren Sie hin, und schauen Sie sich den Tatort mal an. Ich bin gerade bei Regierungsrätin Sacher, wegen dieser Prügelei am Limmatplatz. Komme vielleicht später noch dazu.«

»Schon gut«, brummte er. »Ich kümmere mich darum.«

Der Espresso schmeckte scheußlich, zu süß, fand er, und der viel zu große Styroporbecher passte dazu wie die Faust aufs Auge.

»Und denken Sie dran, Eschenbach. Es sind alles piekfeine Leute dort. Nobler Club. Vielleicht binden Sie besser eine Krawatte um … und halten Sie es *low key.*«

»Selbstverständlich.«

»Also, bis später.«

»Bis später«, murmelte er und legte auf.

Low key! In den letzten Wochen war das der Lieblingsausdruck von Kobler gewesen. Seit die Presse wegen ein paar mutmaßlicher Verfehlungen der Polizei Dampf gegen seine Chefin machte, musste alles *low key* sein.

Es wird schwierig, einen erschossenen Golfer in einem Nobel-Golfclub am Zürichsee *low key* aussehen zu lassen, dachte er. Und überhaupt gingen ihm diese Anglizismen langsam auf den Geist.

Er öffnete seinen Schrank und nahm die orangefarbene Hermès-Krawatte heraus, die ihm seine Tochter letzten Monat zum Fünfzigsten geschenkt hatte. Er band sie um. »Nobler Club«, dachte er. Als das eine Ende zu lang geriet und über seinen Hosenbund reichte, löste er den Knoten und band sie erneut. Er sah in den Rasierspiegel in der Schranktür und fragte sich, ob ab fünfzig alles anders würde. Schlechter, älter oder grauer – oder alles zusammen.

Als er damals mit achtunddreißig die Leitung der Kripo übernommen hatte, war er der jüngste Chef in der Geschichte der Zürcher Kriminalpolizei gewesen. Inzwischen war sein dunkelbraunes Haar lichter geworden; zumindest in den Ecken, fand er. Dafür hatte er kaum graue. Umgekehrt wäre es ihm lieber gewesen. Eschenbach zog eine Grimasse – dann schloss er die Schranktür.

Seine Dienstwaffe würde er nicht brauchen; wenigstens das nicht. Dann fiel ihm ein, dass sie noch beim Büchsenmacher war, und er gelegentlich dort anrufen sollte. Er hasste das Ding, er überlegte lieber, als dass er schoss. Vielleicht auch deshalb, weil er das eine besser beherrschte als das andere.

Er nahm sein Jackett vom Stuhl, streifte es im Gehen über und verließ sein Büro. Im Gang begegnete er Claudio Jagmetti, dem Praktikanten aus der Polizeischule, der ihm für den Sommer zugeteilt worden war. Er wies ihn an, den korrigierten Bericht auf seinem Schreibtisch neu zu verfassen. Dann ging er die Treppe hinunter in die Tiefgarage und stieg in sein Auto.

Eschenbach fuhr über das Bellevue in Richtung Bürkliplatz. Links lag das Seebecken. Die weißen Segel der Boote reflektierten das Sonnenlicht, und im Hintergrund protzten die Alpen mit ewigem Schnee. Zusammen mit dem tiefblauen Sommerhimmel eine Komposition in Blau und Weiß. Blau-weiß, die Farben von Zürich, dachte er.

Es war Anfang Juli, und schon seit Wochen herrschten Temperaturen wie sonst nur südlich der Alpen. Er lockerte seine Krawatte und nahm sie kurz darauf ganz ab. Schweißperlen bildeten sich auf seiner Stirn. An der nächsten Ampel drehte er sich nach hinten und suchte im Jackett auf der Rückbank seine Brissagos. Eschenbach liebte diese knorrigen Zigarillos aus dem Tessin. Sie halfen ihm beim Denken. Er zündete eine an und dachte an Corina. Sie war mit Kathrin ins Engadin gefahren, in die Wohnung der Schwiegereltern – drei Tage früher als geplant, weil man die Sommerferien vorverlegt und die Schule frühzeitig geschlossen hatte. Und das alles wegen läppischer achtunddreißig Grad im Schatten. Weicheier, allesamt.

Er hatte versprochen, übers Wochenende hochzufahren und sie zu besuchen.

Es war kaum Verkehr auf der Seestraße. Eschenbach kam gut voran und erreichte die Einfahrt zum Golfplatz in zwanzig Minuten.

Platanen säumten den gepflegten Kiesweg, der hinauf zum Clubhaus führte. Eschenbach parkte seinen Volvo neben zwei dunkelblauen Nobelkarossen, stieg aus und bemerkte, dass sein hellblaues Hemd am Körper klebte und völlig durchgeschwitzt war.

Schräg gegenüber bauten zwei ältere Damen in crème-weißen Karos ihre Caddywagen zusammen. Burberry-Look. Er kannte die Marke. Seine Tochter hatte auch eine solche Bluse, auf die sie mächtig stolz war. Ein Geschenk von Corina. Karos sind *mega*, hatte man ihn aufgeklärt, *total krass*. Eschenbach fand das Muster lächerlich, irgendwie spießig und erinnerte sich schwach, dass seine Großmutter dieselben Karos auch schon getragen hatte.

Mit der Hand wischte er die Asche weg, die ihm auf seine sandfarbene Hose gefallen war. Die Damen in Karo musterten ihn argwöhnisch. Er grüßte freundlich und schritt – unbeeindruckt von der Arroganz, die ihm hier bereits auf dem Kiesplatz entgegenschlug – die Treppen hoch zum Clubhaus. Die halb gerauchte Brissago steckte er in den Messingbehälter neben dem Eingang.

»Sind Sie Mitglied?«, säuselte die Dame hinter der Rezeption.

»Eschenbach …« Und mit gedämpfter Stimme: »Kripo Zürich.«

Die junge Dame wich erschrocken zurück, fasste sich aber sofort wieder. Eschenbach beugte sich über die glatt lackierte Theke und flüsterte weiter: »Ich komme wegen des toten Golfers.«

»Ja, ich weiß.« Aus dem nasalen Säuseln war ein verschwörerisches Wispern geworden. »Einfach schrecklich. Ich rufe Herrn Aebischer. Das ist unser Clubmanager.«

»Danke, ich warte draußen.«

Eschenbach nahm die kalte Brissago wieder aus dem Messingbehälter, zündete sie erneut an und trat in die Sonne.

Obwohl es hochsommerlich warm war, fröstelte er. War es der Anflug einer Sommergrippe? Oder nur ein Unbehagen, das in ihm aufstieg? Die Golfbags, die vor dem Clubhaus standen, sahen aus wie stille Wachhunde.

Er wartete.

Die Hecken waren fein säuberlich drapiert, und die Wege so exakt in die Landschaft gesetzt, als hätte ihnen ein Geometer den Marsch geblasen. Die Wiese war ein Rasen in eintönigem Grün. Man hatte einen zottigen Bären auf Pudel getrimmt; so jedenfalls kam es Eschenbach vor.

Er zog an seinem Zigarillo.

»Herr Kommissar?« Ein dürrer Herr in blauem Blazer kam in hastigen, kleinen Schritten auf Eschenbach zu. Er stellte sich als der zuständige Manager der Golfanlage vor. In komplizierten Sätzen schilderte er, was sich ereignet hatte. Dass irgendwo da draußen, zwischen zwei Löchern, ein Toter lag, war das Einzige, was sich Eschenbach merken konnte.

Wilde Vermutungen über Querschläger, Militär, Jungschützen und dergleichen mischten sich mit Befürchtungen über mögliche Imageschäden, die nun dem Club, ja dem Golfsport weltweit bevorstünden.

Eschenbach langweilten die Ausführungen. Er sehnte sich nach einem kühlen Bier.

»Gibt es hier vielleicht etwas zu trinken?«

Der Dürre im Blazer, der in seinem Redeschwall unterbrochen wurde, schaute ihn an, als hätte man ihn gerade geohrfeigt.

»Ich hole Ihnen ein Wasser, und dann fahren wir zu Loch 15, zum Toten. Ihre Kollegen arbeiten schon über eine Stunde und rekonstruieren den Fall.«

Der letzte Satz hatte etwas Vorwurfsvolles.

Als Eschenbach seine Ermittlungen auf dem Golfplatz abschloss, war es kurz vor halb zehn. Er fühlte sich ausgelaugt und müde.

Seine Leute hatten die Zufahrt zum Golfplatz gerade noch rechtzeitig abgesperrt, um den Kleinbus von *Tele Zürich* aufzuhalten, der mit zwei Filmteams angereist war. Die Leute von der Presse reagierten sauer, was er verstehen konnte. Die Autos der Clubmitglieder, die sich durch das Chaos den Heimweg suchten, wurden aufgehalten, Kameras surrten vor getönten Fensterscheiben.

»Wenn Sie nicht Platz machen, fahr ich Sie über den Haufen!«, fauchte ein älterer Herr mit hochrotem Kopf und Stirnglatze durch das spaltbreit geöffnete Fahrerfenster seines Jaguars. Weiter hinten ertönte die Hupe eines Mercedes der S-Klasse.

Einzig die Kühe weideten friedlich hinter dem Elektrozaun und ließen sich durch das Spektakel nicht aus der Ruhe bringen.

Auf der Terrasse des Clubrestaurants, die einen herrlichen Blick auf den Zürichsee und die Glarner Alpen bot, herrschte noch immer reger Betrieb. Eschenbach setzte sich an einen freien Tisch und bestellte ein Bier.

Einige der Gäste musterten ihn verstohlen. Andere wiederum grüßten freundlich oder winkten ihm sogar zu. Man hatte sie über den Vorfall befragt und ihre Namen aufgenommen. Irgendwie schienen sie erleichtert zu sein, dass alles vorbei war.

Die Sensationslust, die in solchen Fällen oft ungehemmt zutage trat und die Polizeiermittlungen erschwerte, war hier diskret unter dem Deckmantel scheinbar nobler Gleichgültigkeit versteckt.

An den Tischen wurde leise getuschelt. Man prophezeite dem Golfsport den Untergang und mutmaßte über Täterschaft und mögliche Motive. Die Clubleitung offerierte fein gekochte Häppchen und Champagner, der in filigranen Gläsern serviert wurde. Es schien, als wolle man für den entstandenen Schaden aufkommen und das Wohlbefinden der Gäste zurückerobern.

Eschenbach fühlte sich fremd. Die Menschen, die hierhin zum Golfspielen kamen, waren in seinen Augen Flüchtlinge. Flüchtlinge aus unterschiedlichsten Ländern und Provenienzen. Die Länder hießen Langeweile, Stress oder Depression. Unglücklichsein. Überlastung. Humorlosigkeit. Lieblosigkeit. Blutarmut. Blutzucker. Herzenskälte. Herzinfarkt. Es gab viele Länder, aus denen es sich zu flüchten lohnte. Länder einer mehr oder weniger traurigen Welt, in der es von Äußerlichkeiten zu viel und von Innerlichkeiten zu wenig gab.

Warum hatte man Philipp Bettlach erschossen? Eschenbach starrte auf den See und wünschte, die Sache wäre vorbei. Ausgestanden. Zu Ende, wie der Tag, der gerade zu Ende ging. Aber er wusste, in Wirklichkeit fing es erst richtig an. Die Befragungen auf dem Präsidium, die Presse und die Lügen jener, die sich zur Tat bekannten, obwohl sie nicht im Geringsten dafür in Frage kamen.

Er bezahlte sein Bier und sah, während er dem Kiesweg folgte und zurück zum Auto ging, gedankenverloren auf den See hinunter. Es würde eine klare Sommernacht geben.

Die heimkehrenden Schiffe waren mit ihren Positionslichtern gut auszumachen. Rot für Backbord, grün für Steuerbord. Eschenbach kannte sich aus. Ab und an, wenn es seine Arbeit erlaubte, fuhr er mit einem kleinen Fischerboot, das ihm ein Freund überließ, auf den See hinaus. Mehr zum Nichtstun als zum Angeln. Das Hantieren mit Nylonschnüren war ihm zu umständlich und der Gebrauch von Köderutensilien wie Blinker, Löffel, Fliegen und dergleichen ein Buch mit sieben Siegeln. Zeitunglesen und Baden – mehr brauchte er nicht. Manchmal lag er einfach nur auf Deck, ließ sich von den Wellen wiegen und sah in den Himmel, wo sich die Wolken jagten.

Auf der Rückfahrt nach Zürich gingen ihm die letzten Stunden auf dem Golfplatz durch den Kopf. Der tote Golfer. Gemäß den Angaben der Clubleitung sechsundfünfzig Jahre alt, Vizedirektor einer Schweizer Bank und bei allen sehr beliebt. Glücklich, geschieden, keine Kinder, keine Feinde. Warum erschießt man solche Leute, fragte er sich. Und warum gerade so?

Der Schuss musste aus einer erheblichen Entfernung abgegeben worden sein, sonst hätte man schon etwas gefunden. Möglicherweise mit einem Spezialgewehr, ausgelegt für große Distanzen.

Die Leute von der Spurensicherung würden ihre Suche am nächsten Morgen bei besseren Lichtverhältnissen wieder aufnehmen müssen. Und wenn bis zu den Alpen hin jeder Grashalm umgedreht werden müsste …

Eschenbach kam ins Grübeln. Die schier endlosen Hügelketten rund um den Golfplatz – ein gigantischer Heuhaufen, und nicht eine einzige Nadel.

Er zog mutlos an seiner Brissago und blies den Rauch in kurzen Stößen durch das geöffnete Fenster in die laue Sommernacht hinaus.

Wenn er in puncto Entfernung des Schützen kaum einen Anhaltspunkt hatte, so musste es doch gelingen, wenigstens in puncto Richtung präziser zu sein. Er musste herausfinden, in welchem Einschusswinkel die Kugel den Kopf durchschlagen hatte. Mehr noch, er musste herausfinden, wie der Golfer gestanden hatte, als die Kugel ihn traf. Wie war die Kopfstellung, die Ausrichtung des Körpers? Zu kompliziert, dachte Eschenbach. Alles unmöglich zu rekonstruieren. Aber genau das musste er herausfinden.

2

Als Eschenbach am nächsten Morgen um halb acht in Richtung Bahnhofstraße ging, war es schon sommerlich warm. Sein Jackett, das er gar nicht erst angezogen hatte, hängte er sich locker über die rechte Schulter.

Die Krisensitzung, von der er gerade kam, gab ihm für den Rest des Tages ein gutes Gefühl. Alles lief jetzt auf Hochtouren. Er kannte die Hektik, die typischerweise nach einem Mord ausbrach. Es war wie ein elektromagnetisches Knistern, das den trägen Polizeiapparat auflud und zum Leuchten brachte.

Mit der hellgrauen Hose, dem frischen hellblauen Hemd, das er ohne Krawatte trug, und der Sonnenbrille sah er aus wie ein italienischer Tourist und nicht wie der Leiter der Mordkommission.

Vielleicht lag es aber einfach nur an der Stadt, in der er arbeitete. In Florenz oder Rom wäre er als Kommissar, vielleicht sogar als Bankdirektor durchgegangen. Hier in Zürich, in der Metropole des Geldes, trugen Bankiers auch im Sommer dunkle Anzüge. Sie taten es mehr aus Überzeugung denn aus Eitelkeit.

Die Kaffeebar in der St. Anna-Straße hatte die Stühle und Tische bereits ins Freie gestellt. Eschenbach setzte sich, streckte die Beine aus und bestellte einen Espresso.

Eine knappe Stunde später, als der Kommissar die Stufen zum Präsidium emporschritt, hatte er sich bereits ein Bild gemacht von dem, was auf ihn zukommen würde.

Von den Beamten am Eingang wurde er freundlich gegrüßt; sie standen mit ausgebreiteten Armen da und versuchten die Kamerateams, Fotografen und Journalisten im Zaum zu halten. Es blitzte und hagelte Fragen. Eschenbach quittierte mit ernster Miene. »Pressekonferenz ist um halb zehn«, rief er. Dann verschwand er im Innern des Präsidiums.

Im dritten Stock herrschte ein heilloses Durcheinander. Auf sämtlichen Leitungen kamen Telefonate herein, Beamte liefen in ungewohnter Eile durch das mit Stellwänden unterteilte Großraumbüro. Eine Skizze des Tatorts hing an einer großen Pinnwand, überall Pappbecher, aus denen Kaffee getrunken wurde.

Mitten in diesem Chaos stand Rosa Mazzoleni. Sie hatte wache, dunkle Augen, eine kräftige Statur und war schon seit über zehn Jahren Eschenbachs Sekretärin. Eine Lesebrille baumelte an einer Goldkette um ihren Hals, und ihr kurzes, schwarzes Haar glänzte. Rosa genoss diese Hektik; es erinnerte sie an ihre Heimatstadt Neapel – an den Straßenverkehr dort und an die Art, wie man südlich der Alpen Geschäfte erledigte.

Als der Kommissar in den dritten Stock kam, machte seine Sekretärin erst gar keine Anstalten, ihn zu begrüßen. Sie zog eine Grimasse, schüttelte ihre rechte Hand, als hätte sie gerade ein viel zu scharfes Gericht gekostet, und deutete mit dem Zeigefinger in Richtung seines Büros. »Sie ist bei Ihnen … ist einfach reingegangen. Jetzt telefoniert sie schon seit einer halben Stunde.«

Durch den Spalt seiner angelehnten Bürotür vernahm Eschenbach die Stimme von Elisabeth Kobler.

»Sie verstehen doch, dass wir so kurz nach der Tat noch keine Aussage über den möglichen Täter machen können.«

Stille.

»Nein, haben wir nicht. Um halb zehn Uhr ist Pressekonferenz. Fertig jetzt«, war der harsche Schlusskommentar seiner Chefin.

Eschenbach öffnete die Tür zu seinem Büro. Sofort nahm Kobler ihre Füße vom Pult und wollte sie wieder in ihre dunkelbraunen College-Schuhe stecken.

»Sie können Ihre Schuhe das nächste Mal ruhig anlassen«, sagte er und grinste.

»Diese informationsgeilen Pressefuzzis!« Kobler war gereizt. »Was soll das, Eschenbach? Sie können mich hier doch nicht hängen lassen. Seit halb acht läutet es Sturm. Ich habe noch keinen Bericht gesehen … und Sie kommen erst jetzt?«

»Eigentlich gibt es noch keine Resultate. Erschossen, möglicherweise mit einem Langdistanzgewehr. Entweder so ein irrer Sniper oder ein Profi.«

»Wie der in Washington, D. C., der dreizehn Personen erschoss? Sie meinen, wir haben auch so einen?«

»Bis jetzt haben wir nur einen Toten. Ich gehe im Moment davon aus, dass es dabei bleibt.«

»Und jetzt, was tun wir?«, fragte Elisabeth Kobler, sichtlich erleichtert, dass keine wichtigen Erkenntnisse vorlagen, von denen sie nichts wusste.

»Dr. Salvisberg schaut sich die Leiche an. Ich denke, dass wir bis heute Mittag mehr wissen. Dann möchte ich mit ihm und einem Golfpro eine Tatnachstellung machen.«

»Mit einem Golf-was?« Kobler hob die Augenbrauen.

»Mit einem Professional … einem Golflehrer.«

»Ich spiele kein Golf.« Sie stand auf.

»Ich auch nicht«, sagte er und reichte seiner Chefin das Jackett, das sie auf einen der Stühle gelegt hatte.

Sie gingen wortlos durch den Korridor und die Treppe hinunter, wo im großen Besprechungszimmer eine hungrige Schar von Medienleuten wartete.

Die Konferenz lief besser als erwartet.

Kobler hielt sich zurück und überließ die Ausführung Eschenbach, der es verstand, mit seiner behäbigen Art aus einem Elefanten eine Mücke zu machen.

»Eine letzte Frage noch, dann ist Schluss für heute«, sagte er und zog einen Zigarillo aus der Jacke. Seit dem 1. Januar herrschte im ganzen Präsidium Rauchverbot; es war klar, dass er rauswollte.

»Rechnen Sie damit, dass der Täter nochmals zuschlägt?« Die Frage kam von einer jungen Journalistin, die für das *Zürcher Tagblatt* schrieb. Sie schien neu zu sein, denn Eschenbach hatte sie noch nie gesehen.

»Wir gehen im Moment nicht davon aus, obwohl man das natürlich nie mit Sicherheit wissen kann.«

Es kamen noch zwei Fragen, die in dieselbe Richtung zielten, dann winkte Eschenbach ab. Er sah zu Elisabeth Kobler, beide nickten einander zu; das vereinbarte Zeichen. Sie übernahm, dankte und beendete die Medienkonferenz.

»Sie hätten Löwenbändiger werden sollen«, sagte Kobler, als sie draußen im Flur standen. Sie schien sichtlich erleichtert und wieder bei Laune zu sein. »Befürchten Sie wirklich, dass er noch mal schießt?«

»Habe ich das gesagt?«

»Nein, aber gedacht!«, fügte sie leise hinzu und legte ihre Hand auf Eschenbachs Schulter.

»Jetzt hoffe ich nur, dass außer Ihnen niemand mehr meine Gedanken lesen kann. Sonst haben wir einen Serienkiller, bevor nur das Geringste vorliegt.«

»*Good luck*«, sagte sie noch auf dem Weg zum Ausgang. Dann verließ die Polizeichefin das Gebäude durch die Drehtür.

Eschenbach stieg die Treppe hinauf in den dritten Stock. Rosa Mazzoleni war in ihren Computer so vertieft, dass sie gar nicht merkte, wie er an ihr vorbeihuschte.

Er trat ins Büro, schloss die Tür hinter sich und zündete die Brissago an, die er die ganze Zeit in den Händen gehalten hatte.

Rauchen in Einzelbüros war weder verboten noch erlaubt. Die Regelung dieser Frage ließ auf sich warten. Da zwei Exekutivmitglieder der Regierung starke Raucher waren, war vorerst nichts zu befürchten.

Eschenbach öffnete einen Fensterflügel und blies den Rauch nachdenklich in die schwülwarme Sommerluft. Er durfte keine Zeit verlieren. Auch wenn es ihm zutiefst widerstrebte, jetzt, da die Sonne richtig zu brennen begann; er musste wieder raus auf den Golfplatz.

Er bat Rosa Mazzoleni, in der Gerichtspathologie anzurufen und ihn mit Dr. Salvisberg zu verbinden. Eschenbach zweifelte daran, dass sie ihn erreichen würde. Um diese Zeit war er selten da. Nebenbei hielt er Vorlesungen in forensischer Medizin an der Universität Zürich, korrigierte die Seminararbeiten seiner Studenten oder schrieb Gutachten für das Tropeninstitut, die Pharmaindustrie und für weiß Gott wen noch alles. »Wenn Sie nur Tote um sich herum haben, dann müssen sie etwas tun, um am Leben zu bleiben«, hatte Dr. Salvisberg ihm einmal gesagt.

Rosa Mazzoleni erreichte den Gerichtspathologen sofort und stellte ihn durch.

»Dr. Salvisberg, hier Eschenbach, störe ich?«

»Sie stören nie, im Gegenteil. Ist ja ein dicker Hund, den Sie mir da ins Eisfach gelegt haben.« Er kicherte heiser.

»Spielen Sie Golf?«, wollte der Kommissar wissen.

»Um Gottes willen! Woher die Kraft nehmen, Eschenbach! Ich schneide den ganzen Tag an Leichen herum; und dann der ganze Stress mit diesen Studenten.« Salvisberg seufzte. »Als Dozent werde ich jetzt von meinen Schülern bewertet … stellen Sie sich das vor!«

Eschenbach musste lachen.

»Das ist jetzt der neueste Furz von der Direktion«, fuhr er fort. »Die haben die Diarrhö im Hirn, sage ich Ihnen …« Er wetterte über die Bildungspolitik, die schweizerische und die europäische; schimpfte über die Inkompetenz der Universitätsverwaltung. »Dort hat es mehr tote Hirnmasse als bei mir in der Pathologie.« Dann rundete er das Bild ab mit seiner Version von einer grassierenden, globalen Demenz. Und als handelte es sich um den rettenden Strohhalm, fügte er noch hinzu: »Zum Glück habe ich noch die Gutachten. Die zahlen wenigstens ordentlich.«

»Dann ist ja alles nur halb so schlimm«, witzelte Eschenbach.

»Was heißt hier schlimm ... es ist grauenhaft.« Und nach einer kurzen Pause: »Wie sind wir überhaupt darauf gekommen?«

»Golf«, entgegnete Eschenbach.

»Als Stichwort für globale Demenz?« Salvisberg lachte lauthals. »Also, ich gönne mir in meiner Freizeit etwas Besseres.«

»Was ist denn besser als Golf?«, fragte Eschenbach.

»Fischen!«

»Ah, Sie fischen.« Für Eschenbach war alles interessanter als Golf. Aber auf »Fischen« wäre er nie gekommen.

»Jawohl. Fliegenfischen«, erwiderte Salvisberg, der die Irritation seines Gesprächspartners bemerkte. »Kommen Sie doch mal mit. Ich fische schon seit Jahren an der Sihl. Dort ist es schattig und ruhig. Keine Menschenseele.«

»Wie bei Ihnen in der Pathologie. Da ist auch keine Menschenseele mehr.«

Salvisberg kicherte erneut. »Genau. Und keiner reklamiert die schlechte Behandlung.«

»Jetzt mal im Ernst, Salvisberg. Kann man Rückschlüsse darüber ziehen, in welchem Einschusswinkel die Kugel eindrang?«

»So ungefähr kann ich Ihnen das schon zeigen. Nur nicht am Kopf des Toten. Da ist nämlich nicht mehr viel ganz.«

»Verstehe.« Eschenbach verzog den Mund. »Anhand einer Puppe könnte man es aber rekonstruieren?«

»Klar. Kommen Sie vorbei. Am besten bringen Sie gleich ein Modell mit ...«

»Sie lachen. Aber genau das habe ich vor. Allerdings kann ich nicht selbst kommen. Claudio Jagmetti, mein Assistent, wird das übernehmen.«

»Ich freue mich.«

»Und bitte, Salvisberg. Verschonen Sie den Jungen. Er kommt frisch von der Polizeischule, und ich wäre froh, wenn er dabeibleibt. Es gibt genug traumatisierte Polizisten.«

»Klar. Ich faxe Ihnen noch den Bericht. Bis bald … und kommen Sie doch einmal fischen. Ich würde mich freuen.«

»Vielleicht … bis bald.«

Eschenbach legte auf und drückte den Knopf der Gegensprechanlage, die ihn mit Frau Mazzoleni verband.

»Schicken Sie mir Jagmetti, wenn Sie ihn finden.«

»Mache ich«, tönte es scherbelnd durch den Lautsprecher. »Wie war es mit der Kobler, Chef?«

»Recht anständig. Ich glaube, sie hat sich gefangen.«

»War ja auch fies, was die Medien in den letzten Monaten über sie geschrieben haben«, scherbelte es weiter.

Eschenbach ließ es dabei bewenden. Er nahm die Unterschriftenmappe, schaute sie kurz durch und zeichnete sie an den entsprechenden Stellen ab. Dann stand er auf, nahm sein Jackett und verließ das Zimmer.

Als Eschenbach den Korridor entlang in Richtung Treppe ging, kam ihm Claudio Jagmetti entgegen.

»Sorry, Chef. War noch beim Zahnarzt.«

»Oh, Sie habe ich völlig vergessen«, sagte der Kommissar. »Kommen Sie mit … und hören Sie um Gottes willen auf mit dem dämlichen *Chef.*«

Sie gingen wortlos nebeneinander her zum Ausgang. Als sie durch die Drehtür das klimatisierte Präsidium verließen, schlug ihnen die sommerliche Hitze entgegen.

Das Café schräg gegenüber hatte bereits die ersten Mittagsgäste, die es sich im Garten zwischen den Terrakotta-Töpfen gemütlich machten.

Die beiden Polizisten überquerten die Straße und fanden an einem der kleinen grünen Bistrotische Platz. Eschenbach erklärte, dass er den Mord am Golfer nachmittags auf dem Golfplatz nachstellen wolle. »Dazu brauchen wir eine lebensgroße Schaufensterpuppe mit beweglichem Kopf.«

Jagmetti musterte den Kommissar ungläubig.

»Besorgen Sie sich eine Puppe, am besten in einem Kaufhaus, und dann gehen Sie damit zu Salvisberg in die Gerichtsmedizin. Die wissen Bescheid dort, dass Sie kommen.«

»Mache ich«, sagte der junge Polizeischüler, nachdem er alles fein säuberlich auf einem kleinen karierten Block notiert hatte.

»Danach fahren Sie auf den Golfplatz … *Golfclub Zürichsee*, und organisieren einen Golfpro.«

Jagmetti nickte.

»Wissen Sie, was das ist: ein Golfpro?«, fragte Eschenbach.

»Ein Professional, nehme ich an. Einer, der weiß, wie man Golf spielt«, antwortete Jagmetti, als verstünde er die Frage nicht.

»Genau, ein Golflehrer«, präzisierte der Kommissar. »Der soll uns ab fünfzehn Uhr zur Verfügung stehen.«

»Okay, wird gemacht«, sagte Jagmetti, stolz, dass er als Praktikant in einen so wichtigen Fall eingebunden wurde.

Eschenbach legte das Geld für die Getränke auf den Tisch. Sie standen auf, verließen das Café in Richtung Bahnhofstraße und trennten sich.

Der Kommissar war gespannt, was der junge Mann mit dem doch vage formulierten Auftrag anfangen würde. Beim Gehen kamen ihm Zweifel, ob er sich verständlich genug ausgedrückt hatte. Dass der junge Polizist weder nachgefragt noch Bedenken geäußert hatte, überraschte ihn. Es stand nicht im Einklang mit den Erfahrungen, die er mit Praktikanten in der Vergangenheit gemacht hatte.

3

Die Büros der Zürcher Handelsbank lagen am Rennweg, in einer der schönsten Straßen Zürichs. Der Eingang war links und rechts von Sandsteinsäulen flankiert, eine solide Glastür bot Einblick in die Kundenhalle.

Statt eines Türknaufs fand sich ein bronzener Löwenkopf. In die Höhle des Löwen, dachte Eschenbach, als er den Bronzekopf umfassen und eintreten wollte. Doch die Tür öffnete sich wie von Geisterhand, und ein angenehm kühler Luftstrom empfing ihn.

Der dunkelbraune Holzboden aus geölter Eiche und das weiche Licht, das von den weißen Wänden sanft gespiegelt wurde, gaben dem Raum eine schlichte Eleganz.

Rechts von ihm stand eine fast zwei Meter große Giacometti-Statue auf einem Sockel. Trotz der schlanken Silhouette schien die Bronzeplastik den ganzen Raum zu durchdringen.

Eine mollige blonde Dame, ein lieblicher Kontrast zu Giacomettis Kunstfigur, saß hinter einem Empfangstisch und lächelte.

Das metallene Klicken hinter Eschenbachs Rücken ließ ihn zusammenzucken. Reflexartig drehte er sich um. Er entspannte sich wieder, als er sah, dass es nur die Tür war, die, so geheimnisvoll wie sie sich geöffnet hatte, wieder ins Schloss gefallen war.

»Darf ich Ihnen helfen, Herr …«

Eschenbach drehte sich wieder und ging auf die Dame zu, die immer noch lächelte.

»Eschenbach, Kripo Zürich«, sagte er und zeigte seinen Ausweis. »Dr. Bettlach erwartet mich.«

»Aha.« Sie nahm den Telefonhörer in die Hand und wählte eine interne Nummer. Dann sprach sie kurz mit jemandem am anderen Ende der Leitung und legte wieder auf.

»Kommen Sie mit, Herr Kommissar.« Sie stand auf, begleitete ihn die paar Schritte bis zum Aufzug und hielt eine Magnetkarte vor ein kleines Plexiglasschild. Dann drückte sie den Knopf für die oberste Etage.

Dr. Johannes Bettlach war ein großer hagerer Mann. Sein graues Haar, das er streng nach hinten gekämmt trug, glänzte durch den einfallenden Sonnenschein fast weiß und war länger, als man es bei einem Bankdirektor vermutet hätte. Unter einer mächtigen Stirn saßen, in dunklen Höhlen verborgen, auffallend helle Augen. Seine Gesichtszüge waren streng, aber nicht unfreundlich.

Langsam schritt er durch das Zimmer auf Eschenbach zu.

An den Wänden hing zeitgenössische Kunst im Großformat, hinter dem Schreibtisch zog sich ein übervolles Bücherregal bis unter die Stuckdecke. Die Bücher, der dunkle Holzboden, der Buddha, der – auf einer Zigarrenschachtel thronend – vorübergehend einen Stapel Bücher zu stützen hatte, die Balletttänzerin in Bronze, die in scheinbar schwereloser Pose neben dem Telefonapparat schwebte, entsprachen allesamt nicht dem Bild, das Eschenbach vom Innenleben einer Schweizer Bank hatte.

Der Kommissar kannte die Kreditinstitute, die entlang der Bahnhofstraße residierten; die Marmorhallen mit Absperrungen aus kugelsicherem Glas, und auch die hochflorigen Teppiche in Grau oder Anthrazit, die in den oberen Direktionsetagen dieser Häuser den Boden bildeten für diskrete, distinguierte Lässigkeit. Sie waren ihm bekannt von einigen seiner früheren Ermittlungen. Aber das hier war anders.

Dr. Bettlach nahm mit beiden Händen seine Hand und umschloss sie mit einem leichten Druck. Es waren warme Hände, und trotz der unmittelbaren Intimität der Geste und der Fremdheit des Menschen, der ihn berührte, war sie ihm keineswegs unangenehm.

Er dachte daran, wie er als junger Leutnant der Schweizer Armee brevetiert wurde. Wie ihm sein Schulkommandant, Oberst Nydegger, im Mittelschiff der Kathedrale von Nancy feierlich die Hand gedrückt, ihm tief in die Augen geschaut und gesagt hatte: »Maintenant vous êtes officier de l'armée suisse. Le *motto* que je vous donne pour votre vie, vie militaire et vie privée, est: Esprit, Ecoute et Elan.«

Es war ein feierlicher Moment gewesen, ein Moment, der für eine lange Zeit in ihm weitergelebt hatte.

Auch *le motto*, wie die drei »E« in der Offiziersschule genannt wurden, war mit dem Händedruck des Obersten, wie ein Funken gutbürgerlicher Moral, auf die Wertvorstellungen des jungen Offiziers übergegangen. Und jetzt, in dieser merkwürdigen Situation, im Büro dieses Dr. Bettlach, kamen sie ihm wieder in den Sinn.

Eine kurze Weile standen die Männer da. Keiner sagte etwas, bis Dr. Bettlachs leise, zurückhaltende Stimme die Stille brach.

»Wollen wir uns setzen?«

Eschenbach steuerte auf den Ledersessel hin, den Dr. Bettlach ihm zuwies, setzte sich und spürte, wie ihn in dem Moment, als ihn das schwarze Leder aufnahm, eine tiefe Mattheit durchströmte. Er schloss für einen kurzen Moment die Augen. Dann öffnete er sie wieder. »Ich konnte Sie gestern nicht mehr erreichen. Es ist … ich wollte es Ihnen persönlich mitteilen.«

»Erschossen … auf dem Golfplatz.« Dr. Bettlach sah Eschenbach mit seinen hellen Augen an. Dann schweifte sein Blick zum Fenster und hinaus und verlor sich irgendwo zwischen den gegenüberliegenden Hausdächern und Schornsteinen.

Selbst die schmucken Geranien, die in Kästen aus grauem Schiefer an den schmiedeeisernen Gittern der Balkone hingen und in deren zinnoberroten Blüten das Sonnenlicht tanzte, hatten der Traurigkeit des Blicks nichts entgegenzusetzen.

»Ja, so ist es«, sagte Eschenbach langsam.

»Wissen Sie schon, wer es war?«

»Nein. Die Ermittlungen laufen. Wir sind … wir wissen es noch nicht.«

»Philipp war mein Bruder, mein jüngerer Bruder.« Dr. Bettlachs Blick, der für diesen Satz von den Dachgärten zurückkehrte, entfernte sich wieder. »Es ist so traurig, so unermesslich traurig alles«, sprach er weiter. Doch diesmal blieb sein Blick draußen, seine Gedanken weit weg, verloren in den Dachgärten zwischen Geranien, Efeu und Horizont, zwischen der heißen Mittagssonne im Juli und den dunklen Schatten der Trauer.

»Wer könnte ein Interesse haben, Ihren Bruder umzubringen?« Eschenbach rutschte etwas nach vorne, als wolle er die Melancholie, die wie schwarzes Seegras den Raum überwucherte, von sich abschütteln.

»Ich weiß es nicht, Herr Kommissar. Ich weiß es nicht.«

Eschenbach lockerte seinen Hemdkragen, öffnete den obersten Knopf und atmete tief ein. Hatte er zugenommen? Seine Stimme war heiser. Er räusperte sich. »Erzählen Sie doch einfach. Wer war Ihr Bruder? Wie war er? Seine Freunde, seine Frau, Familie, Liebschaften. Alles.«

Dr. Bettlach bemerkte Eschenbachs Versuch, die Geister der Schwermut zu verscheuchen und begann, langsam, zuerst stockend, dann immer fließender über seinen Bruder zu sprechen.

Eschenbach unterbrach ihn nur kurz und fragte, ob er sein Diktiergerät benutzen dürfe, was Bettlach durch ein geistesabwesendes Nicken beantwortete. Der Kommissar legte das Gerät auf den Tisch, um sicherzugehen, dass sein Gegenüber es sah.

Während Dr. Bettlach über seinen Bruder sprach, sein Wesen, seine Eigenarten schilderte, wechselte er zuerst nur vereinzelt, dann immer öfter von der traurigen Vergangenheitsform in ein heiteres Präsens. Aus dem »war« wurde ein »ist«; aus dem

»hatte« ein »hat«, aus dem »konnte« ein »kann« – und schlussendlich wurde aus dem Toten wieder ein Lebender.

Bettlach sprach beherrscht, in ruhigem, besonnenem Ton. Jedes Wort schien er sorgsam zu wählen, jede Pause saß. Als seine Sekretärin hereinkam, ihm zwei Notizen hinlegte und andeutete, er müsse zurückrufen, schien ihn das nicht im Geringsten zu interessieren. Und als etwas später Espresso und Amaretti serviert wurden, bemerkte er es kaum.

Eschenbach, der zuvor schon einmal die Seite der Kassette im Diktaphon gewechselt hatte, wollte eine neue einlegen. Als er merkte, dass er keine zweite mitgenommen hatte, stellte er das Gerät ab.

»Philipp war aufgeweckt, hatte eine schnelle Auffassungsgabe und ein sonniges Gemüt. Wenn er lachte, dann lag ihm die ganze Welt zu Füßen.« Bettlach trank einen Schluck Kaffee, rührte in seiner Mokkatasse und schwieg eine Weile. »Es ist schwierig, wenn Sie sechzehn Jahre älter sind«, fuhr er fort. Ich kann mich noch gut erinnern, wie ich ihn als Baby im Arm gehalten habe. Ein Geschöpf aus einer anderen Welt.« Er lächelte. »Für ihn war der Altersunterschied vermutlich noch schwieriger als für mich; jedenfalls hat er mich damals angeschrien, als wolle er sich partout nicht damit abfinden, dass ich sein älterer Bruder bin.«

Eschenbach schwieg erwartungsvoll.

»Als er klein war, ging das alles noch – aber als er größer wurde und merkte, dass ich vor ihm da war und alles, was er wollte, schon getan hatte, da stemmte er sich eine Zeit lang gegen Mutter und mich. Er brach mit sämtlichen Konventionen; war nächtelang weg – kein Mensch ahnte, wo er sich gerade herumtrieb. Und wenn gegen vier Uhr morgens das Telefon ging, dann wussten wir: Man hatte ihn irgendwo aufgegriffen, weil er betrunken gewesen war, Drogen genommen oder gestohlen hatte. Die Polizeiwachen kannten ihn mit der Zeit, und es war klar, wer ihn holte und für die Schäden aufkam, die er angerichtet hatte.« Johannes Bettlach hielt inne und biss in ein Amaretti, das er sich vom Teller genommen hatte. Kauend erzählte er weiter: »Philipp hatte eine schwierige Zeit damals … und Adele, seine Mutter, natürlich auch«, fügte er hinzu. »Für mich schien es, als hätte er all das nur angezettelt, weil ich es verurteilte und weil ich es selbst nie getan hatte. Es war der hilflose Versuch, früher da zu sein als ich.«

Eschenbach überlegte, ob er es als Bruder auch so sehen würde. Er hatte keine Geschwister.

»Und als ich begann, mich nicht mehr zu ärgern – als mir meine nächtlichen Besuche auf der Polizeiwache nicht mehr peinlich waren, weil sie wie das Benutzen von Zahnseide zu einem Teil meines Alltags wurden –, von diesem Moment an hörte Philipp damit auf. Es hatte den Reiz verloren.« Johannes Bettlach lächelte. »Aber ich denke, das ist normal unter Brüdern, denn später verstanden wir uns wieder und wurden Freunde.«

Die Art, wie Johannes Bettlach über seinen Bruder sprach, war erstaunlich, fand Eschenbach. Es schien ihm weder oberflächlich noch einseitig zu sein. Es war distanziert und dennoch liebevoll, warm und trotzdem hatte es Konturen, Ecken und Kanten. Es war traurig und froh zugleich. Eschenbach war, als spräche eine Mutter über das Kind, das ihr am meisten ans Herz gewachsen war – weil es anders, vielleicht auch schwieriger war als alle anderen.

»Es ist nicht viel, ich weiß. Keine Anhaltspunkte, die Ihnen weiterhelfen …« Bettlach fuhr sich mit der Hand durchs Haar, wandte sich Eschenbach zu und sah ihn mit seinen blauen Augen an.

»Ein Anfang … es ist ein Anfang«, räusperte sich Eschenbach, der über das Gesagte nachdachte. Es war ihm aufgefallen, dass Johannes Bettlach viel über die Kindheit und Jugend seines Bruders erzählt, die letzten Jahre aber kaum erwähnt hatte. Eine Eigenart, die Eschenbach bei alten Menschen immer wieder beobachtete. Philipp Bettlach war laut Bericht sechsundfünfzig, da musste es noch anderes geben als jugendliche Rebellion und Freundschaft.

»Können Sie mir etwas über die familiären Verhältnisse Ihres Bruders sagen? Mit wem lebte er zusammen, hat er Kinder?«

»Nein«, kam es trocken von Bettlach. Und etwas zögerlich: »Verheiratet war er einmal … das ist allerdings schon über zwanzig Jahre her. Eveline hieß sie. Ein nettes Mädchen … aber die beiden passten nicht zueinander. Ein Jahr später waren sie wieder getrennt. Seither lebte er allein.« Wieder zögerte er. Dann fügte er noch hinzu: »Mit wechselnden Bekanntschaften.« Bettlach lächelte. »Aber das ist … das war seine Angelegenheit. Ich hab mich da nicht eingemischt.«

»Und gearbeitet hat er bei Ihnen, hier in der Bank?«, wollte Eschenbach wissen.

»Ja. Er war Leiter der Marketingabteilung und kümmerte sich um unsere ausländischen Kunden. Er war sehr beliebt.«

In diesem Moment klopfte es kurz, die Tür ging auf und die schlanke Dame, die Zettel und Kaffee serviert hatte, stand vor ihnen.

»Herr Trondtheim ist hier und möchte Sie sprechen«, sagte sie zu Bettlach.

»Ich würde noch gerne einen Blick auf Philipps Arbeitsplatz werfen«, sagte Eschenbach. »Und seine engsten Mitarbeiter kennen lernen.«

»Kein Problem. Frau Saladin wird Ihnen alles zeigen.«

Der Kommissar packte sein Diktiergerät in die Seitentasche seiner Jacke und stand auf. »Und wenn Ihnen noch etwas einfällt, dann können Sie mich jederzeit hier erreichen …« Er gab Johannes Bettlach seine Karte, auf der Adresse und Telefonnummer des Präsidiums vermerkt waren. »Hinten drauf … das ist meine Handynummer«, fügte Eschenbach hinzu.

Johannes Bettlach betrachtete die siebenstellige Nummer, die in schwungvoller Handschrift auf der Rückseite der Karte stand.

»Sie können gleich mit mir nach unten kommen, Herr Kommissar«, sagte die Dame in liebenswürdigem Ton, wobei die Vokale wie gewalzter Kuchenteig endlos in die Breite gingen. Sie hätte den Satz ebenso singen können.

»Von Basel?«, fragte er.

»Hejoo«, sagte sie. »Merkt man es?«

Es war keine Frage – es war ein Triumph.

Der Kommissar drehte sich noch einmal um. Er wollte sich von Bettlach verabschieden.

Dieser hatte das Fenster einen Spaltbreit geöffnet, hielt für einen kurzen Moment inne, die linke Hand in der Hosentasche, die rechte am Fensterknauf. Dann kam er auf den Kommissar zu, streckte ihm seine Hand entgegen, zuerst die rechte, dann auch die linke; und die beiden Männer verabschiedeten sich so, wie sie sich begrüßt hatten.

Eschenbach sah die Altersflecke auf Bettlachs Händen und die Schwermut in seinen Augen. Trotz der Sonne, trotz der Wärme der Geste und der Freundlichkeit der Stimme; er spürte die tiefe Traurigkeit, die von diesem Mann ausging.

Man sah dem Büro an, dass Philipp Bettlach mehr als nur ein Vizedirektor gewesen war. Es war groß und hell, ohne den Eindruck zu erwecken, dass darin jemals richtig gearbeitet worden war. Eschenbach kam die Zeitschrift *Schöner Wohnen* in den Sinn, und er maß in Gedanken ab, ob sein eigenes Büro zwei oder drei Mal darin Platz gehabt hätte.

»Herr Bettlach hatte die Möbel speziell in Italien anfertigen lassen«, sagte Constanze Rappold.

Eschenbach nickte.

Sie hatte sich als *Personal Assistant* von Philipp Bettlach vorgestellt. Auf Englisch, mit deutschem Akzent. Wie die beiden anderen Mitarbeiterinnen von Bettlach steckte sie in einem adretten dunkelblauen Kostüm.

»Können Sie mir etwas über seinen Aufgabenbereich sagen?«, fragte der Kommissar. Als Erste hatte er sich Constanze vorgenommen und saß mit ihr am ovalen Besprechungstisch im Chefbüro.

»Ich nehme an, Herr Dr. Bettlach hat Ihnen gesagt, dass wir hier nicht über Kundennamen sprechen dürfen.«

»Ich will keine Namen … ich will lediglich wissen, was die Aufgabe von Herrn Bettlach war.«

»Kunden.«

»Was heißt Kunden?«

»Ich kann … ich darf Ihnen keine Namen sagen.«

»Herrgott!« Eschenbach musste sich zusammenreißen, dass er sie nicht anschrie. War sie wirklich so gottlästerlich dämlich, oder tat sie nur so? »Ich meine, hat er die Kunden betreut, besucht oder akquiriert? Hat er Börsengeschäfte für sie erledigt oder ihre Kinder vom Internat abgeholt? Was weiß ich schon davon … Ich bin Polizist.«

»Alles …«

»Kürzer und allgemeiner geht's nicht?«

Ihr Mund zuckte; es schien, als wollte sie noch etwas sagen, doch plötzlich schossen ihr Tränen in die Augen. Hemmungslos heulte sie drauflos und verbarg dabei ihr schönes Gesicht in den Händen.

Nach einer Weile beruhigte sie sich wieder. Behutsam steuerte Eschenbach die Unterhaltung an ihr Ende. Die beiden anderen Gespräche, die er der Reihe nach führte, verliefen nicht viel anders. Sie waren verliebt in ihren Chef – alle drei. Vermutlich wären sie für Philipp Bettlach aus dem Fenster gesprungen, in die Limmat, und wenn's hätte sein müssen auch vom Eiffelturm. Sei es aufgrund des Geldes, das er hatte, seines Lachens oder nur seiner schönen Hände wegen. Jede vergötterte ihn auf ihre ganz spezielle Weise.

Was seine Arbeit betraf, soweit man das, was er tat, als Arbeit bezeichnen konnte, schien er erfolgreich gewesen zu sein und durch seine gewinnende Art allerlei Kundschaft akquiriert zu haben: Erben des alten Geldes genauso wie Leute aus dem Jetset und neureiche Angeber. Philipp war ein Strahlemann gewesen; ein Sonntagskind, wie sie sagten, den jede andere Privatbank in Zürich gerne vor ihren Karren gespannt hätte.

Als Eschenbach durch die geisterhafte Glastür wieder auf den Rennweg trat, drückte ihn die Hitze beinahe zu Boden. Er sah auf die Uhr. Fast vier. Er hatte die Zeit völlig vergessen.

Die Sonne brannte ihm ins Gesicht, der Asphalt unter seinen Füßen fühlte sich an wie ein weicher Teppich. Er dachte an Ozonwerte und daran, dass derzeit von Sport im Freien abgeraten wurde. Eschenbach wusste nicht, warum ihm dabei auch seine Cholesterinwerte wieder einfielen. Dann kamen ihm Jagmetti und die Schaufensterpuppe in den Sinn. Ihm wurde schwindlig.

Er wechselte die Straßenseite, da die andere Seite im Schatten lag. Vorbei an Geschäften mit Schweizer Offiziersmessern, digitalen Wetterstationen, Grußkarten, Kuckucksuhren, Kochschürzen und anderem Schnickschnack marschierte er in Richtung Paradeplatz.

Er schwitzte. An den Schläfen lief es zuerst. Dann vom Haaransatz auf die Stirn und über die Stirn hinaus in die Augen. Es brannte. Da er kein Taschentuch fand, versuchte er es mit dem Ärmel seines Jacketts. Aber Wolle sog schlecht auf.

Warum hatte er überhaupt ein Jackett aus Wolle an? Warum keines aus Leinen oder aus Baumwolle?

Jetzt juckte es auf der Stirne, an der Schläfe und im Nacken. Er kratzte. Die Hand war nass und das Hemd sah aus, als bestünde es aus großen hell- und dunkelblauen Puzzleteilen.

Am Paradeplatz nahm er sich ein Taxi und fuhr zum Golfclub.

4

»Das fünfzehnte Loch ist hier«, sagte die Dame an der Rezeption und deutete mit manikürtem Finger auf einen Mini-Plan mit lauter kleinen grünen Flecken. »Am besten, Sie gehen zu den *back nine* und kürzen dann zwischen Loch zwölf und Loch dreizehn ab.«

Verständnislos blickte der Kommissar sie an. Dann nahm er den Kartonfetzen, auf den die ganze Clubanlage *en miniature* gedruckt war, und verließ das Gebäude. In diesem Augenblick fiel ihm ein, dass er sein Jackett auf der Rückbank im Taxi liegen gelassen hatte, samt Diktiergerät und den Aufzeichnungen des Gesprächs mit Johannes Bettlach. Er fluchte leise. Dann griff er hastig die Hosentaschen ab und war erleichtert, dass er wenigstens das Mobiltelefon bei sich hatte.

»Hier ist übrigens Handy-Verbot«, fauchte ihm ein Herr mittleren Alters zu, der mit Golfwägelchen zügig am Kommissar vorbeimarschierte.

»Ja, ja«, erwiderte Eschenbach und suchte weiter Jagmettis Nummer im Speicher. Nach ein paar Schritten verließ er den Kiesweg und schlenderte quer über die Matte auf einen mächtigen Kirschbaum zu. Im Schatten fand er endlich die Nummer auf dem Display und bestätigte. »Eschenbach«, brummte er.

Unter dem dunkelgrünen Blätterdach hingen fette, blauschwarze Kirschen.

»Chef, wo sind Sie?«

»Unter einem Kirschbaum bei den *back nine.*«

»Auf dem Golfplatz?«

»Ja.«

»Ich komme Sie holen. Wo genau sind Sie?«

»Bei den *back nine*!«

»*Back nine* heißen die Löcher zehn bis achtzehn«, kam es von Jagmetti.

»Dann halt unter dem Kirschbaum ...« Eschenbach sah sich um. »Bei den Sandlöchern.«

»Sandbunker hat es auf dem ganzen Platz. Ist ein Gebäude in der Nähe ... irgendein Merkmal?«

»Etwa hundert Meter vom Eingang entfernt. Ich sehe die Terrasse des Clubhauses ... kommen Sie einfach.«

»Okay.«

Der Kommissar sah Claudio Jagmetti von weitem und winkte. »Fahren Sie ruhig bis hierher«, rief er und deutete direkt vor seine Füße. »Das Ding fährt auch auf Gras.«

Jagmetti verließ mit seinem Elektrowagen den Kiesweg und holperte über die Wiese zum Kirschbaum, wo der Kommissar wartete und zustieg.

Sie fuhren denselben Weg zurück, und Eschenbach genoss den Fahrtwind, der ihm das angeklebte Haar von der Stirn löste und trocknete.

»Kommen wir vorwärts?« Der Kommissar musste sich am Dach des Elektrowagens festhalten, als Jagmetti in voller Fahrt den Schotterweg verließ und querfeldein über die Wiese steuerte. Er schien Spaß daran gefunden zu haben.

»Wir fahren jetzt direkt zum fünfzehnten Loch, dort ist alles aufgebaut.«

»Aha«, grummelte Eschenbach. Er fuhr sich mit der linken Hand durch sein Haar, das nun fast wieder trocken war. Mit der anderen Hand hielt er sich immer noch am Dach fest. »Konnten Sie eine Schaufensterpuppe auftreiben?«

Jagmetti berichtete über seinen Kaufhausbesuch, darüber, dass er von Pontius zu Pilatus habe gehen müssen, bis er schließlich von der Assistentin des Verkaufsleiters – der er wohl nicht unsympathisch gewesen sei – die gewünschte Puppe gegen Beleg und Kaution ausgehändigt bekommen habe.

Er erzählte auch, dass es sich bei dem Exemplar um eine weibliche Puppe handle, mit bleichen festen Brüsten, und dass er mit hochrotem Kopf und der nackten Dame unter dem Arm durch halb Zürich habe gehen müssen, um gerade noch rechtzeitig zu Dr. Salvisberg zu gelangen.

Holpernd fuhren sie an einer Gruppe mit Golfern vorbei, die an einer Böschung mit ihren Schlägern im halbhohen Gras herumstocherten und einen Ball suchten, den einer von ihnen verloren hatte.

»Und jetzt steht die Frau mit den festen Brüsten am fünfzehnten Loch und wartet auf uns?« Eschenbach gefiel die Geschichte, er stellte sich vor, wie der schlaksige Jagmetti mit der Puppe durch die von Geschäftsleuten und Touristen überfüllte Bahnhofstraße eilte.

»Sie ist nicht mehr nackt«, sagte Jagmetti. »Johnny und ich haben sie eingekleidet. Johnny, das ist der Golfpro. Es ist wegen der Etikette und so.«

Eschenbach war, als hörte er ein leichtes Bedauern in Jagmettis Tonfall. »Kleidervorschriften für Puppen«, sagte er und schnalzte mit der Zunge. »Das hat allerdings Stil.«

Sie fuhren an einem kleinen Hügel vorbei, der mit Sträuchern und höherem Gras überwachsen war, und sahen, rechts unter sich, den Tatort.

Er war nicht zu übersehen.

Farbtupfer auf grünem Hintergrund. Zierfische in einem Aquarium, die sich zwischen Wasserpflanzen und mit Algen bewachsenen Kieselsteinen um das Futter balgten.

Gelb-blau karierte Hosen, ein roter Pullunder, ein hellblaues und ein sandfarbenes Poloshirt, weiß-braune Schuhe, Strohhut. Ein dunkelblauer Blazer mit weißem Hemd.

Wer war die Puppe? Eschenbach machte sich ein Spiel daraus, die farbigen Gestalten zu identifizieren. Der Dunkelblauweiße, mit Streifenkrawatte, das muss Aebischer sein. Eindeutig. Der rote Pullunder mit Strohhut der Pro.

Sie kamen näher. Die gelb-blauen Karos bewegten sich. Beide trugen dunkelblaue Schirmmützen.

Jetzt erkannte Eschenbach unter der einen Kappe blonde Haare, die zu einem Pferdeschwanz zusammengebunden waren und nach hinten abstanden. Die andere war die Puppe.

Sie waren noch etwa zehn Meter entfernt.

»Wer ist der Blondschopf?«, fragte Eschenbach.

»Doris Hottiger. Sie ist hübsch, nicht?«

»Das kann ich von hier aus nicht beurteilen.«

Claudio Jagmetti wurde rot. Er hätte seine flapsige Bemerkung am liebsten zurückgenommen. »Sie arbeitet hier im Club. Assistentin von Aebischer oder so.«

»Oder so was? Seine Geliebte?«

»Nein, die ist doch viel zu jung. Knappe zwanzig, oder so.«

»Aha, oder so.« Eschenbach zog die Augenbrauen hoch.

Jagmetti hielt den Wagen an. Es war Viertel nach fünf. Die sengende Hitze hatte nachgelassen, und von den Glarner Alpen her zogen vereinzelt ein paar Wolken auf.

»Herr Kommissar! Wo stecken Sie denn?« Es war der forsche Aebischer, der mit perfekt gebundenem Schlips, Clubemblem auf der Brusttasche und ausgestreckter Hand auf ihn zukam.

»Ich wurde aufgehalten«, kam es mürrisch.

Die Sonne stand nicht mehr so hoch, und Eschenbach spürte ab und zu einen leichten Wind, der die schwüle Luft in Bewegung brachte.

»Sie haben einen tüchtigen Assistenten.« Aebischer deutete auf Jagmetti, der gerade am Kopf der Puppe hantierte.

»Das freut mich.«

»Der hat uns hier recht auf Trab gehalten. Haben alles absperren lassen. Soll ja niemand wissen, dass hier einer umgebracht wurde …«

Und wenn schon, dachte Eschenbach. Ihm war dieser gebräunte Blazer-Manager mit seinen schwarzen Bürstenhaaren, den schmalen Lippen, dem getrimmten Schnauz und seiner Wichtigtuerei zuwider. So zuwider, dass er Mühe hatte, ihn dies nicht merken zu lassen.

»Wer ist die junge Frau dort?« Eschenbach deutete mit dem Kinn in Richtung des Mädchens.

»Doris Hottiger. Meine Assistentin. Sehr tüchtig.«

»Schon lange bei Ihnen?«

»Ein paar Wochen … Part-time. Sie studiert an der Uni in Zürich. Geschichte … oder Deutsch, glaube ich. Irgend so etwas. In den Sommerferien gibt sie Kurse für unsere Kleinen.«

»Aha. Spielt sie auch Golf?«

»Ja, Golfkurse. Sie hat Handicap zwölf.«

»Ist das gut?«

»Sehr gut. Sie hat's vom Vater.«

»Spielt der auch hier im Club?«

»Nein. Soviel ich weiß, spielt er gar kein Golf.«

Eschenbach runzelte die Stirn. »Und was bitte …«

»Den Sportsgeist …«, unterbrach ihn Aebischer. »Und den Ehrgeiz, meine ich. Das Golfspielen hat sie sich selbst beigebracht.«

»Hat sie noch Geschwister?«, wollte Eschenbach wissen.

»Nein, nur den Vater, die Mutter ist bei der Geburt gestorben … eine tragische Geschichte. Seither lebt er allein, soviel ich weiß.«

»Kannte sie den Toten gut?«

Bei dieser Frage, die offenbar weiter ging als das, worüber Golfer gelegentlich sprachen, stutzte Aebischer.

»Wir kannten ihn alle.«

»Ich meine, kannte sie ihn näher?«

»Ist das jetzt ein Verhör?«

»Nein, aber interessant … Wissen Sie etwas?«

»Nicht direkt.«

»Was heißt das, nicht direkt?«

»Nur Gerüchte. Nichts Genaues. Aber fragen Sie Frau Hottiger doch selbst.« Er deutete hinüber zu dem Mädchen, das sich mit dem Golfpro unterhielt.

Sie gingen auf die beiden zu.

Eschenbach begrüßte nun Johnny, den Golfpro und Doris Hottiger, die ihm ein sonniges Lächeln schenkte. Sie ist wirklich hübsch, dachte er.

»Wussten Sie, dass ein guter Golfspieler beim Abschlag nie seinen Kopf dreht?« Es war Claudio Jagmetti, der ihn mit dieser scheinbaren Golferweisheit belehrte.

»Nein, natürlich nicht. Woher auch.«

»Sehen Sie, Chef … das ist es.«

»Was ist? Kann mir jemand sagen, was ihr hier tut?«

Jagmetti stand hinter der Puppe, die mit blauer Schildmütze, sandfarbenem Poloshirt und türkisfarbenen Shorts bekleidet war. Er stützte die Puppe, damit sie nicht umfiel. Sie war leicht gebückt und hatte beide Arme nach vorne gerichtet.

Vor der Puppe kniete Johnny. Er hatte den Strohhut abgenommen und hielt die Arme der Puppe. Doris stand daneben und dirigierte die beiden. Sie hatte eine weiche, sympathische Stimme. »Ja, so muss er gestanden haben, wenn er das Loch von hier aus anspielen wollte.«

»Und was heißt das jetzt?«, fragte Eschenbach in die Runde.

»Das heißt, dass er …« Jagmetti, der immer noch mit beiden Händen die Puppe stützte, senkte den Kopf und blickte über das Käppi der Puppe hinweg. »Der Mörder muss von dort oben geschossen haben.«

Jetzt sah Eschenbach die etwa vierzig Zentimeter lange Nadel, die durch das blaue Käppi hindurch oberhalb der Schläfe aus dem Kopf der Puppe rechtwinklig herausstand.

»Die Nadel demonstriert den Einschusswinkel. Dr. Salvisberg hat sie angebracht.« Jagmetti deutete auf die Salvisberg'sche Konstruktion.

»Aha. Und ihr seid sicher, dass er so gestanden hat, als ihn der Schuss traf?«

»Ja«, kam es von allen dreien im Chor.

»Und warum?«

»Erklär du's ihm, Johnny«, sagte Jagmetti, der krampfhaft die Puppe stützte, um nichts zu verändern.

»Also, Herr Kommissar.« Der Golfpro, der nun aufstand, war etwas kleiner als Jagmetti, braun gebrannt und hatte eine Himmelfahrtsnase. »Ein Golfball wird auf der ganzen Welt auf etwa die gleiche Art angesprochen und geschlagen.«

»*Ansprechen* ist das Hinstellen, bevor man ihn schlägt«, warf Jagmetti ein.

»Genau, wie auf der Jagd«, sagte Doris Hottiger. »Da heißt es auch *Ansprechen*, glaube ich.« Als ihr der makabre Bezug ihrer Bemerkung bewusst wurde, senkte sie den Blick.

Der Golfpro fuhr in seinen Ausführungen fort. Er demonstrierte Eschenbach Ansprechhaltung und Schlagablauf. Mit und ohne Golfschläger, wobei der Kommissar schnell verstand, dass es tatsächlich so etwas wie eine allgemein gültige Stand- und Schlag-Position gab. Eine Position, die unter guten Golfern nur wenig variierte.

»Vorausgesetzt die Person war Rechtshänder«, präzisierte Johnny. »Sonst wäre es natürlich seitenverkehrt.«

»Und? Ich meine, war er Rechtshänder?«, fragte der Kommissar interessiert.

»Ja, war er. Ich kenne ihn von den Golfstunden, die er bei mir nahm.«

»Wir haben auch die Schläger kontrolliert«, sagte Jagmetti. »Da sieht man, ob jemand Rechts- oder Linkshänder ist.«

»Sehr gut«, warf Eschenbach ein. »Wir wissen nun, wie sich ein guter Spieler hinstellt, wie er zielt und den Ball schlägt. Das nützt uns aber nichts. Wir müssten auch wissen, wann, ich meine: zu welchem Zeitpunkt genau im Laufe dieser Bewegungssequenz er getroffen wurde.«

Eschenbach nahm einen Schläger aus dem Golfbag, der neben ihm stand, und imitierte einen Schlag, wie er ihn sich bei Johnny abgeschaut hatte. »Sehen Sie, da bewegt sich alles. Beine,

Arme, Schultern, Kopf. Alles dreht und wendet sich.« Eschenbach wiederholte denselben Schlag noch einmal. »Da müssten wir auf eine Zehntelsekunde, vielleicht sogar auf die Hundertstelsekunde genau wissen, wann es geknallt hat. Das ist unmöglich.«

»Eben nicht, Chef. Der Kopf bewegt sich nicht.«

»Was? Natürlich bewegt sich der Kopf.« Eschenbach wollte wieder zu einem neuen Schlag ansetzen.

»Bei einem guten Golfspieler bewegt sich der Kopf nicht. Bis zum Zeitpunkt, wenn er den Ball trifft. Johnny, zeig's bitte noch einmal.«

Und als handle es sich um ein besonders schwieriges Zirkusstück, das einer separaten Ankündigung würdig ist, setzte Jagmetti noch eins drauf. »Sogar nachdem der Ball getroffen wird, bleiben die Augen einen Bruchteil einer Sekunde an der Stelle haften, an der zuvor der Ball lag.«

Johnny, der einen Schläger aus dem Golfbag geholt hatte, stellte sich vor den Kommissar.

»Ich werde jetzt einen Schlag zeigen. Einen Schlag, den jeder gute Golfer etwa so ausführen würde, um von hier auf das fünfzehnte Grün zu gelangen. Und schauen Sie mir dabei nur auf den Kopf. Ich werde den Schlag ein paar Mal wiederholen.«

Es war wirklich so, wie sie sagten. Johnnys Kopf blieb ruhig, beinahe unbeweglich, während er eine große, ausholende Bewegung machte. Seine Augen blickten starr auf den Punkt vor seinen Füßen, wo der Ball lag. Dann schnellten Arme, Hände und Schläger nach unten.

»Und so hat Bettlach auch geschlagen?« Der Kommissar schien der Sache noch nicht zu trauen.

»Genau so. Er war ein hervorragender Golfer.« Es war Frau Hottiger, die das sagte. Eschenbach blickte zu Johnny, und auch er nickte zustimmend.

»Dann sieht es gar nicht schlecht aus.«

»Nein, Chef. Schlecht nicht.«

»Aber was?«

»Aber es gibt natürlich auch noch die Möglichkeit, dass die Kugel Bettlach traf, nachdem er den Kopf bewegt hatte.«

»Das ist möglich, aber wenig wahrscheinlich.« Eschenbach fasste den Golfschläger am unteren Ende und hob ihn langsam bis auf Schulterhöhe an. Er presste den Schlägerkopf an seine rechte Schulter, als halte er ein Gewehr und zielte. Aus dem Golfschläger wurde das Gewehr des Mörders.

»Aus einer großen Distanz. Vierhundert, vielleicht fünfhundert Meter.« Eschenbach sprach leise, als rede er nur mit sich selbst. »Der Kopf darf sich nicht bewegen, sonst trifft er nie. Der Mörder hat nur einen Schuss. Ein Gewehr mit Zielfernrohr. Er wartet. Beobachtet. Nimmt sich Zeit. Er kennt die Bewegungen seines Opfers, wie der Jäger die Bewegungen des Rehs … Paff!« Eschenbach senkte den Schläger und sah zu Jagmetti, der fast andächtig links vor ihm stand. »Er wartet. Er schießt erst ganz am Schluss. Die Leute von der Spurensicherung fanden den Ball auf dem Grün, drei Meter von der Fahne entfernt. Er muss ihn sauber getroffen haben.« Er überlegte. »Den Bruchteil einer Sekunde später – und er hätte seine Chance verpasst.«

Die drei sahen den Kommissar schweigend an. Keiner wollte ihn unterbrechen.

»Wie groß war Bettlach eigentlich?«, fragte Eschenbach und musterte die Puppe.

»So um die eins achtzig, denke ich. Oder?« Der Golfpro suchte mit seinem Blick Doris Hottiger.

»Ja, vielleicht. Eins achtzig.«

Hatten sie doch ein Verhältnis, wie Aebischer vermutete? Es würde nicht schwierig werden, das herauszufinden, davon war Eschenbach überzeugt. Aber das hatte noch Zeit.

Jagmetti und Johnny brachten die Puppe wieder in Position. Diesmal zehn Zentimeter höher, um den Größenunterschied zwischen der Puppe und Bettlach auszugleichen.

Als alles perfekt ausgerichtet und Johnny zufrieden war, stellte sich Eschenbach rechts neben die Puppe und versuchte die Richtung, in welche die Stricknadel deutete, auszuloten.

Sie zeigte am nahen Waldrand vorbei auf eine Anhöhe. Das Gras war dort recht hoch, zahlreiche Sträucher und Jungbäume boten zusätzlichen Schutz. Es schien geradezu ideal für jemanden, der sich stundenlang auf die Lauer legte. Eschenbach schätzte die Distanz auf einen halben Kilometer oder mehr.

Rechts oben, durch den Wald halb verdeckt, konnte Eschenbach ein Bauernhaus erkennen. Oder war es eine Gaststube?

5

Washington D. C. – Am 2. Juli um 15.33 Uhr *durchschlägt eine Kugel das Fenster eines Frisiersalons und zerfetzt der Angestellten Joan Cartridge den linken Unterarm. Um 16.02 Uhr stirbt George H. Franklin, 59, auf dem Parkplatz der Howard University. Am 3. Juli wird um 9.20 Uhr der Versicherungsagent James L. Buchanan, 39, beim Reinigen seines Pools getötet, um 12.10 Uhr …*

Marianne Felber, 32, seit Anfang des Jahres Journalistin beim *Zürcher Tagblatt*, sah sich den Polizeibericht über den Washingtoner Sniper an, den ihr ein Kollege von der *Washington Post* per E-Mail zukommen ließ.

Das Täterprofil des Scharfschützen erinnerte sie an Filme wie *Seven* oder *Copy Kill*. In beiden Filmen wollte der Täter Macht über die Polizei ausüben. Der Machtaspekt war auch beim Washingtoner Killer evident. Kaum hatte ihn die Presse als »Rentnerkiller« bezeichnet, begann er auf Jugendliche zu zielen. Er wollte nicht in ein Schema gezwängt werden.

Sie wusste von einem Kollegen, der für die Wochenzeitschrift FOLIOS in der Sniper-Szene recherchierte. Marianne kramte in ihrer Agenda und zündete sich eine Zigarette an. Es war die zehnte an diesem Freitag. Die zehnte der zweiten Schachtel. Gestern wollte sie mit dem Rauchen aufhören, dann heute Morgen diese Pressekonferenz.

Bei FOLIOS meldete sich der Anrufbeantworter. Sie sagte, worum es ging und hinterließ ihre Nummer.

Sie hatte noch nie einen Mordfall recherchiert. Etwas Lifestyle und Mode, sechs Monate Boulevard im Ausland und zwei Berichte für ein Reisemagazin. Dazu kamen ein abgebrochenes Wirtschaftsstudium, eine abgebrochene Beziehung und ein gebrochenes Herz.

Sie hätte den Mordfall unter normalen Umständen nicht bekommen, das wusste sie. Aber Randegger war nun mal in den Ferien und Oswald mit Nierensteinen im Spital. Daran ließ sich nichts ändern. Gott sei Dank.

Irgendwann bekommt jeder eine Chance, hatte sie sich gesagt, als das mit Hamburg nicht klappte und Ralph bei Andrea einzog. Andrea! Sie hatte die beiden einander sogar vorgestellt. Auf der Farewell-Party, bevor sie nach Hamburg zog. Hätten wenigstens Weihnachten noch abwarten können. Eine Frage des Stils, fand sie. Und Stil hatten sie beide nicht – Ralph nicht, und Andrea erst recht nicht.

Den Artikel für morgen hatte Marianne im Kasten. Frontseite Inlandteil. Bruhwyler hatte ihn noch etwas gekürzt, aber den Rest konnte ihr niemand mehr nehmen. Sollte Ralph doch bleiben, wo der Pfeffer wächst.

Sie rief nochmals bei FOLIOS an. Diesmal klappte es. Eine halbe Stunde später verließ sie die Redaktion in Richtung Limmatquai.

»Du warst doch heute auch bei der Pressekonferenz?«

»Klar.« Marianne Felber gab sich trotz der Hitze cool und fingerte nervös am Zellophan ihrer Zigarettenschachtel.

Sie saßen an der Limmat im Avalon, unter einem billigen Sonnenschirm, und warteten auf Prosecco und Wasser. Schräg gegenüber lag die Frauenbadi. Halb nackte Körper reihten sich wie Brathühner dicht aneinander auf den verblichenen Holzbrettern der Badeanstalt in der prallen Sonne. Es war eine Affenhitze, und Marianne hätte sich gerne noch geduscht. Überhaupt hätte sie sich lieber zum Abendessen verabredet, aber Hannes musste um sieben weg.

Hannes war stellvertretender Chefredaktor von FOLIOS und sofort bereit, sie zu treffen. Er hatte einiges über die Sniper-Szene in der Schublade, wie er sagte, und mit dem Mord auf dem Golfplatz würde das alles brandaktuell werden. Eine heiße Geschichte eben.

Als Wochenblatt könne er schon mit der Tagespresse zusammenarbeiten, das beiße sich nicht unbedingt. Ihn interessierten mehr die Hintergründe.

Marianne war froh darüber. Sie kannte es anders. In Deutschland hatte sie Kollegen, die weniger offen und hilfsbereit gewesen wären. Journalismus ist ein Haifischbecken; jeder zerrt an denselben Fleischbrocken. Sie dachte an Andrea und an Ralph und daran, dass sie auch lieber für ein Wochenblatt geschrieben hätte. Tagesjournalismus lag ihr nicht besonders.

Sie zündete sich eine Zigarette an, als der Kellner ihr den Prosecco und für Hannes eine Flasche Evian und ein Glas hinstellte.

»Das sind totale Spinner.« Hannes trank einen kräftigen Schluck Wasser. »Ich konnte mal mit einem sprechen. In einem abgelegenen Tal im Bündnerland haben wir uns getroffen.«

»Und?« Marianne nippte an ihrem Glas und versuchte einen nicht allzu neugierigen Eindruck zu machen.

»Die geben sich alle Decknamen. Der Typ, den ich getroffen habe, hieß Snoopy, wie der Hund von den *Peanuts*. Er ist zweiunddreißig, wohnt im Kanton Graubünden, ist Beamter von Beruf und Wachtmeister in der Schweizer Armee. Wenn er im Schützenstand die jährliche obligatorische Bundesübung schießt, dann holt er immer die Anerkennungskarte – mit maximal einem oder seltener zwei Verlustpunkten.«

»Mit was für einem Gewehr schießen die denn?«

»Das Obligatorische natürlich mit dem Sturmgewehr der Schweizer Armee …«, sagte Hannes. Er war nicht sicher, ob Marianne als Deutsche das wusste. In der Schweiz hatte fast jeder diese Knarre bei sich zu Hause.

Marianne wusste es nicht. Ralph war Amerikaner und somit in der Schweiz nicht dienstpflichtig.

»… sonst hat er eine Blaser Tactical R93, Kaliber .308.«

»Aha«, kam es von Marianne, der das alles nichts sagte. »Warum Snoopy?«

»Sie haben Angst, ihre wahre Identität preiszugeben. In Deutschland ist das Schießen mit Zielfernrohr – ZF im Jargon – gang und gäbe; hier in der Schweiz ist es verpönt.«

»Wieso? Gerade hier, wo doch jeder, wie du sagtest, eine Knarre zu Hause hat?«

»Weiß auch nicht. Hier gibt es Combat-Schützen, Luftgewehrschützen, Armbrustschützen und Vorderladerschützen, die mit Schwarzpulver hantieren. Aber keine Gruppe wird so verfemt, keine so schief angesehen wie die Präzisionsschützen.«

»Und wie weit kann er mit so einem Blaser-Dings mit ZF schießen?«

»Damit kann er …« Hannes sah sich um, deutete dann hinüber zur Frauenbadi. »Damit schießt er einer Fliege dort drüben ins Arschloch.«

Marianne hatte sich verschluckt und hustete. »Komm, erzähl keinen Scheiß.«

Hannes lachte, nahm die Sonnenbrille ab und wischte sich mit einem alten Stofftaschentuch den Schweiß von der Stirn.

Sie sah zum ersten Mal seine Augen. Zwei dünne Schlitze, hinter denen die Pupillen, wie die eines Reptils, zwischen fleischigen Lidern und Tränensäcken eingeklemmt waren.

»Die Weite allein spielt keine Rolle.« Hannes war klar geworden, dass Marianne von Schusswaffen nichts verstand. »Wichtig ist Weite in Verbindung mit Präzision. Langdistanzschützen zielen bis zu tausend Meter weit. Achthundert Meter weit entfernte Ziele, Jockey-Scheiben, die bei Einschüssen fallen, sind üblich. Als Meisterleistung gilt das Treffen eines Fünf-Franken-Stücks auf dreihundert Meter.«

»Also doch fast …« Marianne formte mit Zeigefinger und

Daumen einen Kreis, etwa in der Größe eines Fünf-Franken-Stücks. »Dann war das mit der Fliege nicht weit weg.«

»Genau. Auf dreihundert Meter!« Hannes deutete rüber zur Badeanstalt. »Bis dort sind es keine hundert!«

Marianne verkleinerte den Ring aus Zeigefinger und Daumen. »Ein Fünfzig-Rappen-Stück! Das ist ja unglaublich.«

»Ja, vielleicht. Ich weiß es auch nicht. Auf jeden Fall schießen die extrem präzis.«

»Der in Washington, da waren's achtzig Meter, habe ich gelesen«, sagte Marianne, die mit den Distanzen und den Geldstücken Mühe hatte.

»Genau. Das ist im Vergleich geradezu ein Kinderspiel«, bestätigte Hannes. Er rief den Kellner und bestellte nochmals dasselbe. Dann fuhr er fort: »Jeder Schuss wird in ein Logbuch eingetragen. Die erstellen Tabellen über ihre Treffsicherheit. Luftfeuchtigkeit, Höhe, Windstärke. Alles spielt eine Rolle.«

»Ist ja Wahnsinn.«

»Sind physikalisch top, die Jungs. Der Wind kann die Flugbahn eines Geschosses verfälschen, bei tiefer Temperatur explodiert Munition anders als bei hoher, überhaupt ist die Munition entscheidend. Zwischen 2.50 und 11 Franken kostet eine Patrone aus Schweizer Fabrikation, wenn sie manuell hergestellt oder wenigstens manuell auf ihre Eigenschaften kontrolliert wurde. Zum Vergleich: Für einen gewöhnlichen Schuss fürs Sturmgewehr werden 45 Rappen verlangt.«

Ein Glasboot mit Touristen schwamm fast geräuschlos an ihnen vorbei, stromaufwärts Richtung Seebecken.

»Der Jahresverbrauch an Munition liegt etwa bei tausend Schuss«, wusste Hannes.

»Das sind ja über zehntausend Franken.« Für Marianne waren das zwei Monate Ferien.

»Und die Knarre kostet mindestens noch mal so viel.«

Noch mal zwei Monate Ferien, dachte Marianne.

Die Terrasse füllte sich. Es waren junge Leute aus der Medienbranche oder Bankangestellte, die direkt von der Arbeit hierher kamen, etwas tranken und wieder gingen. Marianne liebte das Lokal. Wenn sie lange genug dasaß, hatte sie das Gefühl, nicht das Wasser, sondern sie selbst bewege sich. Sie genoss es, den Leuten beim Kommen und Gehen zuzusehen und ihren Gedanken freien Lauf zu lassen. Sie beobachtete Hannes, wie er sprach, und machte sich ein paar Notizen.

Er hatte eine weiche Stimme. Am Telefon hatte sie ihn sich anders vorgestellt. Jetzt, so wie er dahockte, mit seinem schwarzen T-Shirt, den Schweißflecken unter den Achseln, dem bleichen Hals und den gut und gerne fünf Kilo zu viel um Hüfte und Kinn, war sie froh, dass er abends keine Zeit hatte. Sie würde Jürgen anrufen. Der hatte immer Zeit.

6

Es war kurz vor halb sieben, und die Leute von der Spurensicherung waren immer noch nicht da. Eschenbach hatte sie für sechs Uhr bestellt.

Jean-Baptist von Matt, der diese Spezialeinheit seit über zwanzig Jahren leitete, war von altem Schrot und Korn. Überkorrekt und mindestens so pingelig wie eine Gouvernante in einem Fünf-Sterne-Hotel. Wenn von Matt zu spät kam, dann nur, weil er aufgehalten wurde. Wo blieb er nur, und wo war Aebischer?

Eschenbach ahnte, dass etwas nicht stimmte. Er suchte sein Handy, griff in die rechte, dann in die linke Hosentasche. Dann ging er zum Elektrowagen und war erleichtert, als er es in einer der Getränkehalterungen stecken sah.

Bevor er sich entscheiden konnte, ob er zuerst das Clubsekretariat oder lieber gleich von Matt anrufen sollte, hörte er Männerstimmen. Jagmetti, das Mädchen und der Golfprofi hörten sie auch, denn sie beendeten ihre Unterhaltung.

Es war Aebischers Stakkato, auf das ein breites, berndeutsches Legato folgte. Die vertraute Stimme von Matts. Dann Schweigen.

Jetzt sahen sie den Elektrowagen, der zuvor durch den nahen Hügel verdeckt worden war, auf sich zukommen.

Aebischer steuerte, von Matt saß wortlos daneben. Das Surren und Holpern, mit dem sie sich dem Tatort näherten, erinnerte Eschenbach an die alte Nähmaschine, mit der er als Kind gern gespielt hatte.

Eschenbach wartete, bis Aebischer neben ihm parkte. Energisch drückte der Clubmanager mit dem Fuß auf das Bremspedal, das in seiner Doppelfunktion als Standbremse knatternd einrastete.

»Dieser Herr«, begann Aebischer noch vor dem Absteigen und deutete mit dem Daumen auf von Matt, »will tatsächlich seinen *Hund* mitnehmen.«

Er betonte das Wort »Hund« so, als ob es sich dabei um das Schrecklichste, Widerwärtigste, gar Niederträchtigste handelte, das man sich vorstellen konnte.

»Na und?« Eschenbach, der natürlich wusste, was von Matt vorhatte, zog amüsiert die Augenbrauen hoch.

»Hunde sind verboten!«, kam es von Aebischer wie aus einer Kanone.

»Polizeihunde auch?«

»Alle Hunde sind verboten.«

Der Clubmanager hatte kein Gehör für Nuancen, und, was Eschenbach bereits wusste, auch keinen Sinn für Humor.

Der Kommissar hätte das Spielchen gerne noch ein wenig fortgesetzt, aber die Zeit wurde knapp. Drei Stunden höchstens blieben noch, bis es dunkel wurde. Falls es nicht schon vorher zu regnen begann. Sorgenvoll betrachtete Eschenbach die Wolken, die sich im Nordosten zu einer dunkelgrauen Wand zusammengezogen hatten. Sie mussten weiterkommen.

Barg die Anhöhe, links neben dem Waldrand, ein Geheimnis? Würde niedergetretenes Gras, ein gebrochener Zweig, ein liegen gelassenes Streichholz einen Hinweis auf den Heckenschützen geben können? War die Anhöhe überhaupt der richtige Ort, um nach Hinweisen zu suchen?

Irgendetwas würden sie finden; irgendetwas fand Jean-Baptist von Matt immer, wenn man ihn nur ließ. Und dass man ihn ließ, lag nun an ihm, an Eschenbach selbst.

Der Kommissar liebte es nicht, die Brechstange zu benutzen.

Es war ihm zuwider, was er jetzt tat. Er hatte selbst ein ambivalentes Verhältnis zu Autorität und hierarchischen Zwängen. Er unterhielt sich nur kurz mit Aebischer. Obwohl der Kommissar leise, fast flüsternd sprach, war es der Offizier, der einem Subalternen Order erteilte. Es war der Buchprüfer, der den Buchhalter anwies. Nach diesem kurzen Gespräch, das Eschenbach am fünfzehnten Loch mit dem Clubmanager führte, war alles anders.

Nicht nur hörte Aebischer damit auf, die Untersuchungen zu behindern. Der Clubmanager half fortan mit, überall dort, wo man ihn anwies und er zu helfen imstande war.

Während von Matt mit seinem Team das Gelände um die Anhöhe absuchte, Grashalm für Grashalm, Busch für Busch, brachte Aebischer belegte Brote aus dem Clubhaus. Er baute einen Klapptisch auf, über den er sorgsam ein weißes Tischtuch legte. Bier, Wein, Apfelsaft, Mineralwasser und Eistee stellte er hin, unter emsiger Mithilfe seiner hübschen Assistentin.

Selbst Tadaeus, dem Berner Sennenhund, stellte er einen Fressnapf mit geschnittener Wurst an ein schattiges Plätzchen. Auch eine Schale mit Wasser vergaß er nicht.

Von Matts Männer nahmen Abdrücke von Reifen- und Fußspuren. Fotografierten und notierten ihre Funde auf einem Laptop, den sie in einer schwarzen Ledertasche mit sich trugen.

An einigen Stellen wurden Grasproben genommen, die man später unter ein Mikroskop legen und auf einzelne Fasern hin untersuchen würde.

Eschenbach stieg auf die Anhöhe, machte aber einen großen Bogen um die Leute von der Spurensicherung. Er würde nur im Wege stehen, irgendwo ungeschickt etwas umtreten oder sonst hinderlich sein.

Nicht weit weg von dem Ort, an dem von Matt mit seiner Mannschaft hantierte, verlief ein teilweise mit Gras überwachsener Naturweg. Eschenbach folgte ihm und gelangte nach etwa dreihundert Metern zu dem Bauernhaus, das ihm bereits früher aufgefallen war.

Er hatte Recht. Das Gehöft, bestehend aus einem Haupt- und einem Nebengebäude, war tatsächlich ein Gasthaus.

Die Fassade des Hauptgebäudes war bis auf die Höhe des Kellerfundaments aus Holzschindeln gefertigt. Das ursprüngliche, helle Braun des Holzes war von der Sonnenbestrahlung fast schwarz geworden. Auf einem Schild stand in vergilbter brauner Schrift: Zum goldenen Egg.

Auf dem großen Platz vor dem Nebengebäude, wo früher Heu abgeladen oder Weizen gedroschen wurde, war ein Parkplatz. Es standen gut ein Dutzend Autos dort sowie einige schwere Motorräder.

Eschenbach stieg die paar Treppen hinauf, die zum Eingang der Gaststube führten, und trat ein.

Drinnen herrschte reger Betrieb. Rauchschwaden hingen unter der niedrigen Holzdecke, und am Stammtisch spielten vier Männer Karten. An den meisten Tischen wurde gegessen. Hinter der Theke stand eine Frau mit imposanten Oberarmen, die gerade ein Bier zapfte. Sie hatte kurz geschnittenes, fettiges blondes Haar.

Im Gegensatz zu den Kartenspielern, die von Eschenbach keine Notiz nahmen, hatte sie ihn gleich bemerkt. Überhaupt schien sie den ganzen Raum mit ihren kleinen, wachen Augen zu kontrollieren. Sie musterte Eschenbach von Kopf bis Fuß, wandte sich wieder ab und zapfte ein weiteres Bier. Keine Begrüßung. Kein Kopfnicken, kein Lächeln, kein gar nichts.

Eschenbach ging durch die gut besuchte Stube, an Tischen und Bänken vorbei, direkt auf sie zu.

»Guten Abend, mein Name ist Eschenbach …«

»Zum Wohl, Herr Kommissar.« Sie stellte ihm das eben gezapfte Bier hin und lief mit einem vollen Tablett davon.

»Ich komme gleich wieder«, rief sie ihm zu, ohne den Kopf zu wenden.

Eschenbach nahm einen Schluck, dann einen zweiten und einen dritten. Überhaupt hatte er, fiel ihm ein, seit Mittag nichts mehr getrunken. Er stellte das leere Glas auf die Theke zurück.

Die Dame mit der Fettfrisur kam zurück. Wieder mit vollem Tablett, dieses Mal mit leeren Gläsern und Tellern. Sie stellte es auf die Ablage, links neben der Durchreiche zur Küche.

Eine Bratwurst mit Rösti wartete, bis man sie holen würde. Der Kassenbon lag obenauf und hatte Fettflecken; die Wurst war etwas dunkel geraten. Leere Teller standen neben vollen, und volle Bierflaschen standen neben leeren.

Die Frau fluchte. Sie rief durch die Durchreiche etwas in die Küche. Dann wischte sie sich die Hände an der speckigen Schürze ab.

»Können einfach nicht speditiv arbeiten, diese Ausländer«, sagte sie zu Eschenbach und deutete mit dem Kopf zur Durchreiche.

Eschenbach räusperte sich. Was sollte er dazu sagen? Auch nach vielen Jahren Polizeiarbeit widerte ihn dieser Stammtisch-Rassismus an. »Dann nehmen Sie doch Schweizer.«

»Die waschen kein Geschirr«, kam es prompt. »Schon gar nicht zu dem Lohn, den ich zahlen kann.«

»Aha. Wenig Geld, wenig arbeiten.«

»Ich bezahle nicht wenig.«

»Das ist mir auch gleich. Ich bin nicht vom Arbeitsamt. Ich ermittle in einer anderen Angelegenheit.«

»Wegen dem erschossenen Golfer.«

»Genau.« Eschenbach war nicht überrascht. Er wusste, wie schnell sich solche Neuigkeiten verbreiteten. Er blickte auf die Bratwurst, die immer noch auf ihren Weitertransport wartete.

»Haben Sie morgen früh eine halbe Stunde Zeit? Sie haben jetzt sicher zu tun.«

»Morgen ist Samstag …«

»Ich dachte nur, dann müssten Sie nicht extra nach Zürich aufs Präsidium kommen. Um neun, geht das?«

»Dann halt.«

»Dann bis morgen. Und danke fürs Bier.«

Als Eschenbach aus der rauchigen Stube hinaus ins Freie trat, war es fast dunkel, und es wehte ein steifer Wind. Zwei Gäste hantierten auf dem Parkplatz mit dem Verdeck ihres Sportwagens. Auf der Anhöhe war niemand mehr zu sehen.

Eschenbach lief den Feldweg zurück in Richtung Golfplatz.

Angenommen, der Schütze hatte wirklich von hier geschossen, dann alle Achtung. Verdammt weit, dachte er, als er auf gleicher Höhe stand wie zuvor seine Leute und hinunter auf die fünfzehnte Spielbahn blickte.

Ihm schienen schon die dreihundert Meter weit, die im Militär zum Pflichtprogramm gehörten. Das hier mussten gut und gerne sechshundert oder mehr sein. Ein hervorragender Schütze.

Als Eschenbach durch das halbhohe Gras den Hang hinunterstapfte, sah er, wie Aebischer versuchte, die weiße Tischdecke zusammenzufalten. Das Tuch zappelte im Wind, wie eine Friedensfahne, mit der Aebischer zu winken schien.

Eschenbach lächelte. Ihm gefiel die Symbolik.

Dann kam ihm in den Sinn, dass die weiße Fahne am Schießstand das Zeichen für *Scheibe nicht getroffen* war. Er musste lachen.

Als er unten ankam, war alles aufgeräumt. Aebischer saß bereits im Elektrowagen und winkte ihm zu.

»Kommen Sie, Herr Kommissar, wir müssen zurück. Es kommt gleich ein Gewitter.«

Eschenbach stieg auf und setzte sich neben den gut gelaunten Aebischer auf die schwarze Kunstlederbank. Der Wagen fuhr mit einem Ruck an.

»Tüchtige Leute haben Sie«, sagte der Clubmanager und steuerte das Gefährt zwischen Büschen und Sträuchern durch das Halbdunkel.

»Meinen Sie?«

»Absolut! Sogar einen Computer hatten sie dabei.«

»Und einen Polizeihund.« Eschenbach konnte sich die Bemerkung nicht verkneifen.

»Ja, Tadaeus hat die Stelle sofort gefunden.«

»Tatsächlich?«

»Von Matt erzählte, er sei im Lawinenrettungscorps gewesen.«

»Wer, von Matt?«

»Nein. Der Hund natürlich.«

»Logisch. Dumm von mir.« Er versuchte, seine Geistesabwesenheit mit einem Lächeln zu entschuldigen. »Von Matt kann gar nicht Ski fahren.«

»Würde mich wundern, wenn es der Hund kann«, kam es von Aebischer trocken zurück.

Zuerst musste Eschenbach nur schmunzeln, dann verfiel er in ein schallendes Gelächter. Er stellte sich von Matts Sennenhund in grellgelben Skistiefeln vor, wie er mit Lawinenschutzgerät und einem Fass Rum um den Hals den Hang hinunterwedelte.

Eschenbachs Körper zitterte, während er versuchte, seinen Lachanfall unter Kontrolle zu bekommen.

Da tauchten in seiner Erinnerung plötzlich die Wedelkurse in den Flumser Bergen wieder auf, die er nach der Scheidung von Milena besucht hatte. Der Skilehrer in der roten Skijacke mit dem Emblem der örtlichen Skischule, die jüngere Dame mit dem engen, pfirsichfarbenen Anzug, der ältere Anwalt aus Travemünde, den selbst die grauenhaftesten Stürze nicht vom Skifahren hatten abbringen können; alle waren sie jetzt Berner Sennenhunde.

Sogar Elsbeth, die Kunststudentin aus Bern, mit der er während seiner Skiferien ein kurzes, aber intensives Verhältnis hatte, war plötzlich eine Hündin mit feuchter Schnauze und schwarzblonden Plüschohren.

Eschenbach wischte sich mit dem Handrücken die Tränen aus den Augen und erholte sich erst wieder, als das hell beleuchtete Clubhaus vor ihnen auftauchte.

»Ich dachte, Sie hätten keinen Humor, Aebischer.«

»Und ich dachte, Sie wären ein Beamtenarsch.«

»Wie der Schein trügt.«

»Eben.« Aebischer parkte den Golfwagen hinter dem Clubgebäude. »So, jetzt gibt's was zu essen«, sagte er und sprang vom Kart herunter.

Eschenbach war's recht. Er sah auf die Uhr. Es war Viertel nach zehn. Er hatte den ganzen Tag nichts gegessen und kaum etwas getrunken. Und plötzlich, jetzt, da er ans Essen dachte, spürte er die schmerzende Schwere seiner Beine.

Er entdeckte, wie sich die Schwerkraft potenzierte und wie matt und ausgelaugt er sich fühlte. War er es auch wirklich – oder fühlte er sich nur so? War das Ganze ein rein mentales Problem, wie Corina immer sagte? Einfach nicht dran denken? Diese indischen Yogis, von denen sie erzählte, die monatelang nichts aßen; dachten die einfach nicht daran? Haben keinen Aebischer, der sie daran erinnert, dachte er. Was ich nicht denke, ist auch nicht, kann nicht sein. Darf nicht sein? War es so einfach?

Eschenbach lud zum zweiten Mal Braten auf seinen Teller.

Sie saßen an einem großen, runden Tisch. Von Matt und seine zwei Polizisten, von denen Eschenbach einen von früher her kannte, Johnny, Doris Hottiger, Jagmetti und Aebischer.

Von Matt gab ein kurzes Resümee. Er vermied es, voreilige Schlüsse zu ziehen oder Indizien preiszugeben. Andererseits verpackte er das Nichtssagende so spannend, dass ihm Doris Hottiger, Johnny und Aebischer an den Lippen hingen. Er referierte über berühmte Fälle der Kriminalistik und freute sich über seine aufmerksame Zuhörerschaft.

»Und Sie meinen wirklich, den perfekten Mord gibt es nicht?« Es war Frau Hottiger, die das wissen wollte.

»Nein. Es gibt unaufgeklärte Morde. Aber den perfekten Mord gibt es nicht.«

»Aber wenn er nicht aufgeklärt, der Mörder nicht gefasst wird, dann ist er doch perfekt«, gab Johnny zu bedenken.

»Nicht unbedingt. Vielleicht hat man den Fehler, der begangen wurde, einfach nicht oder noch nicht entdeckt«, entgegnete ihm Jean-Baptist von Matt und stopfte seine Pfeife.

»Die Katze beißt sich doch in den Schwanz«, sagte Aebischer. »Wie weiß ich bei einem unaufgeklärten Mord schon von vorneherein, dass ein Fehler begangen wurde? Ich muss den Fehler doch zuerst finden, um zu beweisen, dass es einen Fehler gab.«

»Womit Sie sagen wollen, dass, wenn der Fehler gefunden wird, der Fall auch geklärt sei«, grummelte Eschenbach mit vollem Mund.

»Genau. Die Katze beißt sich in den Schwanz.« Aebischer strahlte und Eschenbach nahm ein drittes Mal Kartoffelpüree und Braten.

»Nicht ganz. Es könnte ja auch sein, dass trotz des Fehlers der Mörder nie verurteilt wird.« Von Matt gab nicht auf.

»Ja, gibt es denn das?«, fragte Aebischer, der Mühe hatte, das in seiner Vorstellung von Recht und Ordnung unterzubringen.

»Das kommt öfter vor, als Sie denken«, meldete sich Jagmetti und hob vielsagend die Augenbraue.

»Und der Mörder ist immer der Gärtner«, spottete Eschenbach, der nun endlich das Besteck zur Seite legte und sich mit der Serviette den Mund abwischte. Er blickte mit einem Augenzwinkern in die Runde. »Nimmt noch jemand einen Nachtisch?«

Alle lachten.

»Dann muss Gregor der Mörder sein«, rief Johnny.

»Wieso Gregor?«, kam es von einem der Polizisten und Doris Hottiger fast gleichzeitig.

»Er ist der Gärtner … oder, besser gesagt, unser Greenkeeper«, sagte Aebischer, der als Einziger den Witz begriffen hatte.

Wieder lachten alle, wobei sich Johnny kräftig auf die Schenkel schlug und den Scherz in der nächsten Stunde noch dreimal zum Besten gab.

Trotz der Gemütlichkeit, die sich langsam breit machte, trotz Kartoffelpüree und Kalbsbraten, Flan-Caramel, einem Barbaresco und drei Runden Grappa konnte sich Eschenbach nicht richtig entspannen.

Er hatte einen Mord aufzuklären und nichts in der Hand. Es war wie bei einem dieser Geburtstage, er wusste nie, was er schenken sollte. Und weil ihm nichts einfiel, schenkte er Wein oder Blumen oder beides. Lauter Verlegenheitslösungen.

Die Überprüfung der Mitgliederliste, die ihm Aebischer gegeben hatte, würde in reine Fleißarbeit ausarten. Vielleicht würde sich etwas daraus ergeben. Bürokram, Dinge aus Verlegenheit eben.

Von Matt, den er zwischendurch kurz auf dem Pissoir sprach, äußerte sich zuversichtlich. Aber das war er immer. Berufsoptimist.

Was sollten die Reifenabdrücke und Spuren ergeben? Der Förster vielleicht? Ein Campingausflug, ein Liebespaar oder, wie Johnny meinte, doch der Gärtner? Hundertmal schon waren es Irrläufe gewesen. Und immer diese Warterei, die ihm, je älter er wurde, umso mehr zusetzte.

Der Kriminalist ist noch schlimmer dran als der Haremswächter, war einer der Lieblingssätze von Matts. Er darf zwar nicht mitmachen, aber er ist wenigstens dabei, wenn's passiert. Wir kommen immer erst, wenn alles wieder aufgeräumt ist.

Eschenbach fand den Satz nie lustig, was nicht hieß, dass es nicht stimmte. Er fühlte sich einsam, trotz der Fröhlichkeit, die ihn umgab.

Er dachte an Corina und daran, dass er sie und Kathrin übers Wochenende im Engadin besuchen würde. Was sie wohl gerade taten? Es war halb zwölf. Schliefen sie schon? Er dachte an die Aufzeichnungen des Gesprächs mit Dr. Bettlach, die er in seiner Jacke im Taxi liegen gelassen hatte. Hoffentlich bekam er sie wieder. Keine Tatwaffe, kein Motiv, keine Verdächtigen.

Es drehte sich alles im Kreis. Er hätte die Schnäpse besser nicht getrunken. Jetzt war es zu spät. Er nahm noch einen Schnaps und zum Abschluss noch ein Bier.

7

Linus Breitenmoser war Headhunter – ein Kopfjäger gewissermaßen. Im Fachjargon hieß das, was er tat, *Executive Search.* Er suchte im Auftrag von Firmen Leute für Kaderpositionen. Jahressaläre von einer Viertel Million Schweizer Franken waren das Mindeste; kleine Sachen interessierten ihn nicht. Die Personen, die er suchte, jagte er anderen Unternehmen ab. Zwischen 30 und 35 Prozent des Jahresgehalts fielen für ihn ab, wenn einer von A nach B wechselte. Plus Spesen natürlich.

Marianne Felber kannte Linus noch aus der Zeit, als er Handelschef bei der zweitgrößten Bank im Land war. Acht Jahre waren seither vergangen, die kurze Liaison, die sie mit ihm gehabt hatte, eingeschlossen.

Als sie in die Lounge des Hotel Storchen kam, saß Linus bereits an einem der kleinen Tische und las in einem Papier. Er hatte hellbraunes, an den Schläfen weißliches Haar, trug eine Brille mit Goldrand und einen dunklen, einreihigen Nadelstreifenanzug. Er war Mitte fünfzig.

»Danke, dass du dir für die Sache Zeit genommen hast«, sagte sie, küsste ihn flüchtig auf die Wange und ließ sich auf einen Stuhl schräg gegenüber fallen.

»Ich dachte, dich gibt es gar nicht mehr.« Er musterte sie lächelnd. Dann sprachen sie über Vergangenes und ein wenig darüber, was das Früher mit der Gegenwart verband.

»Ich habe deinen Artikel gelesen – klingt spannend.«

»Mordsmäßig spannend.« Sie verzog den Mund zu einer Grimasse. »Ich kam rein zufällig zu dieser Geschichte … etwas Glück gehört manchmal auch dazu.«

Er nickte.

»Hast du den Lebenslauf bekommen?«, wollte sie wissen und zündete sich hastig eine Zigarette an.

»Ja, hier.« Er wedelte mit dem Papier. »Ich bin ihn gerade noch mal durchgegangen. Interessant.« Er legte die Akten neben das Glas Weißwein auf den Tisch. »Ist Chardonnay okay?«

»Sicher, schon.«

Er winkte der Kellnerin.

»Was meinst du mit interessant?« Sie spielte mit einem kleinen, orangefarbenen Plastikfeuerzeug und sah ihr Gegenüber erwartungsvoll an.

»Philipp Bettlach war ein interessanter Typ.«

»Hattest du mit ihm zu tun?«

»Ja, vor zwei Jahren. Er hatte mich gebeten, jemanden für ihn zu suchen. Einen Betreuer für gehobene Privatkundschaft.«

»Ach ja? Komm, erzähl!«

»Wir trafen uns in der Kronenhalle zum Lunch. Dabei wollte er wissen, wie ich arbeite; meine Kontakte und die Methode, mit der ich auf Kandidaten zugehe und sie auswähle. Bettlach sprach wenig von sich, hörte aufmerksam zu und stellte die richtigen Fragen.«

»Du meinst ein richtiger Sympathikus …« Marianne kramte ein paar zusammengefaltete DIN-A4-Blätter aus ihrer Mappe und las daraus vor: »Matura Typus A, mit Auszeichnung. Abschluss in Economics an der Standford University, ein Master of Business Administration am INSEAD in Fontainebleau … Entschuldige, aber das klingt nach arrogantem Arschloch.«

»Ist das deine Interpretation von Bildung?«

»Nicht unbedingt. Aber wenn du jetzt noch sagst, dass er gut aussah und Blockflöte spielen konnte, dann muss ich lachen.«

»Dir hätte er gefallen«, konterte Linus.

»Nein, da irrst du dich.« Marianne hielt inne. »Auf den ganzen drei Seiten ist kein einziger schwarzer Fleck auszumachen.« Sie schlug mit der Hand aufs Papier. »Kein Misserfolg, nichts, was in die Binsen ging. Das ist doch einfach nicht normal.«

»Offenbar gibt es Ausnahmen.«

»Aber nicht mit sechsundfünfzig Jahren. Da muss es doch etwas geben, das nicht ins Bild passt.« Energisch drückte sie den Zigarettenstummel in den Aschenbecher.

»Neid, wahrscheinlich.«

»Ich bin nicht neidisch, nur eben misstrauisch.«

»Als Motiv für den Mord, meine ich. Könnte doch sein, oder?«

»Vielleicht.« Marianne dachte nach. Dann schüttelte sie den Kopf. »Ich glaub nicht dran.«

»Jedenfalls bin ich mit ihm ins Geschäft gekommen«, erzählte Linus nicht ohne Stolz. »Fünf Kandidaten hatte ich ihm präsentiert, alle mehrsprachig mit besten Referenzen. Nachdem er mit jedem ein mehrstündiges Interview geführt hatte, entschied er sich für den Besten.«

»Für den Teuersten, nehme ich an?«

»Jedenfalls konnte er mit Menschen umgehen, hatte ein unglaubliches Gespür für Talente. Er war offen, intelligent …« Linus suchte nach weiteren Adjektiven. »Zwei Wochen später hatte ich mein Honorar.«

Die junge Hotelangestellte brachte ein zweites Glas Chardonnay.

Er prostete der Journalistin zu.

Nachdem sie einen Schluck getrunken hatte, stellte Marianne den Wein zurück auf den Tisch. »Sei einmal ehrlich, Linus. Angenommen, es wäre nicht dein Kunde, sondern irgendein Kandidat gewesen. Würde dich dieser Lebenslauf nicht auch stutzig machen?«

Linus hielt das Weinglas gegen das Licht. »*Too straight*, würde ich sagen.«

»Der Wein oder Bettlach?«, kam es ungeduldig von Marianne.

»Beides.« Er lachte. »Aber wenn jemand etwas zu verbergen hat, dann steht es ganz sicher nicht in seinem Lebenslauf.«

»Wo denn?«, wollte Marianne wissen.

»Vergraben. Zwischen den Zeilen … oder zu Hause im Keller. Was weiß ich.«

»Wo würdest du denn suchen?«

»Im Privaten vielleicht. Da steht nicht viel.«

»Geschieden, keine Kinder, Golf«, las Marianne.

»Eben.«

»Du meinst, er war doch nicht so ein Goldhamster.«

»Das habe ich nicht gesagt … Nur, wenn jemand diese Abschlüsse so hinpfeffert, mit Bestnoten wohlverstanden, dann fehlt es vielleicht woanders.«

»Auch ein Vorurteil, oder?«

»Nennen wir's eine Arbeitshypothese.«

»Du hast doch etwas im Köcher. Komm, rück raus damit … der Typ ist tot.«

»Der Banker, den ich Bettlach vermittelt hatte …« Linus zögerte.

»Ja?« Marianne zog eine Zigarette aus der Schachtel. »Was ist mit ihm? Lass dir nicht alles aus der Nase ziehen.«

Linus gab ihr Feuer. »Nach einem halben Jahr war er wieder weg.«

»Du meinst entlassen?«

»Nein. Er ist von sich aus gegangen.«

»Weißt du, weshalb?«

»Die Chemie stimmte nicht, genauer wollte er es mir nicht sagen.«

»Wo ist er jetzt?«

»Wieder bei der Credit Suisse.«

»Kannst du mir nicht den Namen … ich meine, dann könnte ich ihn anrufen?«

Linus schüttelte den Kopf.

Marianne ließ nicht locker. Eine Dreiviertelstunde saßen sie da, sprachen über alles Mögliche und tranken ein zweites, und noch ein drittes Glas Wein. Dann hatte Marianne, was sie wollte.

Die Redaktion des *Zürcher Tagblatts* war unterbesetzt. Und als nähme die Welt darauf Rücksicht, gab es nichts Spektakuläres, über das man hätte berichten können. Man zog hier wie dort Konserven aus der Schublade oder ging auf Pressekonferenzen, die man sonst links hätte liegen lassen.

Der Mordfall Bettlach war eine Ausnahme, und seit Marianne ihren Artikel platziert hatte, grüßte und kannte man sie.

Dario Hollenweger von der Sportredaktion streckte neugierig den Kopf über ihre Schulter. »Gibt's was Neues?«, wollte er wissen.

»Vielleicht.« Sie lächelte vielsagend.

Als Dario merkte, dass aus Marianne nichts herauszuholen war, schimpfte er über die desolate Leistung des FC Zürich im letzten Spiel gegen den Stadtrivalen Grashoppers.

»Der letzte Heimerfolg datiert vom August 1984«, lamentierte er.

»Wenn zwei Zürcher Clubs in ihrer Heimatstadt gegeneinander spielen, dann gibt es zwangsläufig einen Heimerfolg«, gab Marianne zu bedenken. »Vorausgesetzt, sie spielen nicht unentschieden.«

»Der FCZ und der GC, das ist wie 1860 München und Bayern München … andere Welten, wenn du weißt, was ich meine.«

»Ich kenne nur den Hamburger SV«, sagte sie. »Da ging ich mit meinem Vater hin, als ich zehn oder elf war.«

Dario winkte ab und meinte, dass er noch etwas erledigen müsse.

Marianne wählte die Hauptnummer der Credit Suisse in Zürich. Nachdem sie zweimal verbunden wurde, meldete sich Konrad Affolter, Leiter des Foreign Client Desks am Paradeplatz.

»Ich habe Ihren Namen von Linus Breitenmoser«, sagte sie und kam gleich zur Sache.

»Ich möchte darüber nicht sprechen«, sagte der Banker.

Marianne spürte das Unbehagen in seiner Stimme. »Ich versichere Ihnen, dass wir unsere Quellen vertraulich behandeln.«

»Es war in bestem gegenseitigen Einvernehmen, kann ich nur sagen.«

»Nach nur sechs Monaten?«, hakte sie nach.

»Mehr kann ich dazu wirklich nicht sagen.«

»Linus Breitenmoser glaubt, dass die Chemie zwischen Ihnen beiden nicht stimmte. War es das?«

»Ja, so könnte man es nennen.«

»War die Polizei schon bei Ihnen?«, wollte Marianne wissen.

»Weshalb? Ich meine, warum sollte sie?« Der Banker wurde unsicher.

»Angenommen, Sie hatten sich gestritten … was weiß ich schon. Jedenfalls klingt das alles sehr verwirrend. Man könnte leicht den Eindruck gewinnen, Sie wollten sich für etwas rächen.«

»Ich habe doch nicht …« Affolter holte Luft. »Immerhin war ich es, der gekündigt hatte.«

»Dann muss es dafür doch einen triftigen Grund gegeben haben. Philipp Bettlach war ein äußerst ehrenwerter, ein zuvorkommender Mensch.«

»Von außen vielleicht. Ich weiß nicht, wie gut Sie ihn kannten.«

»Gar nicht«, erwiderte Marianne. »Aber ich höre nur Gutes.«

»Ich möchte nicht sagen, dass er schlecht war.«

»Sondern?«

»Schwierig.« Affolter räusperte sich. »Einerseits war er sehr zuvorkommend, charismatisch, so wie man ihn in der Öffentlichkeit wahrgenommen hat. Andererseits konnte er sehr verletzend, ja geradezu bösartig sein. Glauben Sie mir, Philipp Bettlach war nicht der Mensch, für den er allgemein gehalten wird.«

»Können Sie nicht etwas genauer sein?«

»Mehr kann ich Ihnen wirklich nicht sagen. Ich habe mein

Arbeitsverhältnis mit der Zürcher Handelsbank aufgelöst und bin an ein Stillschweigen gebunden.«

»Hat man Ihnen Geld geboten?«

»Wie gesagt, ich kann Ihnen nicht weiterhelfen. Tut mir Leid.«

»Haben Sie mit seinem Bruder, Johannes Bettlach, darüber gesprochen? Ihm gehört doch die ...«

Konrad Affolter hatte aufgelegt.

8

»Hier beginnt die Via Mala, von der ich Ihnen erzählt habe.« Die gepflegte Dame mit dem großen Busen und der viel zu engen Bluse, die Eschenbach im Speisewagen der Rhätischen Bahn gegenübersaß, gab sich dramatisch. »Der böse Weg, heißt es auch.«

Der Zug stand auf dem Bahnhofgleis in Thusis und würde gleich weiterfahren. Über Tiefencastel, Filisur, Bergün, Preda, Samedan und Celerina würde er ihn ins Oberengadin führen und planmäßig um 13.55 Uhr in St. Moritz Bad eintreffen.

Eschenbach blickte zum Fenster hinaus. Er kannte die Via Mala natürlich auch. Welches Kind in der Schweiz kannte sie nicht, die alte, von abschüssigen Felsen flankierte Straße zwischen Thusis und Zillis, die weiter südlich über den Splügenpass ins italienische Chiavenna führte.

Unzählige Geschichten, meist erfundene, hatte er seiner Tochter erzählt, als sie noch klein war. Von Wegelagerern und reichen Kaufleuten. Von halbseidenen Gestalten, die bei Dämmerlicht Schmuggelware auf Maultieren von Italien in die Schweiz schleppten.

Irgendwann interessierte sich Kathrin nicht mehr für seine Geschichten, und etwas später dann nur noch für Jungs.

Eschenbach interessierte sich für die Geschichten seiner Tischnachbarin auch nicht mehr, was sie kaum störte. Sie war über dreißig Jahre Mittelschullehrerin in Graubünden gewesen und gegen desinteressierte und gelangweilte Zuhörer immun.

»… und gleich da hinten, ungefähr fünf Kilometer südlich von hier kommt eine der eindrücklichsten Schluchten der Schweiz. Dreihundert Meter hohe Felswände bilden ein gewaltiges Tobel«, referierte sie munter weiter. Der Busen bebte und ihre dunklen Augen, die durch die dicken Gläser ihrer Hornbrille vergrößert wurden, glänzten wie reife Kirschen.

Eschenbach war an diesem Tag früh aufgestanden. Er liebte die frühen Stunden an Samstagen, wenn Zürich noch ruhte.

Die Storchengasse war er hochspaziert bis zum Münsterplatz, in die Bahnhofstraße eingebogen und hinunter bis zum See gegangen.

Das Gewitter, das sich am Abend zuvor angekündigt hatte und das so gut getan hätte, war ausgeblieben. Der Himmel war wieder klar und wolkenlos. Er machte zwei Boote aus, die ohne Segel, dafür mit Motor, einen Ankerplatz anliefen. Frühaufsteher? Spätheimkehrer? Er tippte auf Letzteres.

Die Möwen kreischten und absolvierten ihr morgendliches Flugtraining. Bald würden die Motor- und Dampfschiffe hier an- und ablegen. Würden Ladungen von Menschen aufnehmen, in ihre dicken Bäuche und auf ihre ausladenden Decks. Die Möwen würden die Schiffe begleiten, hinauf bis nach Rapperswil und wieder zurück an den Bürkliplatz. Manche würden vorauseilen, andere hinterherfliegen. Vorboten und Nachzügler. Und alle würden sie in die Luft geworfene Brotkrümel mit waghalsigen Manövern erhaschen und dabei kreischen, wie sie es immer taten.

Eschenbach zog gemächlich an seiner Brissago und machte sich langsam auf den Heimweg. Manchmal blieb er stehen, schaute den Gemüseverkäufern beim Aufstellen ihrer Stände zu oder grüßte freundlich, wenn ihn jemand zu kennen schien. Hier und da vernahm er das Kreischen halb leerer Trams. Es war ein anderer Klang, als der heisere Schrei der Möwen.

Nachdem er zu Hause ein paar Sachen in seine Reisetasche gepackt hatte, fuhr er ins Goldene Egg.

Fettfrisur hatte sich die Haare gewaschen, und das Frühstück stand auf dem Tisch. Speckrösti und Spiegelei. Frisches Brot, riesige Portionen von Aufschnitt, Bündnerfleisch und Salami. Dazu heißer Kaffee und frische Milch und Butter vom Bauernhof.

Fettfrisur hieß in Wirklichkeit Hildy Gaffner. Sie führte den Betrieb alleine, seit sich ihr Mann vor zwei Jahren mit einer Kellnerin, einer Russin, davongemacht hatte.

Sie habe vor allem Stammgäste. Waldarbeiter, Motorradfahrer, Biker, Leute vom Vermessungsamt, Bauern aus der Gegend und Rentner mit Hunden, hatte sie Eschenbach erzählt. Viele Rentner seien darunter, schlügen ihre Zeit mit Kartenspielen und einem Gläschen Wein tot. Einfache Leute. Froh, wenn sie nicht zu Hause sein müssten und fürs wenige Geld noch etwas Währschaftes bekämen.

Ab und zu habe sie auch mal das Militär zu Gast. Das brauche es auch, hatte sie gemeint. Man müsse tolerant sein. Aber keine Ausländer, vor allem keine aus Russland.

Die Frage, ob auch Golfer zu ihr kämen, verneinte sie. Es sei eine andere Welt dort drüben. Allerdings sei ihr ein weißes oder sandfarbenes Auto aufgefallen, das auf dem Parkplatz gestanden habe. Ein VW oder Opel. Sie hatte sich nicht festlegen wollen. Aufgefallen sei es ihr deshalb, weil es ein schwarzes Militärkennzeichen gehabt habe, aber niemand vom Militär in der Gaststube war.

Sie schauten sonst immer bei ihr herein, die Herren vom Militär. Auch die Offiziere. Wenn es auch nur auf ein Bier, einen Kaffee oder eine Ovomaltine sei. Man müsse schließlich tolerant sein, sonst stünde niemand da, wenn die Russen kämen.

»Todsicher, Herr Kommissar«, hatte sie gesagt. »Der Wagen war da. Am Donnerstag ... und gestern auch, als ich die Abfälle in die Sautränke gebracht habe.

Eschenbach war unwohl geworden, als er daran dachte, wie

sie alle auf dem Platz gestanden hatten. Wie weidende Rehe im Zielfernrohr des Jägers.

An das Militärkennzeichen hatte sie sich nicht erinnern können. Das hätte Eschenbach auch verwundert. Aber es wies in eine Richtung, in die der Kommissar auch schon gedacht hatte.

Wer aus über sechshundert Metern einem den Kopf wegschoss, musste ein verdammt guter Schütze sein. Es gab vielleicht zwei Dutzend Leute im Land, die das konnten, und es lag auf der Hand, dass man sie bei der Polizei oder beim Militär finden würde.

Nach einem Frühstück, das auch für einen Waldarbeiter sehr reichlich bemessen gewesen wäre, und einem selbst gebrannten Kirsch, auf dem die Wirtin bestand, verließ Eschenbach das Goldene Egg.

Er hatte sich überessen. Sein Magen brannte die Speiseröhre hoch; er fühlte sich schon wieder hundemüde. Und weil er noch einen Bericht von Salvisberg in der Tasche hatte, den er unbedingt lesen wollte, hatte er sich entschieden, das Auto stehen zu lassen und mit der Bahn ins Engadin zu fahren.

Er hatte sich darauf gefreut, in Ruhe die Zeitung lesen und seinen Gedanken nachhängen zu können. Dass sich kurz nach Chur eine ältere, mollige Dame mit Riesenbusen und auffallend dicken Brillengläsern zu ihm ins Abteil und später an denselben Tisch im Speisewagen setzte, war einfach Pech gewesen.

»… und 1974 bin ich als junge Volontärin zum ersten Mal dort runtergestiegen. In die Via Mala-Schlucht. Über dreihundert Tritte, stellen Sie sich das vor. Damals war es noch nicht so abgesichert wie heute. Und das alles mit zweiunddreißig Viertklässlern … heute undenkbar.«

Eschenbach zündete sich eine neue Brissago an und blickte zum Fenster hinaus. Die Vegetation war karger als unten im Tal. Die Natur hatte sich darauf eingerichtet, dass die Sommer hier kürzer und die Winter länger waren.

Er gähnte, doch auch das half nichts.

Es kamen Erläuterungen über die Brücken aus dem 18., 19. und 20. Jahrhundert. Und dann folgten die üblichen Räubergeschichten, die kurz nach Tiefencastel bruchlos in einen Abriss über die Historie Bündens übergingen.

Eschenbach bestellte noch eine Flasche roten Veltliner, was unweigerlich zu einer Abhandlung über die Veltliner Morde von 1620 führte, die das düstere Kapitel der Bündner Schreckensherrschaft ausleuchtete.

Der Kommissar schenkte nach und vergaß auch sein Gegenüber nicht, wofür er mit einem ausführlichen und temperamentvoll vorgetragenen Exposé über den Dreißigjährigen Krieg belohnt wurde.

Neben Eschenbach lagen der Bericht von Salvisberg und das *Zürcher Tagblatt. Exekution auf dem Golfplatz,* von Marianne Felber, stand im *Tagblatt*, und die medizinischen Details dazu im zwölfseitigen Bericht des gerichtsmedizinischen Instituts.

Weder hier noch dort las er etwas, das er nicht schon wusste oder zu wissen glaubte. Das Projektil, Kaliber .308, hatten von Matts Leute von der Spurensicherung am Tag darauf gefunden. Ein gängiges Kaliber für Langdistanzgewehre.

Mit Salvisbergs Angaben zum körperlichen Befund, Mageninhalt, Blutgruppe und dergleichen konnte er beim besten Willen nichts anfangen.

Das Wort, an dem er hängen blieb, war *Exekution.* Es unterstellte ein Motiv: Rache, Vergeltung. Aber Rache, wofür?

Die weitaus häufigsten Motive bei Mord waren Eifersucht und Habgier. Die Rangfolge variierte je nach Land und der geschichtlichen Epoche. Geld oder Liebe, was von beidem gerade wichtiger war.

Habgier schien Eschenbach unwahrscheinlich. Das Opfer war nicht bestohlen worden. Seine geschiedene Frau war, wie ihm Dr. Bettlach erzählt hatte, finanziell unabhängig und abgesehen davon längst aus seinem Leben verschwunden. Und sein älterer Bruder war einer der reichsten Männer der Schweiz. Kinder hatte er keine.

»Eine schreckliche Geschichte«, unterbrach ihn die Dame in seinen Gedanken. Sie berichtete gerade von einem amourösen Abenteuer zweier ihrer Schüler, die sie im Skilager vor zweiundzwanzig Jahren auf dem Heuboden erwischt hatte.

Mit ihrer pummeligen Hand deutete sie auf den aufgeschlagenen Artikel. »Ein Irrer, der so was tut.«

»Wieso?«, fragte Eschenbach. »Stellen Sie sich vor, Sie hätten Ihren Mann auf dem Heuboden erwischt.«

»Ich hätte ihn erschlagen!«

»Sehen Sie.«

»Gott hab ihn selig, meinen Duri. Ich hätte beide erschlagen. Auf der Stelle.« Um zu zeigen, dass sie es ernst meinte, schlug sie mit der Hand auf den Tisch, dass es schepperte.

Die zwei amerikanischen Touristen am Nebentisch drehten besorgt die Köpfe, und der ältere Herr hinter ihr fingerte verärgert an seinem Hörgerät. Für einen Moment war es still im Waggon.

Eschenbach musste leise lachen.

Zuerst ein wenig beschämt, dann aber froh über die noch in ihr steckenden Kräfte, beugte sie sich langsam über den Tisch. Mit todernster Miene, fast flüsternd, fragte sie: »Meinen Sie, es war seine Frau?« Durch die Brille wirkten ihre Augen verzerrt. Wie übergroße, dunkle Glasmurmeln.

Eschenbach, der ihre Liebe zu dramatischen Szenen nun kannte, presste die Lippen zusammen und sog langsam Luft durch die Nase ein. Schulter und Brustkorb hoben sich. Dann schüttelte er kurz den Kopf, ließ sich zurück in die Lehne fallen und atmete tief aus. »Ich glaube nicht.«

»Schade.« Sie seufzte. Mehr sagte sie nicht.

Sie hatte auch keine Gelegenheit mehr dazu, denn Eschenbachs Handy fiepte.

Es war Jagmetti, er sah es an der Nummer.

»Jagmetti, was gibt's?«

»Ich bin's, Chef«, sagte Jagmetti, der überrascht war, dass Eschenbach ihn gleich beim Namen nannte.

»Ich weiß, also was gibt es Neues?«

»Hottiger und Bettlach hatten ein Verhältnis.«

»Also doch.«

»Wieso? Wussten Sie davon?«

»Nein, nicht direkt. Ich hab's geahnt. Aebischer sprach von so etwas. Reine Vermutung. Aber für mich lag es in der Luft. Hat sie es gesagt?«

»Ja.«

Für den sonst so gesprächigen Jagmetti war das eine zu kurze Antwort. Eschenbach ahnte Schlimmes.

»Wann genau sagte sie es Ihnen?«

»Gestern Abend. Wir waren noch im Kaufleuten, nachdem wir Sie abgesetzt hatten.«

Das Kaufleuten war eine Disco, das wusste Eschenbach von Kathrin. Man ging dorthin, um Spaß zu haben, nicht um Verhöre zu führen oder Kaffee zu trinken. Ihm gefiel die Geschichte ganz und gar nicht.

»Und da hat sie es Ihnen erzählt?«, bohrte er weiter.

»Ja … nein, später.«

»Wann später? Jagmetti, machen Sie keinen Mist!«

»Den habe ich schon gemacht, Chef.«

»Frau Hottiger ist eine Tatverdächtige. Sind Sie noch ganz bei Trost?«

Die beiden Amerikaner drehten die Köpfe und er merkte, dass er schrie und mit der Faust auf den Tisch geschlagen hatte.

»Sind Sie noch da, Chef?«, kam es zögernd.

»Ja.« Eschenbach zählte innerlich bis acht.

»Bin ich jetzt suspendiert?«

»Nein.«

»Meinen Sie das ernst?«, kam es aus dem Handy.

»Was?«

»Ich meine, dass Frau Hottiger eine Tatverdächtige ist?«

»Nein.«

»Dann bin ich froh. Ich glaube es nämlich auch nicht.«

»Es ist völlig schnuppe, was Sie glauben«, zischte Eschenbach.

»Sie könnte es sein … und für jeden vernünftigen Richter wäre sie es auch.«

»Ja, ich weiß.«

»Wenigstens das.«

»Und jetzt?«

»Und jetzt machen Sie Wochenende, Jagmetti.«

»Danke, Chef.«

»Und das möglichst ohne Frau Hottiger, wenn's geht. Verstanden?«

»Verstanden.«

Eschenbach, der den Rest des Gespräches außer Hörweite der Speisewagengäste geführt hatte, fluchte. Er schaltete sein Telefon aus und ging mit grimmiger Miene zurück an den Tisch.

»Also doch«, räusperte sich Kullerauge mit vielsagendem Blick. »Wie ich gesagt habe.«

»Wie Sie was gesagt haben?« Eschenbach zog die Augenbrauen hoch und sah ihre dunkelbraunen Glasmurmeln funkeln.

»Es war doch die Frau.«

»Nein.«

»Es sind immer die Frauen, Herr Kommissär.«

9

Die Orientierungssitzung, die Eschenbach wie jeden Montag um acht einberief, und bei der es zur Tradition gehörte, dass Kaffee und Gipfeli bereitstanden, brachte nichts Neues. Ein paar Einbrüche, ein Bootsunfall auf dem See, eine Massenschlägerei an der Langstraße. Es war das Übliche um diese Jahreszeit.

Jagmetti hatte, nachdem Eschenbach ihn dazu ermunterte, über die Fortschritte im Mordfall berichtet. Er sah müde aus und hatte dunkle Ringe unter den Augen. Waren es Zeugen stürmischer Liebesnächte oder war es das schlechte Gewissen, das an ihm nagte?

Übers Wochenende hatte der Informationsdienst versucht, Eveline Bettlach ausfindig zu machen; bisher ohne Erfolg. Es war Ferienzeit, und Max Kubly vom InfoD jammerte, dass ihm die Leute fehlten. »Die meisten haben schulpflichtige Kinder; die müssen sich nach den Schulferien richten …« Eschenbach standen die Haare zu Berge; es wollte ihm einfach nicht in den Kopf, weshalb ein so intelligenter Haufen wie InfoD beinahe alles zustande brachte, außer der eigenen Ferienplanung. Wenigstens hatte Kubly herausgefunden, dass Eveline Bettlach ledig Marchand geheißen hatte. Es war etwas, das ihm ebenso gut auch Johannes Bettlach hätte sagen können; hätte er ihn nur erreicht. Vergeblich hatte er am Sonntag versucht, ihn anzurufen.

Weder in seinem Haus in Herrliberg noch in der Bank ging jemand ans Telefon.

»Ich habe Salvisberg in der Leitung«, kam es von Rosa Mazzoleni scheppernd aus der Gegensprechanlage.

»Stellen Sie durch«, sagte Eschenbach und nahm sich das letzte Gipfeli, das von der Morgensitzung übrig geblieben war.

»Störe ich Sie?« Es war die Standardbegrüßung von Salvisberg.

»Sie stören nie«, war die standardmäßige Antwort. Ein Ritual, das sie pflegten, wie ein altes Ehepaar.

»Der Tote … dieser Philipp Bettlach, wissen Sie schon etwas über ihn?«

»Er war Bankier, charismatisch, ziemlich erfolgreich, wie man mir sagte. Wieso, stimmt etwas nicht mit ihm?« Eschenbach nahm einen Schluck Wasser und spülte den letzten Bissen Gipfeli hinunter.

»Wir haben Reste von Stimulanzien gefunden.«

»Was heißt das?«

»Amphetamine und Rückstände von Kokain im Blut. Im provisorischen Bericht, den ich Ihnen am Samstag zukommen ließ, wurde das noch nicht vermerkt.«

»Hmm, Drogen also«, murmelte der Kommissar.

»War er in psychiatrischer Behandlung?«, wollte Salvisberg wissen.

»Keine Ahnung. Wir untersuchen den Fall erst seit drei Tagen.«

»Diese Aufputschmittel … um es mal so zu nennen, sind nicht selten. Gerade bei Erfolgsmenschen.« Salvisberg hielt einen Moment inne. »Was mich stört, ist sein Alter.«

»Was ist daran so ungewöhnlich?« Eschenbach dachte daran, dass er nur sechs Jahre jünger war als der Tote.

»Man beginnt nicht erst mit sechsundfünfzig damit. Das kommt früher … meist liegt eine instabile Persönlichkeitsstruktur des Patienten zugrunde.«

»Woher kann so was … ich meine, gibt es da spezielle Voraussetzungen oder Gründe?«, wollte Eschenbach wissen.

»Das kann bis auf die Kindheit zurückgehen. Traumatische Erlebnisse … Es gibt da einen Haufen unterschiedlicher Theorien.«

»Er ist ohne Vater aufgewachsen, unehelich sozusagen. Könnte das eine Rolle gespielt haben?«

»Könnte sein, muss aber nicht. Jedenfalls würde ich der Sache nachgehen. Man weiß ja nie.«

»Das werden wir tun. Vielen Dank für den Hinweis.« Eschenbach winkte Jagmetti, der schon zum zweiten Mal den Kopf zur Tür hereingesteckt hatte.

»Und melden Sie sich ungeniert, wenn Sie noch etwas brauchen«, sagte Salvisberg. Dann verabschiedeten sie sich.

»Chef, soll ich die Tür schließen?«

Es war eine rhetorische Frage. Ohne die Antwort abzuwarten, schloss der junge Polizist die Tür, nahm sich mutlos einen Stuhl, als handle es sich dabei um den Elektrischen, und setzte sich.

»Kopf hoch, Jagmetti, das Leben geht weiter.« Der Kommissar war heiter gestimmt.

Er hatte das Wochenende im Engadin genossen. Corina hatte ihn dazu ermuntert, mit ihr eine Wanderung ins Val Rosegg zu unternehmen, während Kathrin mit Freunden Biken ging. Abends waren sie zu dritt Essen gegangen. Kathrin schleppte sie danach noch in eine Disco, die sie etwas später und ohne Kathrin wieder verließen. Zu Hause hatten sie noch ein Glas Wein getrunken und miteinander geschlafen. Zweimal.

Sie hatten Kathrin nicht gehört, als sie bei Tagesanbruch nach Hause kam, und sie weckten sie nicht, als sie um halb zehn frühstückten.

Jetzt, auf seinem Bürostuhl spürte Eschenbach ein Ziehen in den Beinen und eine schmerzhafte Verspannung im Kreuz. Und trotzdem fühlte er sich zehn Jahre jünger. Mindestens.

So wie Jagmetti aussah, war es bei ihm umgekehrt.

»Chef, ich habe Scheiße gebaut.«

»Das wissen wir nun ja.« Eschenbach ließ sich die gute Laune nicht verderben. »Es sind immer die Frauen«, sagte er, und dachte an Pummelchen mit den dicken Brillengläsern.

Jagmetti wusste nicht, was Eschenbach mit der Anspielung wollte. Er war verwirrt, und als der Kommissar lachte, versuchte er es auch. Es missriet ihm gänzlich. Linkisch fuhr er sich mit der Hand durch sein ohnehin schon zerzaustes Haar, biss sich auf die Unterlippe und sah einmal rechts und einmal links an Eschenbach vorbei.

Er sah das weiße Bücherregal, das überquoll und in dem sich einschlägige Werke zur Kriminalistik mit literarischen und philosophischen Werken kreuzten. Auf einem Stapel lagen Eschenbachs Manuskripte zu den Vorlesungen und Vorträgen, die er hielt. *Der Einfluss der Psychoanalyse von Freud auf die moderne Kriminalistik.* Daneben Werke von Freud, C.G. Jung und Psychologen, die Jagmetti nicht kannte.

Er hatte Eschenbachs Lehrgang besucht und war fasziniert, ja geradezu hingerissen von der Schärfe des Verstandes dieses großen, behäbigen Mannes, der manchmal so tapsig daherkam. Wenn überhaupt Polizist, dann so einer wie Eschenbach, hatte er sich immer gesagt. Manchmal träumte er auch von einer Stelle im Auswärtigen Amt. Aber das waren Träume.

Letzten Herbst, als er sich für die intern ausgeschriebene Praktikantenstelle in Eschenbachs Abteilung bewarb, hatte man ihm den Vorzug gegeben. Zweiundzwanzig Bewerber waren es gewesen. Und ihn, Jagmetti, hatte man ausgewählt. Aufgrund seiner schulischen Resultate, wie es hieß.

Und jetzt dieser Mord. Dieser spektakuläre Fall, bei dem er an vorderster Front ermitteln durfte.

Kollegen von ihm verbrachten das Praktikum im Zentralarchiv und ordneten halb verschimmelte Akten; schlugen sich mit Drogenhändlern und Prostituierten an der Langstraße herum oder verteilten Strafzettel in der Innenstadt. Bei vierzig Grad im Schatten!

Nicht so er. Er hatte den Mordfall, von dem die Zeitungen berichteten.

Wäre diese Hottiger doch nur nie aufgetaucht.

Wären sie, nachdem sie Eschenbach abgesetzt hatten, nur nie in diesen unsäglichen Discoclub gegangen.

Hätte er statt Gin Tonic doch nur Wasser getrunken und statt die Hottiger nach Hause zu fahren, ihr ein Taxi bestellt.

Wäre er nur nicht auf einen Espresso mit in ihre Wohnung.

Wäre er doch nur nicht so ein gottverdammtes, schwanzfixiertes Arschloch gewesen.

Und nun? War er gerade im Begriff, sein erstes Praktikum, seinen Einstieg in eine gar noch nicht richtig begonnene Beamtenlaufbahn gänzlich zu vermasseln? Warum war Eschenbach so fröhlich? Sah er nicht, dass er am Ende war? Wollte er ihn quälen? War diese Scheißfröhlichkeit eine psychologische Masche des Kommissars, um ihn loszuwerden?

»Herrgott, Jagmetti! Jetzt reißen Sie sich zusammen!« Der Junge, den jegliche Energie verlassen zu haben schien, tat dem Kommissar Leid.

»Sie haben gut reden, Chef. Sie haben nicht mit einer Mörderin geschlafen.«

»Sie war es nicht. Glauben Sie mir … und lassen Sie endlich diesen blöden Chef weg.« Eschenbach dachte an die Nacht mit Corina und fragte sich, wie ihm wäre, wüsste er nicht mit Sicherheit, dass Corina keine Mörderin war.

»Ich bin mir eben nicht mehr sicher …«

»Ach was, dummes Zeug.« Eschenbach wollte darüber nicht mehr spekulieren.

»Sie hat kein Alibi.«

»Was? Sie haben das nachgeprüft?«

»Sie hat es mir gesagt. Sie habe frei gehabt, an jenem Nachmittag, als das passierte.«

Die Morgensonne strömte durch die angestellten Jalousien ins Zimmer und projizierte ein Streifenmuster aus Licht und Schatten auf Jagmettis mutloses Gesicht.

»Erst wäre sie zu Hause gewesen, später an der Seepromenade. Habe ein Buch gelesen. Keine Zeugen.«

Eschenbach zündete sich eine Brissago an und sah, wie der aufsteigende Rauch die einfallenden Lichtstrahlen zwischen dem Fenster und dem jungen Polizisten sichtbar machte.

»Und jetzt glauben Sie, die gute Frau Hottiger, mit ihren … wie alt ist sie eigentlich?«

»Zweiundzwanzig«, warf Jagmetti ein.

»Also, mit ihren zweiundzwanzig Lenzen … und, erlauben Sie mir den Ausdruck, noch etwas grün hinter den Ohren, hätte stattdessen auf der Lauer gelegen. Mit einem Langdistanzgewehr mit ZF, und hätte kalten Arsches ihrem ehemaligen Liebhaber den Kopf weggeschossen! Ein bisschen weit hergeholt. Finden Sie nicht?«

»Vielleicht. Möglich wäre es doch?«

»Möglich. Möglich.« Eschenbach wurde etwas ungehalten. »Möglich ist vieles. Aber nicht sehr wahrscheinlich.« Eschenbach zog an seinem Zigarillo, und Jagmettis Augenpaar, das für einen Moment in einem der Lichtkegel aufflammte, rutschte runter in die Schattenzone.

»Es gibt vielleicht zwei Dutzend Leute in der Schweiz, die von dort oben, aus einer Distanz von über sechshundert Metern, dieses Kunststück fertig bringen«, polterte Eschenbach. »Wobei es natürlich zynisch ist, dabei von einem Kunststück zu sprechen.«

»Ich weiß.«

»Und Frau Hottiger dürfte wohl kaum zu diesem Personenkreis gehören.«

»Sie war Jungschützin«, kam es von Jagmetti zaghaft, fast flüsternd.

»Der Schweizerische Schützenverband hat über eine halbe Million Mitglieder. Tausende von Jungschützen inklusive. In fast viertausend Sektionen landesweit ballern sie rum. Schießen ist bei uns Volkssport, Jagmetti. Militärpflicht. Obligatorisch. Wie Französisch … und neuerdings auch Englisch. Gleich nach dem Schnuller kommt die Knarre.«

»Aber nicht bei den Mädchen«, gab Jagmetti zurück.

»Gerade die Mädchen.« Eschenbach dachte an Kathrin, die sich für seine Dienstwaffe mehr interessierte als er.

»Doris... ich meine, Frau Hottiger war Schützenkönigin.« Diesmal war es eine feste, überzeugende Stimme, die sprach. Als wollte Jagmetti seinen Unmut, seine ganze Verzweiflung aus sich herausschleudern. »Hottiger war nicht nur das erste und bisher einzige Mädchen, welches das Zürcher Knabenschießen gewann. Ihre Serie war auch die beste, die dort je geschossen wurde.«

»Und was heißt das?« Eschenbach kannte zwar den Jungschützenanlass, der jeweils über das zweite Wochenende im September im Rahmen eines Volksfestes stattfand, konnte aber nicht viel damit anfangen.

Jagmetti griff in seine Jackentasche, zog ein paar zusammengeknüllte Blätter heraus, die er nun hastig entfaltete und auf seinen Knien ausbreitete. »Das sind die Resultate von Doris Hottiger, beim Knabenschießen vor sechs Jahren.«

»Da war sie gerade mal sechzehn«, bemerkte Eschenbach und zog die Augenbrauen hoch.

»Fünfzehn«, korrigierte Jagmetti. »Sie ist Schütze.«

»Offensichtlich, wenn sie so gut schießen kann«, witzelte Eschenbach und deutete mit dem halb gerauchten Zigarillo auf die Blätter.

»Schütze im Sternzeichen«, sagte Jagmetti, der nicht zu Späßen aufgelegt war. »Geboren am 10. Dezember.«

»Aha. Und was ist jetzt mit unserer Schützin?«

»Hier.« Jagmetti deutete auf die Blätter. »Von über zwölfhundert Teilnehmenden hat sie zweimal eine fünfunddreißig geschossen.«

»Ist das gut?« Eschenbach hatte keine Ahnung.

»Beim Knabenschießen wird mit einem Sturmgewehr 90 auf A-Scheiben geschossen. Distanz: dreihundert Meter.«

»Aha. Die übliche Distanz also.« Eschenbach kamen seine verzweifelten Versuche am Obligatorischen wieder in den Sinn.

»Jeder Schütze … und auch jede Schützin darf nur einmal schießen. Es werden fünf Schüsse abgegeben.«

»Macht maximal dreißig Punkte«, unterbrach Eschenbach, der wusste, dass die A-Scheibe eine 6er Einteilung hatte.

»Genau. Und für jeden Treffer, also wenn die Scheibe getroffen wird, gibt es noch einen zusätzlichen Punkt.«

»Und das gibt dann die fünfunddreißig«, folgerte der Kommissar wiederum. »Das hat die Hottiger geschossen? Das ist allerdings nicht schlecht.«

»Es geht. Von über zwölfhundert Schützen schaffen das meistens ein paar.«

Eschenbach runzelte die Stirn und dachte wieder an seine eigenen Resultate. »Und wie geht es dann weiter? Wer wird Schützenkönig … oder eben Königin?«

»Die Punktgleichen treten dann noch einmal an. Jeder schießt nochmals dasselbe Programm in einem so genannten Ausstich, bis einer gewinnt. Meistens gewinnt man den Ausstich mit dreißig oder einunddreißig Punkten. Die Nervosität, der Druck. Verstehen Sie.«

Eschenbach verstand es nur zu gut.

»Die Presseleute sind da. Das Lokalfernsehen. Alle beobachten einen. Da schießt keiner das Maximum.«

»Und das Mädchen«, wollte Eschenbach wissen.

»Doris Hottiger schoss nochmals eine fünfunddreißig.«

»Tatsächlich?« Der Kommissar zog nachdenklich an seiner Brissago, blies den Rauch in kleinen Wolken in die einfallenden Sonnenstrahlen und begann allmählich Jagmettis Unsicherheit zu verstehen.

»Ich habe mit den Verantwortlichen gesprochen. Der Schießinspektor, ein gewisser Balz Oberhänsli, konnte sich noch sehr gut an die Hottiger erinnern. Das Mädchen sei ein Phänomen gewesen. Sie wäre weder in einem Jungschützenverein noch in sonst einer Gesellschaft, die das Schießen pflegte, gewesen. Auch hätte sie vom Übungsschießen, das vor dem eigentlichen Anlass stattfinde, keinen Gebrauch gemacht.«

»Kam, sah und schoss. Dann war es eben doch Zufall«, sagte Eschenbach.

Jagmetti sah seinen Chef an. Sah seinen abwesenden Blick durch die Rauchschwaden hindurch und wusste, dass er nicht meinte, was er sagte. Der Kommissar glaubte nicht an Zufälle, schon gar nicht an solche.

»Zufall. Das dachten die auch, sagte mir Oberhänsli. Die ganzen Militärfuzzis und Schwarzpulverfetischisten dort. Die konnten's einfach nicht fassen. Deshalb haben sie sie gefragt, die frisch gekürte Königin, ob sie es noch mal täte. Noch einmal fünf Schuss. Einfach so zum Spaß … für die Galerie. Fürs Fernsehen. Für die Ungläubigen, die nicht glaubten, was sie sahen. Es nicht glauben konnten, obwohl sie es selbst gemessen und gezählt hatten.«

»Und, hat sie es getan?«

»Ja. Allerdings nur vier Schüsse.«

»Und? Getroffen?«

»Vier Sechser!«

»Und der fünfte Schuss?«

»Nach dem vierten ist sie aufgestanden, hat sich die Krone zurechtgerückt, die sie während der Übung aufgehabt hatte, und dann hat sie gesagt: Der letzte Schuss ist für Geßler.«

»Für wen?«, fragte der Kommissar, der nicht sicher war, ob er es richtig verstanden hatte.

»Für Geßler. Wilhelm Tell hatte doch auch einen Pfeil beiseite gelegt … und als man ihn fragte …«

»Ja, ich weiß. Ich kenn die Geschichte.« Er hatte es doch richtig verstanden. Wilhelm Tell … und dann der letzte Schuss in der hohlen Gasse, der Geßler tötete.

»Ein unglaubliches Mädchen.« Eschenbach, der wie versteinert dagesessen hatte, sprach langsam, nahm die erloschene Brissago aus dem Mundwinkel und legte sie sorgsam in den Aschenbecher auf dem Fenstersims.

»Allerdings. Und ein riesiges Fressen für die Medien. *Fräulein Tell* titelte die *Schweizer Illustrierte* und der *Verein zur Gleich-*

stellung der Frau feierte sie als neue Jeanne d'Arc. Sie wurde mit Sponsoring-Anfragen nur so überhäuft und in jede Talkshow eingeladen. Sie lehnte alles ab und verschwand kurz darauf wieder in der Versenkung.« Jagmetti sprach jetzt gelöst. Er hatte sich gefangen; saß wieder aufrecht, und die Nervosität, die ihn immer und immer wieder mit der Hand durchs Haar fahren ließ, war gewichen. Es war, als hätte er mit dieser unglaublichen Geschichte Tonnen von Ballast abgeworfen.

»Und geschossen? Ich meine, hat sie je wieder geschossen?«, fragte Eschenbach.

»Nein. Vom Alter her hätte sie noch einmal am Knabenschießen teilnehmen können. Aber sie hat sich nie mehr blicken lassen. Auch bei anderen Anlässen nicht, zu denen sie eingeladen wurde. Ich habe jedenfalls nichts mehr gefunden.«

10

»Ich habe ihn nicht erschossen, wenn Sie das meinen.«

»Das meine ich aber«, polterte Eschenbach.

Er saß am runden Besprechungstisch in seinem Büro und rauchte. Die hellgraue Leinenhose klebte ihm an den Beinen und am Hintern. Überhaupt war sie zu eng. Am liebsten hätte er den Knopf am Bund geöffnet und tief durchgeatmet.

Schräg gegenüber saß Doris Hottiger. Sie trug ein blassblaues Kleid und um den Hals eine Kette mit kleinen, schimmernden Perlen. Sonst keinen Schmuck. Ihre Haut war sonnengebräunt und glänzte unter den Perlen. Auch sie schwitzte.

Am Morgen, gleich nach dem Gespräch mit Jagmetti, hatte Eschenbach die junge Hottiger zu sich aufs Präsidium beordern lassen. Am Nachmittag, pünktlich um halb fünf, war sie erschienen. Er verhörte sie jetzt schon über eine Stunde lang. Ein wenig Familiengeschichte, die Sache mit dem Knabenschießen und die Affäre mit Jagmetti. Viel mehr kam nicht dabei heraus.

Ja, schießen konnte sie, schon als kleines Mädchen.

Die leibliche Mutter war bei der Geburt gestorben und der Vater, Oberst beim Militär, im Olympiakader der Sportschützen gewesen. Einer der Besten zu seiner Zeit. Er hätte lieber einen Sohn gehabt. Doris hatte darunter gelitten. Sie trug bis zur dritten Klasse nur Hosen und eine Kurzhaarfrisur. Einen Bürstenschnitt, um genau zu sein.

»Jeden zweiten Sonntag hat er mich gebadet. Nicht wirklich liebevoll oder zärtlich. Nein, so wie man Schuhe putzt oder eine Pfeife reinigt. Nach dem Baden hat er mich abgetrocknet. Immer zuerst die Füße, damit es am Boden trocken blieb, dann Körper und Haare. Und zuletzt wurden die Haare geschnitten. Kurz und rücksichtslos. Sonst gäbe es nur Läuse, meinte er. Und wenn man mal Läuse habe, bekäme man sie so leicht nicht mehr weg. Die ganze Nacht habe ich geweint und am Tag, in der Schule, wurde ich ausgelacht. Der kurzen Haare und der roten Augen wegen. Wenn er mich nur ein Mal so liebevoll berührt hätte wie seine Gewehre. Wenn er mit dem Waschlappen nur ein einziges Mal so über meinen Kopf gefahren wäre wie mit dem Polierlappen über den Lauf seiner Matchpistole.«

Doris Hottiger sprach leise und ohne eine Spur Bitterkeit oder Verachtung.

»An meinem neunten Geburtstag beschloss ich, schießen zu lernen. Ich begann mich für die Waffen meines Vaters zu interessieren. Für seine Flinten und Pistolen. Doppellader, Repetier- und Luftdruckgewehre. Seine Winchester, Revolver und wie sie alle hießen. Ich wollte lernen, wie man ein Gewehr hält und wie man zielt. Kimme, Korn, Ziel. Einatmen. Ausatmen. Statt nächtelang zu weinen, übte ich den Umgang mit Waffen. Ich machte schnell Fortschritte und wusste bald, wie man die Dinger auseinander nimmt und zusammenbaut; sie reinigt, ölt und einstellt. Ich wurde richtig gut.«

Ein verlegenes Lächeln streifte ihre Lippen.

»Ich begleitete meinen Vater zu den Wettkämpfen, beobachtete die Schützen, wie sie sich vorbereiteten, zielten und schossen. Ich hörte hin, wenn sie sich Tipps gaben, und stand daneben, wenn sie die Treffer analysierten und ihre Waffen säuberten oder schmierten. Ich sog alles in mich ein, wie ein gieriger Schwamm, und mit der Zeit bekam ich Anerkennung. Zuerst von den Sportkollegen meines Vaters. Dann auch von ihm selbst.«

Doris hielt einen Moment inne, bevor sie weitersprach.

»Es war nicht das, was andere Mädchen von ihren Eltern bekamen; nicht Liebe, die er mir schenkte. Liebe hatte mein Vater nicht zu vergeben. Aber es war wenigstens Anerkennung. Zu mehr war er nicht fähig.«

Eschenbach hörte schweigend zu. Er ertappte sich dabei, dass er an Kathrin dachte. Er fragte sich, ob er eine leibliche Tochter – hätte er eine solche gehabt – mehr lieben würde, als er sie liebte.

War er ein guter Vater gewesen? Damals, als Kathrin knapp fünf Jahre alt und nicht selten zickig gewesen war; lieber mit Puppen als mit Eisenbahnen spielen wollte. Hätte er damals, als er Corina kennen lernte, nicht lieber auch einen Jungen gehabt? Eschenbach konnte sich keine ehrliche Antwort darauf geben. Er wusste es nicht.

Doris Hottiger sah den Kommissar an, als hätte sie seine Gedanken erraten. Dann erzählte sie weiter; ruhig und besonnen, als spräche sie nicht über ihr eigenes, sondern über ein Leben, von dem sie gelesen oder irgendwie sonst gehört hatte.

»Mit zwölf schoss ich so gut, dass mein Vater sich anstrengen musste, und mit vierzehn schoss ich regelmäßig besser als er. Zur Anerkennung kam Stolz. Und dabei blieb es. An meinem sechzehnten Geburtstag habe ich aufgehört damit. Es ging mir nicht um die Kränze und die Sportabzeichen, die ich hätte gewinnen können. Es ging mir um etwas anderes. Ich durfte jetzt meine Haare so lang wachsen lassen, wie ich wollte, und Schuhe mit Absätzen und Röcke tragen. Ich durfte abends in die Disco. Kurzum, ich durfte alles tun, was andere Mädchen in meinem Alter auch durften. Darum ging es mir.«

Eschenbach, der lange aufmerksam zugehört hatte, rieb sich mit beiden Händen die Augen.

»Das meinten Sie also damals mit dem Geßler.«

»Vielleicht war es das, ja.« Sie lächelte flüchtig und fuhr sich mit dem Handrücken über die hohen Wangenknochen, als gäbe sie sich selbst die Zärtlichkeit, die sie von ihrem Vater nie erfuhr. »Die Medien haben das völlig falsch aufgefasst. Die wollten eine Heldin. Ich bin aber keine.«

»Ein Mädchen, das schießen kann, intelligent ist und …« Eschenbach zögerte einen Moment. »Und dann noch so hübsch ist wie Sie? Da ist man schnell mal eine Heldin.«

»Das mit dem fünften Schuss damals, das war Blödsinn … das ist einfach passiert. Wie bei einem guten Schützen. Er zielt und zielt und während er langsam ausatmet, löst sich der Schuss. So ging es mir. Plötzlich löste sich die Vergangenheit von der Gegenwart. Nach dem vierten Schuss stand ich auf und ging.«

Sie saßen jetzt schon über zwei Stunden einander gegenüber, und Eschenbach hatte das Gefühl, dass er festsaß. Dass er in einer Sackgasse steckte und nicht mehr weiterkam.

Doris Hottiger war in jeder Hinsicht eine außergewöhnliche Frau, intelligent und willensstark. Und irgendwie hatte er das Gefühl, dass sich hinter dem, was sie sagte, etwas verbarg. Etwas, das wichtig war und von dem er nichts wusste.

Wo lag der Schlüssel zu all dem? Wo musste er ansetzen, um es herauszufinden? Bei der fehlenden Liebe, der Kälte des Vaters? Wie war ihr Verhältnis zu Männern? Zu Bettlach im Speziellen?

Das Leben hatte Narben hinterlassen. Narben von Wunden, an denen man leicht auch hätte verbluten können. Doris Hottiger war nicht verblutet, sondern stark geworden.

Was sie bisher über Bettlach gesagt hatte, war belanglos. Eine Affäre eben, wie viele andere auch. Suche nach Liebe und Geborgenheit. Vaterersatz vielleicht, mehr nicht. War es das wirklich?

Eschenbach musste es erraten, und er entschied sich für ein Pokerspiel. »Waren Sie deprimiert, als Bettlach Sie verließ?« Es war ein Schuss ins Blaue. Aber er musste ihn wagen.

»Bettlach hat mich nicht verlassen. Ich war es, die ging.«

»Und weshalb?«

Zum ersten Mal zögerte sie mit ihrer Antwort. Für einen kurzen Moment sah sie den Kommissar an, als fordere sie ihn dazu auf, sich die Antwort selbst zu geben. Und in dem fordernden Blick ihrer blauen Augen lag ein trauriger Schatten.

Sollte er schweigen? Warten, dass sie den Schlüssel freiwillig herausrückte; oder gab es eine Anschlussfrage? Musste er sie weiter provozieren, mit dem Risiko, dass sie sich dann endgültig verschließen würde? Und wie ein geübter Schütze, bei dem sich der Schuss unerwartet und plötzlich löst, unerwartet, während er langsam ausatmet, sprach er weiter.

»War es wieder die Kälte des Vaters, die Sie bei Bettlach spürten?«

»Nein.« Ihre Augen verengten sich und die Schatten verschwanden. »Bettlach war ein Schwein!«

Eschenbach schwieg. Regungslos saß er da und sah, wie sich ihre Augen senkten.

Ihre Hände, die zuvor auf den Armlehnen geruht hatten, lagen jetzt auf ihrem Schoß, als wolle sie sich schützen.

Durch das leicht geöffnete Fenster hörte man das Rauschen des Stadtverkehrs, das, wie das Einfallen der Wellen eines Ozeans, einmal lauter und dann wieder leiser wurde. Eine Tram imitierte das Kreischen der Möwen, und auf dem Flur hörte man gedämpft Schritte.

»Und als Sie das erkannt hatten, haben Sie ihn verlassen«, sagte er leise und nickte.

»Ja.« Sie hob den Blick. Wieder dieses herausfordernde Augenpaar, das sich Eschenbach zuwandte, als fragte es ihn: Wissen Sie denn gar nichts?

Eschenbach schwieg.

»Ich störte mich nicht an seinen Affären. Dass er mich belog, mich benutzte, das war nichts Neues. Das wusste ich schon, bevor ich mit ihm schlief. Aber das, was er anderen antat, das wusste ich nicht.«

Obwohl sie immer noch in Rätseln sprach und Eschenbach nicht die geringste Ahnung hatte, um was es ging, wusste er, dass er richtig gelegen hatte und den Schlüssel in der Hand hielt. »Wie kamen Sie darauf?«

»Zuerst fand ich nur die Bilder. Zufällig, als ich eines Morgens seinen PC benutzte und einen Brief speichern wollte. Die angelegten Verzeichnisse kamen mir irgendwie merkwürdig vor.«

»Und dann?«

»Ich saß wie versteinert vor dem Bildschirm. Kleine Mädchen … und Jungen. Es waren Kinder, Herr Kommissar!« Ihre Stimme zitterte. »Ich sah die Lieblosigkeit der Männer, die in ihre Körper und Seelen eindrangen. Körper und Seelen, die nicht reif für das waren, was man ihnen antat. Hunderte von Bildern, sauber in Dateien abgelegt. Ich schlug mir ins Gesicht, biss mir in den Handrücken, bis ich blutete. Ich wollte nicht glauben, was ich sah; wollte aufwachen und wegrennen.«

»Und später?« Eschenbach spürte, wie sein Hals langsam trocken wurde. Er wollte nicht an Kathrin denken, tat es aber trotzdem.

»Später lief ich nach Hause. Ich rannte den ganzen Weg. Rannte bei Rot über die Kreuzung, rannte über Bahnschienen und Böschungen und wurde mehrmals von einer Straßenbahn fast gestreift. Ich wollte schneller sein als die Bilder, die mich verfolgten. Zu Hause erbrach ich mich mehrere Male. Ich duschte, wusch mich … und dann kamen die Weinkrämpfe. Ich hatte sicher seit zehn Jahren nicht mehr geheult. Meine Augen schwollen an, bis ich kaum noch etwas sah. Nur noch verschwommene Umrisse meiner Wohnung. Und wenn ich die Augen schloss, sah ich die Gesichter der Mädchen und Jungen wieder, sah das Wimmern und die Hoffnungslosigkeit in ihren Augen.«

Eschenbach räusperte sich. Es ging ihm mehr an die Nieren, als er sich anmerken ließ.

»Und warum gingen Sie nicht zur Polizei?«

»Das wollte ich … gleich am nächsten Tag. Doch dann kamen die Zweifel und etwas später die Neugier.«

»Neugier?«, fragte der Kommissar erstaunt.

»Ich wollte wissen, ob noch mehr war. Ob es noch mehr gab, wovon ich nichts wusste.«

»Und? Gab es mehr?«

»Ja, es gab mehr.« Sie hatte ihre Hände aus dem Schoß genommen und strich sich eine Haarsträhne aus dem Gesicht. Ihre Stimme war heiser.

»Ich hatte noch die Schlüssel und wusste ungefähr, wann er weg sein würde und wann die Putzfrau da war. Ich musste nicht lange suchen, bis ich die Videos fand. Ein halbes Dutzend. Kinderpornos … ich konnte sie mir nicht wirklich ansehen. Nur Sequenzen.«

»Und, was war darauf?« Eschenbach, der immer noch wie gelähmt auf seinem Stuhl saß, erschrak über die Neugier in seiner Frage.

»Kann ich ein Glas Wasser haben, Herr Kommissar?«

Eschenbach drückte auf den Knopf seiner Gegensprechanlage und bat um zwei Glas Wasser.

»Mit oder ohne Kohlensäure?«, schepperte es aus dem Lautsprecher.

Rosa Mazzolenis verzerrte Stimme gab der Situation etwas Groteskes und zerschnitt die Beklommenheit, die still und dumpf auf beiden lastete.

Doris Hottiger lächelte, schüttelte leicht den Kopf, und Eschenbach entnahm den Bewegungen ihrer Lippen, dass sie *ohne* nahm.

»Zwei Mal ohne, bitte.«

Sie warteten schweigend, bis das Wasser kam. Dann sprachen sie weiter.

»Es war …« Doris Hottiger rang nach Worten. »Auf den Videos ist alles noch viel schrecklicher, verstehen Sie? Die Schreie … das Wimmern. Eines der Mädchen war keine sechs Jahre alt. Es war entsetzlich.«

»Und Bettlach?«

»Zwei der Filme musste er selbst gedreht haben. Ich hörte

seine Stimme, und in einer Sequenz sah ich seinen Arm, seine Armbanduhr.«

»In seinem Haus?«

»Zwei oder drei der Filme ja. Sonst kannte ich den Ort nicht.«

»Wer war noch dabei?«

»Noch ein Mann … sie waren zu zweit. Die Gesichter sah ich nicht … Aber wie gesagt, ich konnte mir von den Filmen nur Sequenzen ansehen. Außerdem hatte ich eine panische Angst davor, dass plötzlich jemand dastehen würde. Ich wusste nicht, wer sonst noch einen Schlüssel zum Haus hatte.«

»Wäre jetzt nicht der rechte Zeitpunkt gewesen, um zur Polizei zu gehen?«

»Doch.«

»Aber?«

»Zwei Tage später wurde er erschossen.«

»Und die zwei Tage reichten nicht aus?«

»Im Nachhinein schon, doch. Aber wie hätte ich wissen sollen, dass das alles so schnell ein Ende finden würde?«

»Wo sind die Videos jetzt?«

»Ich weiß es nicht. Ich vermute, immer noch in seinem Haus.«

»Sie haben keine mitgenommen?«

»Nein. Wie sollte ich? Ich hätte damit rechnen müssen, dass er den Verlust entdeckt.«

»Den Hausschlüssel haben Sie noch?«

»Ja.« Sie griff in ihre Tasche, die sie auf den Stuhl neben sich gestellt hatte, und kramte ein dunkelbraunes Schlüsseletui hervor. Sie öffnete es und zog einen der üblichen Sicherheitsschlüssel mit dreikantigem Kopf vom Bund. Ihre Hände waren ruhig, und Eschenbach konnte nicht das geringste Zittern erkennen, als sie ihm den Schlüssel auf offener Hand entgegenstreckte.

»Hier. Ich brauche ihn nicht mehr.«

Eschenbach nahm den Schlüssel und legte ihn vor sich auf den Tisch.

»Wann haben Sie Bettlach zum letzten Mal gesehen?«

»Am Morgen, bevor ich die Bilder sah«, antwortete sie, ohne zu zögern.

»Wann war das?«

»Vor etwa zwei Wochen. Wenn Sie es genau wissen wollen, müsste ich nachschauen.«

Eschenbach winkte ab. »Später vielleicht.« Er überlegte. »Und er hat Sie nicht angerufen oder auf dem Golfplatz getroffen?«

»Angerufen ja. Mehrmals sogar. Aber ich konnte ihm aus dem Weg gehen.«

»Und sonst?«, fragte der Kommissar. »Ich meine, fällt Ihnen noch irgendetwas ein – etwas, das sich in der Zeit zwischen Ihrer Entdeckung und dem Mord ereignet hat?«

Sie dachte nach.

»Haben Sie darüber gesprochen? Weiß noch jemand anders von Ihrer Entdeckung?«

Doris Hottiger zögerte, dann nickte sie. »Ja, mein Vater … ich musste mit jemandem darüber sprechen. Ich hielt es nicht mehr aus.«

»Und? Wie hat er darauf reagiert?«, wollte Eschenbach wissen.

»Beherrscht …«, sagte sie und lächelte verlegen. »Er ist immer beherrscht. Ich glaube, das hat mit seinem Beruf zu tun.« Sie zupfte an einer Haarsträhne. »Er hat mir einfach zugehört.«

»Sonst nichts?«

»Doch.« Sie biss sich auf die Unterlippe. »Ich müsse damit zur Polizei, meinte er.«

Eschenbach schwieg.

»Und ob er zurückkommen solle, hat er gefragt.« Wieder kaute sie auf ihrer Lippe und wich Eschenbachs Blick aus. Dann fügte sie hastig hinzu: »Ich weiß, ich hätte nicht warten sollen.«

»Sie meinen, Ihr Vater ist gar nicht hier?« Eschenbach hob erstaunt die Augenbrauen.

»Nein, er ist in Amerika. An der Penn State University in Texas. Er hat diesen Sommer eine Gastprofessur dort. Militärische

Strategien … irgend so etwas unterrichtet er dort. Ich hatte ihn angerufen, nachts, als ich nicht schlafen konnte.«

»Haben Sie eine Telefonnummer, unter der ich ihn erreichen kann?«, fragte Eschenbach.

Doris Hottiger kramte wieder in ihrer Tasche, nahm ihr Notizbuch und etwas zum Schreiben heraus und notierte die Nummer auf einem Zettel. »Hier, das ist die Nummer seines Mobiltelefons.«

»Danke. Ich glaube, das wäre für heute alles.« Eschenbach blickte auf die Uhr und erschrak. Es war zehn vor sieben. Um sechs hatte Kobler ihn sehen wollen. Er würde den Termin verschieben, er hatte einfach keine Lust mehr.

Doris Hottiger zog ihre Tasche zu sich herüber und fingerte an einem Anhänger, der eine Sonne symbolisierte.

»Hat Claudio – ich meine, Herr Jagmetti – jetzt Probleme, wegen dem, was war? Wegen mir, meine ich?«

Eschenbach stand auf und fasste sich mit der Hand ins Kreuz. Doris Hottiger stand ebenfalls auf, hängte sich die Tasche um und sah den Kommissar fragend an.

»Sie haben sich da beide etwas eingebrockt. Bleiben Sie in der Stadt und lassen …« Er brach den Satz ab und streckte ihr zum Abschied freundschaftlich seine Hand entgegen.

»Herrgott noch mal, Eschenbach!«, tönte es aus dem Handy. »Sie hätten wenigstens anrufen können.«

»Ich weiß«, war die kurze Antwort auf die langatmigen Vorwürfe seiner Chefin. Trotz der Kürze seiner Antwort konnte der Kommissar den mürrischen Unterton nicht verbergen. Sie hatte Recht, und es war ihm auch nicht wohl dabei gewesen. Es war nicht seine Art, vereinbarte Sitzungen einfach sausen zu lassen; sich weder zu melden noch für das Versäumte zu entschuldigen.

Das Gespräch mit Doris Hottiger hatte ihm zugesetzt. Er verließ kurz nach ihr das Präsidium und ging auf den wenig befahrenen Seitenstraßen entlang der Sihl hinunter zum See. Ihm war, als wate er durch knöcheltiefen Morast, als klebe ihm der ganze Dreck der Welt an den Schuhen. Was war das nur für eine Welt, in der erwachsene Männer hilflose kleine Kinder missbrauchten?

Er spürte, wie ein Gefühl von Verachtung und Hass in ihm hochkam, wie seine Schritte fester und sein Atem schwerer wurden. Würde dieser Hass ausreichen, um zu morden? Gab es ein Recht, die Existenz derer auszulöschen, die unschuldige Kinder ihrer Existenz beraubten? War es nicht auch Mord, wenn das Leuchten in den Augen eines Kindes für immer ausradiert wurde? Und wenn es nicht Mord war, was war es dann?

Eschenbach fragte sich, wie viele unterschiedliche Antworten es dazu wohl geben würde. Wie würde die Antwort des Richters lauten, wie die des Rächers? Welches Credo stünde im psychiatrischen Gutachten des Peinigers, und welche Antworten fänden sich im Bericht des Therapeuten des Opfers? Und er, welche Antworten hatte er auf diese Fragen? Als Polizist? Als Mann oder als Vater einer sechzehnjährigen Tochter? Gab es in diesem Labyrinth subjektiver seelischer Abgründe überhaupt so etwas wie eine objektive Richtigkeit? Je länger Eschenbach darüber nachdachte, desto mehr verschwammen Recht und Unrecht, Ursache und Wirkung.

Als er schließlich auf einer Holzbank unten am Wasser saß, Bissen für Bissen eine Bratwurst in sich hineindrückte und mutlos auf das schwarze Wasser sah, war er froh, dass nicht er es war, der darüber zu richten hatte.

11

Es regnete in Strömen. Die Tropfen schlugen auf die erst kürzlich ausgebesserten Pflastersteine. Das Wasser floss entlang der Fugen, die wie die Linien eines komplizierten Schaltplans den Boden durchfurchten.

Der Platz rund um das Basler Münster war leer, als das Taxi in die Münstergasse einbog und wenig später vor einem alten Riegelhaus am Münsterberg anhielt. Der Taxifahrer stieg bei laufendem Motor aus, öffnete fluchend einen alten Regenschirm und wuchtete eine große, lederne Reisetasche aus dem Kofferraum. Er übergab die Tasche seinem Fahrgast, der mittlerweile auch ausgestiegen war. Ohne Regenschirm. Er bedankte sich für das großzügige Trinkgeld und verabschiedete sich.

»Wird Ihrer Kundenkarte belastet, Herr DeLaprey«, fügte er seinem Gruß hinzu, stieg wieder in das Fahrzeug und fluchte ein letztes Mal; diesmal laut: »Scheißwetter, elendes.« Er warf, völlig durchnässt, den Schirm auf den Beifahrersitz und steuerte den alten Mercedes sicher vom Bürgersteig herunter, zurück auf die überschwemmte Fahrbahn.

DeLaprey stand im Hausflur und fingerte nach den Schlüsseln, die er im Außenfach der Ledertasche vermutete. Nichts. Er schwor, sich das nächste Mal besser zu konzentrieren, wenn er die Dinger verstaute.

Außentasche Regenmantel. Innentasche Regenmantel. Nichts. Er zog den Regenmantel aus; hielt ihn wie einen nassen Hund von sich gestreckt. Es tropfte. Mit der anderen Hand suchte er weiter. Außentasche Jackett. Innentasche Jackett. Wieder nichts. Er legte den Mantel auf den Holzboden, neben die Pfütze. Schließlich fand er sie. In den Jeans, die zusammengelegt zuunterst in der Tasche lagen. Er drehte den Schlüssel, öffnete die Tür und trat ein.

In der ganzen Wohnung brannte Licht. Neben der Garderobe standen ein Paar Damenschuhe, und aus der Küche vernahm er das leise Brummen des Dampfabzuges. Durch die halb angelehnte Tür sah DeLaprey den kastanienbraunen Haarschopf seiner Schwester. Sie hatte ihr Haar mit einem Gummi nach hinten gebunden und war gerade dabei, ein Auflaufgeschirr in den Backofen zu schieben. Typisch Hera, dachte DeLaprey. Er klopfte an die angelehnte Tür und begleitete sein Eintreten mit einem leisen »Hallo«.

»Leandro!«, war der freudige Ausruf, der zurückkam. Seine Schwester strich die Hände an der Schürze ab, kam auf ihn zu und umarmte ihn.

»Ich bin bei Pierre ausgezogen«, sagte sie. »Scheißtyp«, war noch zu hören, und dann folgte langes, leises Weinen, das nur hier und da von einzelnen, kurzen Schluchzern unterbrochen wurde.

Eine kleine Unendlichkeit standen beide da. Er strich ihr über die Haare. Immer wieder, wie bei einem Kind, das es nach einem schlechten Traum zu beruhigen galt.

DeLaprey schaute nach draußen. Es regnete immer noch. Auf der Laube, die direkt an die Küche grenzte, fand der Regen längst den Weg durch das dichte Blätterdach, das den lauschigen Sitzplatz schützte. Einzelne Tropfen fielen in unregelmäßigen Abständen beinahe geräuschlos zu Boden.

Der Regen reinigt die Luft und Tränen reinigen die Seele, dachte DeLaprey, und es schien ihm, dass es langsam an der Zeit war, den Auflauf aus dem Ofen zu nehmen.

Er war missraten. Zu fad und zu trocken. DeLaprey fragte

sich, ob es nicht doch zutraf, dass verliebte Köche das Essen versalzen. Bei Hera schien es ihm umgekehrt. So wie es schmeckte, musste ihr Herz wirklich gebrochen sein.

Die Geschichte, die sie beim Essen auftischte, machte den Auflauf zwar nicht besser, aber weniger bedeutsam. Sie habe Pierre überraschen wollen, sagte sie; dabei kam sie viel zu früh und viel zu unangemeldet und überraschte die junge Frau gleich mit, die bei ihm im Bett lag.

Dann die üblichen Ohrfeigen. Verbale und handfeste. Gefolgt von der Tasche, die gepackt und der Tür, die ins Schloss geknallt worden war.

DeLaprey hatte sich immer gefragt, ob sich dieser Stoff nicht besser für das komödiantische Fach eignen würde als für die ewig gleichen Dramen, die sich täglich nach demselben Strickmuster in den TV-Vorabendserien wiederholten. Jetzt, beim Anblick von Heras roten Augen, war er sich nicht mehr so sicher.

Er hatte Pierre nie gemocht. Dieses Künstlergehabe! Dieser Musikerdünkel und die gestelzte Wichtigtuerei mit seiner Querflöte! Der Frack, mit dem er umherstolzierte und der weiße Kaschmirschal, den er auch im Sommer trug!

Hera aber gefiel sein Gesäusel, seine romantische Ader, wie sie es nannte. Sie konnte ihm stundenlang zuhören und ihn auf dem Klavier begleiten.

Unzählige Male hatte sie in der ersten Reihe gesessen, wenn er mit dem Basler Sinfonie Orchester im Stadtcasino spielte. Und jedes Jahr hatte sie mindestens einmal unbezahlten Urlaub genommen, damit sie auf einer seiner zahlreichen Tourneen an seiner Seite sein konnte.

An Weihnachten, wenn im familiären Kreise gefeiert wurde, fehlte sie meistens. Sie zog es vor, alleine irgendwo in einem Kaff auf dem Land, in irgendeiner Kirche zu sitzen, nur weil Pierre zum fünfhundertsten Mal ein Ave Maria zum Besten gab und es wieder nicht geschafft hatte, ein mittelmäßig bezahltes Engagement sausen zu lassen.

Für sie war Pierre Oliver ein zweiter James Galway. Ein wunderbarer Künstler und Musiker. Ein Jahrhunderttalent. Für Leandro war er der Rattenfänger von Hameln.

Und nun, als alles so gekommen war, wie er es immer vorausgesagt hatte, vermochte er nicht einmal zu triumphieren. Seine Schwester tat ihm Leid. Was für den einen eine Komödie, ist für den andern ein Drama, dachte er. Und obwohl er eine gewisse Erleichterung empfand, war es das Drama, das an diesem Abend die Oberhand hatte.

Schweigend saß er da, goss von Zeit zu Zeit Wein nach und hörte Hera geduldig zu. Immer wieder dieselbe Geschichte mit immer wieder demselben, traurigen Ende. Da capo, al fine.

Um halb drei richtete er ihr das Gästezimmer her, und gegen halb fünf, als er längst schlief, war auch der letzte Schluchzer aus dem Nebenzimmer einem unruhigen Schlaf gewichen.

Es war kurz vor neun, als das Telefon läutete. Schon das zweite Mal an diesem Morgen, und es dauerte eine Weile, bis Leandro DeLaprey, noch völlig benommen von zu viel Wein und zu wenig Schlaf, den Hörer abnahm.

»Sind Sie Herr DeLaprey?«, fragte eine Männerstimme, die er noch nie zuvor gehört hatte.

»Ja.« Seine Stimme klang heiser.

»Ist Ihnen eine Hera DeLaprey bekannt?«

»Ja. Sie ist meine Schwester. Mit wem spreche ich bitte?«

»Adrian Melzer. Ich bin Polizeibeamter.«

DeLaprey schluckte trocken. Er stand mit dem schnurlosen Hörer in der Küche und wollte gerade ein Glas unter den Wasserhahn halten. Es kratzte im Hals.

»Wissen Sie, wo Ihre Schwester im Moment ist?« Der Beamte war sehr freundlich.

DeLaprey zögerte einen kurzen Moment. Doch was sollte er lügen. Er sah dazu keinen Anlass. »Sie ist hier, bei mir. Sie schläft noch.«

»Wissen Sie, in welchem Verhältnis sie ...« Der Beamte schien unsicher zu werden. »Aber vielleicht sollte ich das besser Ihre

Schwester fragen. Könnte sie nicht selbst kurz ans Telefon kommen?«

»Sicher. Warten Sie einen Moment.« DeLaprey ging nachdenklich hinüber zum Gästezimmer und klopfte an die Tür. Ohne auf eine Reaktion zu warten, trat er ein. Kein Klopfen der Welt würde Hera nach dieser kurzen Nacht zum Aufstehen bewegen. Er sah nur ein paar von ihren Haarsträhnen, die wie dunkle Federn zwischen mehreren weißen Kissen und einer leichten Daunendecke hervorlugten.

»Können wir Sie zurückrufen?«, fragte DeLaprey. »In ein paar Minuten, meine ich.«

»Dann warte ich lieber«, sagte der Beamte.

Er tat sich schwer, sie zu wecken. Mit dem ersten Augenaufschlag würde die traurige Realität wieder zurückkehren, der sie erst vor wenigen Stunden so mühsam entflohen war.

Ihre Augen waren geschwollen und freudlos. Er gab ihr zuerst ein Glas Wasser und die Gelegenheit, sich zu sammeln.

»Einen Moment noch«, vertröstete er den Polizisten. DeLaprey überlegte, ob er die Trennung von Pierre auch noch aufs Tapet bringen sollte. Er ließ es bleiben, denn es schien ihm verfehlt, mildernde Umstände geltend zu machen, ohne überhaupt zu wissen, um welche Umstände es sich handeln könnte.

Hera nahm den Hörer und sagte ihren Namen. Sie sprach sehr leise. Offenbar so leise, dass sie der Beamte nicht verstand. Sie wiederholte ihn noch einmal. Diesmal laut und deutlich.

In seinem rot karierten Schlafanzug, der ihr viel zu groß war, wirkte sie bleich und zerbrechlich. Sie hatte Kissen im Rücken, saß halb aufrecht und presste sich den Telefonhörer gegen das linke Ohr. Ein paar Mal sagte sie »ja«, ein paar Mal »nein«. Sonst schwieg sie. Überwiegend schien der Beamte am anderen Ende der Leitung zu sprechen. DeLaprey hörte das Gurgeln, das aus der Hörmuschel drang, verstand aber kein Wort.

Und plötzlich, als wäre das Gespräch abrupt beendet, hielt sie ihm den Hörer hin. Sie starrte ihn einen Moment lang an, ohne jegliche Regung. Lediglich ihre Nasenflügel verrieten, dass sie noch atmete. Dann verzogen sich ihre regelmäßigen Gesichtszüge zu einer Fratze.

DeLaprey erschrak. Es kam so unerwartet und plötzlich, wie er es sonst nur bei Babys gesehen hatte. Dieser unvermittelte Übergang von einem zufriedenen Glucksen in ein entsetzliches Schreien. Ihre mandelförmigen Augen, die so schalkhaft lachen konnten, waren nur noch zwei dunkle Hautschlitze. Sie nahm die Daunendecke und presste sie gegen ihr Gesicht, als gälte es, das austretende Blut einer Wunde zu stoppen. Sie schrie und schluchzte. Sie schaukelte mit dem Körper nach vorn und wieder zurück. Und wieder nach vorn. Und wieder zurück.

DeLaprey wusste nicht, was er tun sollte. Er fasste sie an der Schulter. Sie stieß ihn weg. Hörte nicht auf zu schluchzen und zu wippen.

Er nahm den Hörer, versicherte sich, dass der Beamte noch in der Leitung war.

»Was ist los?«, fragte er. »Meine Schwester ist nicht mehr ansprechbar. Sagen Sie mir bitte, was los ist.« DeLapreys Stimme klang erregt.

Wieder versuchte er, seine Schwester zu halten, die immer noch wie ein Schaukelpferd hin und her wippte.

»Pierre Oliver ist tot«, kam es aus der Leitung. »Wir sind gerade in seiner Wohnung.«

»Und wie kommen Sie auf mich?« DeLaprey fragte einfach. Es war nicht das, was er fragen wollte. Es war ihm auch egal. Er sorgte sich um Hera.

»Der Name Hera DeLaprey steht hier an der Tür … außerdem ist sie hier gemeldet. Es gibt vier DeLapreys in Basel … und Sie waren der Erste, den wir angerufen haben. Manchmal hat man eben Glück.« Die Stimme klang freundlich, fast ein wenig erleichtert. »Wir wollten Ihre Schwester benachrichtigen. Das ist eigentlich alles.«

»Weshalb ist er … ich meine, warum ist er gestorben?«

»Schlaftabletten. Wir vermuten eine Überdosis an Schlaftabletten. Wir werden das aber noch genau abklären.«

»Sie meinen, weil ihn Hera verlassen hat? Aber er hat doch ...«

»Wir meinen gar nichts, Herr DeLaprey. Seine Putzfrau hat uns angerufen, als sie heute Morgen Herrn Oliver tot in seinem Bett auffand.«

»Und die Frau?«

»Welche Frau?« Der Beamte klang erstaunt.

»Die Frau, die mit ihm im Bett war?« Wie er den Satz aussprach, wusste er, dass es falsch gewesen war, es zu erwähnen.

»Es war keine Frau im Bett, Herr DeLaprey.« Die Freundlichkeit in der Stimme des Beamten war weg.

»Na dann ... beim Sterben ist halt doch jeder allein. So ist es doch, oder nicht?« DeLaprey hätte den Hörer am liebsten gegen die Wand geknallt.

»Sagen Sie Ihrer Schwester, sie soll sich bei uns melden. Heute noch, wenn's geht. Wir haben noch ein paar Fragen, reine Formsache ... und dann sollte sie den Toten identifizieren. Da kommt sie nicht drum herum.«

»Ich weiß.« DeLaprey nickte und notierte die Adresse, die ihm angegeben wurde. Dann schaltete er das Telefon aus und legte es auf den Nachttisch.

Hera hatte mit dem Wippen aufgehört. Die Bettdecke, die sie immer noch auf dem Gesicht hatte, machte ihr Schluchzen geräuschlos.

»Eine Überdosis Schlaftabletten ...«, sagte er mehr zu sich selbst. »Das macht doch keinen Sinn. Der bringt allerhöchstens andere um ... aber nicht sich selbst.«

Sie sagte etwas, das er nicht verstehen konnte. Es war so geräuschlos wie das Wimmern und Schluchzen. Er versuchte, ihr die Decke vom Gesicht zu nehmen.

»Pierre nahm nie Schlaftabletten«, kam es schniefend.

»Bist du sicher?«

Hera drückte die Decke zwischen ihre Knie und sah ihn verwundert an. »Was fragst du? Was soll das überhaupt? Ich hab ihm eine geknallt. Und ihr auch, dieser Tussi. Dann habe ich das Nötigste zusammengepackt und bin gegangen.«

»Und?«

»Nichts und!« Wieder schniefte sie. »Gelacht hat er, als wäre es Schmierentheater … scheißegal war's ihm.« Sie hielt inne und rang nach Luft. »Leandro, glaub mir, der hat sich nicht umgebracht. Nicht Pierre.« Hera saß jetzt ganz aufrecht im Bett. Ihr Blick war unruhig, fast ängstlich. »Da ist etwas faul, Leandro, ich spüre das. Der würde sich nie umbringen.«

12

Links und rechts auf dem Schreibtisch stapelten sich die Akten. Der Eingangskorb für die Post quoll über, während das Fach für Postausgänge leer war.

Fünf Tage waren seit dem Mord vergangen, und Eschenbach hatte das erste Mal das Gefühl, dass er festsaß. Die Suche nach einer psychiatrischen Klinik, in der Philipp Bettlach möglicherweise behandelt worden war, verlief erfolglos. Ebenso jene nach Eveline Marchand, und Johannes Bettlach, der vielleicht hätte weiterhelfen können, ignorierte seine Anrufe. Er sei auf Geschäftsreise, hieß es bei der Bank, und erst auf nachdrückliches Verlangen des Kommissars rückte man mit der Mobilnummer heraus. Dort meldete sich, chipgesteuert und freundlich, die Stimme der Sprachbox. Keine Rückrufe. Nichts.

Eschenbach hielt beide Arme hinter seinem Kopf verschränkt. Die Stahlrohrkonstruktion des Drehstuhls bog sich beängstigend unter seinem Körper, und das schwarze Leder knarzte. Vor ihm auf dem Tisch, auf einer Untertasse, die als Aschenbecher diente, lag eine halb gerauchte Brissago. Zwei leere Espressotassen standen daneben.

Der Herr im grauen Businessanzug, der ihm gegenübersaß, war gute zehn Jahre jünger als Eschenbach. Er hatte eine randlose Brille, kurzes blondes Haar und intelligente Augen. Das weiße Hemd mit Button-down-Kragen trug er ohne Krawatte, und man hätte ihn in seiner adretten Aufmachung leicht für einen Wirtschaftsstudenten halten können.

Marcel Bucher war Chefbeamter für besondere Aufgaben beim Bundesamt für Polizei, kurz BAP. Er war Leiter einer Sonderkommission, die sich mit Ermittlungen im Zusammenhang mit der Internetkriminalität befasste.

Als er Eschenbach am Dienstagmorgen kurz nach halb zehn anrief, tönte alles sehr geheimnisvoll. Aus aktuellem Anlass wolle er mit ihm über eine Angelegenheit sprechen, die bundesweit als *streng geheim* klassifiziert und deshalb besonders delikat sei. Er bringe entsprechend eine Vertraulichkeitserklärung mit, die Eschenbach zu unterschreiben habe. Man versuche den Kreis der involvierten Personen so klein wie möglich zu halten, obwohl dies bei einem gigantischen Projekt wie diesem ein schwieriges Unterfangen sei. Eschenbach war Nummer vierhundertzwölf auf der Liste.

Obwohl er Geheimnistuerei hasste, und ihm die Bundespolizei mit ihrem Verwaltungsapparat ein Gräuel war, hielt er sich eine gute Stunde am Nachmittag frei, um Bucher zu empfangen. Schaden konnte es ja nicht, sich die ganze Sache einmal anzuhören, dachte er; und insgeheim musste er sich eingestehen, dass er auch ein wenig neugierig geworden war. Es interessierte ihn, an welchen hoch geheimen Projekten seine Kollegen in Bern gerade wieder herumbastelten.

Als ihm der junge Beamte gegenübersaß und ihn unprätentiös und sachlich in Kenntnis setzte, dachte er daran, seine Vorurteile gegenüber Bern zu revidieren. Oder zumindest zu überdenken. Da war keine Wichtigtuerei, die ihm aus früheren Fällen so unauslöschbar in Erinnerung geblieben war. Hatte sich doch etwas bewegt im alten Bern? Vielleicht war Bucher auch nur die Ausnahme von der Regel.

»Angefangen hat alles mit der Webseite *Landslide.*« Bucher sprach leise, und sein Berndeutsch schien ihm auch nach dem Studium an der ETH in Zürich und nach einem längeren Aufenthalt in den USA erhalten geblieben zu sein. »Die amerikanische Überwachungsbehörde *US Postal Inspection Service* ermittelte gegen diese Webseite und hat die Betreiber, ein amerikanisches Ehepaar, vor zwei Monaten verhaftet. *Landslide* bot seinen Benutzern gegen Bezahlung mit Kreditkarte Zugang zu über 300 kinderpornographischen Websites. Kunden aus 61 Ländern bezogen von dort Material, wobei *Landslide* über 150 000 Zahlungseingänge verzeichnen konnte.«

»Und da waren natürlich auch Schweizer dabei.« Eschenbach ahnte, was kommen würde.

»Klar. Die amerikanischen Behörden gaben die Rohdaten, im Wesentlichen Kreditkartendaten, an Interpol weiter. Über Interpol kamen sie dann zu uns.«

»Und? Wie viele sind es für die Schweiz?«

»Etwas über 3600 Rohdatensätze waren es, die einen Bezug zur Schweiz hatten. Darunter die typischen Redundanzen und Fehler, die wir in solchen Daten immer haben.«

Eschenbach verstand nur Bahnhof. Er wusste nichts über Daten und überhaupt nichts über Rohdaten. Er rätselte, wo der Unterschied liegen könnte, zwischen Daten, die roh sind und anderen. Er kannte nur den Unterschied zwischen rohen Eiern und gekochten. Dann war von *Doubletten* und *Schnittmengen* die Rede. Eschenbach gab sich Mühe, aufmerksam zuzuhören und den Eindruck zu erwecken, als wisse er über Daten so viel wie über Eier.

Bucher schubste seine randlose Brille zurück, die ihm auf die Nase gerutscht war und zu schräg und zu weit vorne hing. Er sprach in einem näselnden, gleichmäßigen Ton, der in jedem anderen Dialekt arrogant geklungen hätte. In Berndeutsch klang es sympathisch.

»Nachdem wir die Daten durchgecheckt und alles ausgefiltert hatten, blieben rund 1300 saubere Daten.«

»Mit *sauber* meinen sie die Dreckigen?«

Bucher stockte; dann musste er schmunzeln. Ihm gefiel das Wortspiel. »Ja. Das Dreckspack, sozusagen. 1300 zahlende Kunden von *Landslide*.«

»Und wenn jemand einfach mal reingeklickt hat? Zufällig. Oder aus Neugier?«

»Dann hätten wir viel zu tun, Herr Eschenbach.« Er lächelte. »Nein, diese Liste ist starker Tobak. Alles Leute, die wiederholt und für Tausende von Franken kinderpornographisches Material aus dem Internet heruntergeladen haben. Bilder. Videos. Den ganzen Schweinkram eben.«

Eschenbach schluckte. Er dachte an die Videos, die Doris Hottiger gestern erwähnt und die man ihm auf seinen Wunsch ins Präsidium gebracht hatte. Er war noch nicht dazu gekommen, sie sich anzusehen. Und es war nicht nur Zeit, was ihm fehlte.

»Schon bei den Rohdaten wurde gewaltig ausgesiebt. Einmal ist keinmal; und auch die für ein paar hundert Franken haben wir aussortiert. Gnade vor Recht, sozusagen. Die 1300, das sind die großen Fische.«

»Und jetzt? Ich meine, wie geht das jetzt weiter?«

Bucher kramte aus einer alten dunkelbraunen Ledermappe einen Aktenordner hervor und legte ihn vor Eschenbach auf den Tisch.

Auf der Rückseite des Ordners stand: *Projekt Genesis* und darunter: *Kanton Zürich.*

»Jetzt schnappen wir uns die Schweine.«

»Die Drecksarbeit also.« Eschenbach blätterte in den Unterlagen, ohne sie wirklich zu lesen.

»Genau. Das große Ausmisten.«

»Und das liegt wie immer bei den Kantonen.« Eschenbach zuckte mit den Schultern. »Und warum kommt das ganze Zeugs zu mir?«

»Das Zeugs, wie Sie es nennen, ist die größte konzertierte Polizeiaktion gegen Kinderpornographie, die es in der Schweiz je gegeben hat.« Bucher lächelte. »Vom Bund aus informieren wir die Kommandanten der kantonalen Polizeicorps und deren Stellvertreter. Dann ist es Sache der kantonalen Behörden. Sie sind …« Bucher blätterte in seinen Unterlagen. »… als Stellvertreter der Kommandantin, Frau Elisabeth Kobler, auf meiner Liste. Mit Frau Kobler habe ich bereits gesprochen. Ich nehme an, die Angaben stimmen.«

Eschenbach nickte. Er wusste nun, was auf ihn zukommen würde. Hunderte von Hausdurchsuchungen. Kisten voller PCs und Festplatten, die aus Häusern und Wohnungen getragen und ins Präsidium geschleppt werden mussten. Hunderte von Videos und Bildern. Das ganze Zeugs, das beschlagnahmt und gesichtet werden musste. »Wie viele sind es?«, fragte er ausdruckslos.

»Knapp vierhundert.« Der Beamte aus Bern fingerte an seiner Brille, und es schien ihm nicht wohl zu sein in seiner Haut. »Die genaue Anzahl finden Sie im Ordner. Dort ist eine Liste mit den Namen und Adressen.«

»Vierhundert! Das ist ja fast ein Drittel.«

»Alles ist auch elektronisch vorhanden. Auf einer CD. Die ist hinten eingefügt. Wir dachten, das ist sicher noch hilfreich.« Der Beamte beobachtete Eschenbach, wie er, die Augen halb geschlossen, lustlos an seiner Brissago sog. Er tat ihm Leid, dieser groß gewachsene Mann, der äußerlich so robust schien, als könne ihm nichts etwas anhaben; und vor dem nun ein grauer Bundesordner lag, mit vierhundert Zentnern schwerstem Dreck. Er sah, dass die CD keine große Hilfe war.

»Ein Drittel«, murmelte Eschenbach. »Warum ist der ganze Sauhaufen nicht besser verteilt? Sechsundzwanzig Kantone. Warum nicht ein arithmetisch korrektes Sechsundzwanzigstel? Oder ein Dreizehntel … das wäre mir auch noch gleich. Oder ein Achtel. Haben wir nicht schon genug mit der Russen-Mafia? Mit der Tschetschenen-Mafia? Mit der serbischen, der kroatischen, der aserbaidschanischen und der kosovo-albanischen Mafia? Sind wir nicht schon das Drogenmekka und der größte Puff? Und jetzt hocken auch noch diese ganzen Pädophilen hier.« Eschenbach nahm den Ordner und wollte aufstehen. »Warum wohnen die nicht im Aargau? Oder im Thurgau? Oder von mir aus im Appenzell?« Er stand auf, knallte den Ordner zurück auf den Tisch und ging ein paar Schritte hinüber zum Fenster.

Er sah auf die Straße hinunter. Der Asphalt hatte den nächtlichen Regen aufgesogen. Oder war es die Sonne, die das Wasser verdunsten ließ? Jedenfalls war es wieder trocken. So trocken, als hätte es nie geregnet. Und wieder begann sich neuer Staub zu setzen. Man konnte ihn nicht sehen, aber Eschenbach wusste, dass er sich wieder setzen würde, dass es ihn gab. Er war einfach da, dieser feine gräuliche Dreck. Perfekt getarnt legte er sich auf die Straßen und Gehsteige. In die Ritzen und Fugen verkroch und verhockte er sich, bis er beim nächsten Gewitter von einem Platzregen oder bei der nächsten Putzaktion von einer städtischen Reinigungsmaschine weggefegt werden würde. Und wieder käme neuer Staub und neuer Schmutz dazu. Ein Perpetuum mobile aus mikroskopischem Dreck. Was mit bloßem Auge so putzig und säuberlich aussah, war in Wahrheit ein einziges, nie sauber werdendes Dreckloch.

Und trotzdem, er liebte diese Stadt. Er liebte die staubigen Hinterhöfe im Kreis Vier, in denen er als Kind zwischen Teppichstangen Fußball gespielt hatte, und in denen er heute als Polizist Drogendealer davon abhalten musste, Heroin an Minderjährige zu verkaufen. Er mochte die eleganten Straßen und die herausgeputzten alten Häuser, die, wie aus dem Ei gepellt, jeden Sommer Heerscharen von Touristen ein Stück Schweizerischer Idylle vorgaukelten. Er liebte den Geruch des Seewassers und den Blick auf die schneebedeckten Alpen, die bei Fönlage einem so nah schienen, als stünden sie im Wasser.

Er liebte Zürich auch im Winter. Wenn mit der Nässe und Kälte auch der Nebel aufzog und die Stadt ihre Schwere und Melancholie zurückbekam, die sie im Sommer verloren hatte. Dann liebte er sie ganz besonders.

Er drehte sich um, ging an seinen Schreibtisch zurück und setzte sich.

Bucher saß immer noch da, hatte die Beine von sich gestreckt und zog sie, als Eschenbach zurückkam, wieder ein. Er zupfte an seiner Brille und versuchte ein Lächeln.

»Eine schöne Bescherung, die Sie mir da unterjubeln«, Eschenbach deutete auf den Ordner. »Das ist ein Riesending, sage ich Ihnen … das fliegt uns allen noch um die Ohren.« Es klang müde und abgekämpft.

»Wird schon schief gehen«, sagte Bucher. Diesmal klappte es mit dem Lächeln. »Bei Ihnen ist es in den besten Händen. Wir wären froh, es gäbe mehr von Ihrer Sorte …«

»Auch Heuchler müssen sterben«, unterbrach ihn Eschenbach. »Wenn Sie mir schmeicheln wollen, gebe ich's gleich wieder zurück.«

Beide lachten.

»Sollten Sie Hilfe brauchen: Meine Nummer steht im Bericht.«

Eschenbach winkte ab. Dann kamen ihm die Videos aus Bettlachs Haus in den Sinn, die er sich ins Präsidium hatte bringen lassen.

»Eine kleine Bitte hätte ich doch noch.«

»Und die wäre?« Bucher, der schon halb aufgestanden war, setzte sich wieder.

»Ich habe eine Hand voll Videos. Kinderpornographisches Material, schreckliches Zeug. Beweisstücke aus einem Mordfall, den wir hier haben.«

»Der Mord auf dem Golfplatz?«

»Genau. Ich bin noch nicht dazu gekommen, sie mir genauer anzusehen.« Er zögerte einen Moment, sah Bucher an, als hoffe er, dass er ihm für seine windige Ausrede Absolution erteilen würde.

Bucher schwieg, kratzte sich am Kinn und wartete.

Eschenbach fragte sich, ob er es bei dieser Notlüge belassen sollte. Es war ihm peinlich, zugeben zu müssen, dass er sich die Bänder überhaupt nicht angesehen hatte.

Bucher sah den Kommissar an, dessen leerer Blick vor ihm auf den Boden fiel.

»Ich habe noch nie einen Kinderporno gesehen. Schon viel anderes, das ja. Verkohlte Menschenteile, Wasserleichen, zerschossene Körper, Stichwunden, aber das hier …« Er deutete hinüber zu dem Schrank, wo er die Videos aufbewahrte. »Ich habe immer gedacht, dass ich irgendwie davon verschont bleibe.« Eschenbach hob die Augen.

»Da kommt man nicht drum herum, tut mir Leid«, sagte Bucher trocken. »Also, wie kann ich Ihnen helfen?«

»Ich hätte gerne Fotos. Abzüge, wenn Sie verstehen, was ich meine. Ganzkörperaufnahmen und auch Details, wenn das möglich ist. Alles, was sich identifizieren lässt. Gesichter, Hände, Füße, Schuhe. Gürtelschnallen, weiß der Herrgott, was da alles drauf ist.«

Bucher überlegte einen Moment. »Sie haben doch sicher Spezialisten, die so etwas können.«

Eschenbach ließ nicht locker.

»Okay«, kam es nach kurzem Zögern. »Lässt sich machen. Weil Sie's sind.«

»Danke.«

»Alle Beteiligten?«

Eschenbach stutzte.

»Ich meine, nur die Erwachsenen oder auch die Kinder?«

Eschenbach, dem mit dieser Frage das ganze Grauen wieder bewusst wurde, schluckte. »Alle.«

»Sonst noch etwas?«

»Nein, das wär's.«

Eschenbach bedankte sich nochmals und übergab Bucher die Videos, die er bei sich unter Verschluss gehalten hatte, und sie verabschiedeten sich.

Der Kommissar war erleichtert, dass er die Videos los war. Wenn auch nur für kurze Zeit. Für ein paar Tage vielleicht. Obwohl er wusste, dass ihm nicht erspart bliebe, sich alles selbst anzusehen, war er froh um den Aufschub. Vielleicht waren Fotos leichter zu ertragen. Als Einstieg wenigstens.

13

Das Old Shepherd war zum Bersten voll. Eine Gruppe von Bankangestellten feierte den Verkauf irgendeiner Firma, die irgendeine Dienstleistung erbrachte. Schon jetzt wusste niemand mehr, welchen Dienst sie wem leistete und weshalb. Es lief wie geschmiert, der Champagner in die Gläser und über die Gläser hinaus auf die blank polierte Theke. Nur der Boden klebte.

Ein übergroßer, dreiarmiger Propeller aus Mahagoni und geflochtenem Korb, ein Relikt aus den fünfziger Jahren, drehte sich an der Decke und vermischte in Zeitlupentempo Zigarrenrauch mit dem Geruch von ausgedünstetem Alkohol und parfümiertem Schweiß. Joe Cocker sang etwas über Freundschaft, und die schwächelnde Musikanlage ließ seine Stimme noch heiserer wirken als sonst. Einer der Barkeeper fuchtelte mit einem Metallbecher. Seine langen, dunklen Wimpern schienen aufgesetzt. Sein Lachen auch.

An einem kleinen Tisch im hinteren Teil der Bar saß Doris Hottiger in Jeans und einem weißen T-Shirt. Die Jeans saßen zu tief, das Shirt zu hoch. Das Piercing im Bauchnabel saß perfekt. Ein gut aussehender Mann mit Eroberungslächeln und Zähnen in Colgate-Weiß wollte sich zu ihr an den Tisch setzen. Sie winkte ab und entschuldigte sich ihrerseits mit einem Lächeln, das keines war. Auch beim Nächsten winkte sie ab, bei den fünf zuvor – oder waren es sechs gewesen? – hatte sie dasselbe getan. Der Stuhl neben ihr war frei; der einzig freie im Lokal.

Würde er kommen? Sie hatte ihm aufs Band gesprochen. Ort und Zeitpunkt angegeben. Sie sah auf die Uhr. Halb zwölf. Um elf hatten sie – nein, hatte *sie* gesagt, dass sie hier sei.

Sie zweifelte, ob er noch kommen würde. Wusste er, dass sie auf ihn wartete? Sie kam sich dämlich vor, so alleine am Tisch, und überlegte, ob sie aufstehen und an der Bar etwas trinken sollte. Sie hatte die Warterei satt.

Der leere Stuhl neben ihr lockte die Nachtschwärmer. Er zog sie an, die Draufgänger und Müßiggänger, die Schüchternen und Selbstbewussten, wie das Licht die Motten. Und wie Motten, die ihre weichen staubigen Köpfe gegen hartes Lampenglas schlagen und trunken von Hitze und Licht taumelnd wieder davonfliegen, verzogen sie sich auch wieder. Falter der Nacht. Der Stuhl blieb leer.

Sie mochte nicht mehr lächeln und auch nicht mehr abwinken. Sie fühlte sich müde. Ausgelaugt. Der hängende Rauch reizte sie. Sie rieb sich die Augen. Zuerst nur mit dem Handrücken, und als es nicht besser, sondern schlimmer wurde, mit beiden Händen. Sie drückte und rieb, dass es schmerzte. Irgendwie gefiel ihr der Schmerz. Sie sah dunkelrote Wellen, die sich in schäumendem Gelb brachen; sah die Sonne auf- und unter- und wieder auf- und untergehen. Sie konzentrierte sich auf eine helle Wolke, die mit der Bewegung der Augen auf und nieder hüpfte.

»Hallo, was hast du?«

Sie kannte die Stimme, öffnete ihre Augen und sah durch einen dicken Schleier aus Tränen zwei Beine, die in dunklen Hosen steckten. Lichtperlen tanzten auf dem matten Schwarz, und als sich der Schleier auftat, war es Claudio Jagmetti, der sie besorgt ansah.

»Weinst du?« Er nahm den Stuhl, den sie für ihn freigehalten hatte, zog ihn neben sie und setzte sich. Er küsste zärtlich ihre Augenwinkel, fuhr mit seinen Lippen über ihre Lider und ihre Nase. Er spürte das Salz der Tränen auf seiner Zunge, roch ihren Hals und ihre Schläfe und wusste plötzlich wieder, warum er seinen ganzen Verstand über den Haufen geworfen hatte und hierher gefahren war.

»Weißt du eigentlich, wie viele gut aussehende Kerle ich in die Flucht schlagen musste … Ich hatte schon Angst, du kommst gar nicht mehr.«

»Ich musste dich einfach sehen.«

»Ich dich auch.« Sie nahm seine Hand, rieb ihre feuchte Wange daran, leckte sie zärtlich, küsste sie, grub ihre kleine Nase zwischen seine Finger und sah ihn lange und wortlos an.

»Soll ich zu dir? Ich meine, wir könnten …« Jagmetti wusste nicht, wie er es sagen sollte.

»Ich weiß nicht, ob das klug ist, Claudio.« Sie fuhr langsam mit ihren Fingern zwischen die seinen und hielt seine Hand fest, als drohe sie ihr zu entgleiten. »Ich wollte dich einfach noch mal sehen, bevor ich gehe.«

»Was willst du?« Jagmetti stockte. Jetzt war er es, der ihre Hand drückte, dass sich das Braun ihrer Finger weiß färbte. »Das ist überhaupt nicht klug, wenn du jetzt einfach verduftest.«

»Vielleicht.« Sie zögerte einen Moment. »Aber ich muss weg, Claudio. Die Dinge spitzen sich zu. Man verdächtigt mich, was ich sogar verstehen kann.«

»Wenn du jetzt abhaust, ist das wie ein Geständnis. Man wird dich finden.«

»Ich hab niemanden umgebracht. Ich weiß es, und du weißt es auch. Du bist ein Mensch, der so etwas spürt.«

»Eschenbach denkt auch so.«

»Meinst du? Es ist erst ein paar Tage her, seit Philipp ermordet wurde, und der Druck auf Eschenbach wächst …«

»Er wird es schaffen.«

»Mag sein. Ich hoffe es ja auch. Aber was ist, wenn nicht? Wenn du in ein paar Wochen der Einzige bist, der mir noch glaubt? Du bist nicht mehr neutral, Claudio. Du bist …«

»… nur ein kleiner Praktikant?«, unterbrach er sie. »Ist es das, was du sagen willst?«

»Nein, darum geht es doch nicht. Selbst wenn du Kommissar wärst … Für die Leute, die den Fall beurteilen werden, bist du befangen. Ein netter, grundehrlicher Polizist. Verliebt und deshalb völlig unbrauchbar.«

»Und für dich?« Er fuhr mit den Fingern entlang der kleinen Narbe an ihrem Handgelenk, sah sie an und lächelte. »Was bin ich für dich?«

»Du bist …« Sie strich die Haarsträhne glatt, die sich kräuselnd um ihr Kinn gelegt hatte. »Ich weiß nicht. Ich hab das Gefühl, dass wir uns schon ewig kennen, Claudio.« Sie sah ihn eine ganze Weile schweigend an. »Wenn die Zeit knapp wird, fehlen einem plötzlich die Worte. Ich wollte dich einfach noch einmal sehen.«

Er wollte etwas sagen, öffnete den Mund und schloss ihn wieder. Es fiel ihm nichts ein.

»Ich bin keine Mörderin, Claudio. Schau mich an.«

Jagmetti sah sie an. Ihre Sommersprossen versteckten sich hinter verschmierter Wimperntusche, und die feinen Striche in ihren Augenwinkeln waren kaum noch zu sehen. Lachfalten versagen immer, wenn es traurig wird, dachte er.

»Ich habe ein paar Dinge getan, von denen du nichts weißt. Vielleicht kommen sie irgendwann ans Tageslicht, dann kannst du dir selbst ein Bild davon machen. Ich möchte jetzt nicht darüber sprechen. Es ist nichts Unrechtes. Wenigstens nicht für mich.«

Jagmetti nickte. Er dachte an die Nacht, die sie zusammen verbracht hatten. Sah, wie ihr kleiner Busen hüpfte; wie sie auf ihm saß, spürte ihre Bewegungen, wie sie sich an ihm rieb und ihn zärtlich in sich aufnahm. Er sah ihr Lachen und das fröhliche Blau ihrer Augen. »Sehen wir uns wieder?« Es brach aus ihm heraus. »Ich meine irgendwann, wenn alles vorüber ist?«

»Vielleicht.« Sie stand auf und küsste ihn auf die Nasenspitze. »Mach's gut, Claudio … ich denke, es ist besser so.« Sie lächelte noch einmal kurz; dann drehte sie ihm den Rücken zu und schob sich zwischen den Leuten hindurch in Richtung Ausgang.

Jagmetti, dem zu dämmern begann, dass er Doris nicht einfach gehen lassen konnte, sprang auf. Er hastete dem weißen T-Shirt hinterher und rempelte dabei eine junge Frau mit weißblonder Mähne an. Sie kam wie aus dem Nichts; auf hochhackigen Cowboy-Stiefeln und mit diesem vielsagenden Lächeln. Der Drink, den sie in der Hand gehalten hatte, spritzte hoch und ergoss sich über sie und ihn und ein paar umstehende Gäste.

Tomatensaft, dachte Jagmetti. Er war zu Boden gegangen und fuhr mit der Zunge über seine aufgeplatzte Lippe.

»Du hast ihm die Nase gebrochen«, schrie die Blondine den Kleiderschrank an, der neben ihr stand und sich die Hand rieb. Ihr enges, sandfarbenes Top war übersät mit hässlichen, dunkelroten Flecken.

Das kann unmöglich alles Blut sein, dachte Jagmetti. Eine Bloody Mary vielleicht … Er fasste sich ins Gesicht. Betastete Nase, Kinn und Oberlippe. Helles Rot klebte an seinen Fingern. Nochmals ließ er die Zunge kreisen. Wenigstens waren die Zähne unversehrt. Er stand auf.

»Verdammt noch mal«, grunzte der Typ neben dem Mädchen. »Du hast ihr das ganze Kleid versaut.«

»Schon gut«, stammelte Jagmetti. »Hab's ja nicht absichtlich getan. Tut mir Leid.« Er hatte keine Lust auf eine Schlägerei, und in seinem Kopf kreiste nur ein Gedanke: Wo war Doris? Während er noch ein paar entschuldigende Worte murmelte, sah er zum Ausgang. Sein Blick schweifte über die Köpfe der Gäste hinweg. Dann sah er nach links, durch die offen stehende Fensterfront hinaus auf den Gehsteig.

Doris Hottiger war verschwunden.

14

Es regnete graue Bindfäden. Eschenbach hatte keinen Schirm; er war sich nicht einmal sicher, ob er überhaupt noch einen besaß. Er wusste nicht, wo er den Letzten liegen gelassen hatte. Wenigstens hatte er sein Jackett wieder, und was noch wichtiger war, die Aufzeichnungen des Gesprächs mit Dr. Bettlach.

Rosa Mazzoleni hatte die Taxiunternehmen abgeklappert. Telefonisch natürlich, und als sie fündig wurde, hatte sie das Jackett abholen lassen. Es stank infam. Speckpolster und grüner Duftbaum: Note Waldfrieden. Ein Schuss kalter Rauch rundete das Bouquet ab. Eschenbach hielt es sich über den Kopf, als er mit ausladendem Schritt die Löwenstraße überquerte und auf der anderen Seite unter dem Vordach eines Kaufhauses wieder Schutz fand. Männer in Nadelstreifenanzügen standen zwischen Frauen mit Kopftüchern: das Tuch dem Glauben zuliebe und nicht dem Regen zum Trotz.

Frauen wie Männer warteten, dass der Regen nachließ. Aber es kübelte sintflutartig vom Vordach. Eschenbach hatte das Gefühl, er stünde im Wasser. Rahmengenäht mit Ledersohlen. Qualitätsschuhe aus England sind keine U-Boote, dachte er. Warum ließ er sie nie besohlen? Es empfehle sich, predigte Giuseppe, bei dem er seit Jahren Kunde war. Zürich sei nicht Mailand, und es spiele auch keine Rolle, dass die Schuhe aus

England kämen. Leder sei nun mal Leder und vertrage Feuchtigkeit nur in Maßen. Egal, ob in Zürich, London oder Mailand. Eine Gummibesohlung sei ein *must*, besonders im Winter. Jetzt war Sommer, zumindest auf dem Papier. Oder war er schon vorbei?

Im Kaufhaus drinnen herrschte Sommerschlussverkauf, und auf bunten Plakaten war von Preisstürzen die Rede.

Von Wasserstürzen steht da nichts, dachte Eschenbach. Zuerst die Hitze, jetzt dieser Weltuntergangsregen. Er entschloss sich zu warten und an der Früchtebar einen Espresso zu trinken. Säfte mochte er nicht. Er bekam davon Sodbrennen, und das waren ihm die Vitamine nicht wert. An der Bar standen die Nadelstreifenanzüge und saßen die Hausfrauen. Sie warteten, dass Regen und Preise nachlassen würden.

Das Meeting, von dem er kam, war ganz zu seiner Zufriedenheit verlaufen. Elisabeth Kobler hatte ihn ausdrücklich gebeten mitzukommen. Er ging sonst nur selten auf die Treffen, die Kobler mit dem Kommandanten der Stadtpolizei abhielt. Er fand, dass er dort nichts verloren hatte. Die Stadt- und die Kantonspolizei waren zwei verschiedene Paar Schuhe und hatten ein besonderes Verhältnis zueinander. Wie Tochter und Mutter, wobei sich die Tochter schon seit Jahren pubertierend verhielt. Kobler war jedenfalls dieser Ansicht.

Eschenbach hatte keine Mühe damit; er war selbst lange bei der Stadt gewesen und kannte die meisten, von den Frischlingen einmal abgesehen. Mit fast allen verstand er sich gut, und es war nun einmal so, dass bei Kapitalverbrechen der Kanton den Fall und seine Chefin das Zepter übernahm. Und am Ende landeten die brisanten Fälle bei ihm auf dem Tisch. Mord und internationale Delikte, das war sein Revier; es hatte sich über die Jahre so ergeben, und er war nicht unglücklich darüber.

Eschenbach war froh, dass er die Arbeitsbewilligungen der Prostituierten nicht mehr kontrollieren und die Besoffenen nicht mehr internieren musste. Er hatte das alles gesehen und gehabt. Nach seiner Vorstellung reichte es für ein Polizistenleben. Die Nächte auf Streife, die lähmende Schläfrigkeit, wenn nichts passierte, und die Thermoskanne mit schlechtem Kaffee, die dagegen nichts nützte.

Nicht, dass ihm Mord und Totschlag besser gefielen, oder die international organisierte Mafia, FBI und BKA ihm sympathischer waren, ganz im Gegenteil. Ab und zu wünschte er, es wäre wie damals, als die Mauer noch stand, und Zürich, fernab von Internet und Interpol, eine kriminalistische Provinz war.

Manchmal vermisste er sie, die Pappenheimer und Schlaumeier, die Zocker und Dealer, die sich in den dunkleren Gassen und Straßen von Zürich getummelt hatten. Sie fehlten ihm, so wie der Tante-Emma-Laden an der Ecke Badenerstraße/Langstraße fehlte oder die brennenden Kerzen auf dem Kuchen, den seine Großmutter buk, als er noch Geburtstag hatte. Gäbe es sie heute noch, man müsste sie ins Heimatmuseum stecken. Sie kämen einem vor wie Winnetou und Old Shatterhand auf West Point.

Und trotzdem, ein Mord blieb ein Mord. Ungeachtet der Umstände, die anders waren, und der Zeiten, die sich geändert hatten. Waren es tatsächlich die Zeiten? Oder waren es nur die Menschen, die sich änderten? Eschenbach hatte darauf keine Antwort.

Der Ordner, den er in seiner abgewetzten Ledermappe bei sich trug, schien mit dem Mord an Philipp Bettlach in Verbindung zu stehen. Da war etwas, das an losen Schnüren aneinander hing. Nur was war es? Er war die Liste sorgfältig durchgegangen. Einschlägige Namen waren darauf. Das beruhigte ihn in gewisser Weise. Bekannte Namen, auf die er nicht einmal im Traum gekommen wäre, waren ebenfalls auf der Liste. Das wiederum beunruhigte ihn. Mitglieder des Kantonsparlaments und der öffentlichen Verwaltung. Lehrkräfte und Leute aus dem Kirchen-, Gemein- und Heimwesen. Eschenbach musste die Namen mehrmals lesen, bis er es glaubte. Dass keiner darunter war, den er persönlich kannte, nahm er mit Erleichterung zur

Kenntnis. Freunde, Bekannte und Verwandte. Fehlanzeige. Glück gehabt. Vielleicht nur Zufall.

Den einzigen Namen, den er erwartet hatte, und von dem er felsenfest überzeugt war, dass er draufstünde, fand er nicht. Philipp Bettlach. Nicht unter B und auch unter P nicht. Einfach nichts.

War die Liste nur die Spitze des Eisbergs? Eine ausgeräucherte Höhle in einem Berg, in dem es noch Dutzende von weiteren Höhlen gab? Er fand keine befriedigende Erklärung dafür.

Schließlich hatte er die Videos, den Computer mit der Festplatte und den Bildern. Das war mehr, als er brauchte. Dass er den Namen nicht fand, war ein Schönheitsfehler, mit dem er leben musste.

Gut die Hälfte der knapp vierhundert Personen lebten in oder nahe der Stadt. Darum würde sich jetzt das Stadtkommando kümmern müssen. Die hatten genug Leute. Auf der Sitzung rannte Kobler offene Türen ein. Der Fall wurde ihr geradezu aus der Hand gerissen, und Eschenbach war froh, dass er einen Teil der Arbeit loswurde. Es blieben immer noch zweihundert Verdächtige, um die er sich mit seinen Leuten kümmern musste. Happig, aber machbar. Konkurrenz ist ein Segen, dachte er.

Der Regen ließ etwas nach, und seine Füße gewöhnten sich an die feuchten Strümpfe. Er konnte sich jedoch nicht überwinden, das Jackett anzuziehen. Neben Moder- und Duftbaumgeruch miefte es jetzt auch noch säuerlich nach nasser Wolle. Der Schirm aus billigem rotem Plastik, den er für neun Franken neunzig erstanden hatte, war vom Winde verweht. Rechtwinklig standen die Streben nach oben. Er würde ihn beim nächsten Sonnenstrahl am besten irgendwo vergessen.

Zügig ging er die Löwenstraße hoch, überquerte die Sihl in Richtung Stauffacher und war auf einmal froh, als ihn die vertraute Drehtür ins Innere des Präsidiums katapultierte und er trockenes, dunkelgraues Linoleum unter den Füßen hatte.

Rosa Mazzoleni hatte, was selten vorkam, schlechte Laune.

Sie grüßte ihn wortlos und ohne das vertraute Lächeln, an das er sich so leicht gewöhnt hatte. Sie nahm den Blick nicht vom Bildschirm, und was noch viel schlimmer war, sie dachte nicht im Traum daran, ihn zu fragen, wie das Meeting gelaufen war und ob er einen Espresso wollte. War es das Wetter oder hing der Haussegen schief? Er wäre gerne lautlos an ihr vorbeigehuscht, aber das ließen seine Schuhe nicht zu. Huschen war nicht drin, im Gegenteil. Es flutschte, mantschte und knarzte an den Füßen wie in einer römischen Galeere. Er war sich nicht sicher, ob sich in seinem Rücken nicht doch noch ein Kopf drehte, Brauen sich hoben und ein Augenpaar ihm nachsah, als er stapfend in seinem Arbeitszimmer verschwand.

Er hatte gerade die durchnässten Socken ausgezogen und sie über einen der Besprechungsstühle gehängt, als Elisabeth Kobler anrief.

»Lief nicht schlecht, heute Morgen«, flachste er zur Begrüßung und zog eine Brissago aus der Kartonschachtel.

»Hm …« Mehr sagte seine Chefin nicht.

Eschenbach schob den Zigarillo wieder zurück in die Schachtel und wartete. Schweigen verhieß bei Kobler nichts Gutes.

»Warum behelligen Sie Hottiger?«, kam es im Tonfall Giftklasse vier.

»Ich habe sie verhört, vorgestern. Immerhin war sie mit dem Toten befreundet …«

»Ich meine den Vater, nicht die Tochter«, unterbrach ihn Kobler unwirsch.

»Den Vater …« Eschenbach überlegte. »Herrgott, den haben wir noch nicht verhört. Der ist doch gar nicht hier!«

»Eben!«

»Der hockt in Amerika … an irgendeiner Universität, soviel ich weiß. Also bitte …«

»Also bitte was?« Das Trommeln ihrer Finger auf dem Schreibtisch war nicht zu überhören.

»Ich meine, wie sollen wir den behelligen … in Amerika?«

»Regierungsrätin Sacher hat mich soeben angerufen; wollte wissen, weshalb wir Ernst Hottiger belästigen.«

»Belästigen!« Eschenbach lachte auf. »Wir haben ein paar Angaben überprüft, sonst nichts.«

»Haben Sie mit ihm persönlich gesprochen?«, wollte Kobler wissen.

»Nein. Jemand vom Informationsdienst hat mit dem Dekan der Universität dort telefoniert.« Eschenbach versuchte sich vergeblich an den Namen des Instituts zu erinnern. »Und mit dem Sekretariat ebenfalls. Hottiger ist tatsächlich dort, kommt für die Tat also nicht in Frage. Das ist alles.«

»Es wäre vielleicht gut, wenn Sie ihn anrufen und sich bei ihm entschuldigen würden. Sie wissen, er berät die Regierung in Sicherheitsfragen … wir arbeiten gut mit ihm zusammen.«

»Entschuldigen?! Wofür denn, um Himmels willen?« Eschenbach wurde laut. »Dass wir unseren Job machen? Ich kann doch nicht einfach einen außen vor lassen, nur weil er mit der Regierung zusammenarbeitet, Hottiger heißt oder der liebe Gott ist. Das ist Routine, verdammt noch mal!«

»Ich weiß«, kam es von Kobler ruhig. »Ich will ja auch nicht Ihre Arbeit kritisieren. Ich wäre nur froh … ach, Sie wissen schon.«

Eschenbach atmete tief durch.

»Und für das nächste Mal: Bitte informieren Sie mich, bevor Sie solche gewagten Aktionen unternehmen.«

»Gewagte Aktionen«, grummelte Eschenbach.

»Und denken Sie daran, ihn anzurufen … ja?«

Der Kommissar schwieg eine Weile; dann verabschiedeten sie sich.

Die Post und zwei Zigarillos hatte Eschenbach durch. Auch die zwei Dutzend E-Mails waren gelesen und teilweise beantwortet. Es war nichts Überwältigendes dabei. Ein vertrauliches Dossier über ausgebildete Scharfschützen, zwei Geständnisse von irgendwelchen Wirrköpfen und ein Pressespiegel mit den bisherigen Berichten über den Mord. Das war alles, was den Fall Bettlach betraf; der Rest war Beamtenkram. Berichte, die hin- und hergeschoben, aufgehoben und wieder neu verfasst wurden. Abhandlungen zu Gesetzesrevisionen und deren Konsequenzen im Vollzug. Eintritte, Austritte und Übertritte. Ein Hinweis, dass die Kantine nun doch erneuert würde. Ein Bon für Kuchen. Ein Bon für Salat und noch einer für Kaffee. Er hätte am liebsten gleich alle eingelöst. Aber die Renovation stand erst bevor, und auf den Bons war zu lesen: *Einzulösen am 23. September*. Er warf sie in den Papierkorb und fragte sich, ob es tatsächlich Leute gab, die sich den dreiundzwanzigsten im Kalender vormerkten und die Bons behielten. Oder rechnete man damit, dass man sie nicht aufbewahrte? War das der Plan? Spekulierte man darauf, dass man sie wegwarf oder, auch wenn man sie behielt, in drei Monaten gar nicht mehr fand?

Eschenbach kramte sie wieder aus dem Papierkorb und legte sie zuoberst auf den großen Haufen mit Papier, um den sich Rosa Mazzoleni kümmern würde. Sie erledigte alles, was den Beamtenseelen um ihn herum auf dem Herzen lag. Das ganze Hin- und Herschieben von Papier und nochmals Papier. Das Einordnen, Aufbewahren und das Wiederfinden. Vor allem das Wiederfinden. Sie tat es mit dem Lächeln einer Muse und der Präzision eines Schweizer Uhrwerks. Das Lächeln haperte selten, das Uhrwerk nie.

Angesichts des Papierstoßes fragte er sich, wie es um das Lächeln stand. Er wollte ihr noch etwas Zeit gönnen, nahm den kleineren Stapel Akten und sah sich das Dossier mit den Scharfschützen an. Hottiger konnte ihm gestohlen bleiben.

Die meisten Personen fanden sich, wie er vermutet hatte, im Wirkungskreis von Militär und Polizei. Name, Funktion und Dienstgrad waren aufgeführt. In einer weiteren Spalte standen Daten betreffend Aus- und Weiterbildung. Waffen-, Schieß- und Sprengstoffkurse. Ein Haufen Spezialausdrücke und Abkürzungen. Die gängigsten kannte Eschenbach. Diejenigen, welche ihm nichts sagten, kennzeichnete er mit Bleistift. Die letzte Spalte galt *besonderen Bemerkungen.* Bei einigen war sie leer, bei anderen enthielt sie Hinweise auf besondere Talente, mögliche zusätzliche Ausbildungen, Einsatzmöglichkeiten und Ähnliches.

Die zweite Liste war weniger klar gegliedert und nicht so ausführlich. Angaben über zivile Personen, die in ihrer Freizeit mit Gewehren hantierten und von denen man annahm, dass sie mit Langdistanzwaffen umgehen konnten. Die Angaben stammten von offiziellen und inoffiziellen Stellen. Die meisten vom Schweizerischen Schützenverband.

Eschenbach interessierte sich vor allem für die erste Liste. Er sah sie lange an, nahm einen Bleistift, unterstrich und kreiste ein. Fragezeichen und Ausrufezeichen, Schlangenlinien und kleine Rechtecke. Er wusste nicht, nach welchen Kriterien er suchen sollte. Der militärischen Einteilung? Der örtlichen Nähe des Waffenplatzes zum Golfplatz? Alter, Zivilstand, Kinder? Was verband den Mörder mit dem Opfer? Was war das Motiv? War es tatsächlich Rache, wie Marianne Felber vom *Zürcher Tagblatt* insinuierte?

Exekution auf dem Golfplatz! Ihr Artikel war auch in der Pressemappe. Zwei Dutzend andere waren hinzugekommen. Der eine schrieb vom andern ab. Es war wenig Originelles dabei. Die Unfähigkeit der Polizei – persönliche Kritik an ihm eingeschlossen –, der Bezug zum Killer in Washington, eine kritische Beleuchtung des Schusswaffengesetzes in der Schweiz, die Sicherheit auf Golfplätzen, Tennisplätzen, Fußballplätzen. All das konnte man erwarten und all das wurde auch geschrieben.

Am besten gefiel ihm der Hintergrundbericht über die Schweizer Sniperszene von Hannes Kollwitz vom FOLIOS. Schien einiges zu wissen und schrieb einen süffigen Stil. Vielleicht müsste er ihn einmal treffen.

Rosa Mazzoleni kam ihm zuvor. Eschenbach wollte sie gerade zu sich bitten, als ihre Stimme aus der Gegensprechanlage schepperte. Der Kommissar konnte am Ton nicht erkennen, ob das Lächeln schon wieder zurückgekehrt war. Er drückte auf den Knopf. »Claudio Jagmetti ist hier.«

Eschenbach stand auf – und als er Claudio zur Tür hereinkommen sah, setzte er sich gleich wieder hin. »Herrgott, wie sehen Sie aus, sind Sie vom Zug überfahren worden?«

Jagmetti verzog den Mund zu einem Lachen. Sein rechtes Auge war nur noch ein Schlitz, die Haut darunter dunkelrot und geschwollen. Ein weißer Gazestrip klebte über der Nase; ein zweiter an seiner Unterlippe.

»Halb so schlimm«, nuschelte er. »Die Nase ist zum Glück nicht gebrochen, und die Unterlippe konnte mit zwei Stichen genäht werden.« Es klang tapfer.

»Du lieber Himmel«, Eschenbach deutete auf den freien Stuhl gegenüber. »Setzen Sie sich hin und sagen Sie um Gottes willen, was passiert ist.«

Claudio Jagmetti erzählte, was sich am vorigen Abend im Old Shepherd abgespielt hatte. Als Eschenbach die Lage erfasst hatte, fuhr er sich mit beiden Händen durchs Haar und schloss die Augen. Durchs offene Fenster roch er den Regen. Er atmete tief durch.

Es war Rosa Mazzolenis Stimme, die dem Schweigen ein Ende machte: »Herr Bucher vom BAP ist in der Leitung. Kann ich ihn durchstellen?«

Der Kommissar brummelte etwas Unverständliches in die Gegensprechanlage; dann nahm er den Hörer ab.

Marcel Buchers Stimme war seltsam zurückhaltend. Regnete es auch in Bern? War die Welt dort schon im Begriff unterzugehen? Es klang ganz danach. Eschenbach hatte das Gefühl, er müsse dieser untergehenden Welt zuversichtlich entgegentreten und raffte sich auf. »Wir waren heute beim Stadtkommando. Die Vorbereitungen laufen auf Hochtouren. Kommt gut, die Sache. Haben es voll im Griff, bei der Stadt ...« Eschenbach war gar nicht er selbst. Er wusste nicht, was in ihn gefahren war. Dann kamen ihm die Videos in den Sinn, die er Bucher gestern mitgegeben hatte. »Und bei Ihnen? Hatten Sie schon die Gelegenheit, das Material zu sichten?«

»Ja, deshalb rufe ich an.«

»Und?« Eschenbach war es peinlich, dass er nicht gleich am Anfang danach gefragt hatte, dass es ihm erst jetzt einfiel.

»Wollen Sie mich veräppeln?« Es klang ganz nach Vorwurf.

»Nein, überhaupt nicht. Wie kommen Sie darauf? Ich hoffe, Sie hatten keine Unannehmlichkeiten meinetwegen ...«

»Unannehmlichkeiten? Ich hatte überhaupt keine Unannehmlichkeiten. Ich hätte gerne welche in Kauf genommen. Aber da war nichts. Auf den Videos ist nichts drauf!«

Eschenbach schwieg. Er konnte nicht glauben, was er soeben gehört hatte. Wenn es optische Täuschungen gab, dann gab es sicher auch akustische. Vielleicht hatte er ihn falsch verstanden, oder er sich ungeschickt ausgedrückt. Oder die Leitung. Vielleicht lag es an der Übermittlung. Ein Defekt in der digitalen Sprachübertragung. Den Hall von Buchers gedämpfter Stimme noch im Ohr versuchte er sich an den genauen Wortlaut zu erinnern.

»Sind Sie noch da?«

»Ja. Entschuldigen Sie. Aber ich begreife nicht ganz, was Sie mir da gerade sagen. Nichts drauf auf den Bändern, sagten Sie?«

»Null und nichts. Kein Kinderporno, kein normaler Porno, rein gar nichts. Auch keine Tagesschau, Sitcom oder Sesamstraße. Die Bänder sind leer. Unbespielt.« Es klang so, als wäre Bucher erleichtert, dass man ihm doch keinen Streich gespielt hatte.

»Sind Sie sicher?«

»Herr Eschenbach! Sie brauchen keine Leute mit ETH-Abschluss, um zu sehen, dass auf diesen Bändern verdammt noch mal nichts drauf ist. Das hätten Sie auch ohne mich herausfinden können. Das kann heutzutage jede Hausfrau.«

»Aber ich habe sie doch ...«, der Kommissar stockte.

»Sie haben überhaupt nicht reingeschaut ... ist es das, was Sie mir sagen wollen?«

»Ja … das heißt nein. Ich hab's irgendwie nicht fertig gebracht. Tut mir Leid.« Eschenbach biss sich in die Unterlippe.

»Sie geben mir Bänder mit, von denen Sie zwar annehmen, dass etwas drauf ist, es aber gar nicht wissen. Gar nicht wissen konnten. Hat denn sonst jemand … ich meine jemand von Ihren Leuten, die Bänder gecheckt?«

»Ich weiß es nicht.« Er dachte an Doris Hottiger. Aber sie war keine von seinen Leuten. Dann die Leute von der Spurensicherung. Die mussten sich die Dinger doch angeschaut haben – wenigstens Stichproben.

»Das darf doch gar nicht wahr sein … jetzt wissen wir nicht einmal, ob überhaupt je etwas drauf war. Ich glaub's einfach nicht!«

Eschenbach schwieg.

»Haben Sie noch weiteres Material?«

»Ja. Einen PC.«

»Gott sei Dank. Dann schauen Sie ihn sich an. Jetzt gleich.«

Eschenbach zögerte.

»Sie werden nicht drum herumkommen. Glauben Sie mir. Sie werden in den nächsten Monaten noch so viel Schweinkram beschlagnahmen, dass sie daran fast krepieren …«

»So schlimm?«

»Kommt auf Sie an. Mich verfolgen die Bilder manchmal bis in den Traum, wache schweißgebadet auf. Meine Frau sagt, sie hält es bald nicht mehr aus … sie ist ins Gästezimmer gezogen. Haben Sie jemanden, der Ihnen mit dem PC hilft?«

»Ja. Ich werde schon jemand finden.«

»Tun Sie das. Sonst rufen Sie mich noch einmal an.«

»Okay.«

»Und stehen Sie dabei, wenn's gemacht wird. Sie können keinem trauen. Auch nicht bei der Operation *Genesis.* Vor allem dort nicht. Sie haben ja gesehen, was für Leute auf der Liste stehen. Einige davon haben viel Geld und Einfluss. Sehr viel Geld sogar … und Macht. Passen Sie auf.«

»Werde ich.«

»Tut mir Leid, wenn ich etwas aufgebracht war, aber …«

»Schon gut. Es scheint, ich hätte es verdient.«

Eschenbach legte auf und sah zu Jagmetti, der ihm schweigend gegenübersaß und an seiner genähten Lippe herumfingerte. »Bänder weg, Hottiger weg … alles weg. Eine richtige Scheiße ist das!«

15

»Das ist jetzt schon das zweite Mal, dass wir unnötig verlieren. Hast du nicht gemerkt, dass Gabriel seine Herzen alle gegeben hat?« Christian Pollack zündete sich genervt eine Marlboro an. Er war achtundvierzig, hatte schütteres Haar und eine gut gehende Anwaltskanzlei. Aber er hatte das außerordentliche Pech, an diesem Abend Eschenbachs Partner zu sein. »So schlecht hast du schon lange nicht mehr gespielt. Wenn das so weitergeht, kostet mich das ein Vermögen.«

Eschenbach verzichtete auf eine Verteidigung und zählte seinen Kartenstoß. Er war froh, dass er wenigstens das zustande brachte. Gabriels Herzen konnten ihm gestohlen bleiben. Das Dreierblatt hatte er auch vergessen anzugeben, aber das hatte offenbar keiner gemerkt. »Hundertdrei … und der letzte Stich macht hundertacht«, zählte er. »Immerhin, hätte auch schlechter laufen können.«

»Wir hätten das Spiel machen müssen! Mit diesen Karten …«, sagte Christian und sog nervös an seiner Marlboro. Es war nicht das Spiel, das ihn nervös machte. Christian war immer so; immer auf hundertachtzig. Firmenübernahmen, Fusionen und das ganze Zeug; auf Dauer war das nicht gesund. Er lebte in Scheidung, seine Frau in seiner Villa, und die zwei Kinder im Internat. Geld macht nicht glücklich, aber ohne Geld wäre Christian noch viel unglücklicher gewesen.

Eschenbach mischte die Karten, gab den Stoß Gregor, der ihn teilte, und dann ging es wieder von neuem los.

Gregor Allensbach war das pure Gegenteil von Christian Pollack. Klein, fast ein wenig gedrungen. Der Vollbart war ein Überbleibsel aus den Achtundsechzigern, und die Hängepfeife war dazugekommen, als er wegen einer Sehnenscheidenentzündung die Selbstgedrehten nicht mehr selbst drehen konnte. Er war die Gemütlichkeit in Person.

Die drei kannten sich aus der Zeit, als sie gemeinsam das Gottfried-Keller-Gymnasium in Zürich besucht hatten. Die drei Musketiere – alle für einen, einer für alle. Egal, welches Fach, ob Mathe, Geographie oder Latein, einer war immer gut gewesen. Die andern schrieben ab, kopierten oder mogelten sich durch.

Gregor war immer noch dort. Allerdings mogelten jetzt seine Schüler, und er hätte es eigentlich ahnden müssen, was er so gut wie nie tat. Bescheißen sei Charaktersache, meinte er, und wer nichts lerne, sei selbst schuld. Das waren seine Lieblingssätze zu diesem Thema. Zumindest, was das Kartenspiel anging, hatte Christian ein wachsames Auge, und Gregor hielt sich mehrheitlich an den zweiten seiner Leitsätze.

Zweimal im Monat spielten sie Karten bei Gabriel im Schafskopf. Christian kannte ihn vom Militär; er war Küchenchef in seiner Kompanie gewesen.

Als sie vor über zehn Jahren damit anfingen, sich zu treffen und Karten zu spielen, war der Schafskopf eine Spelunke im Seefeldquartier gewesen. Holztische und Bretterboden. So war auch das Essen. Gutbürgerlich und schnörkellos. Es gab die beste Rösti und das beste Geschnetzelte in ganz Zürich. Kutteln, die ein Traum waren und den legendären Schafskopf – der eigentlich ein Kalbskopf war und den man vorbestellen musste.

Über die Jahre wurde das Essen feiner, und die Gäste auch. Es gab weiße Tischtücher und Stoffservietten; Silberbesteck und Kristallkaraffen. Es fanden die besten Weine den Weg in den Keller, und es hagelte Lob und Hauben. Siebzehn Punkte kamen von GaultMillau und ein Stern von Michelin. Es hätte sicher noch mehr Punkte und Sterne gegeben, wenn der derbe Holztisch mit der eingelegten Schieferplatte, der seit Jahren im hinteren Teil des Restaurants in einer gemütlichen Ecke stand, endlich abtransportiert worden wäre; und wenn nicht mindestens zweimal im Monat vier illustre Herren an ebendiesem Tisch Karten gespielt hätten.

Gabriel ging das alles am Arsch vorbei, wie er sagte. Hauben hin, Sterne her. Wer wusste schon, was die morgen schreiben würden. Und wenn dann alle wegzögen, den Sternen und Hauben hinterher, wie läufige Hündinnen, dann hätte er wenigstens noch die paar Freunde, die kämen. Freunde blieben eben Freunde. So blieb auch der Tisch mit der eingelassenen Schieferplatte, auf der sie gerade mit weißer Kreide den laufenden Spielstand notierten.

Eschenbach spielte so hundslausig weiter, wie er begonnen hatte. Christian rauchte seine Marlboros und versuchte zu retten, was nicht mehr zu retten war. Die unbeschwerte Runde tat allen gut. Keiner fragte den anderen aus, jeder erzählte, was er erzählen wollte, und schwieg, wenn ihm nach Schweigen zumute war.

Gabriel schnitt Bündnerfleisch und Salsiz auf, und als die meisten Gäste das Lokal gegen elf verlassen hatten, machte er noch eine Rösti mit Spiegelei; wie früher, als im Lokal alle Tische so aussahen wie der, an dem sie spielten.

Eschenbach hatte dankend abgelehnt, als Christian ihn nach Hause fahren wollte. Es regnete nicht mehr, und der kleine Fußmarsch tat ihm gut. Nach dem Bellevue folgte er dem Limmatquai bis zur Münster-Brücke. Er widerstand der leisen Idee, noch einen Abstecher ins Niederdorf zu machen. Es war halb zwei und würde in einer mittleren Katastrophe enden. Nicht auch noch das. Er hatte völlig vergessen, Corina anzurufen.

Er hörte die Nachricht auf seinem Handy. Sie klang gereizt;

hatte etwas erzählt von Fönstürmen und blauem Himmel, von Muskelkater, den sie vom Biken hatte, und von Kathrin, die vom Discofieber gepackt worden war.

Als er die schwere Haustür hinter sich ins Schloss zog und die Holztreppe in ihre gemeinsame Wohnung hochstieg, hatte er sich damit abgefunden, dass sämtliche Spuren, die auf Bettlachs pädophile Neigungen oder Machenschaften hingewiesen hätten, restlos verwischt waren.

Nach dem Anruf von Bucher hatte er mit dem Offizier der Spurensicherung telefoniert. Sie hätten in die Videos reingeschaut, hatte man ihm versichert. Allerdings ohne dabei etwas entdeckt zu haben. Auch den PC hätten sie sich vorgenommen und nichts Verdächtiges gefunden. Eschenbach hatte es nicht glauben wollen und einen Spezialisten der hausinternen IT aufgeboten, um mit ihm den PC von Philipp Bettlach nochmals zu inspizieren. Der war so leer wie eine Eishockeyhalle im Sommer. Jemand habe die Festplatte ausgetauscht.

Der Spezialist von der IT meinte, dass sich bestehende Daten nie vollständig löschen ließen. »Gelöschte Daten finden wir in der Regel«, hatte er gesagt. »Aber der hier hat ganze Arbeit geleistet. Neue Festplatte … da können wir lange suchen.« Der Mann hatte sein Spezialisten-Lächeln aufgesetzt.

Eschenbach fiel in einen unruhigen Schlaf. Er träumte von riesigen Computerprozessoren, die wie durch Zauberhand einen Turm vom Großmünster in Nichts auflösten und das Seebecken mit Bündnerfleisch füllten. Hunderte von PCs standen vor dem Waisenhaus in einer Schlange und wollten ihre Daten zurück. Strömender Regen spülte abgewickelte Videobänder entlang den Bordsteinen und schwemmte sie durch vergitterte Abzugskästen in den dunklen Abgrund.

Um halb sechs wachte er schweißgebadet auf, und nachdem er vergeblich versucht hatte, wieder einzuschlafen, holte er die Zeitung aus dem Briefkasten und ließ sich ein Bad einlaufen.

16

Die Großmünsterkirche war gut besetzt. Die Orgel dröhnte durch das Mittelschiff, und der Hall brach sich an Fenstern und Mauern. Die Akkorde, die von den mächtigen Orgelpfeifen abgefeuert wurden, mischten sich zu einem traurigen Durcheinander.

Andächtig saßen die Leute in überwiegend dunkler Kleidung auf den Bänken. Gesenkte Köpfe und gefaltete Hände. Einige schienen zu schlafen, andere waren kurz davor.

Die Trauerfeier war auf zehn Uhr angesetzt worden.

Eschenbach saß in einer der hinteren Reihen. So konnte er ungehindert das Geschehen überblicken und die Menschen beobachten, die mit Philipp Bettlach in Verbindung gestanden hatten.

In der ersten Reihe leuchtete Dr. Bettlachs silberne Mähne, neben ihm saß seine Sekretärin. Eschenbach erkannte sie an ihrem Profil; an den scharf geschnittenen Gesichtszügen mit den hohen Wangenknochen. Abgesehen von den beiden war in der ersten Reihe, in der üblicherweise Familienangehörige Platz nahmen, niemand mehr. Eschenbach fiel auf, dass er von der Familie, die entweder tatsächlich nicht vorhanden oder aus anderen Gründen abwesend war, so gut wie nichts wusste.

Neben dem Kommissar saß eine Frau mit fassähnlicher Figur und dreifach hängendem Kinn. Außer einer bleichen, fast durchsichtig schimmernden Haut trug sie ausschließlich Schwarz: Haare, Wimperntusche, Lipgloss und Nagellack eingeschlossen. Ihre pummeligen Hände lagen übereinander auf dicken Schenkeln, die von schwarzem Cord zusammengehalten wurden.

Der Präsident des örtlichen Lions Clubs hielt eine schwülstige Rede.

Eschenbach schenkte seiner Nachbarin ein Lächeln, das prompt mit zitternden Kinnrouladen erwidert wurde.

»Sind Sie ein Freund des Verstorbenen?« Die makellos weißen Zähne irritierten den Kommissar. Ihm war aufgefallen, dass bei Menschen mit bleicher Hautfarbe Zähne leicht gelblich schienen. Ihre funkelten wie Chinaporzellan.

»Ich bin Polizeibeamter. Ich untersuche den Fall … bin sozusagen dienstlich hier.«

»Aha.« Sie rollte anerkennend mit den Augen.

»Und Sie? Wie standen Sie zum Verstorbenen?«

»Ich bin eine Jugendfreundin«, sagte sie lächelnd. »Kenne ihn seit der Zeit, als wir zusammen im Internat waren.«

»Zuoz?«, fragte Eschenbach. Christian hatte davon erzählt. Es war das einzige Internat, dessen Namen er kannte.

»Nein, Raschnitz. Waren Sie in Zuoz?«

»Nein. Ich ging in Zürich zur Schule.«

»Eine schöne Stadt. Da wäre ich auch gerne zur Schule gegangen. Meine Eltern sind früh verstorben, und mein Onkel, bei dem ich aufwuchs, wollte für mich nur das Beste. Hätte auch gerne ein Zuhause gehabt. Aber man kann sich das nicht aussuchen.«

»Wissen Sie etwas über die Familie des Verstorbenen?«, fragte Eschenbach.

»Seinen Vater hat er nie erwähnt, keine Ahnung, und seine Mutter ist vor ein paar Jahren gestorben, soviel ich weiß.«

»Und sonst? Ich meine Geschwister, Lebenspartner, Verwandte?«

Sie verzog ihren Mund zu einem Schmunzeln, das sich treppenförmig nach unten zog und erst am erstaunlich straffen Dekolleté zerschellte. »Sehen Sie«, flüsterte sie und machte eine Kopfbewegung nach vorne. »Die Silbermähne dort vorne … das ist sein älterer Bruder.«

Er nickte. »Und seine Frau … ich meine seine geschiedene Frau, ist sie auch hier?«

»Ich habe sie nicht gesehen … würde mich auch wundern, wenn sie hier wäre.«

»Weshalb?«, wollte Eschenbach wissen.

»Das ist eine üble Geschichte.« Sie zog die Augenbrauen hoch. »Bei den meisten Trennungen ist es so, dass man sich irgendwann wieder versteht. Man trifft sich wieder, redet über dies und das und stellt fest, dass man zu wenig miteinander gesprochen hat. Und nicht selten versteht man sich dann besser als früher … als man noch zusammenlebte.«

Eschenbach nickte. Er verstand, wovon seine fettleibige Nachbarin sprach. »Und bei Bettlach und seiner Frau war das nicht so?«

»Nein. Die Trennung kam urplötzlich; aus heiterem Himmel sozusagen. Über Nacht zog sie aus, auf und davon. Sie haben seither nie mehr miteinander gesprochen, sich nie mehr getroffen. In den Erbschaftsangelegenheiten ließ sie sich durch einen Anwalt vertreten. Ich glaube, sie lebt heute in Paris.«

»Wissen Sie, unter welchem Namen?«

»Marchand. Eveline Marchand. Sie hat ihren Mädchennamen wieder angenommen.«

Dass sie ledig Marchand hieß, hatte Eschenbach bereits von seinem Informationsdienst erfahren; ebenso lag die Vermutung nahe, dass sie unter diesem Namen irgendwo ein neues Leben angefangen hatte. Nur wo, das war die Frage. Dass es Paris war, lieferte die Erklärung, weshalb die Suche bisher erfolglos geblieben war. Es würde eine Weile dauern, bis man jemanden mit einem gängigen französischen Namen in einer Metropole wie Paris ausfindig machte. »Für eine Freundin aus der Jugendzeit scheinen Sie über die Familienverhältnisse aber gut informiert zu sein«, sagte er mit einem Augenzwinkern.

»Ach, wissen Sie …« Statt zurückzuzwinkern rollte sie wieder mit den Augen. »Philipp rief mich häufig an. Immer wenn er etwas brauchte oder loswerden wollte. Ich war so was wie sein Mistkübel. Vielleicht liegt es ja an mir.« Sie deutete mit dem Kinn resigniert auf die Fettberge darunter. Es wackelte auf allen Ebenen. »Jeder trägt halt so seine eigene Last.«

Eschenbach wusste einen Moment nicht, ob er das wörtlich verstehen sollte. »Und welche Last trug Philipp Bettlach?«

In dem Moment drehte sich eine Dame aus der vorderen Bank zu ihnen um. Sie funkelte mit Diamantencollier und verächtlichem Blick, zischte ein aufgebrachtes *Psst* durch die falschen Zähne und schüttelte verständnislos den Kopf.

»Ich muss nachher gleich wieder weg«, flüsterte sie, wobei sie sich zu ihm hinüberlehnte und in eine beängstigende Schräglage geriet. Eschenbach spürte ihren Atem an seinem Ohr und roch den Moschus ihres schweren Parfüms. »Aber rufen Sie mich doch an.« Zwischen den wulstigen Fingern war eine Visitenkarte eingeklemmt, die sie ihm entgegenstreckte. *PD Dr. Rania Oberholzer, Parodontologie & Brückentechnik, Institut für Zahnheilkunde, Universität Bern* stand auf der Karte.

Er bedankte sich und versicherte, dass er sich melden würde.

Nach dem Tennisclub waren der Yachtclub und später noch der Golfclub an der Reihe. Eschenbach wurde den Verdacht nicht los, dass die Clubs für solche Anlässe bereits vorgeschriebene Reden besaßen, die sie lediglich mit den persönlichen Daten des jeweils Verstorbenen versahen.

Auf den mittleren und hinteren Bänken saßen auffallend viele junge hübsche Frauen. Doris Hottiger konnte er allerdings nirgends ausmachen.

Als Eschenbach aus der Großmünsterkirche hinaus ins Freie trat, stand sie plötzlich vor ihm: mit forschem Blick und einer alten braunen Ledermappe unter dem Arm.

Nicht auch noch die Presse, schoss es ihm durch den Kopf. Er hatte keine Lust, sich mit einer Zeitungstante zu unterhalten.

»Marianne Felber«, sagte sie freundlich und zog eine kastanienbraune Haarsträhne hinters Ohr. »Ich schreibe fürs *Zürcher Tagblatt*.«

»Ich weiß«, brummte Eschenbach. »Die Exekution auf dem Golfplatz.« Er hob die Augenbrauen. »Sind Sie neu?«

»Wieso?«, fragte die Journalistin irritiert.

»Hm, nur so … ich habe Sie auf der Pressekonferenz zum ersten Mal gesehen.«

»Ach, deshalb. Ich dachte schon …«

»Ich habe jetzt keine Zeit«, unterbrach sie der Kommissar mürrisch.

Ein junger Mann in abgewetzten Jeans und einem schwarzen T-Shirt machte Fotos.

»Nur eine Minute.« Die Journalistin lächelte ehrgeizig.

Eschenbach fingerte in seinem Jackett nach einer Visitenkarte. »Kommen Sie morgen ins Präsidium.«

»Und dann gibt es zwei Minuten?«

»Von mir aus«, murmelte er und gab ihr die Karte.

Marianne Felber musterte das kleine, gräuliche Stück Papier mit dem Zürcher Kantonswappen und Eschenbachs Anschrift. »Sie sind Doktor?«, fragte sie erstaunt.

»Ich habe Jura studiert«, sagte er beiläufig. »Das hilft manchmal.«

»Und warum sind Sie dann Polizist und nicht Richter?«

Der Kommissar hielt einen kurzen Moment inne; dann sagte er höflich: »Ich muss jetzt wirklich gehen … bis morgen also.«

»Ehrenwort?« Die Journalistin zwinkerte ihm zu.

»Versprochen! Und rufen Sie an, bevor Sie kommen. Die Nummer haben Sie ja.«

»Okay, mache ich.«

17

Der Leichenschmaus war im großen Saal des Zunfthaus zum Rüden, nur ein Steinwurf vom Großmünster entfernt.

Das kurze Gespräch, das Eschenbach mit Johannes Bettlach auf dem Weg ins Zunfthaus führte, brachte nichts. Die Frage, ob sein Bruder in psychiatrischer Behandlung gewesen und ob ihm in der Zwischenzeit noch etwas eingefallen sei, tat dieser mit einem apathischen Kopfschütteln ab. Vom Aufenthaltsort Eveline Marchands wollte er ebenfalls nichts wissen. Es war die Arroganz eines mächtigen, alten Mannes, an dem die Fragen zerplatzten wie Seifenblasen an einer Hauswand.

Es hatte keinen Sinn – nicht jetzt, dachte er und verabschiedete sich, als sie vor dem Eingang am Limmatquai angelangt waren.

Gedankenverloren schlenderte Eschenbach die paar Schritte zur Münsterbrücke und überquerte die Limmat. Dann ging er im Schatten der Storchengasse hoch in Richtung Paradeplatz, durch die Waaggasse zum Zeughauskeller. Er liebte dieses alte Restaurant; die Hausmannskost, die es dort gab und das rustikale Interieur. Die meisten Gäste saßen draußen auf der Straße an Holztischen, die von mächtigen Sonnenschirmen überdacht waren. Drinnen war es angenehm kühl, und Eschenbach konnte sich einen Tisch aussuchen.

Er bestellte ein großes Bier und den Mittagslunch. Während

er auf das Essen wartete, kritzelte er Strichmännchen auf einen Bierteller und dachte über den Fall nach. Die Schatten im Leben des Toten hatten sich in Nichts aufgelöst, und die Spuren waren verwischt. Warum glaubte er trotzdem an die Geschichte? Warum war er so sicher, dass Doris Hottiger ihm keinen Bären aufgebunden hatte? Sie, die bisher die Einzige war, die die Bänder und Bilder gesehen hatte?

Die Bänder, die er Bucher übergeben hatte, waren allesamt neu. Das hatte man ihm wie einem Lehrbuben eingehend klar gemacht. Warum also hatte er das nicht schon bei der Übergabe gemerkt? Der Grund war einfach: Sie hatten gar nicht wie neue ausgesehen; steckten lediglich in Kartonhüllen – ohne die übliche Zellophanverpackung.

Sieben vollständig ausgepackte, unbespielte Videokassetten, das war einfach nicht logisch. Es war geradezu offensichtlich, dass sie von jemandem ausgetauscht worden waren.

Beim PC genau dasselbe. Eine neue Festplatte. Alle Programme und Daten weg. Ein schwarzes Loch sozusagen. Und bei beiden, Videokassetten und PC, war es so inszeniert, dass man es einfach nicht übersehen konnte. Dabei hätte man es so viel raffinierter machen können. Warum tauschte man nicht einfach die Kinderpornos gegen stinknormale Sexvideos aus? Seit Beate Uhse gehörten sie zum Hausrat, wie Büchsenravioli und Flaschenöffner. Es wäre kaum aufgefallen.

Warum löschte man nicht einfach die sensiblen Daten auf dem PC und ließ den Rest stehen? Selbst ein neuer PC wurde heutzutage vorinstalliert und mit Betriebssystem und einer ganzen Litanei an Programmen, Bildern und Daten verkauft. Eine nackte Festplatte schrie geradezu nach Manipulation.

Je länger er darüber nachdachte, desto klarer wurde ihm, dass hier nicht einfach nur gepfuscht worden war. Es war eine Nachricht, die man ihm hinterlassen hatte, und wer immer sie hinterließ, wollte Philipp Bettlach ohne Skandal, in Frieden und Ehren, zu Grabe tragen.

Der Wirt, ein kleiner Mann mit kleinen wachen Augen und

einem Schnurrbart wie ein Walross, kam mit zwei Tassen Espresso und einer Flasche Grappa zu Eschenbach an den Tisch. »Läuft verschissen, eh?«

»Es geht. Nach deiner Schweinshaxe wieder besser.«

»Mein Schwager hat auch mit Golf angefangen. Bei der Migros. Hast du gewusst, dass man bei der Migros jetzt auch noch Golf lernen kann?«

»Nein, aber überraschen tut es mich nicht. Corina hat dort einmal einen Yogakurs belegt und Tai-Chi – einen Computerkurs glaube ich auch noch.«

»Die machen einfach alles. Auch Restaurants und Wellnesscenter haben sie. Ich habe ihm gesagt, solange er bei mir isst und bei der Migros Golf spielt, hab ich nichts dagegen.«

»Besser als umgekehrt.«

Der kleine Mann lachte und pfiff dabei die Luft durch den Schnauz, der zwei Nummern zu groß für ihn war.

Es gab noch eine Runde Grappa.

»Ich habe mir auch überlegt, ob ich mit dem Zeugs anfangen soll.«

Eschenbach fragte sich, ob er Grappa oder Golf meinte.

»Aber wenn die jetzt auf den Plätzen noch schießen, dann ist es mir zu gefährlich.« Wieder flogen die Schnauzhaare. »Dann bleib ich lieber hier in meinem Réduit.«

»Sprechen die Leute über den Mord? Du hast doch viele Banker, die bei dir essen.«

»Die üblichen Sprüche halt, mehr nicht. Jetzt hocken die meisten sowieso in den Gartenbeizen. Ist ein Scheißwetter im Sommer.« Er winkte der Kellnerin und bestellte noch zwei Espressi.

»Was für Sprüche meinst du?«

»Dass er nicht viel taugte. Ein Blender eben. Seinem Bruder gehört die Bank, der zieht die Fäden. Er bezog nur eine Stange Geld, hatte aber nichts zu sagen. War viel im Ausland und wenn er hier war, hing er nur herum, spielte Golf oder fickte Mädchen.«

»Große oder kleine?«

»Was weiß ich. Ich war nie dabei.«

Die Espressi kamen und Eschenbach wollte bezahlen.

»Lass das. Die Polizei ist mein Freund und Helfer.«

»Kommt nicht in Frage.« Eschenbach bestand darauf, und sie einigten sich, dass er wenigstens das Essen bezahlen durfte.

»Dann nimm wenigstens noch einen Grappa.«

»Ein anderes Mal, bitte.« Er hielt seine Hand schützend über das Glas. Der Wirt drückte enttäuscht den Korken zurück in die Flasche.

»Das mit den Mädchen … kennst du jemanden, der dabei war?« Eschenbach rundete den Betrag auf und legte das Geld auf den kleinen Zinnteller, auf dem die Rechnung lag.

»Nur Gerüchte.« Der Wirt schüttelte den Kopf und sog mit der Unterlippe ein paar Grappatropfen aus dem Schnauz. »Aber ich kann mich ja mal umhören, wenn du willst.«

»Nur wenn's sich ergibt. Spiel ja nicht den Detektiv.«

»Hab schon verstanden. Heikle Geschichte, eh?«

Eschenbach zog vielsagend die Augenbrauen hoch und sagte nichts mehr. Sie verabschiedeten sich mit einem kräftigen Händedruck. Erst jetzt war ihm aufgefallen, dass das Lokal halb leer war.

Die Sonne blendete ihn, als er ins Freie trat. Am Ende der Straße auf der überwachsenen Terrasse eines mexikanischen Restaurants waren mit dem Sommer auch die Gäste wieder zurückgekehrt.

Er hatte es sofort bemerkt: Rosa Mazzoleni lächelte wieder. Es ist seltsam, dachte er, wie einem etwas auffällt, von dem man denkt, man könnte es vielleicht verlieren.

»Sie nehmen sicher einen Espresso?«

Er wollte schon abwinken, als er merkte, dass es gar keine Frage war. Es war ein Befehl.

»Wie kommen Sie drauf?« Irgendetwas schien sich verändert zu haben. Er wusste nicht was.

»Wir haben eine neue Maschine!«

»Für was brauchen wir eine Maschine?«, fragte er erstaunt.

»Eine Kaffeemaschine, das heißt, eigentlich ist es eine Espressomaschine.«

»Und was ist mit der alten?«

»Die haben sie mitgenommen. Gestern hatte einer den halben Tag dran rumgeflickt. Stand davor wie der Esel am Berg. In der einen Hand das Handy und in der anderen einen Schraubenzieher. Können Sie sich das vorstellen?«

Eschenbach schüttelte den Kopf und lachte.

»Aber er hat mehr telefoniert als geschraubt. Alles auf Italienisch, und am Schluss hat er sie mitgenommen. Es war nichts mehr zu machen. *Completto distrutto*, meinte er. Jetzt haben wir eine Neue.«

»Und was hat's gekostet?«

»Raten Sie mal.«

Eschenbach war nicht nach Raten. Im Radio, im Fernsehen, überall wo man hinsah und -hörte, wurde gefragt und geraten. Er hatte nichts übrig für diese Spiele, die in letzter Zeit wieder groß in Mode gekommen waren. Er fand es lächerlich, wie unter dem Deckmantel von Bildung Lotto gespielt wurde. Corina meinte, es liege an seinem Beruf. Vielleicht hatte sie ja Recht.

»Ich gebe Ihnen eine Auswahl.« Frau Mazzoleni ließ nicht locker. »A: Hundert Franken. B: Zweihundert Franken. C: Fünfhundert Franken, oder D: Nichts.«

»Mit oder ohne Kaffee?«

Sie überlegte kurz, dann sagte sie: »Ohne.«

»Darf ich jemanden anrufen?«

»Nein.« Die Antwort kam prompt. »Wir spielen ohne Joker.«

»Welche Marke?«

»Kommen Sie, es ist doch nur ein Spiel. Also: A, B, C oder D?«

»Sagen Sie mir die Marke, dann gebe ich Ihnen die Antwort.«

»Lavazza.« Die Antwort kam widerwillig.

»Dann ist die Antwort D. Und mit Kaffee C. Mindestens C«, sagte Eschenbach.

»D ist richtig, C ist falsch.« Rosa Mazzoleni hatte die Brille abgenommen, die nun an einem Goldkettchen hängend über ihrem Busen baumelte. Sie mimte den Moderatoren einer bekannten Spielshow, gestikulierte und legte Falten in ihr rundliches Gesicht, als hätte eine halbe Million Euro auf dem Spiel gestanden. »Wie kommen Sie auf C?« Sie schien über die Antwort enttäuscht zu sein.

»Weil der Kaffee sauteuer ist«, sagte Eschenbach mit einem breiten Grinsen.

»Ich hab aber deutlich *ohne* gesagt.«

»Und ich habe deutlich D gesagt. Was habe ich gewonnen?«

»Eine Tasse Espresso natürlich.« Sie lachte über ihren spontanen Einfall.

»Mehr nicht?«

»Das ist kein schlechter Preis. Sie haben ja selbst gesagt, dass er sauteuer ist.« Sie verschwand mit einem Augenaufschlag in Richtung der Küchennische, wo das neue Gerät stand.

Eschenbach ging in sein Büro und hörte noch entfernt das Scheppern von Geschirr, bevor mit einem klackenden Geräusch ein sonores Brummen einsetzte.

Auf dem Schreibtisch lag ein gutes Dutzend Notizen von eingegangenen Telefonaten. Frau Mazzoleni hatte die vorgedruckten Zettel, die die Verwaltung in hässlichem Umweltgrau gleich blockweise zur Verfügung stellte, in rechtwinklig ausgerichteten Viererreihen auf sein Pult sortiert. Es erinnerte ihn an Memory, das sie zu Hause spielten, als Kathrin noch ein Kind gewesen war. Im Moment hatten *Big Brother* und ein paar Vorabendserien im Fernsehen die besseren Karten. Eschenbachs Umgang mit Karten beschränkte sich auf die Abende mit seinen Freunden im Schafskopf.

Frau Mazzoleni brachte den Kaffee in einem konisch geformten Tässchen mit dazu passender Untertasse, Zuckerdose und Sahnekännchen. Auch ein Schälchen mit Amarettigebäck stand auf dem Tablett aus Chrom, das sie ihm auf den Tisch stellte. Das makellose Weiß des gebrannten Tongutes erinnerte ihn an die Zähne seiner Banknachbarin vom Morgen.

»Alles neu«, sagte Frau Mazzoleni, und bevor er etwas sagen konnte, fügte sie hinzu: »Ich nehme den Rahm und die Zuckerdose gleich wieder mit. Ich weiß ja, dass Sie ihn schwarz trinken … Aber es sieht so viel hübscher aus.« Sie strahlte mit dem Geschirr um die Wette.

»Kann sich das Präsidium denn so etwas leisten?«

»Raten Sie mal …«

»Nicht schon wieder!«

Sie bestand darauf.

»Wenn Sie so fragen, Antwort D … ich nehme an, es hat auch nichts gekostet.«

»Richtig.« Sie setzte wieder die Moderatorenmiene auf.

»Und sicher konnten Sie noch gratis an einer Waschmaschinen-Verlosung teilnehmen.«

Sie musste lachen.

»Wer immer uns in Zukunft den Kaffee verkauft, er hätte Weihnachtsmann werden sollen.«

»Wir Italiener sind halt einfach großzügig … das ist alles.«

In der Selbstverständlichkeit und Nonchalance, wie sie diesen Satz aussprach, lag all das verborgen, was Italien so liebenswert und den Espresso, den er vor sich hatte, so unwiderstehlich machte. Und dabei ließen sie es auch bewenden.

Dank dem Ordnungsfimmel von Rosa Mazzoleni hatte Eschenbach rasch einen Überblick, wer in seiner Abwesenheit alles angerufen hatte. Er wurde den Verdacht nicht los, dass seine Sekretärin die Telefonnotizen ganz bewusst in einer bestimmten Reihenfolge hingelegt hatte. Oben links, als Erste in der ersten Reihe Elisabeth Kobler, dann seine Frau, gefolgt von zwei Kollegen. Die Zettel der untersten Reihe raffte er zusammen und schmiss sie in den Papierkorb. Rosa Mazzolenis Prioritätsordnung schien mit seiner weitgehend identisch zu sein, außer dass er Corina mit Kobler getauscht hätte. Aber da war ihre Sicht aus verständlichen Gründen eine andere.

In der mittleren Reihe fand er Marianne Felber vom *Zürcher Tagblatt* und ein paar Namen, die entweder neu waren oder mit denen seine Sekretärin nicht viel hatte anfangen können. Ein Name stach ihm gleich ins Auge. *Eveline Marchand*, darunter eine Pariser Nummer.

18

Er hätte den Zug, der Basel um 18.30 Uhr in Richtung Paris verließ, um ein Haar verpasst.

Es war ein trostloser Übergang, der vom bunt belebten Basler Bahnhof zu den französischen Gleisen führte. Das rege Treiben, ein Gemisch von Hallo und Adieu, das auf Schweizer Seite noch herrschte, war plötzlich wie weggeputzt.

Seine Schritte hallten leer zwischen schmucklosen Wänden, als er sich den beiden Zöllnern näherte, die wild gestikulierend auf ein dunkelhäutiges Mädchen einredeten. Eschenbach wartete. Er sah auf die Uhr an der Wand neben dem Zollhäuschen. Drei Minuten blieben ihm noch.

Er verstand nicht, warum es zwei Zöllner für nur ein Mädchen brauchte. Offenbar lag ein Sprachproblem vor. Sie sprach gebrochen Englisch, die Zöllner ununterbrochen Französisch. Wenn keiner der beiden Englisch konnte, dürfte es zu zweit nicht besser gehen, dachte Eschenbach. Das Mädchen fingerte nervös an ihren Rastazöpfen, die wie ein Busch Tannengeflecht in alle Windrichtungen vom Kopf abstanden. Wenn er recht verstanden hatte, ging es um eine Adresse in Mulhouse, wo ihre Schwester wohnte, oder arbeitete, oder beides.

Eschenbach hätte gerne geholfen, zweifelte aber daran, ob sein eingerostetes Schulfranzösisch die Lage des Mädchens verbessern würde. Der Kommissar wusste nicht, wie weit es zum Gleis war, wo der Zug stehen und in ein paar Minuten abfahren würde. Es war über zehn Jahre her, seit er das letzte Mal mit dem Zug nach Paris gefahren war.

Züge warten nicht, auch nicht die französischen, dachte er, und als er bei den Beamten weiterhin keine Anzeichen einer Arbeitsteilung erkennen konnte, ging er zielstrebig an ihnen vorbei. Seine Schritte wurden schneller, und er begann zu laufen. Sollte er den Zug nicht mehr erreichen, käme nur noch der Nachtzug in Frage; und mit dem würde er erst am nächsten Morgen in Paris-Est eintreffen. Er hatte keine Lust, die ganze Nacht in einem französischen Bahnwaggon zu verbringen. Während er lief, machte er sich darauf gefasst, sofort anhalten und umkehren zu müssen. Es war ein seltsames Gefühl, Zollbeamte im Rücken zu haben. Er überlegte, ob er den Kopf drehen sollte, ließ es aber bleiben; konzentrierte sich ganz auf das, was er hörte. Einen Ruf vielleicht, oder eine Trillerpfeife. Er dachte auch an einen Warnschuss, rechnete aber nicht wirklich damit.

Es geschah nichts dergleichen. Auch nicht, als er am Ende des Korridors nach links abbog und sich außer Sichtweite fühlte. Nur das Hallen seiner stampfenden Schritte, sonst nichts. Die Reisetasche, in der er das Nötigste für eine Nacht eingepackt hatte, hielt er unter dem rechten Arm eingeklemmt, damit sie ihm beim Laufen nicht gegen die Hüfte schlug.

Als der gellende Ton einer Trillerpfeife die abendliche Stille über den Gleisen zerriss, blieb Eschenbach schlagartig stehen. Er brauchte einen Moment, bis er merkte, dass es der Bahnhofsvorsteher war, der gepfiffen hatte. Ein kleiner Mann mit roter Mütze und rotem Schultergurt mit roter Tasche. So wie er sich als Kind einen richtigen Bahnhofswärter vorgestellt hatte. Er winkte ihm energisch zu und rief: »Venez, venez.« Dann fuchtelte er mit den Armen und deutete an, dass er weiterlaufen und den Zug besteigen solle.

Nachdem sich Eschenbach mit einem Klimmzug die zwei Treppentritte hinauf in den Waggon gezogen hatte, schloss der Bahnhofswärter die Tür, pfiff zweimal und winkte. Kurz darauf setzte sich der Zug mit einem gewaltigen Ruck in Bewegung.

Er konnte sich das Abteil aussuchen. Bis auf zwei waren alle leer. Eschenbach wählte ein Raucherabteil, setzte sich ans Fenster, zog seine Schuhe aus und legte die Beine mit einem Seufzer der Erleichterung auf das türkisfarbene Polster gegenüber.

Der Kommissar war klatschnass. Die Flucht vor dem französischen Zoll, die nicht wirklich eine Flucht gewesen war, der schwüle Sommerabend, der Trillerpfiff des Bahnhofswärters, alles hatte ihn zu sehr angestrengt. Vielleicht war es auch das Alter, dachte er. Möglicherweise würde ein jüngerer Beamter das alles mit einem Schulterzucken wegstecken.

Seine Augenbraue zuckte. Das vegetative Nervensystem, dachte er. Wie bei einem Huhn, das noch ein paar Meter fliegt, nachdem man ihm den Kopf abgeschlagen hatte. Er hatte das einmal gesehen, als Kind auf einem Bauernhof. Es hatte ihn lange verfolgt, das Bild des Huhns, das ohne Kopf davonflog. Es ist irgendwie unwirklich, wenn Leben nur noch aus Mechanik besteht. Er überlegte, wie weit er käme, würde er jetzt einen Herzinfarkt erleiden. Würde es bis Paris reichen? Seine Schläfe hämmerte.

Er nahm das weiße T-Shirt, das er als Schlafanzug vorgesehen hatte, aus dem Gepäcksack und wischte sich Gesicht und Hals ab. Es roch nach dem Gewebeveredler, den Corina seit kurzem verwendete. Kathrin hatte darauf bestanden, der alte war ihr zu blumig. Ein Altweiberduft, wie sie es bezeichnete. Sie wollte etwas Dezentes oder Herbes, oder eine Mischung aus beidem. Eschenbach schnupperte an dem Stoff und fand den Geruch weder dezent noch herb; es roch nach Veilchen – oder waren es doch Rosen? Jetzt, da sich sein Schweiß, vermischt mit einem Rest seines Rasierwassers darin festsog, hatte es was. Nicht dezent zwar, aber herb.

Er spürte, wie er seine beiden Frauen vermisste, nahm sein Handy aus der Tasche und wählte die Engadiner Nummer aus dem Speicher. Eschenbach blieb bei einer französischen Automatenstimme hängen. Die Vorwahl für die Schweiz war nicht mitgespeichert, und ihm fiel auf, wie wenig er beruflich ins Ausland reisen musste. Eigentlich hätte er für seinen Ausflug nach Paris eine schriftliche Bewilligung von Kobler gebraucht.

Grenzüberschreitende Ermittlungen waren ein Kapitel für sich. Aber da er lediglich einer Einladung folgte, konnte man bei seinem Besuch in Paris kaum von Ermittlungen sprechen. Auch hatte er weder Dienstausweis noch sonst welche Erkennungsmarken bei sich. Von der Dienstwaffe ganz zu schweigen. Die war immer noch beim Büchsenmacher, und weil er sie nie bei sich trug, blieb sie meistens auch dort, bis zum nächsten obligatorischen Schießtest.

Als er die Engadiner Nummer nochmals wählte, diesmal mit der Vorwahl für die Schweiz, war besetzt. Corina oder Kathrin? Es konnte bei beiden länger dauern. Er legte das Handy beiseite und kramte einen Stapel Zeitungen und Zeitschriften aus dem Gepäck. Er hatte sich in Zürich damit eingedeckt und genoss es, gemütlich dahinrollend im Blätterwald zu stöbern und einen seiner gekrümmten Zigarillos zu paffen.

Er dachte an das Telefongespräch, das er am Nachmittag mit Eveline Marchand geführt hatte. Sie hatte eine helle, klare Stimme, wie sie eigentlich nur bei gesanglich geschulten Menschen, typischerweise bei Sopranistinnen, vorkam. Er wusste ihren Beruf nicht, konnte sich anhand ihrer Stimme aber gut vorstellen, dass sie sang. Beruflich oder vielleicht auch nur privat in einem Chor. Bachkantaten oder die Requien von Händel dürsteten geradezu nach solchen Stimmen. Er sagte ihr, dass er am Morgen beim Begräbnis ihres Mannes gewesen sei. Sie korrigierte ihn höflich und sagte *Exmann*, wobei sie »marie de mon ancien vie« noch hinzufügte. Sie hätte von ihrem Schwager gehört, dass er die Ermittlungen leite und »un homme très sympa« sei. Eschenbach hatte sich gefragt, warum Schwager und nicht Exschwager. Vielleicht folgten Ehemann und Schwager nicht derselben Vergangenheitslogik.

Sie würde gerne mit ihm über einige Dinge sprechen, die ihren Exmann beträfen. Sie wären jetzt, da er tot sei, in gewisser Weise reif geworden. Nicht am Telefon, meinte sie, aber »entre nous«. Und da sie Paris nur ungern verließe, wäre sie ihm dankbar, er käme auf einen kleinen Besuch vorbei.

Obwohl sie akzentfrei Schweizerdeutsch sprach, hatte ihre Stimme etwas Charmantes. Vielleicht lag es am Tonfall, an der Intonation, wie sie die Sätze modulierte, oder an der Feinheit ihrer Stimme. Vielleicht hatte er auch nur Fernweh nach der Stadt an der Seine, die er schon lange wieder einmal besuchen wollte.

Sein Handy fiepte. Auf dem Display sah er die Nummer, die vor einer Dreiviertelstunde noch besetzt war.

»Du hast sicher ein paar Mal probiert.« Es war Corina, und Eschenbach fand, dass auch ihre Stimme etwas Charmantes hatte.

»Du glaubst nicht, wo ich gerade bin.«

»Sag's mir.«

»Rate mal.«

»Es ist jetzt acht …« Sie überlegte. »Dann bist du entweder noch im Büro oder bei Gabriel im Schafskopf.«

»Bei Gabriel waren wir gestern. Soll ich dir eine Auswahl geben …«

»Sag mir nur nicht, dass du diese dämlichen Ratespiele jetzt plötzlich toll findest. Du regst dich doch immer auf, wenn unter dem Deckmantel von Bildung …«

»Lotto gespielt wird. Genau. Ich dachte immer, du magst sie.«

»Nicht wirklich.«

»Aber?«

»Nichts aber. Ich schau sie mir halt manchmal an. Einfach so. Und wenn schon, Kathrin mag sie. Es ist mir lieber, sie schaut sich den Jauch an, als dieses dämliche Gequatsche bei *Big Brother*. Komm, sag's mir schon. Irgendetwas rattert im Hintergrund. Bist du im Zug?«

Der Schaffner hatte mit einem Ruck die Tür des Abteils aufgerissen und hätte, da der Zug schräg in einer Kurve lag, fast das Gleichgewicht verloren.

»Ich muss nur kurz …« Eschenbach griff nach seiner Reisetasche. »Ich ruf dich gleich wieder an.«

Die Proteste von Corina verhallten ungehört in der toten Leitung, und Eschenbach kramte die Tickets hervor, die er in der Außentasche verstaut hatte.

»New York, Paris, Hongkong oder Tokio«, sagte er, als sie wieder miteinander verbunden waren.

»Sag nur nicht, du fährst nach Paris! Da wollten wir doch wieder einmal gemeinsam hin …«

»Das machen wir auch, versprochen. Wie bist du darauf gekommen?« Er spürte, dass sie enttäuscht war.

Sie hatten damals Paris auf ihrer Hochzeitsreise gemeinsam kennen gelernt. Bis in die frühen Morgenstunden hingen sie in den Bistros und Bars herum, lebten von Baguettes, *vin rouge* und Liebe. Statt in den Warteschlangen vor dem Louvre zwischen Tausenden von Touristen auf Einlass zu warten, stöberten sie in den kleinen Antiquitätenläden und besuchten die Galerien rund ums Museum. Der alte Breuer-Stuhl, den sie auf dem Flohmarkt bei der Porte de Clignancourt für stolze hundertfünfzig Francs gekauft hatten, stand heute noch in der Küche, neben dem Weinregal. Die Sitzfläche aus Korbgeflecht hing über die Jahre immer mehr durch, und als sie beide berechtigte Bedenken hatten, sie könnte reißen, verwendeten sie den Stuhl nur noch als Zeitungsablage. Sie waren beide abergläubisch, hatten die Reißfestigkeit des Materials als Symbol für die Festigkeit ihrer Beziehung gesehen, und achteten darauf, dass der Stuhl von größeren Belastungen verschont blieb.

19

»Schauen Sie sich die Leute genau an, Jagmetti; vor allem ihre Alibis«, hatte sein Chef gesagt und ihm die Liste mit den Scharfschützen in die Hände gedrückt.

Der junge Polizist rechnete mit zwei Stunden pro Militärstützpunkt und damit, dass die Leute verfügbar waren, wenn er käme: Er hatte sich gewaltig vertan.

Der Waffenplatz in Näfels war Nummer vier. Die beiden Tage zuvor war er in Landquart, Arth Goldau und Mollis gewesen.

Die Kaserne war wie ausgestorben, und es dauerte mehr als eine halbe Stunde, bis er den Feldwebel fand, der im Leuen mit drei Unteroffizieren Karten spielte.

»Das ist aber gewaltiges Pech. Die sind jetzt alle auf einer Übung. Kommen erst morgen Abend wieder zurück.«

Die Unteroffiziere bestätigten die Aussage mit einem Nicken, und Jagmetti schien es, als wären sie froh, nicht Teil dieser Übung zu sein.

»Kann man den Adjutanten …« Jagmetti musste auf der Liste nachsehen. »… Meierhofer wenigstens telefonisch erreichen?«

»Das wird schwierig.« Der Feldwebel sog Luft durch seine Vorderzähne und machte ein verbissenes Gesicht. »Die sind irgendwo in den Bergen am Herumballern. Wird schwierig.«

»Und übers Handy? Ich meine, irgendwie müssen die doch erreichbar sein.«

»Handys sind nicht erlaubt.« Die Antwort kam prompt, und die Unteroffiziere nickten im Gleichschritt. »Theoretisch wenigstens«, fügte der Feldwebel hinzu und nahm einen Schluck aus seinem Bierglas.

Jagmetti blickte ungläubig auf den Tisch, wo neben Schiefertafel, Kreide und mehreren Flaschen Bier vier Handys lagen.

Der Feldwebel, der seinen Blick bemerkt hatte, fügte hinzu: »Brauchen darf man es nur in der Freizeit. Da kann jeder machen, was er will.« Darin schienen Biertrinken und Zocken großzügig mit eingeschlossen zu sein.

»Und in den Bergen … ich meine, während der Übung, haben die dort auch Freizeit?«

»Keine Ahnung. Ich bin nur für den inneren Ablauf zuständig. Bis und mit Grenze Kaserne. Wenn sie weg sind, ist es dem Kadi seine Verantwortung. Und bis morgen Abend um acht ist das so.«

»Und wenn verdammt noch mal etwas passiert ist?« Jagmetti wurde ungeduldig. »Wenn man jemanden dringend benachrichtigen muss …« Er zögerte einen Moment. Dann fuhr er mit demselben Tonfall laut und deutlich fort. »Zum Beispiel ein Todesfall in der Familie oder so ähnlich?«

Der Unteroffizier, der gerade die Karten neu verteilen wollte, hielt inne und der Feldwebel sah zu ihm auf.

»Dann ist das ein Notfall. Hätten Sie das doch gleich gesagt.«

»Wusste ja nicht, dass dies speziell geregelt ist … und jetzt?«

»Die Notnummer hängt bei mir im Büro.« Der Feldwebel wischte sich mit dem Ärmel seines feldgrauen Hemdes den Bierschaum von der Oberlippe und wollte aufstehen; dann überlegte er es sich jedoch anders. Er rief quer durch das ganze Restaurant nach einem Soldaten, der allein an einem Ecktisch saß und telefonierte. »Das ist Koni, die Büroordonnanz. Die soll die Nummer rasch holen.« Als dieser keinerlei Regung zeigte, rollte der Feldwebel, der inzwischen doch aufgestanden war, Zunge und Lippen zu einer vulgären Fratze und ließ einen gellenden Pfiff los. »Hey, Koni! Daher!«

Die Büroordonnanz, ein schlaksiger Typ, Mitte dreißig, mit blonden Locken, die – wie ein Ballen gepressten Strohs – von einem Haarnetz zusammengehalten wurden, erschrak und beendete sein Telefongespräch ohne einen weiteren Satz. Wäre er nicht zwischen Holzbank und Tisch eingeklemmt gewesen, er wäre auf der Stelle hochgeschossen, hätte die Hacken zusammengeschlagen und die Achtungsstellung eingenommen. Er zwängte sich aus seiner Ecke, nahm hastig das filzige Oberteil seiner Ausgangsuniform und den Gurt von der Bank und kam mit trippelndem Schritt in Richtung des Tisches, an dem seine Vorgesetzten Karten spielten.

»Hol doch rasch den Zettel mit der Notfallnummer aus dem Kadizimmer«, raunzte der Feldwebel, der sich wieder hingesetzt hatte und die Karten, die er wie einen Fächer in der linken Hand hielt, nach Farben ordnete.

»Ich gehe gleich mit«, verabschiedete sich Jagmetti, bei dem Erinnerungen an seine eigene Militärzeit wach wurden. Er wollte keine Minute länger als nötig in dieser trostlosen Umgebung verweilen.

Wortlos überquerten die Büroordonnanz und Jagmetti den Kasernenplatz in Richtung Hauptgebäude. Es war ein fabrikähnlicher Flachdachbau, der aussah, als hätte man eine Schuhschachtel aus Beton hingeworfen und dann einfach liegen gelassen. Die breite Treppe, die zum Eingang führte, war an einigen Stellen ausgebessert worden. Die Mörtelflecken schimmerten in unterschiedlichen Grautönen und sahen aus, als hätte man überdimensionale Kaugummis auf den Stufen breit gewalzt.

Die Doppeltür aus Glas trennte den Komplex in zwei gleiche Hälften. Links und rechts zogen sich, in zwei übereinander liegenden Reihen, kleine Fenster bis ans Ende der Frontfassade.

Das Büro des Kompaniekommandanten lag im linken Teil des Gebäudes. Es war kleiner, als Jagmetti es sich vorgestellt hatte. Vier Holztische, die als Schulbänke in einem Klassenzimmer schon bessere Zeiten gesehen hatten, standen zusammengerückt in der Mitte des Raumes. Darum herum ein paar Stühle. In einer Ecke stapelten sich Militärkisten mit Büromaterial, und auf einem Klapptisch an der Wand befanden sich eine Faxmaschine und ein Kopiergerät.

Eine Landkarte von der Region und diverse Einsatzpläne waren mit Reißnägeln an der Wand befestigt. Daneben eine weiße Magnettafel mit bunten Knöpfen und weißen A4-Blättern.

Der Zettel, auf dem die Notfallnummer vermerkt war, hing oben links und trug die Überschrift »Befehl für Notfälle«. Daneben und darunter waren weitere Befehle: »Tagesbefehl«, »ABC-Schutzbefehl«, »Tenuebefehl«, »Ausgangsbefehl«. Auf einem Zettel stand: »Menüplan«. Jagmetti fragte sich, ob es nicht »Menübefehl« hätte heißen sollen. Er notierte sich die Nummer, unter der der Kommandant in »Notfällen« erreichbar war und hängte den Zettel wieder zurück an die Wand.

»Bringe ich immer selbst mit, die Dinger.« Die Büroordonnanz, die bisher kein Wort gesprochen hatte, deutete mit einer linkischen Handbewegung auf die Magnetknöpfe, die wie große, runde Augen in grellem Rot, Gelb, Blau und Violett von der weißen Wand hinunterblickten. »Bringt ein wenig Farbe in die triste Bude«, meinte er. Sein verlegenes Lächeln brachte einen goldenen Schneidezahn zum Vorschein, der sich deutlich vom Rest seiner bräunlich verfärbten Zähne abhob. »Bei den Reißnägeln brechen mir immer die Fingernägel ab.«

»Gitarre?«, fragte Jagmetti, dem die langen Fingernägel an seiner rechten Hand schon aufgefallen waren, als er die Bürotür aufschloss.

»Endlich einmal einer, der drauf kommt.« Die Büroordonnanz schnalzte anerkennend mit der Zunge. »Die Typen hier haben ja keine Ahnung … Sie glauben nicht, was das jedes Mal für ein Theater ist. Von wegen Nägel schneiden und so.«

»Und jetzt?«, fragte Jagmetti, den es wunderte, wie es um die militärische Disziplin und das Schneiden von Fingernägeln stand.

»Als ich mich weigerte, haben sie mir gesagt, dann soll ich

halt eine Faust machen, wenn der Oberst kommt.« Er machte mit der rechten Hand eine Faust und schüttelte dabei den Kopf. »Dabei habe ich gar nichts gegen den Herrn Oberst.«

»Warum sind Sie überhaupt hier?«, fragte Jagmetti. »Spielen Sie doch in der Militärmusik … die brauchen doch auch Gitarristen. Machen immer mehr auf Bigband und so.«

»Ich spiele keine Marschmusik.«

»Aha.« Jagmetti musste schmunzeln. »Pazifistische Gründe?«

»Nein, musikalische.«

»Und was spielen Sie denn, wenn ich fragen darf?« Diesmal konnte sich Jagmetti ein Lachen nicht verkneifen.

»Für mich am liebsten Jazz. Aber von dem kann man nicht leben. Zumindest nicht gut. Drum mache ich, was gerade angesagt ist. Meistens Studioaufnahmen. Tourneen sind mir zu anstrengend.«

»Studioaufnahmen?«, fragte Jagmetti, der sich nicht vorstellen konnte, dass der Goldzahn auch nur das schäbigste Tonstudio je von innen gesehen hatte. Von Tourneen ganz zu schweigen.

»Bevor ich hier in diesen Wiederholungskurs eingerückt bin, haben wir in London die neue CD von Phil Collins aufgenommen.«

»Sie meinen *den* Phil Collins?« Jagmetti sah ihn ungläubig an.

»Meinten Sie, ich würde wegen meinen Fingernägeln so ein Theater machen, nur um mit ein paar Freunden etwas von Bob Dylan zu klimpern? Das meinten Sie doch, oder?« Die Büroordonnanz schien sichtlich enttäuscht.

»Um ehrlich zu sein … irgendwie ja.«

»Das habe ich schon gemerkt.« Er biss sich auf die Unterlippe. »Das ist ja gerade das Problem. Das meinen alle hier.«

»Wundert Sie das?«, fragte Jagmetti, der nicht recht wusste, was er von der Geschichte halten sollte.

20

Eschenbach hatte geschlafen wie ein Murmeltier.

Als er morgens um halb sieben von Motorengeräusch geweckt wurde, wusste er zuerst nicht, wo er war. Straßenlärm tönt überall gleich, dachte er.

Das kleine Hotel, das Rosa Mazzoleni für ihn ausgesucht hatte, lag an der Rue de Lille, ein paar Häuserblocks von der Seine entfernt. Sie hatte es aus einem Führer: *Pariser Hotels mit Charme.* Ähnliche Führer besaß sie von London, Brüssel, München, Venedig und noch von einem Dutzend weiterer Städte. Frau Mazzoleni hatte ihm aus dem Internet Hotelansicht, Lageplan und Preisliste ausgedruckt. Auch vergaß sie nicht, darauf hinzuweisen, dass Eschenbach unbedingt in den Louvre oder ins Musée d'Orsay gehen müsse; natürlich nur, wenn er Zeit dazu fände – beide lägen nur einen Steinwurf vom Hotel entfernt.

Rosa Mazzoleni war, wenn es um fremde Städte und Länder, um Kulturdenkmäler, Museen und Kirchen ging, nicht mehr zu bremsen. Die Ferne war ihre Heimat. Sie reiste, wann immer sie Zeit dafür fand, und Eschenbach hätte, wäre er nicht so eigennützig gewesen, ihr längst vorschlagen müssen, ein Reisebüro zu eröffnen. Rosa hätte im Präsidium und später, nachdem es sich herumgesprochen hatte, auch in der Stadtverwaltung genügend Kundschaft gefunden, um ein gut gehendes Büro betreiben zu können. Aber er brauchte sie. Und weil er wusste, dass sie nur ihm zuliebe blieb, nahm er in Kauf, dass die Leute fast täglich anriefen und sie um Rat baten. Sie wusste, wer wohin in die Ferien fuhr, in welchen Hotels der Stadtpräsident übernachtete, wenn er dienstlich oder privat in Brüssel, Paris oder London weilte. Sie kannte die Lokale, in denen seine Kommissare speisten, wenn sie für einen Wochenendtrip ins Ausland flogen. Schließlich waren es ihre Empfehlungen; und immer öfter kam es vor, dass sie die Reisen auch selbst organisierte. Es war der Teil ihrer Arbeit, über den sie kaum sprach. Sie tat es diskret, ohne viel Aufhebens und ohne dass ihre reguläre Arbeit darunter litt. Sie nahm kein Geld, das wusste Eschenbach; nur hin und wieder einen Blumenstrauß – und natürlich Ansichtskarten! Sie hingen überall: am Kühlschrank in der Küche, an den Türen und Schränken. Sogar am PC hatte sie welche kleben. Es war ein Mosaik aus bunten kleinen An- und Aussichten. Und manchmal, wenn graue Aktenberge ihre gähnende Amtlichkeit ausbreiteten, entfloh Rosa Mazzoleni irgendwohin; hörte das Rauschen des Meeres oder die Glocken von Notre-Dame.

Eschenbach entschloss sich, einen kleinen Morgenspaziergang zu unternehmen. Er duschte, zog das frische weiße Hemd an, das er in der Reisetasche mitgenommen hatte, und verließ das Hotel kurz nach sieben. Die Morgensonne überzog die gegenüberliegende Sandsteinfassade mit einem strahlenden Ockergelb. Es war noch nicht viel los um diese Zeit. Vereinzelt ein paar Autos, die sofort zu hupen begannen, als ihnen ein breites Gefährt der Müllabfuhr den Weg versperrte. Die Männer, in dunkelblauen Hosen und ärmellosen, weißen T-Shirts, ließen sich nicht von ihrer Arbeit abhalten. Sie dockten mit mächtigem Getöse einen Metallcontainer an einen Hebekran an und kippten den Inhalt in den Schlund ihres Wagens. Ein Stahlrechen drückte den Müll zusammen, bis er vollends im Innern des Fahrzeugs verschwand. Ein paar Säcke, die noch am Straßenrand lagen, wurden eingesammelt und mit einer Leichtigkeit, als handle es sich um Luftballons, in hohem Bogen in den bereits wieder fahrenden Wagen geworfen.

Eschenbach bog in die Rue des Saints Pères ein und ging das kurze Stück hinunter zur Seine. In einem samtenen Violett floss sie an ihm vorbei. Am Quai Voltaire blieb er einen Moment stehen, genoss den Blick auf den Pont Royal, der sich mit seinen kurzen kräftigen Beinen einen Weg ans rechte Ufer bahnte. Irgendwo hatte er einmal gelesen, dass hier ursprünglich eine Holzbrücke gestanden hatte, die dem Adel einen möglichst kurzen Weg ans linke Ufer gewährte. Er verspürte Lust, es den Adligen gleichzutun. Auf der Brücke hielt er immer wieder inne und sog die mit Licht durchflutete, großzügige Schönheit auf, die sich rundherum bot. Den Gedanken, vielleicht noch einen Tag länger zu bleiben, schmetterte er ab, bevor er ihn zu Ende gedacht hatte.

Auf dem Heimweg machte er in einem kleinen Bistro Halt. Die Stühle aus Korbgeflecht erinnerten ihn an den Breuer-Stuhl, den Corina und er damals auf dem *Marché aux Puces* erstanden hatten. Er blätterte in einer französischen Zeitung und spülte die drei Croissants, die man ihm hingestellt hatte, mit einer Kanne Milchkaffee hinunter.

Die Frau, Ende vierzig, die Eschenbach die Tür öffnete, war ganz anders, als er sich die geschiedene Frau von Philipp Bettlach vorgestellt hatte. Sie war klein, zierlich, hatte ein ebenmäßiges, fast puppenhaftes Gesicht und dunkle, kunstvoll zerzauste, schulterlange Haare.

»Es freut mich, dass Sie mich besuchen kommen, Herr Kommissar.« Die Freude wirkte natürlich, und der Charme, den ihre Stimme am Telefon vermuten ließ, bestätigte sich in ihren Augen und in der Art, wie sie lächelte.

»Das Vergnügen ist ganz meinerseits«, sagte Eschenbach und versuchte die Wärme, die sie ausstrahlte, zu erwidern.

Es war eine große, geräumige Wohnung im ersten Stock eines Patrizierhauses an der Rue Gay Lussac. Der Holzboden knirschte unter den schweren Schritten des Kommissars. Er war fasziniert von dem Kunstwerk, das sich unter seinen Füßen auftat. Die Holzriemen und Intarsien griffen ineinander und fügten sich zu einem einzigen, prachtvollen Mosaik zusammen.

»Wunderschön«, sagte er. »So etwas gibt es heute nicht mehr.«

»Leider.« Sie lächelte verlegen.

Er nickte und fragte sich, ob er seine Schuhe ausziehen solle. Dann sah er, dass sie auch keine Hausschuhe trug.

Sie führte ihn in den Wohnbereich. Lange, brokatseidene Vorhänge in hellem Beige hingen entlang den Fensterrahmen bis auf den Boden und gaben dem Raum etwas vornehm Aristokratisches. Die Möbelstücke, die dem Raum nichts von seiner Großzügigkeit nahmen, vereinten in erfrischender Weise die letzten drei Jahrhunderte: Louis IV. bis VI., Chippendale, Rokoko, eine Jugendstil-Lampe, ein Sekretär aus der Zeit um die Jahrhundertwende und ein paar Stücke der klassischen Moderne.

Der Sessel, den sie ihm anbot, war viel bequemer, als er aussah. Überraschend, fand er, denn meistens verhielt es sich umgekehrt.

»Ein Prototyp von Philippe Starck«, sagte sie. »Leider eine Fehlkonstruktion, wie sich herausstellte. Falsche Winkel, falsches Material. Alles falsch.«

»Vielleicht ist er deshalb so bequem«, sagte Eschenbach, und beide lachten.

»Aber Sie sind ja nicht gekommen, um mit mir über Möbelstücke zu sprechen.«

»Nicht nur …« Er nahm einen Schluck Milchkaffee, den das Dienstmädchen – eine jüngere Frau Anfang zwanzig, die ihm als Astrid vorgestellt wurde – auf den Tisch gestellt hatte.

Eveline Marchand saß ihm direkt gegenüber. Sie hatte den linken Schuh abgestreift und das Bein zu sich auf die Couch gezogen. Obwohl sie ihr Alter nicht verbarg – anscheinend auch nicht verbergen wollte –, wirkte sie jugendlich. Sie trug verwaschene Jeans und ein weißes T-Shirt. »Ich habe Philipp verlassen, als ich merkte, dass er auf kleine Mädchen stand.« Sie machte eine Pause und lächelte verlegen.

Als Eschenbach darauf nichts erwiderte, sprach sie weiter.

»Das passiert vielen Frauen in meinem Alter … Ich meine, dass sie eines Tages merken, dass ihr Mann eine Jüngere hat. Vielleicht ist das biologisch bedingt, ich weiß es nicht.« Sie strich sich mit der Hand über das angewinkelte Knie und sah Eschenbach in die Augen. »Aber das war bei uns nicht das eigentliche Problem. Ich denke, das wissen Sie bereits.«

Eschenbach nickte.

»Sie fragen sich jetzt sicher, warum ich nicht schon damals zur Polizei gegangen bin? Das denken Sie doch, oder?« Ohne eine Reaktion abzuwarten, sprach sie weiter. »Ich habe mich das auch gefragt. Immer wieder und wieder. Ich habe jede Nacht gebetet, dass nichts mehr passiert. Dass er keinem Mädchen mehr etwas antun möge … Habe meine Verantwortung in Gottes Hand gelegt. Das kann man doch, habe ich gedacht. Gott fügt und richtet. So steht es doch in der Bibel, oder nicht?«

Eschenbach schwieg. Was sollte er dazu sagen? Er fragte sich, wann er zum letzten Mal in der Bibel gelesen hatte. Er wusste es nicht mehr.

»Kennen sie das Vaterunser?«

Er nickte. Er kannte es, aber konnte er es auch? Wann hatte er das letzte Mal gebetet? Auch das fiel ihm nicht mehr ein.

Sie begann leise mit den ersten Zeilen. Irgendwann hielt sie inne. »Sehen Sie, da heißt es: Dein Wille geschehe, wie im Himmel, so auf Erden. *Dein Wille …*« Sie wiederholte es mehrmals. »Wie kann es Gottes Wille sein, dass kleine unschuldige Kinder vergewaltigt werden? Verstehen Sie das … ich meine, können Sie das verstehen?« Ihre Stimme war laut und hart geworden. Sie fuhr sich mit ihren zierlichen Händen durch das Haar und schloss für einen kurzen Moment die Augen. »Es sind unsere Hände, die so etwas tun, Herr Kommissar. Unsere Augen, die wegsehen und nicht sehen wollen, was es zu sehen gäbe. Wir sind es doch, die schweigen.« Sie nahm den Fuß von der Couch und wollte aufstehen. »Ich habe geschwiegen … immer nur geschwiegen! Weil ich zu feige war, dem Ganzen ein Ende zu machen. Ich bin schuld, dass es nicht aufhörte. Ich, nur ich … ich weiß nicht, warum … warum ich es nicht konnte.« Sie ließ sich wieder in die Couch fallen und begann leise zu schluchzen. »Man kann nicht alles dem lieben Gott in die Schuhe schieben … immer nur das Kreuz schlagen und die Hände in den Schoß legen.« Sie sah ihn traurig an.

Eschenbach überlegte, ob er etwas sagen sollte, ob es dazu überhaupt etwas zu sagen gab; und plötzlich hatte er das Verlangen, Eveline Marchand in die Arme zu nehmen. Er stand auf und setzte sich neben sie auf die Couch. Wie ein Häufchen Elend saß sie da, die Ellbogen auf den Oberschenkeln aufgestützt, und verbarg ihr Gesicht in den Händen. Zögernd umfasste er ihr Handgelenk und hielt ihr mit der anderen Hand ein zusammengefaltetes Papiertaschentuch hin, das er noch hatte. Mehr brachte er nicht zustande, und irgendwie schämte er sich dafür.

21

Als das Dienstmädchen mit einem leeren Tablett kam, um das Geschirr wegzuräumen, sah sie, dass der Krug noch halb voll und von den Croissants in der Schale noch keines gegessen war. Sie zögerte einen Moment. Dann fragte sie, ob sie einen neuen Krug mit Kaffee brühen sollte.

Eveline Marchand hatte sich wieder gefangen. Sie knetete das zerknüllte Taschentuch wie einen Rosenkranz zwischen den Fingern und versuchte zu lächeln. Dann bat sie um eine frische Kanne.

»La mort de votre mari, n'est-ce pas?«, sagte das Dienstmädchen mitfühlend zu ihr, bevor sie mit dem Tablett wieder verschwand; irgendwie schien sie erleichtert, dass es für die Tränen der Hausherrin einen triftigen Grund gab.

»Das Mädchen hat die Todesanzeige gesehen, die mir Johannes geschickt hatte.«

»Sie meinen Johannes Bettlach, den Bruder des Verstorbenen?«

»Ja.« Eveline Marchand nickte. »Eigentlich ist er nur sein Halbbruder, aber das wissen Sie sicher schon.«

»Nein.« Eschenbach war überrascht. Er fragte sich, warum Johannes Bettlach es nicht erwähnt hatte. »Überhaupt weiß ich über die Familie nicht allzu viel. Ich dachte, Sie könnten mir da vielleicht helfen …« Er probierte es mit einem Lächeln.

»Von den beiden Brüdern habe ich zuerst Johannes kennen gelernt.« Sie überlegte einen Moment, und es schien, als würde sie die Jahre rückwärts zählen. »Das muss im Frühjahr neunundsiebzig gewesen sein. In London. Ich hatte gerade mein Studium an den Nagel gehängt und jobbte in einer kleinen Galerie. Mein Vater wollte, dass ich entweder weiterstudiere oder zurück nach Zürich komme. Sonst würde er seine monatliche Überweisung einstellen, meinte er. Ich blieb, und er stellte ein.«

Eschenbach, der aufmerksam zuhörte, biss in ein Croissant. Noch lieber hätte er es vorher in den Kaffee getunkt.

Eveline Marchand lächelte zufrieden und erzählte weiter.

»Bei *Lievercoed & Westingfield* fand ich meinen ersten Job. Das war damals noch ein Geheimtipp in der Szene. Wir hatten gute Kontakte zur amerikanischen Pop-Art-Szene: Roy Lichtenstein, Andy Warhol, Keith Haring. Das waren Typen, sage ich Ihnen …«

Eschenbach nickte. Er hatte die Namen schon gehört und mochte die Bilder, wenngleich er es übertrieben fand, was die Leute heute dafür bezahlten.

»Obwohl die Jungs in Amerika bereits gefeiert wurden … in Europa wollte es nicht recht anlaufen. Der zweite Ölpreisschock, die Wirtschaftskrise … wie gesagt, eigentlich lief es überhaupt nicht. Es lief so schlecht, dass Westingfield mich die ersten Monate mit Bildern aus dem eigenen Fundus bezahlt hat. Aus heutiger Sicht muss ich ihm dankbar sein …« Sie lächelte. »Aber damals … ich konnte schließlich mit den Bildern nichts berappen. Also zog ich in eine kleinere Wohnung, unten bei den Docks. Genau gesagt war es ein Loch. Warmes Wasser gab es keines, und der Gasofen lief nur, wenn er Lust oder Gas hatte. Meistens hatte er nichts von beidem.«

Eveline Marchand war eine meisterhafte Erzählerin. Sie mimte das Zischen des Gasofens, wenn er doch einmal lief, gestikulierte mit ihren feingliedrigen Händen und zog, wenn sie merkte, dass sie vom Hundertsten ins Tausendste kam, verlegen ihre Strähnen zurecht.

Eschenbach litt mit ihr, als keiner etwas kaufen wollte; fror mit ihr, als der Ofen versagte und freute sich, als sich schlussendlich dann doch alles zum Besten fügte. Er ließ sie gewähren, vom eigentlichen Thema abschweifen, hörte zu und schwieg.

Es schien ihm, als gäbe sie diesen Tagen und Wochen ihres Lebens jenes überproportionale Gewicht zurück, das glückliche Momente in der Erinnerung für sich vereinnahmen.

»Johannes war einer meiner ersten Kunden. Er war ausgesprochen gut aussehend und auf eine leise Art charmant. Er hatte einen phänomenalen Riecher für Trends in der Kunst … und was für mich damals rein beruflich wichtig war, er hatte Geld. Ein paar Mal lud er mich zum Essen ein. Ich glaube, er tat es mehr aus Gründen des Anstands und der Bilder wegen, denn aus Interesse an mir. Ich machte mir nichts vor, auch wenn ich ihn mir gut als Liebhaber hätte vorstellen können.« Sie lächelte und deutete auf den frischen Kaffee, den das Dienstmädchen hingestellt hatte. »Diesmal trinken wir ihn, solange er warm ist. Bitte bedienen Sie sich, Herr Kommissar.«

Eschenbach trank und halbierte mit einem Bissen ein weiteres Croissant. »Und Johannes, ich meine, ist er nicht verheiratet? Auf der Beerdigung sah ich ihn nur mit seiner Sekretärin.«

Auch Eveline hatte ein Croissant in den Händen und den Mund voll. Es dauerte einen Moment, bis sie den Bissen mit einem Schluck Milchkaffee hinuntergespült hatte und ihm eine Antwort geben konnte. »Nein, geheiratet hat er nie.«

»Keine Frauen?«, unterbrach Eschenbach und hob provozierend eine Augenbraue.

»Doch, doch.« Sie musste lachen. »Er ist nicht schwul, wenn Sie das meinen.«

»Das meinte ich nicht«, Eschenbach musste auch lachen. »Ich dachte nur … er ist ein ungewöhnlich charismatischer Mensch.«

»Sehr anziehend, ja.« Sie machte eine kurze Pause, als schien sie zu überlegen, ob sie es dabei belassen wolle. »Anziehend … und auf eine gewisse Art auch wieder nicht. Er kann sehr distanziert sein, manchmal sogar zynisch.«

»Verbittert?«, warf Eschenbach ein, dem zynisch zu fremd klang.

»Verbittert ist vielleicht nicht das richtige Wort. Ach, was weiß ich … manchmal denke ich, dass ihn niemand wirklich kennt.«

»Und seine Frauen?« Eschenbach blieb beim Thema.

»Ach, da gab es nicht viel. Er war mit Frauengeschichten immer sehr diskret.« Wieder schien sie ihm auszuweichen, und er fragte sich, ob es mit Absicht geschah. War es wirklich Gleichgültigkeit oder steckte mehr dahinter?

Als hätte sie seine Gedanken gelesen, fuhr sie fort:

»Es gab eine Frau, mit der er länger zusammen war.«

»Ach ja? Kannten Sie sie?«

»Eine Westschweizerin aus Lausanne. Aus einer jüdischen Bankiersfamilie, wenn ich mich recht besinne.« Sie dachte nach. »Den Namen weiß ich nicht mehr.«

Eschenbach wusste nicht, warum er sicher war, dass sie log. Vielleicht hatte sich bei ihm über die vielen Jahre ein siebter Sinn entwickelt, der ihm sagte, ob jemand wirklich nachdachte oder es nur vortäuschte. Eveline Marchand dachte keine Sekunde nach. Sie kannte den Namen. Warum verschwieg sie ihn?

»Johannes brachte sie einmal mit auf eine unserer Vernissagen. Da hat er sie mir vorgestellt, zusammen mit seinem Bruder Philipp.«

»Und da hat es dann gefunkt. Ich meine, zwischen Ihnen und Philipp?«

Sie lachte. »Gefunkt kann man nicht sagen. Er hat sich redlich bemüht. Philipp konnte sehr reizend sein … und großzügig. Er überhäufte mich regelrecht mit Geschenken und …«, sie zögerte einen Moment, »und hatte damit schlussendlich auch Erfolg. So würde ich es sagen.« Eveline Marchand lehnte sich zurück und schmunzelte. »Nehmen Sie noch eine Tasse Kaffee?«

Eschenbach bejahte und langte noch einmal zu, als sie ihm die Schale mit den Croissants hinüberschob. »Erzählen Sie mir doch etwas über die Familie Bettlach. Der Name klingt unschweizerisch. Kamen sie aus Deutschland?«

»Ja. Als der Krieg ausbrach, hatten die Bettlachs eine kleine Pension in Meersburg am Bodensee. Der Vater, ein einfacher Soldat der Wehrmacht, wurde eingezogen, kämpfte und starb im Spätsommer 1943. Irgendwo an der Ostfront, zwischen Witebsk und Orscha, hat man uns später gesagt. Aber wer weiß das schon so genau. Jedenfalls ist er nie mehr zurückgekehrt.« Eveline Marchand zuckte mit den Schultern. »Johannes war damals noch ein Kind. Zu jung, um zu kämpfen, und zu alt, um nicht doch etwas von dem mitzukriegen, was damals in Deutschland lief. Adele, seine Mutter, führte die Pension allein, und er half ihr dabei. So gut er es in seinem Alter konnte.«

Eschenbach nickte.

»Neben dem normalen Pensionsalltag war da noch etwas … ich hab mich ehrlich gesagt immer darüber gewundert.« Eveline Marchand hielt inne und dachte nach.

Eschenbach wartete.

»Adele Bettlach war eine Fluchthelferin …«

»Ach ja? Wie meinen Sie das?«

»Sie half deutschen Juden bei der Flucht in die Schweiz.« Wieder machte sie eine kurze Pause. »Wir wussten nie recht, warum sie es tat. Sie war selbst keine Jüdin … auch keine Widerstandskämpferin. Eigentlich hatte sie zum Judentum überhaupt keine Beziehung. Sie war Deutsche. Durch und durch Deutsche, wenn Sie wissen, was ich meine.«

Eschenbach war nicht sicher, ob er es wusste. War er in ihren Augen jetzt Schweizer – mit oder ohne durch-und-durch?

»Und trotzdem tat sie es. Wir haben sie später immer wieder gefragt, warum sie es getan hatte. Sie ließ uns darüber im Unklaren. Einmal sagte sie: ›Wenn man helfen kann, dann muss man helfen. So einfach ist das.‹ Mich hat das immer sehr beeindruckt.«

»Wie hat sie das angestellt?«, fragte Eschenbach, der von ähnlichen Geschichten auch schon gehört hatte.

»Sie muss gute Beziehungen zum Schweizer Grenzwachcorps gehabt haben. Und zur Seepolizei. Sie hat uns nie Genaueres verraten. Aber die Beziehungen waren so gut, dass sie drei Jahre nach Kriegsende schwanger war.«

»Mit Philipp Bettlach?«

»Sie haben es erraten«, sagte sie und lächelte.

»Kannten Sie Adele Bettlach?«

»Ja, eine sanftmütige und kluge Frau. Und obwohl sie schon über siebzig war, als ich sie kennen lernte, sah man ihr an, dass sie einmal wunderschön gewesen sein musste. Ich kann mich noch gut erinnern, als mich Philipp ihr vorstellte. Es war ein heißer Nachmittag im August. Am Ersten, um genau zu sein. Denn es war der Schweizer Nationalfeiertag, und die beiden Brüder hatten für den Abend ein großes Feuerwerk geplant. Sie saß in der schattigen Ecke des Gartens der Villa unter einer großen Platane. Trotz der Hitze hatte sie eine gehäkelte Wolldecke über den Beinen. Als ich sie fragte, ob es ihr nicht zu warm sei, lächelte sie nur. Wenn man alt würde, meinte sie, fräße einen die Kälte langsam auf; die Wärme lebe nur noch in der Erinnerung. Die Decke würde ihr helfen, die Erinnerung länger bei sich zu halten. Später, als Philipp ihr sagte, dass wir heiraten wollen, hat sie mir abgeraten: *Kindchen,* hat sie gesagt und mich am Ärmel gezupft. *Du wirst nicht glücklich mit ihm. Ich bin eine alte Frau und weiß das.* Sie sagte es liebevoll, und obwohl ich schon auf die dreißig zuging, tönte *Kindchen* keineswegs verniedlichend. Sie meinte es ernst. Ich muss sie irgendwie komisch angesehen haben, denn sie fügte noch hinzu: *Ich weiß, du bist eine junge Frau, und die tun sowieso, was sie wollen.* Dann mussten wir beide lachen.«

»Erstaunlich«, meinte Eschenbach und nahm das letzte Croissant.

»Das fand ich auch. Sie hat nie viel über die Vergangenheit gesprochen. Ich denke, sie hat das meiste mit ins Grab genommen.«

»Wann ist sie gestorben?«

»Vor etwa zwölf Jahren. Eines Morgens fand man sie tot in ihrem Pavillon im Garten der Villa.«

»Und wie stand sie zu ihren Söhnen?«

»Sehr gut. Sie liebte sie, wenn auch auf unterschiedliche Weise.«

»Wie meinen Sie das?«

»Johannes war stark und dominant. An ihn lehnte sie sich an, holte Rat und besprach Probleme und Sorgen. Er fand für alles eine Lösung.«

»Ersatz für den gefallenen Mann?«

»Ja, vielleicht. In gewisser Weise schon, denke ich.«

»Und Philipp?«

»Ihn liebte sie … ach, was weiß ich. Mütter lieben ihre Kinder eben. Er war von den Brüdern klar der Schwächere. Und trotzdem; er war ihr Lieblingssohn. Immer gut gelaunt, unterhaltsam und geistreich.« Eveline Marchand sprach ohne die geringste Emotion. Es klang wie Börsenkurse aus den Wirtschaftsnachrichten. Als schlüge sie das Telefonbuch auf und läse irgendwelche Namen vor, die ihr nichts bedeuteten. »Wäre da nur nicht seine dunkle Seite – die Leere, diese unbeschreibliche Kälte gewesen.« Sie umfasste mit beiden Händen ihren nackten Fuß, den sie wieder zu sich auf die Couch gezogen hatte und starrte auf die leere Kaffeekanne.

»Wann haben Sie das entdeckt?«

»Ach wissen Sie, Herr Kommissar, ich bin geradeaus auf die Verpackung los. Der Inhalt würde schon kommen, dachte ich mir.« Sie lächelte. »Naiv, nicht? Vielleicht ist der Inhalt gar nicht so wichtig, wenn man jung ist. Reich und gut aussehend. Schnelle Autos und ein Perlencollier auf der Tribüne in Ascot.« Es waren wieder Namen aus dem Telefonbuch. »Alles in allem kein schlechtes Packpapier, fand ich.«

Eschenbach nickte.

»Nach den ersten Wochen schon merkte ich, dass es nicht die große Liebe war. Vielleicht nicht einmal die kleine. Tanzbars, Sex und Kerzenlicht. So habe ich eine ganze Weile in den Tag und in die Nacht hinein gelebt. In der Galerie lief es, die Leute kauften und der Rubel rollte.«

»Und die Heirat?«, wollte Eschenbach wissen.

»Ach, die Heirat. Die kam so, wie sie fast überall kommt; nur schneller. Zuerst der Kontakt zur Familie; die Fremdheit, die einem vertraut wurde, romantische Abende zu zweit, und dann der Antrag, der keine Widerrede zuließ.«

»Warum nicht?«

»Weil vorher schon alles klar war. Es gibt Dinge im Leben, da kommt die Antwort vor der Frage.«

Eschenbach sagte nichts. Er wusste, dass es bei Milena – seiner ersten Frau – und ihm nicht anders gewesen war.

»Nach der Heirat war nichts mehr wie vorher. Statt Blumen gab es Streit, statt Kerzenlicht regelmäßig Ohrfeigen. Nächtelang blieb er weg. Er gab sich nicht einmal die Mühe, es zu verschweigen, dass er mit anderen schlief. Er brüstete sich damit und genoss es, mich zu demütigen.« Sie setzte den Fuß wieder auf den Boden, hob beide Schultern an, und als ob sie Eschenbachs Gedanken lesen konnte, fügte sie hinzu: »Ich weiß bis heute nicht, warum ich damals nicht einfach meine Sachen gepackt habe und gegangen bin.«

»Und Johannes, ich meine sein Bruder? Hat er nichts dagegen unternommen?«

»O doch. Aber es brachte nichts, und irgendwie wussten es alle, dass es hoffnungslos war. Er tröstete mich, hörte mir zu. Er war wie ein Fels in dem ganzen Chaos …«, sie schien über den Vergleich nachzudenken. »Stand einfach da, hörte zu … aber geändert hat es nichts. Und trotzdem …« Sie stockte, stand auf und ging zum Fenster.

»Und trotzdem sagte er Ihnen nicht, was wirklich los war?«

Eveline nickte zuerst, dann schüttelte sie den Kopf. Sie hatte ihm den Rücken zugewandt und blickte wortlos auf die Straße hinunter.

Auch Eschenbach stand auf und stellte sich neben sie. Die schallisolierten Fenster ließen das Treiben auf der Straße wie einen Stummfilm erscheinen. Das Kommen und Gehen zur Mittagszeit. Sandwiches, die im Gehen gegessen oder in kleinen Tüten zurück an den Arbeitsplatz getragen wurden. Gruppen von Frauen und Männern zogen in ihren dunklen Businessuniformen vorbei an schlendernden Touristen. Zwei Frauen in eleganten Deuxpièces stocherten in hochhackigen Schuhen über den Gehsteig und sprachen aufeinander ein, als ginge es um Leben und Tod.

Die Stille im Inneren der Wohnung verlieh der Hektik eine pantomimische Schwermut. Die Bewegung erscheint langsamer ohne Lärm, dachte Eschenbach.

»Was war der eigentliche Grund, weshalb Sie gingen?« Eschenbach durchbrach mit seiner Frage die Stille. »Der Auslöser … der Ruck, der einem alles leichter macht?«

Sie dachte nach.

»Es gibt Frauen, die bleiben bei ihren Männern, ungeachtet dessen …« Eschenbach wusste nicht, wie er den Satz beenden sollte.

»Einfach die Augen schließen und sich ein Collier von Cartier um den Hals hängen lassen, meinen Sie das?«

»Nicht unbedingt. Ich frage mich einfach, ob da nicht etwas war, das Ihnen zu diesem endgültigen Entschluss den Mut gab.«

»Sie wissen ja selbst, wozu er fähig war.« Sie schenkte ihm ein müdes Lächeln.

»Das wussten Sie auch. Längst bevor Sie sich entschlossen hatten, ihn zu verlassen.« Eschenbach erschrak; es fiel ihm auf, wie hart er plötzlich klang. »Was war, bevor Sie gingen, Frau Marchand?«

»Das weiß ich nicht mehr.«

»Sie lügen!« Eschenbach spürte, wie sich sein Magen verkrampfte. Eveline wich seinen Fragen zum wiederholten Mal aus. »Es macht keinen Sinn, verstehen Sie: Zuerst leben Sie mit einem Mann zusammen, den Sie nicht lieben – nie geliebt haben. Mehr noch, mit einem Mann, der Sie demütigt, und von dem sie erfahren haben, dass er ein Kinderficker ist.«

Eveline Marchand zuckte zusammen.

»Sie wussten, was für ein Mensch er war …« Der Kommissar versuchte, sich zu beruhigen und holte tief Luft. »Trotzdem sind Sie geblieben; haben nichts getan … Sie hätten viel Unheil verhindern können, verdammt noch mal!« Eschenbach hörte, dass er schon wieder schrie. »Jetzt ist er tot – und Sie kommen wie die alte Fasnacht hinterher, bröseln ein Vaterunser und meinen, damit ist die Sache gegessen …«

Eveline sah ihn lange schweigend an, und der Kommissar wusste, dass er mit seinem Getöse das filigrane Vertrauen, das über die letzten Stunden zwischen Eveline und ihm herangewachsen war, wieder niedergerissen hatte. Er dachte an Kathrin; wie sie als kleines Mädchen mit offenen Armen jeden in ihr Herz schloss. Dieses gottgegebene Vertrauen, das nur Kinder haben und Schwachsinnige.

Eschenbach war wütend auf sich selbst; darauf, dass er die Beherrschung verloren hatte. Was war es, das Eveline dazu bewogen hatte, doch zu gehen? Plötzlich, wie von der Tarantel gestochen. Ohne Widerrede. Still und definitiv. Was hatte den abrupten Schnitt im Leben dieser Frau ausgelöst? Er war so nahe dran gewesen, und jetzt hatte er es vermasselt, kurz bevor sich die Auster von selbst geöffnet hätte. Und ohne sie anzusehen, flüsternd, mit hängenden Schultern, fragte er noch einmal: »Die Wahrheit, Frau Marchand. Warum sind Sie gegangen?«

Sie sah ihn flüchtig von der Seite an. »Es war, als hätte das Leben keinen Sinn mehr gehabt. Als hätte es mich weggesogen. Mich umbringen oder neu anfangen.« Wieder sah sie ihn an, und beide wussten, dass es nur Teilstücke eines verborgenen Ganzen waren.

22

»Hottiger gibt Scharfschützenkurse fürs Militär.« Es war Claudio Jagmetti, der ihm diese Neuigkeit aufs Handy gesprochen hatte. Er klang müde und gereizt. Trotzdem hatte die Nachricht etwas Triumphales.

Eschenbach hatte es sich in einem leeren Abteil bequem gemacht. Die letzten Stunden mit Eveline hingen wie Spinnennetze um seinen Kopf. Nichts Handfestes, nichts, das greifbar gewesen wäre. Kobler, mit ihrem Hang zu Anglizismen würde sagen: *No hard facts*, und träfe damit den Nagel auf den Kopf. Und trotzdem war etwas da. Irgendetwas irritierte ihn an dieser Frau. Was verschwieg sie ihm?

Er biss in das Sandwich, das er am Gare de l'Est gekauft hatte. Baguette mit Weichkäse. Warum gab es das nur in Frankreich? Er fragte sich, warum er dazu eine Cola und keine Flasche Rotwein trank. Was um alles in der Welt war in ihn gefahren? Er wählte Jagmettis Nummer. Der junge Polizist meldete sich sofort.

»Die Tochter oder der Vater?«, fragte Eschenbach, ohne sich die Mühe zu machen, seinen Namen zu nennen. Seiner Theorie nach konnte es nur der Vater sein, aber aufgrund der Mitteilung, die Jagmetti hinterlassen hatte, fand er, dass seine Frage berechtigt war.

»Der Vater«, kam es prompt.

Eschenbach grunzte.

»Entschuldigen Sie, wenn das nicht klar war. Oberst Ernst Hottiger. Erfolgreicher Sportschütze, Mitglied im Schweizer Olympiakader 1960 in Rom.«

»Und der bildet immer noch Rekruten aus?«, unterbrach ihn Eschenbach.

»Nein. Nicht Rekruten. Elitetruppen. Muss einer der Besten in seinem Fach sein.«

»Was für ein Fach denn?« Eschenbach merkte, dass er zynisch klang, und es wurde ihm plötzlich bewusst, dass sein eigenes Bild vom Schweizer Militär schon längst verstaubt war. Anfang der neunziger Jahre – damals war er noch Oberleutnant bei den Übermittlungstruppen gewesen – hatte er auf eine weitere Armeezugehörigkeit verzichtet. Als Polizist war es ihm freigestellt. Er war damals Leiter der Kriminalanalyse bei der Stadt Zürich und mit Milena in Scheidung gewesen. Der alte Franz Locher hatte ihm seine Stellvertretung und spätere Nachfolge bei der Kripo des Kantons angeboten. Er akzeptierte, und die neue Aufgabe half ihm, über das Trümmerfeld seiner ersten Ehe einen dicken, pelzigen Moosteppich wachsen zu lassen.

»Psychologische Kriegführung bei Geiselnahmen, Sicherheits-Dispositionen, Terrorbekämpfung und das ganze Zeug. Da muss er ziemlich gut sein«, sagte Jagmetti. »Auch das Militär hat sich angepasst, Chef. Die nehmen jetzt immer mehr auch zivile Spezialisten.« Er musste Eschenbachs zynischen Unterton bemerkt haben, denn er fügte noch hinzu: »War für mich auch neu, Chef.«

»Ich weiß«, kam es grummelnd zurück. Eschenbach zündete sich eine Brissago an und musste husten. War er zynisch, weil das sein eigenes Fach war? War es die schwelende Eifersucht eines selbst ernannten Platzhirschen? Er trank den Rest der Cola aus und warf die leere Büchse quer durch das Abteil in Richtung Abfallbehälter. Natürlich verfehlte er ihn, wenn auch nur knapp.

»Hottiger hat ein eigenes Sicherheitsunternehmen. Ist eine ziemlich große Nummer.«

»Ich weiß«, murmelte Eschenbach. Er sagte es mehr zu sich selbst als zu dem jungen Polizisten, für den das alles Neuland war. »Ernst Hottiger ist die graue Eminenz in Sachen Sicherheit. Der Schutzengel der Reichen und Mächtigen bei uns im Lande.« Der Zynismus war aus Eschenbachs Worten gewichen. Jetzt klang es wie eine Mischung aus Anerkennung und Resignation. »Es gab in den letzten drei Jahrzehnten einige brisante Fälle, bei denen man munkelte, Hottiger habe seine Finger mit im Spiel gehabt. Mit oder ohne Einverständnis der Polizei, man hielt sich diesbezüglich bedeckt. Aber immer mit Erfolg. Sein Ruf reicht weit über die Schweizer Landesgrenzen hinaus, und er verfügt über ein internationales Netzwerk, das seinesgleichen sucht.«

Am anderen Ende der Leitung war Stille.

Eschenbach hob die Cola-Dose auf, die auf ihn zurollte; warf, und verfehlte den Abfallbehälter abermals. »Sind Sie noch da, Jagmetti?«

»Ja klar, Chef«, meldete sich Jagmetti wieder. »Ist ja interessant, was Sie da gerade erzählt haben …«

»Wenn der Erste Sekretär der Amerikanischen Botschaft – besser bekannt als der oberste Chef des FBI – die Schweiz besucht, dann spricht er zuerst mit Hottiger«, fuhr Eschenbach fort. »Seine offizielle Residenz ist eine Suite im Grandhotel Schweizerhof … rund um die Uhr bewacht, wenn er hier ist. Aber er benutzt sie nur selten. Wir nehmen an, dass er sich bei Hottiger einquartiert. In seiner Villa am Sihlsee, von der nur wenige wissen, dass es sie überhaupt gibt.«

»Wusste ich auch nicht … ich meine, dass er dort wohnt«, kam es von Jagmetti, der eigentlich nur sagen wollte, dass er noch da war.

»Das können Sie auch nicht wissen … Wie gesagt, ziemlich diskret alles. Steht nirgends in der Zeitung.« Eschenbach hielt inne: Die einzigen Bilder, die er von Hottiger kannte, waren die des international erfolgreichen Sportschützen. Und die waren über vierzig Jahre alt. Danach war es still geworden um ihn; sehr still. Eschenbach versuchte, sich vorzustellen, wie er heute aussah. »Woher wissen Sie das mit Hottiger? Ich meine, das mit den Scharfschützenkursen?«

»Unterlagen. Irgend so eine Orientierung oder Befehl«, sagte Jagmetti. »Lag herum, in einer der Kasernen, die ich abgeklappert habe. Weiß nicht mehr genau. Müsste nachschauen.«

»Was?!« Eschenbach merkte, dass er laut geworden war. Am anderen Ende war es still. Er versuchte, sich zu beherrschen. »Ich meine, Sie haben das einfach mitgehen lassen?«

»Nein, natürlich nicht, ich habe es …«

»Gestohlen?!«

»Nein.«

»Geschenkt bekommen?! Mit einer feldgrauen Schleife, und der Trompeter schmetterte den Zapfenstreich …« Eschenbach merkte, dass er schon wieder schrie.

»Nein, natürlich nicht. Aber …«

»Aber was? Jagmetti, Sie machen mich noch fertig!«

»Ich habe es kopiert.«

»Also doch gestohlen.« Eschenbach nahm die Füße von der gegenüberliegenden Sitzbank, stand auf und tigerte im Abteil herum, wie ein Ozelot im Zuchtkäfig. »Wir dürfen uns keinen Formfehler leisten, Jagmetti!«

»Ich weiß, Chef.«

»Sie wissen gar nichts, Jagmetti. Und sagen Sie nicht immer Chef!«

»Okay, Chef. Ich meine … okay.«

»Wenn Hottiger damit nur das Geringste zu tun hat, dann ist einmal Husten schon ein Formfehler.« Eschenbach dachte an Kobler und daran, dass er sich bei Hottiger immer noch nicht entschuldigt hatte.

»Das Original ist wieder an seinem Platz«, kam es beschwichtigend von dem jungen Polizisten.

»Wer hat Ihnen das erlaubt … ich meine, wie kamen Sie überhaupt in das Büro rein?«

»Mit der Büroordonnanz.«

»Was! Einfach so?«

»Der Feldwebel hat … der war beim Kartenspiel im Restaurant.« Jagmetti erzählte ihm die ganze Geschichte.

»Ach du Scheiße …« Eschenbach setzte sich wieder auf seinen Platz. »Und Sie sind sicher, dass das Original wieder dort ist, wo es hingehört?«

»Ja. Sicher, Chef.«

»Sie haben schon wieder Chef gesagt!«

»Was soll ich denn sagen?!« Jagmetti klang sauer. »Nicht-Chef vielleicht? Wäre Ihnen das lieber?«

»*Vielleicht* ja!« Eschenbach grunzte. »Haben Sie es wieder eingeschlossen?«

»Nein. Das Ding lag auf dem Tisch … wieso eingeschlossen?«

»Und auf den Tisch haben Sie es wieder zurückgelegt?«

»Ja, logisch.« Jagmetti verstand offensichtlich nicht, weshalb Eschenbach ein solches Theater machte.

»Haben Sie es bei sich, Jagmetti?«

»Ja.«

»Ich meine die Kopie.«

»Ja, die Kopie. Logisch, Chef.«

»Nicht-Chef«, raunzte Eschenbach.

»Logisch, Nicht-Chef«, Jagmetti kicherte.

»Dann passen Sie drauf auf. Schließen Sie sie ein. Sitzen Sie drauf, schlafen Sie drauf …«

»Mache ich.«

»Ich will das Ding sehen, sobald ich zurück bin. Ist das klar?«

»Ja.«

»Und nur ich, sonst niemand. Ist das auch klar?«

»Das ist auch klar … ja. Ich glaube, ich habe Sie schon verstanden.«

»Und sonst? Ich meine, ist sonst noch was?«

»Nein – außer dass, ich meine …« Jagmetti zögerte einen Moment.

»Außer was?«, wollte der Kommissar wissen.

»Wir haben von Doris Hottiger immer noch keine Spur ... habe ich gehört.«

»Ja, ja, das Mädchen«, brummelte Eschenbach. »Die werden wir schon finden, keine Sorge.«

»Meinen Sie?« Jagmetti klang wenig zuversichtlich.

»Es läuft eine Großfahndung nach der Hottiger – die kommt nicht weit, glauben Sie mir!«

»Na dann, wenn Sie es sagen.«

»Herrgott, seien Sie nicht so pessimistisch! Klar, werden wir die finden. Das wäre ja gelacht ...« Dann musste Eschenbach daran denken, wie er den Zoll in Basel so mir nichts, dir nichts hatte passieren können. »Ist das alles, oder haben Sie noch was?«

»Nein. Sonst habe ich nichts mehr ...« Es folgte nur noch ein knappes »Okay« und dann war die Leitung tot.

Eschenbach drehte den knorrigen Zigarillo mit Daumen und Zeigefinger im Mund hin und her. Sog und paffte. Grau-blauer Dunst umspielte das Licht, das von hässlichen Lichtstrahlern ins Abteil geworfen wurde. Trotz des beißenden Rauchs konnte er sich an den feinen Geruch erinnern, den er wahrgenommen hatte, als ihm Doris Hottiger an jenem schwül-heißen Nachmittag in seinem Büro gegenübersaß. Er war nicht aufdringlich. Es war nicht jene starke, moschusgeschwängerte Schwere gewesen, die vielen teuren Frauenparfüms gemeinsam ist. Es war eine leichte, hüpfende Sinnlichkeit, die sich hinter tausenden, pastellfarbenen Duftmolekülen versteckt, gelacht und gesummt hatte. Helles, fast durchsichtig scheinendes Gelb und Orange. Limone, Orangenblüten und Zinnober. Eschenbach hatte keinen Dunst, wie Zinnober roch. Aber er stellte es sich vor, dass es so roch, wie Zinnoberrot aussah. Blasses Zinnoberrot. Transparent schimmernd, wie der Mantel untergehender Sonnen.

Plötzlich wusste er, was ihn in Eveline Marchands Wohnung die ganze Zeit so irritiert hatte. Es war dieselbe zitternde Leichtigkeit tanzender Duftmoleküle, die Doris Hottiger damals umgeben hatten, und an die er sich die ganze Zeit zu erinnern versuchte. Sie war da – nicht physisch vielleicht, aber in einem übertragenen Sinn war sie präsent. Etwas verband die beiden Frauen, und er war sicher, dass es nicht nur das Parfüm war.

Der Schaffner, der von ihm das Billett forderte, wirkte kränklich und bleich. Seine weißen, knorrigen Finger blätterten lethargisch durch die Fahrscheine, es dauerte eine geraume Zeit, bis er mit einer schäbigen Blechzange am richtigen Ort den richtigen Knips anbrachte. Sein strähniges Haar fiel ihm immer wieder ins Gesicht und verdeckte seinen Blick, der mehr nach innen als nach außen gerichtet aus freudlosen grau-blauen Augen kam. Das Weiße seiner Augen war gelb. Es war nicht das Pastellgelb der Duftmoleküle, sondern ein trauriges, schmutziges Gelb, übersät mit kleinen, roten Äderchen. Alkohol und Drogen. Und höchstwahrscheinlich eine Hepatitis, die längst hätte behandelt werden müssen, dachte Eschenbach. Vor ein paar Jahren noch hätte Eschenbach vielleicht via Telefon angeordnet, dass man den Schaffner am Schweizer Zoll auseinander nahm. Er wettete seinen Bauch darauf, dass der Typ ein paar Päckchen Heroin, Crack oder sonst was bei sich hatte. Meist schoben sie sich das Zeug, in Kondomen verpackt, in den eigenen Darm. Diesmal machte es Eschenbach nur traurig, und er ließ den Anruf bleiben.

Etwas später öffnete eine kleine, ältere Dame mit altmodischem Kleid und kleinem Handgepäck die Abteiltür. Sie warf einen missbilligenden Blick auf Eschenbachs Füße, die auf der gegenüberliegenden Sitzbank lagen. Mit einem verlegenen Lächeln nahm der Kommissar die Beine vom Polster, setzte sich aufrecht hin und suchte seine Schuhe. Er fand nur die Cola-Dose. Er drückte sie in den Abfallbehälter unter dem Fenstertisch, grummelte ein *excusez-moi* und bot der Dame einen Platz an. Sie hustete, und Eschenbach hörte gerade noch ein gemurmeltes »mais c'est incroyable«, bevor sie die Tür mit einem energischen Ruck von außen wieder zuzog.

»Recht hat sie«, sagte er, stand auf und zog das Fenster hinunter bis zum Anschlag.

Ein lauer Nachtwind drang ins Abteil. Er stützte sich mit beiden Armen auf den Fensterrand und blickte nach draußen. Schwarze Hügelketten und Bäume zogen ratternd an ihm vorbei. Hier und da sah er Lichter von Häusern oder ein einsames Auto, das sich auf unbeleuchteter Landstraße den Weg suchte. Er blieb noch eine ganze Weile regungslos so stehen.

23

Nach der langen Zugfahrt, die er über große Strecken vor sich hin dösend verbracht hatte, konnte er nur schlecht schlafen. Mehrmals in der Nacht stand er auf, nahm sich ein Glas Wasser und setzte sich in den Lehnstuhl auf der kleinen, offenen Veranda. Der nächtliche Himmel über ihm war klar, und es war ihm, als blicke er in das Lichtermeer einer weit entfernten Stadt. Immer mehr kleine, zwinkernde Funken entdeckte er. Lichter eines einzigen Sonnensystems. Und es wurde ihm leicht schwindlig, als er daran dachte, dass es noch weitere Sonnensysteme gab.

Er sinnierte über den Fall Bettlach, und irgendwie kam er nicht von dem Gedanken los, dass sein Fall nur ein kleines Sandkorn war, das sich in einem Meer von Sandkörnern langsam zu verlieren drohte.

Er vermisste Corina und Kathrin, und plötzlich kam ihm in den Sinn, dass er seit Tagen vergessen hatte, den Pflanzen Wasser zu geben. Er stand auf, spürte die Wärme der Steinplatten unter seinen nackten Füßen und begutachtete das welke Basilikum, das in einem kleinen Topf neben dem Holztisch stand. Von der Küche aus zog er den Gartenschlauch hinaus und sprengte die Tontöpfe, Setzlinge und Blumentröge, die einen großen Teil der Terrasse für sich beanspruchten. Schließlich konnte er nicht widerstehen, seinen Kopf auch unter den kühlen Wasserstrahl zu halten. Das Wasser lief an ihm hinunter, und das T-Shirt klebte an seinem Bauch wie ein nasses Segel.

Der Kommissar war am nächsten Morgen als Erster im Büro, was selten vorkam. Es würde ein sehr heißer Tag werden, und denken konnte er nur vernünftig, wenn es kühl war. Vor ihm auf dem Tisch lag aufgeschlagen das *Zürcher Tagblatt*. Mehrere Ringe aus eingetrocknetem Kaffee zierten die Frontseite des Inlandteils; darüber stand in fettem Schwarz: *Ist der Golfplatzmörder ein Schweizer Offizier?* Eschenbach kaute auf einer halb gerauchten Brissago herum und fluchte ununterbrochen. Diese blöde Kuh; von wem hatte sie nur diese Informationen?

Er wusste, dass er sich das selbst eingebrockt und Marianne Felber unterschätzt hatte. Vor seiner Abreise wollte er sie noch anrufen, dann hatte er es vergessen; sein Versprechen gebrochen. Jetzt hatte sie es ihm heimgezahlt: eine ganze, gottverdammte Seite lang, mit Foto eines dämlich grinsenden Kommissars vor dem Zürcher Großmünster.

Es war kurz nach sieben Uhr, und es würde nicht mehr lange dauern, bis sie anriefen: das Militärdepartement, der eidgenössische Offiziersverein, der Sektionschef des Kantons Zürich und weiß der Geier, wer noch. Er blätterte in seinem Karteikasten und suchte die Telefonnummer der Zahnärztin, die bei Bettlachs Beerdigung neben ihm gesessen hatte.

»Kann ich Ihnen einen Espresso bringen?«, flötete es durch den Lautsprecher. Das metallene Dröhnen und Pfeifen von Eschenbachs schlecht ausgesteuerter Gegensprechanlage konnte an diesem Morgen der fröhlichen Stimme von Rosa Mazzoleni nichts anhaben. Sie klang wie eine Engelsstimme in seinen Ohren.

»Was für ein Wetter!« Frau Mazzoleni strahlte. »Im Radio haben sie gesagt, es wäre der heißeste Monat seit Menschengedenken.«

»So, so. Und seit wann denken die Menschen?« Eschenbach dachte daran, dass er heute früh sein letztes frisches Hemd aus dem Schrank genommen hatte.

»Seit 1540«, kam es wie aus der Pistole geschossen.

»Aha. Und die alten Griechen? Wurde da noch nicht gedacht?«

»Doch. Aber seit 1540 war es nicht mehr so heiß … im Durchschnitt, wurde gesagt.«

»Wer erzählt solchen Unsinn?«

»Einer im Radio … ein berühmter Klimaforscher hat das gesagt.«

»Und warum sagt man, *seit Menschengedenken*? Nicht ganz logisch, finde ich«, sagte Eschenbach und rührte mürrisch in seiner Mokkatasse.

»Weil man erst seit 1600 die Temperatur misst«, entgegnete Rosa Mazzoleni und zupfte energisch am Träger ihres weiten Leinenkleides.

Das Telefon klingelte.

»Ich bin nicht da«, sagte Eschenbach und winkte ab.

Rosa Mazzoleni hatte den Hörer schon abgenommen. »Einen Moment bitte.« Sie drückte die Hand auf die Muschel: »Das Militärdepartement.«

Eschenbach schüttelte den Kopf.

»Nein, der ist nicht da … keine Ahnung. Er ist den ganzen Tag in Meetings … ja, ich werde es ihm ausrichten.« Sie legte auf. »Unhöflicher Mensch!« Rosa Mazzoleni rollte die Augen.

»Und warum misst man die Temperatur erst seit …«, fragte Eschenbach und tat so, als hätte es den Anruf gar nicht gegeben.

»Weil das Thermometer erst dann erfunden wurde.« Sie lächelte selbstbewusst. »Wissen Sie übrigens, wer es erfand?«

»Nicht schon wieder ein Quiz, Frau Mazzoleni.« Eschenbach schlürfte an seinem Espresso.

»Wissen Sie es oder wissen Sie es nicht, Chef?« Sie rückte ihre Brille etwas tiefer und sah ihm über den Brillenrand streng in die Augen.

Jetzt fängt die auch noch mit dem *Chef* an, dachte Eschenbach und seufzte. Dann sagte er trotzig: »Leonardo da Vinci!«

Er wusste, dass er es nicht wusste und dass es falsch war. Aber er wollte ihr das Spiel nicht verderben.

Wieder klingelte das Telefon.

Rosa eilte hinaus ins Sekretariat, drückte auf einen Knopf und die automatische Bandansage erklang.

»Leonardo da Vinci ist falsch«, rief sie und trippelte wieder zurück ins Büro; lächelnd wie eine Sphinx. »Sie haben noch einen Versuch!«

»Herrgott, ich weiß es wirklich nicht. Seien Sie doch nicht so streng. Lassen Sie Leonardo gelten!«

»Warum denn das?« Rosa Mazzoleni sah ihn empört an. »Sie wollen ja auch den richtigen Täter und nicht den falschen, oder?«

»Aber Leonardo da Vinci hätte es sicher erfunden, wenn es nicht schon erfunden gewesen wäre.«

»Eben. Alles kann er nicht erfunden haben, unser Leonardo.« Rosa Mazzoleni lächelte.

»Wieso unser Leonardo?« Eschenbach wusste, was sie meinte und zwinkerte. »Sie sind Italienerin, nicht ich.«

»Ich weiß. Ich meinte ja auch nicht uns zwei, sondern uns Italiener.«

Wieder das Telefon und kurz darauf die Bandansage,

»Dann sagen Sie mir jetzt, wer das Thermometer erfunden hat. Das war mit Sicherheit kein Italiener, oder?«

»Doch!«, kam es triumphierend zurück. »Auch Italiener, was denn sonst.« Sie musste lachen und Eschenbach spielte den Verwunderten. »Galileo Galilei! Der hat es erfunden!« Sie räumte die leere Espressotasse auf das Tablett, nahm den Stapel Post aus dem Ausgangskorb und tänzelte in Richtung Tür. »Und Paris? Hat Ihnen mein Hotel gefallen?« Sie sagte es nicht schnippisch, auch nicht gehässig. Sie sagte es mehr zu sich selbst. Leise, und doch so laut, dass er es hören musste. Es war die Art, wie intelligente Frauen Männern wie Eschenbach zeigten, wo ihre Grenzen lagen. Der Kommissar wollte ihr nachrufen, aber da war die Tür schon ins Schloss gefallen.

Eschenbach sah ihr genervt hinterher. Nie konnte er »Danke« sagen! Corina sagte immer, dass ein kleines »Dankeschön« ab und zu genauso schön wäre wie ein Strauß Rosen. Jetzt kam ihm das verdörrte Basilikum auf seiner Veranda in den Sinn, und er machte sich eine Notiz. Er würde es auswechseln, zusammen mit dem vertrockneten Rosmarinstrauch und der frisch angelegten Blumenschale, die neben der Verandatür stand und deren Grün einem Steppengras ähnlich sah. Der Rest hatte überlebt, wenn auch nur knapp.

Er drückte den Knopf der Gegensprechanlage und wartete einen Moment. Es kam nichts, und er wusste, dass er jetzt aufstehen, zur Tür hinaus und zu Rosa an den Schreibtisch gehen musste.

»Und das Hotel hat Ihnen wirklich gefallen?«, fragte sie, als der Kommissar neben ihr stand, wobei sie sich nicht davon abhalten ließ, einen Aktenstoß sorgfältig durchzublättern.

»Wunderschön. Klein, charmant, nahe beim Louvre. Wie Sie es mir beschrieben hatten. Waren Sie auch schon dort?«

»Nein, leider noch nicht. Freunde von mir gehen immer dort hin und schwärmen davon. Vielleicht gehe ich diesen Herbst.« Sie lächelte versöhnlich. »Natürlich nur, wenn ich ein paar Tage freibekomme …« Es war eine rhetorische Frage, auf die Eschenbach nicht weiter einging. Rosa Mazzoleni wusste, dass ihr Chef ihrer Reiselust, die immer nur ein paar Tage andauerte, noch nie im Wege gestanden hatte.

»Suchen Sie mir doch bitte die Nummer von Ewald Lenz raus. Ich denke, wir sollten uns den alten Hottiger etwas genauer ansehen.«

»Ist das der Vater der jungen Frau, die letzte Woche hier war?« Sie blickte vom Schreibtisch auf und warf einen interessierten Blick über ihren Brillenrand. »Ist das nicht …«

»Ja, der ›Schutzengel der Mächtigen‹«, unterbrach sie der Kommissar und setzte mit einem Lächeln noch hinzu: »Regierungsrätin Sacher wird ihre Freude haben.«

Rosa hob die Augenbrauen und fächerte sich mit ein paar A4-Blättern Luft ins Gesicht. »Der hier hatte keinen Schutzengel.« Sie gab ihm ein dreiseitiges Fax, auf dem das Foto eines Mannes abgebildet war. »Von der Kripo Basel. Ist hereingekommen, kurz bevor Sie nach Paris fuhren. Die haben jetzt auch ihren Mord dort. Selbstmord oder Mord. Ich glaube, die wissen es selbst nicht so recht ...«

Eschenbach nahm das Fax, las kurz das Titelblatt und ging in Gedanken versunken ein paar Schritte in Richtung seines Büros. »Ach ja, ist Jagmetti schon gekommen?«, rief er, ohne sich nochmals umzudrehen.

»Ich habe ihn noch nicht gesehen. Soll ich ihn hereinschicken, wenn er kommt?«

»Gerne.« Er schloss die Bürotür, setzte sich und las den Rest der Nachricht durch, die ihm Rosa Mazzoleni gegeben hatte.

Selbstmorde waren ihm grundsätzlich immer suspekt. Nicht nur, weil sie meistens auch Morde hätten sein können, sondern weil sie immer auch Morde waren. Ein Täter, eine Tatwaffe und ein Motiv. Unglückliche Liebe war ein häufiges Motiv. Und spätestens seit Romeo und Julia eines, das auch der einfache Mann verstand. Nur nach unglücklicher Liebe sah es hier nicht aus. Schließlich war es der Mann, der sich mit einer anderen vergnügt hatte; das behauptete jedenfalls die Freundin des Toten. Und aus schlechtem Gewissen bringen sich Männer nur in den allerseltensten Fällen selbst um.

Eschenbach las den Fall noch mal und dann noch ein drittes Mal. Es war die Aussage der Freundin, einer gewissen Hera De-Laprey, die ihn irritierte und die einen Selbstmord vehement in Frage stellte. »Pierre würde sich niemals selbst umbringen; eher würde *er* jemanden töten«, hatte sie zu Protokoll gegeben. Eine merkwürdige Aussage, fand Eschenbach. Und doch: Frauen kannten in der Regel ihre Männer – meist besser als umgekehrt.

Der Kommissar ertappte sich dabei, wie er ihre Perspektive einnahm und den Selbstmord auch stark anzweifelte. In seinen Augen machte es irgendwie keinen Sinn: Warum sollte sich ein erfolgreicher und über alle Maßen egozentrischer Musiker wie Pierre Oliver selbst umbringen? Und das nach einer Nacht mit einer Geliebten.

Wenn es tatsächlich Mord war, dann sah es ganz nach Profiarbeit aus. Keine Spuren von äußerer Gewalt, keine Zeugen – einmal abgesehen von der Geliebten, die plötzlich unauffindbar war. Es sah ganz danach aus, als wäre er exekutiert worden. Eschenbach stutzte. Es fiel ihm der Titel des Artikels wieder ein, den die junge Journalistin vom *Zürcher Tagblatt* über den Mord an Philipp Bettlach geschrieben hatte. *Exekution auf dem Golfplatz.* War es möglich, dass die beiden Morde – wenn es nun ein Mord wäre – etwas miteinander zu tun hatten? Exekutionen im Kindersexmilieu? Der Gedanke schien ihm zuerst absurd. Es fiel ihm schwer, sich einen Mann, der so wunderschön Querflöte spielen konnte, als Kinderschänder vorzustellen. Dann dachte er an die Namen auf der Liste. Wenn es Kantonsräte, Lehrer, Pastoren und Richter sein konnten, warum nicht auch Musiker?

Je länger er darüber nachdachte, desto weniger absurd schien es ihm. Er nahm sich vor, seine Kollegen in Basel über die Hintergründe im Bettlach-Mord zu orientieren. Aber was wollte er sagen? Er hatte keine *hard facts.* Die Kindersex-Geschichte war bislang reines Hörensagen. Bettlach war weder auf der *Genesis*-Liste, noch hatte er sonst irgendwie einen handfesten Hinweis auf das, was sich schon als gesicherte Tatsache in seinem Kopf eingenistet hatte. Nach allem was Eveline Marchand und Doris Hottiger ausgesagt hatten, schien es sonnenklar, dass Bettlach ein Kinderschänder war – und doch, Beweise hatte er keine. Nicht einen einzigen. Sollte er sich bei seinen Basler Kollegen lächerlich machen?

Eschenbach stand auf, bog sein Kreuz durch und ging die paar Schritte zum Aktenschrank. Er nahm den *Genesis*-Ordner hervor und blätterte darin. Die Liste der Namen bezog sich lediglich auf den Kanton Zürich; Pierre Oliver wohnte in Basel. Mit dem aufgeschlagenen Ordner in den Händen, ging er zurück zu seinem Schreibtisch und wählte die Nummer von Marcel Bucher beim Bundesamt für Polizei in Bern.

Es war der Chefbeamte persönlich, der sich meldete.

»Ich hoffe, ich störe Sie nicht«, sagte Eschenbach und räusperte sich. »Im Zusammenhang mit dem Mord, den ich hier habe … es würde vielleicht helfen, wenn ich Einblick in die *Genesis*-Akte des Kantons Basel haben könnte.«

»Sie meinen die Namen?«

»Ja, nur die Namen.«

»Die finden Sie hinten auf der CD-ROM, alle Daten für die gesamte Schweiz.«

»Aha.« Eschenbach blätterte nach hinten und fand das Mäppchen mit der Datendiskette.

»Welchen Namen suchen Sie«, fragte Bucher.

»Oliver – Pierre Oliver.«

»Der Musiker?«, kam es nüchtern von dem Beamten.

»Ja, haben Sie ihn?«

»Einen Moment …«

Eschenbach griff nach der Schachtel mit den Zigarillos, fand aber sein Feuerzeug nicht.

»Basel-Stadt oder Basel-Land?«

»Basel-Stadt«, sagte Eschenbach spontan. »Vielleicht beides … ich weiß es nicht.«

Wieder verging eine Weile, und Eschenbach suchte unter Bergen von Akten, Klarsichtmäppchen und Zeitungen sein Feuerzeug.

»Nichts, tut mir Leid.« Buchers Stimme klang freundlich. »Der Musiker ist clean.«

»Schade …« Eschenbach holte Luft. »Wäre auch zu schön gewesen. Danke trotzdem.«

»Schon gut, ist gern geschehen. *Good luck anyway.*«

Sie verabschiedeten sich, und Eschenbach fragte sich, wie lange es wohl noch dauerte, bis Englisch zur fünften Schweizer Landessprache würde.

Es wäre der perfekte Aufhänger gewesen. Rache als Motiv.

Irgendwie hätte alles so gut zusammengepasst. Aber wenn es nicht Rache war, was war es dann? Zufall? Ein Irrtum oder doch Selbstmord? Eschenbach glaubte nicht an Zufälle – und an einen Irrtum schon gar nicht.

Er hätte den Kollegen von der Basler Polizei seinen Verdacht gerne mitgeteilt. *Polizeiarbeit darf nicht eitel sein.* Es war einer seiner Lieblingssätze in seinen Vorlesungen. Doch wie die Sache lag, hatte er nicht ein einziges Indiz für seine Theorie. Keine Ahnung, warum ihm plötzlich einfiel, dass die Zürcher Grasshoppers vor ein paar Wochen die Schweizer Meisterschaft im Fußball gewonnen hatten. Knapp vor den favorisierten Baslern. Wenn er also falsch läge, hätten sie wenigstens wieder etwas zu lachen am Rheinknie. Aber insgeheim hoffte er, dass er Recht behielt.

24

Es war höchste Zeit, dass er Lenz anrief, um sich mit ihm über Ernst Hottiger zu unterhalten. Eschenbach wählte die Nummer vom Zentralarchiv. Die Leitung war besetzt.

Was Lenz betraf, hätten ihm seine Intelligenz und Bildung längst eine gut bezahlte Stelle als Lehrer oder Forscher ermöglicht. Sein Problem war aber, dass er Menschen nicht sonderlich mochte und ihn alles Normale und Schöne dieser Welt nicht die Bohne interessierte. Hinzu kam, dass Ewald Lenz gelegentlich trank. Und zwar nicht so, wie man sich gelegentliches Trinken vorstellt. Lenz besoff sich. Er tat dies drei- bis viermal im Jahr, vorsätzlich und meist bis zur Bewusstlosigkeit.

Bevor der Kommissar gelernt hatte, mit dem Phänomen Lenz umzugehen, hatte er ein langes Gespräch mit ihm geführt. Das war damals gewesen, als Eschenbach seine Stelle als Kripochef neu angetreten und Lenz schon über zehn Jahre zum polizeidienstlichen Inventar gehört hatte. Die vierteljährlichen Ausfälle, gelegentlich gefolgt von therapeutischen Kurzaufenthalten in Kliniken für psychisch Kranke, hatten Eschenbach beunruhigt, und er fragte sich, warum bisher niemand daran Anstoß genommen hatte. War es wirklich niemandem aufgefallen, oder wollte man es einfach nicht wahrhaben?

Als ihm Lenz damals gegenübersaß, wach und ohne die typischen Anzeichen eines Alkoholikers, und ihm sagte, dass Alkohol gar nicht sein eigentliches Problem sei, hatte er ihm aufs Wort geglaubt. Eschenbach kannte natürlich die Ausreden typischer Alkoholabhängiger. Aber Lenz war anders, und sein Problem war es auch. Durch eine Laune der Natur versagten bei ihm sämtliche Mechanismen, etwas zu vergessen.

Er vergäße nichts, hatte er ihm anvertraut, wobei der starre Blick seiner grau-blauen Augen auf seinen Händen ruhte. Es sei nicht schön, wenn man nichts vergäße. Eigentlich sei es grauenhaft. Auch das unwichtigste, kleinste Detail, das er in irgendeinem Scheißbericht irgendwann einmal gelesen habe, hafte in seinem Gedächtnis wie Mehl an nassem Brotteig. Dieser Umstand veranlasse ihn ab und zu alles »runterzuwaschen«, wie er es nannte. Es sei nachher nicht weg – aber besser auszuhalten.

Eschenbach ging die Sache damals ziemlich nahe. Er unterhielt sich mit mehreren Neurologen und ging in die Klinik, in der Lenz gelegentlich behandelt wurde. Schlussendlich fand er einen Arzt, der Lenz begleitete und ihm ermöglichte, seine Arbeit im Archiv weiterzuführen. Es war der Anfang einer langen und vielleicht manchmal etwas skurrilen Freundschaft zwischen zwei sehr unterschiedlichen Menschen.

Gerade als er die Nummer vom Archiv nochmals wählen wollte, kam Jagmetti mit einer kleinen Aktentasche unter dem Arm ins Büro.

»Störe ich?«, fragte er höflich.

»Setzen Sie sich … und zeigen Sie mal her.«

Eschenbach blätterte in der Kopie, die ihm Jagmetti auf den Tisch gelegt hatte. Es war ein vollständiger Ausbildungsplan für angehende Generalstabsoffiziere, adressiert an einen Hauptmann Steiger. Die Klassifikation des Dokumentes war, wie Eschenbach angenommen hatte, *geheim.*

»Und das Original liegt wieder dort, wo Sie es gefunden haben?«, brummelte Eschenbach, ohne aufzusehen.

»Ja.« Der junge Polizist unterließ es zu bemerken, dass Eschenbach ihn das schon zum dritten Mal fragte.

Der Ausbildungsplan umfasste gut ein Dutzend Themen, die sich in Lernmodule gegliedert über das ganze Jahr erstreckten. Offenbar nahm der Kommandant, in dessen Büro das Ding herumlag, auch an diesem Ausbildungslehrgang teil. Einige Themen waren unterstrichen, und am Rand waren, mit kritzeliger Schrift, einige Bemerkungen angebracht. Hottiger unterrichtete die Module *Geheimdienst*, *Strategische Kriegführung* und *Verhandlungspraktik bei Entführungen*. Zwei der Lehrgänge fanden erst im kommenden Herbst statt. Einer war bereits vorbei. Anfang Juli, im Seminarhotel Kulm, am Aegerisee. Kanton Zug.

»Dann war Hottiger gar nicht in Amerika, als der Mord passierte.« Eschenbach deutete auf den Ausbildungsplan und atmete tief durch. »Das ist allerdings ein Ding.«

»Eben«, sagte Jagmetti und legte ein Bein übers andere. »Das dachte ich auch.«

Vom Aegerisee bis zum Golfclub waren es knappe zwanzig Minuten mit dem Auto. Eschenbach überlegte. Es wäre also möglich gewesen, dass Hottiger mit einem militärischen Dienstwagen die kurze Strecke zurückgelegt und Bettlach niedergeschossen hat und dann wieder zurückgefahren ist. Eine gute Stunde würde er dafür brauchen, rechnete er sich aus. Das würde bei einem Seminar für Verhandlungspraktik nicht groß auffallen. Er suchte einen Detailplan mit Tageszeiten, fand ihn jedoch nicht. Lediglich den Vermerk, dass Details zu den Kursen den Teilnehmern separat, zwei Wochen vor Kursbeginn, zugesandt würden.

»Haben wir Glück?«, fragte Jagmetti, der bis dahin geschwiegen und sich mit verschränkten Armen auf die schlechte Laune von Eschenbach eingestellt hatte.

»Glück? Ich wäre schon froh, wir hätten etwas weniger Pech …«, grummelte der Kommissar und blätterte nochmals auf die letzte Seite des Dokumentes. »Es ist eine Spur, mehr nicht. Und eigentlich hätten wir auch ohne …«, er machte eine kurze Pause, »ohne das hier drauf kommen sollen.« Er fuchtelte mit den zusammengehefteten Seiten herum und begann sich dann Luft ins Gesicht zu fächeln. »Sagen Sie mal, Jagmetti«, wieder machte er eine Pause und drückte seinen Oberkörper gegen die Stahlrohrlehne. Das schwarze Leder knirschte bedrohlich, und der junge Beamte dachte daran, was passierte, wenn das Ding zusammenkrachen würde.

»Was soll ich sagen?«, warf Jagmetti ein. Er wollte verhindern, dass sich die Lehne noch mehr bog und dass Eschenbach den Anschluss an seine Frage verlor.

»Was genau hatte Doris Hottiger gesagt, als sie Ihnen … ich meine, als sie die Andeutung machte, dass sie verduften würde?«

Jagmetti überlegte und ließ den Abend im Old Shepherd nochmals vor seinem inneren Auge vorbeiziehen. Wie sie da gesessen hatte, selbstbewusst und doch zerbrechlich. Er sah die blonde Strähne, die sie immer wieder aus ihrem Gesicht gestrichen – und ihren Mund, wie er sich bewegt hatte.

»Ich bin keine Mörderin …« Jagmetti hörte den Hall ihrer weichen Stimme und fragte sich, wo sie in diesem Moment gerade war. »Ja, das war ihr Wortlaut.«

»Das kann nicht alles gewesen sein«, witzelte Eschenbach. Aber trotz seines Lächelns blieb dem jungen Polizisten nicht verborgen, dass Eschenbachs Blick ernst und seine Stimme ruhig geblieben war. »Was noch? Hat sie ihren Vater erwähnt?«

»Nein. Das wüsste ich, das wäre mir aufgefallen. Sie hat etwas anderes angedeutet …« Er schien die Worte zu suchen, zögerte und fuhr fort. »Dass sie Dinge gemacht hätte, die nicht ganz rechtens wären und die nun ans Tageslicht kämen. Den genauen Wortlaut habe ich nicht mehr; habe auch nicht weiter nachgefragt. Ich wollte dem Moment seine Schönheit nicht rauben.«

»Jagmetti, werden Sie nicht sentimental«, schnauzte Eschenbach. Er mochte keine sentimentalen Polizisten. Mehr noch, er hasste sie. »Eitelkeit und Sentimentalität, dort hockt der Teufel drin, glauben Sie mir. Und in der Unfähigkeit, die Dinge zu Ende zu denken …«, polterte er weiter. »Und im Detail, dort hockt er auch noch.«

»Ich weiß«, sagte Jagmetti und fuhr sich mit der Hand durchs Haar. Seine rechte Gesichtshälfte schimmerte blau-schwarz, und den dunklen Faden, mit dem seine Unterlippe genäht worden war, konnte man deutlich erkennen. Dann sah er Eschenbach trotzig an: »Und Sie, Chef? Ich meine, haben Sie Ihre Gefühle immer im Griff?«

»Ja«, raunzte der Kommissar. »Das heißt nein! Natürlich nicht … aber es gibt Grundsätze, Jagmetti: Dienst ist Dienst und Schnaps ist Schnaps.«

»Ich trinke keinen Schnaps«, sagte der junge Polizist trocken.

»Ich meine es im übertragenen Sinn, nicht wörtlich!« Eschenbach tupfte sich den Schweiß von der Stirn. Eigentlich hatte er nichts gegen sentimentale Menschen. Er selbst war ja auch einer. Aber nicht im Dienst. Wenigstens versuchte er es. »Keinen Alkohol und keine Gefühlsduselei, Jagmetti! Saufen und vögeln können Sie nachher … oder vorher, aber nicht, wenn wir mitten in einem Fall stecken wie diesem.«

Jagmetti schwieg. Er mochte sich nicht mit Eschenbach streiten. Der Kommissar hatte schlechte Laune, und es hätte nichts gebracht, zu betonen, dass er mit Doris Hottiger nicht mehr geschlafen hatte, seit jenem Tag, an dem sie sich zum ersten Mal begegnet waren. Warum sollte er sich rechtfertigen? Sagen, dass er nur selten trank – und noch viel seltener besoffen war. Eigentlich nie, wenn man es genau nahm. Liebestrunken! Das war er gewesen, an jenem Abend. Zugegeben. Und etwas angeheitert vielleicht auch. So angeheitert, dass man seinen Zustand nicht einzig und allein den paar Drinks, die er trank, in die Schuhe hätte schieben können.

Zugegeben, er war verrückt nach ihr. Verrückt nach ihrem Lachen und dem Leuchten in ihren Augen. Wenn sie lachte, war er verrückt nach den kleinen Grübchen, die sich zärtlich in ihre Wangen legten. Und als er auf der Tanzfläche im Kaufleuten den dumpfen Bass in seiner Magengegend gespürt und sie ihm, im hüpfenden Licht der Stroboskoplampen, flüchtig, für den Bruchteil einer Sekunde in die Augen gesehen hatte, war alles um ihn herum in ein bedeutungsloses Nichts versunken. Es war mehr als Saufen und Vögeln. Viel mehr. Aber was hatte es für einen Sinn, es Eschenbach zu erklären. Ihm, dem alten Zyniker? Er würde es ohnehin nicht verstehen und schon gar nicht, dass er sich Sorgen machte. Es waren alte Wunden, die aufplatzten. Es gibt Dinge, dachte Jagmetti, die nicht wieder gutzumachen sind. Dinge, die man ganz einfach auslöffeln muss. Bis zum bitteren Ende.

»Sie sind ein hoffnungsloser Fall, Jagmetti!« Eschenbach schnaufte. Dann begann er zu grinsen: »Wenn ich diesen romantischen Schwachsinn höre, dann ...«, jetzt zögerte der Kommissar einen Moment, bevor er weitersprach. »Dann habe ich das Gefühl, ich höre mich selbst, als ich noch so jung war wie Sie.«

Jagmetti fühlte sich durch die plötzliche Offenheit des Kommissars überrumpelt und befreit zugleich. Er lachte erleichtert.

»Lachen Sie nur«, sagte Eschenbach. »Das macht es vielleicht einfacher für Sie, nicht für mich. Ich bin schon auf dem besten Weg, ein vergrämter alter Mann zu werden. Also bleiben Sie bei Ihrem Schwachsinn.« Dann griff er zum Telefonhörer und wählte abermals die Nummer vom Zentralarchiv.

Es dauerte eine Ewigkeit, bis jemand antwortete. Eine junge Mädchenstimme, die er nicht kannte, bediente das Telefon. »Holen Sie mir bitte Lenz an den Apparat«, brummte er ungeduldig. Es knackte, und wieder vergingen Jahrzehnte.

Während der Ferienzeit war das Zentralarchiv ein Tummelplatz von Schülerinnen und Schülern, die über einen Ferienjob froh waren. Die Aushilfen waren von den Mitarbeitern im Archiv gern gesehen, denn sie brachten Leben in die Bude. Wenigstens die paar Wochen im Sommer. Eschenbach graute es davor. Er dachte daran, welche Informationen dort unten für unbedarfte Schüler frei zugänglich waren.

Endlich vernahm er die Stimme von Ewald Lenz.

»Was ist? Feiert ihr gerade eine Kellerparty, oder schlafen alle bei euch?« Eschenbach, dem der Schweiß schon wieder auf der Stirne stand, dachte an die kühlen Kellerräume. Er wusste natürlich, dass das Archiv mit Arbeit eingedeckt war, und dass er mit seiner Bemerkung einen Lenz'schen Wutanfall provozieren würde.

»Schwitzt du schon wieder in deiner Backstube?«, kam es zuckersüß zurück. »Wir haben angenehme zwanzig Grad und ein paar Kisten kühles Bier.« Statt des erwarteten Fluchens kam nur ein heiseres Lachen. »Die Aushilfen machen einen super Job, und ich hab mich etwas aufs Ohr gelegt.« Es folgte ein Glucksen und Kichern.

»Sag mal, spinnt ihr? Du weißt ja selbst, was für klassifiziertes Material bei euch herumliegt … also hab bitte ein Auge drauf!« Eschenbach merkte zu spät, dass diesmal er es war, der Lenz auf den Leim ging und nicht umgekehrt. Lenz kicherte, und dann war einen Moment lang Ruhe.

»Spaß beiseite. Natürlich haben wir die Sache im Griff. Bin gerade dabei, *Adlerauge* voranzutreiben.«

Eschenbach konnte sich ein Grinsen nicht verkneifen. Dass man einem Projekt, bei dem es darum ging, alte, verstaubte Akten einzuscannen, den Namen *Adlerauge* geben konnte, sagte alles.

Ewald Lenz hatte einen Hang zum Skurrilen. Aber vielleicht musste man so sein, wenn man sein ganzes Leben in Archiven grübeln, in Datenbanken wühlen und auf irgendwelchen Internetseiten herumsurfen musste. Lenz wollte es so. Er war eine wandelnde Festplatte, deren einziger Lebensinhalt das Speichern und die Wiedergabe von Informationen war.

»Dann hast du sicher Zeit, mir eine kleine Akte zusammenzustellen …«, witzelte Eschenbach.

»Für dich tue ich doch alles«, kam es mit gespielter Freundlichkeit. »Wen hast du im Visier?«

»Ernst Hottiger.«

»Den Sicherheitsspezialisten?«

»Genau. Kennst du ihn?«

»Ist ein stilles Wasser, der Hottiger … nicht uninteressant«, sagte Lenz. »In diesem Fall gibt das System nicht viel her, da muss ich tiefer graben und meine Beziehungen zu ein paar Informanten auffrischen. Sag mir, wo du die Schwerpunkte haben willst. Firma oder Privates?«

»Privates. Und dort vor allem seine eigene Familie … vielleicht auch nahe Freunde. Er hat eine Tochter, Doris Hottiger, zweiundzwanzig. Ziemlich speziell, das Mädchen. Ich habe mich vor ein paar Tagen mit ihr unterhalten. Jetzt ist sie verschwunden … suchen sie, via Interpol. Vielleicht findest du ja raus, wo sie sein könnte.« Eschenbach überlegte einen Moment, ob er die Sache mit Jagmetti erwähnen sollte, ließ es aber bleiben.

»Mal sehen, was sich machen lässt«, sagte Lenz. Es klang zuversichtlich.

»Die Mutter muss bei der Geburt gestorben sein. Prüfe das bitte nach. Ich will ihren Mädchennamen wissen. Wo sie sich kennen gelernt haben. Wo geheiratet und in welchem Spital die Kleine geboren wurde. Schau dir die Urkunden an, Fotos, wenn du welche findest …«

»Scheinst der Sache nicht zu trauen, so wie du klingst?«

»Weiß nicht, ist nur so eine Vermutung. Ach ja, und der Name der Hebamme, des Pfarrers … einfach alles, was du findest.«

»Mach ich.«

»Ich schick dir noch jemanden vorbei, du kannst sicher Hilfe gebrauchen.« Eschenbach sah zu Jagmetti, der seufzend auf seine Hände hinuntersah.

»Lieber nicht. Ich komme schon alleine zurecht«, kam es ausweichend zurück.

Eschenbach hatte nichts anderes erwartet. »Doch, Lenz. Claudio Jagmetti heißt er … war noch nie im Archiv. Er kommt gleich runter und hilft dir.«

»Wenn's unbedingt sein muss …« Lenz tönte alles andere als begeistert. »Weiß er über mich Bescheid?«

»Braucht er ja nicht. Ich vertraue ihm, und er kennt den Fall.«

»Dann halt«, kam es knapp. »Und übrigens, ich wäre froh, wenn ich ein paar Tage freihaben könnte. Ich meine, nachdem wir das Zeug zusammengeschaufelt haben, du weißt ja …«

»Ich weiß, kein Problem. Und *Adlerauge* hast du ja unter Kontrolle.« Der Kommissar konnte es nicht lassen, *Adlerauge* noch mal zu erwähnen. Er grinste und beendete das Gespräch.

»Und?« Jagmetti hob die Augenbrauen. »Ist er einverstanden?«

»Er freut sich«, log Eschenbach und lachte. »Drittes Untergeschoss.«

Jagmetti stand auf.

»Nehmen Sie die Treppe, Jagmetti. Der Aufzug fährt nur mit Schlüssel ins minus Drei. Lenz schickt jemanden, der Ihnen die Tür öffnet.« Eschenbach überlegte. Sollte er Jagmetti über das »Phänomen Lenz« aufklären? Und war es richtig, dass er den jungen Polizisten auf die *Akte Hottiger* ansetzte; ausgerechnet auf den Vater von Doris? Der Kommissar verdrängte seine Zweifel und griff nach der Schachtel Zigarillos, die in der obersten Schublade seines Schreibtischs bereitlag. »Lenz ist übrigens nicht Archivar, Jagmetti«, rief er ihm noch nach, bevor der die Bürotür zuziehen konnte. »Er ist der genialste Informationsdienstler, mit dem ich je zusammengearbeitet habe.« Er fand, dass er das Lenz schuldig war.

»Hab schon verstanden, Chef. Ich soll ja schließlich etwas lernen«, stöhnte Jagmetti, bevor er endgültig die Tür schloss.

25

Der Kommissar hatte die Vorladung für Ernst Hottiger persönlich aufgesetzt, an die Penn State University in Texas. Das Schreiben war sachlich, fast schon freundlich gehalten, fand er. Am Abend würde es ihn erreichen – via Fax und spätestens zwei Tage später im Original – via FedEx. Vorausgesetzt natürlich, dass Hottiger tatsächlich dort war.

Max Kubly vom Infodienst war sich seiner Sache sicher gewesen. »Er ist dort … hundertpro«, hatte er beteuert, und Eschenbach glaubte ihm. Schließlich konnte Hottiger nicht ahnen, dass der Kommissar von seinem Kurzaufenthalt in der Schweiz wusste. Die Sache mit dem Ausbildungsplan für Generalstabsoffiziere war illegal gewesen, und vielleicht war Eschenbach gerade deswegen so nervös.

Eine Kopie des Schreibens schickte der Kommissar an Elisabeth Kobler, eine zweite an Regierungsrätin Sacher. Eine kurze Begründung und eine Notiz zum Stand der Ermittlungen hatte er ebenfalls beigelegt. Dann machte er sich auf den Weg zum Bahnhof.

Die Fahrt nach Bern setzte Eschenbach zu. Die Klimaanlage funktionierte nicht. Ausgefallen, behauptete der Schaffner, nachdem er in seinem durchgeschwitzten Hemd einen flüchtigen Blick auf Eschenbachs Fahrausweis geworfen hatte. Eschenbach glaubte ihm nicht; entweder hatte man den Wagen nachträglich umgerüstet, mit Klimageräten und dem ganzen technischen Firlefanz, oder er besaß gar keine. Der Kommissar tippte auf Letzteres. Er hatte die Fensterscheiben gleich zu Anfang heruntergezogen – auch ein Zeichen, dass der Schaffner sich irrte oder log. Klimawagen haben plombierte Fenster. Er las die *Neue Zürcher Zeitung*, die jemand im Abteil liegen gelassen hatte, rauchte und schwitzte.

In Bern wäre er am liebsten in die Aare gesprungen und hätte sich den Rest des Tages dösend in den Schatten gelegt. Stattdessen kaufte er sich drei Paar Hemden. Hellblaue, im Sommerschlussverkauf bei Loeb. Es gab drei für zwei. Zwei für eines wäre ihm lieber gewesen; oder noch lieber: eines für keines. Aber Sonderangebote lassen sich nicht hinunterrechnen, schon gar nicht mit einem einfachen Dreisatz.

Am Taxistand suchte er das neueste Modell von Mercedes mit Klimaanlage und getönten Scheiben.

»Es wird gleich kühl«, versicherte ihm der ältere Herr, der am Steuer saß und ein gemütliches Berndeutsch sprach. »Wir dürfen am Standplatz den Motor nicht laufen lassen. Wegen dem Gesetz und dem Ozonloch.« Eschenbach fragte sich, was mehr Eindruck machte: Gesetz oder Ozonloch – und er hatte seine Zweifel, ob sich das Ozonloch auch ohne Gesetz hätte durchsetzen können.

Es dauerte ewig, bis er eines der Hemden von Kartonstücken, Seidenpapier und Heftnadeln befreit hatte. Ihm fröstelte, als er mit nacktem Oberkörper dasaß und sich das frische Hemd überzog.

Das Institut für Zahnheilkunde der Universität Bern lag an der Freiburgstraße 7. Der Taxifahrer machte vor der Treppe des Hauptportals Halt. Es war ein hässliches, fünfstöckiges Gebäude aus den siebziger Jahren. Wäre es ein Zahn gewesen, man hätte ihn längst gezogen. Eschenbach überlegte, ob er es von der Treppe bis zum Eingang schaffen würde, ohne gleich wieder das Hemd wechseln zu müssen. Sprint oder bedächtiges Gehen; was war die bessere Taktik? Er bezahlte, riss die Tür auf, und als ihm die Hitze den Atem nahm, entschied er sich für Gehen. Gemächlichen Schrittes tappte er die Treppenstufen hoch, und als er oben ankam, war er froh, dass er nicht gerannt war.

»Frau Dr. Oberholzer wird gleich jemanden schicken ... Sie können dort drüben warten. Hier ist Kundenzone.« Die Dame hinter der Plexiglasscheibe war kühl; im Vergleich zum herrlichen Wetter geradezu frostig. Sie trug ein weit ausgeschnittenes, ärmelloses Kleid. Gesicht, Hals, Dekolleté und Arme waren so braun wie der alte Kirschbaumschrank, der bei Corina im Schlafzimmer stand. Es war jenes dunkle, ausgemergelte Braun, das eigentlich nur alten Schränken gut stand. Frauen ab einem gewissen Alter machte es hart, fand Eschenbach. Insbesondere wenn sie so schlank und drahtig waren wie die vom Empfang.

Er ging durch die Halle, hinüber zur Sitzgruppe, auf die »Frau Pinocchio« energisch gezeigt hatte. Er schmunzelte. »Frau Pinocchio« fand er treffend. Es war ein Spiel, das Corina gerne spielte. Im Vergeben von Spitznamen war sie meisterhaft, und wenn sie zusammen über jemanden sprachen, dann meistens über »Mausefalle« oder »Zanker«, »Colafrosch« und »Meise«. Von ein paar wenigen abgesehen, wussten die meisten nichts von ihren Codenamen. Die Ausnahmen gingen auf das Konto von Kathrin, als sie noch ein Kind war. »Fadenhexe« für Tante Gabi war unfair gewesen. Eschenbach wäre damals am liebsten im Erdboden versunken. Und als Corinas Schwester sich darauf ein Herz gefasst und ihre fettigen »Fäden« mit einer Dauerwelle in eine Lockenpracht verwandelt hatte, da wurde alles anders: neue Liebe, neue Kleider und ein Umzug nach Genf. Nur die »Fadenhexe«, die blieb. Hinzu kam »Napoleon« für ihren Mann, der eigentlich Frédéric hieß und Franzose war.

Corina sah es locker, und nicht selten passten die Spitznamen besser zu den Personen als ihr wirklicher Name. Kinder haben dafür ein Gespür, fand Corina. Sie war in solchen Dingen sehr ungezwungen, und Eschenbach liebte sie dafür.

Der junge Mann, der ihn abholte, gehörte auch zur Familie Pinocchio. Allerdings fand der Kommissar, dass die Bräune bei ihm nicht so unnatürlich wirkte. Vielleicht weil er ein Mann und jünger war, dachte er. Es machte ihn auf den ersten Blick männlicher, als er auf den zweiten Blick war. Trotz ledernem Braun wirkte er schüchtern, hatte sanfte, dunkle Augen und strahlend weiße Zähne.

»Tobias Eigenmann, ich bin Professor Oberholzers Assistent«, sagte er stolz. »Es freut mich, Sie zu empfangen.«

»Ist sie Professorin oder Doktorin?«, fragte Eschenbach, dem aufgefallen war, dass Frau Pinocchio am Empfang »Dr. Oberholzer« und nicht »Professor Oberholzer« gesagt hatte.

»Sie ist bald Professorin, Herr Kommissar«, sagte Tobias Eigenmann wichtig. »Genau genommen ist sie Privatdozentin. Das ist man, bevor man Professor wird. Sie wird es nächstes Semester. Hat ihre Antrittsrede schon gehalten ... eine Koryphäe auf ihrem Gebiet, wissen Sie.« Sein makelloses Gebiss wies unmissverständlich darauf hin, wo sie sich gerade befanden.

»Ah, so ist das.« Eschenbach nickte, als hätte man ihm gerade eine komplizierte Operationsmethode erklärt. Natürlich kannte er aus seiner Zeit an der Universität die Gepflogenheiten zur Erlangung akademischer Titel. Aber der Enthusiasmus, den der junge Assistenzarzt ausstrahlte, verdiente das dankbare Nicken des Aufgeklärten.

Im Aufzug standen sie schweigend nebeneinander. Eschenbach suchte verzweifelt nach einer weiteren Frage. Er hasste die wortlose Beklommenheit in Aufzügen. Ihm kam die Filmszene in den Sinn, in der Peter Sellers als Inspecteur Clouseau mit einer Horde übler Ganoven schweigend Aufzug fährt. Tür auf – Tür zu. Der junge Assistent lächelte perlweiß.

Als sie Seite an Seite den langen Korridor zu Prof. Oberholzers Büro entlanggingen, wurden sie immer wieder freundlich gegrüßt. Menschen in weißen Kitteln, Hosen und Schuhen. Und mit Zähnen, die in puncto Farbe den Kitteln und Schuhen in nichts nachstanden und hier offensichtlich zur Grundausstattung gehörten. Eschenbach dachte an sein Gebiss und schloss den Mund.

»Hier sind wir.« Tobias Eigenmann deutete mit ausladender Geste auf eine offen stehende Zimmertür, machte eine Verbeugung wie zu Kaiser Wilhelms Zeiten und wartete, bis der Kommissar an ihm vorbei ins Zimmer trat. Danach schloss er die Tür sorgsam von außen.

»Schwul. Stockschwul, mein Eigenmann!« Rania Oberholzer lachte schallend. »Aber ein begnadeter Dentalmediziner!« Sie begrüßte Eschenbach wie einen alten Freund. »Wäre ich nicht lesbisch – ich würde ihn auffressen, mit Haut und Haaren! Schwul hin oder her.« Wieder lachte sie, und Eschenbach glaubte ihr aufs Wort.

Er hatte die Frau mit der fassähnlichen Figur und dem runden Gesicht, das in ein hängendes Dreifachkinn überging, nicht so groß in Erinnerung. Mit seinen einsfünfundachtzig war er nur unmerklich größer als sie.

»So haben wir die besten Voraussetzungen für eine freundschaftliche Zusammenarbeit. Wussten Sie übrigens, dass die meisten sexuellen Übergriffe am Arbeitsplatz stattfinden? Wenn man von den Übergriffen innerhalb der Familien einmal absieht«, fügte sie noch hinzu.

»Womit wir beim Thema wären«, erwiderte Eschenbach, der ihre Offenheit für sich zu nutzen wusste. Dass sie ausschließlich Schwarz trug, wirkte in der von Weiß dominierten Umgebung geradezu erfrischend, fand er. »Tragen Sie immer noch Schwarz?«

»Ich trage immer Schwarz, Herr Kommissar. Weiße Kittel machen mich krank. Zu viel Weiß ist wie zu viel schönes Wetter. Schauen Sie mal nach draußen.« Sie deutete zum Fenster. »Jetzt haben wir schon seit über sechs Wochen ein Wetter wie in der Karibik. Und, freuen sich die Leute? Im Gegenteil! Sie werden zickig und wünschen sich Regen. Zu viel Sonne, zu viel Weiß, zu viel Stress … was auch immer! Abwechslung macht das Leben aus, nicht wahr, Herr Kommissar? Abgesehen davon, schwarz macht schlank!« Wieder lachte sie. Ein Erdbeben von einem Lachen, das den ganzen Körper erfasste. Trotz ihrer unförmigen Gestalt hatte sie etwas Gewinnendes. Etwas, das mitriss und das Gefühl vermittelte, dass einem nichts in der Welt etwas anhaben könne.

»Kommen Sie, wir setzen uns. Ich habe Plattfüße und mag nicht lange herumstehen.«

Vielleicht war es ihr Lachen, ihre direkte, ungehemmte Art, die sie schon nach ein paar Sätzen für Eschenbach so sympathisch machte. Das Offensichtliche, worüber andere gerne schweigen, sagte sie lauthals. Und jede aufkeimende Peinlichkeit fraß sie auf, mit einem Lachen, das so tief war wie der Ozean. Eschenbach konnte sich gut vorstellen, dass es Menschen gab, die Rania Oberholzer schon nach zwei Minuten ihre ganze Lebensgeschichte anvertrauten.

»Ich nehme an, Sie wissen alles über Philipp Bettlach«, schoss es aus ihm heraus; dann ließ er sich in den Stuhl fallen, den sie ihm angeboten hatte.

»Aha, meinen Sie?« Sie goss Wasser in zwei Gläser und trank ihres gleich leer. »Und wie kommen Sie drauf, wenn ich fragen darf?« Wieder füllte sie ihr Glas und trank.

»Ich würde Ihnen auch alles erzählen«, log Eschenbach.

»Ich soll viel Wasser trinken, hat mein Arzt gesagt. Vier Liter am Tag! Stellen Sie sich das vor! Nierensteine … das ist ein Elend, sage ich Ihnen.« Auf dem runden Tisch, an dem sie saßen, standen vier große Flaschen Evian. Sie füllte wieder nach. »Also helfen Sie mir mit dem Zeug. Ich hasse Wasser ohne Kohlensäure.« Eschenbach trank und schwieg.

»Philipp Bettlach war ein armes Schwein«, kam es nach dem fünften Glas. »Er suchte ein Leben lang nach seinem Vater und hatte einen Bruder, der ihn in allem überragte.«

Eschenbach hörte aufmerksam zu. So weit war er auch schon gekommen.

»Wissen Sie, was das heißt? Ohne Vater aufzuwachsen?«

Eschenbach dachte an seinen Vater, der vor vier Jahren gestorben war. Er öffnete die zweite Flasche Evian und füllte die Gläser.

Sie hatte keine Antwort erwartet und fuhr fort. »Ich bin ohne Eltern aufgewachsen. Sie starben bei einem Autounfall, als ich noch ein Kind war. Aber ich hatte wenigstens Fotos von ihnen. Meine Tante und mein Onkel, bei denen ich lebte, haben mir von Mutter und Vater erzählt, und mit der Zeit wurden sie für mich wieder lebendig. Wenigstens nachts, wenn ich einschlafen sollte … und in meinen Träumen.«

Er verstand, was sie meinte und nickte.

»Seine Mutter sprach kaum über seinen Vater. Ein Schweizer Grenzschutzbeamter soll es gewesen sein. Half jüdischen Flüchtlingen, illegal in die Schweiz zu gelangen. Das Verhältnis der beiden überdauerte zwar den Krieg, nicht aber die Jahre danach. Irgendwie verschwand er plötzlich von der Bildfläche. Ging fürs Rote Kreuz nach Nigeria und ist dort auf tragische Weise ums Leben gekommen. So viel hat Philipp rausbekommen, mehr nicht. Keine Fotos, keiner, der ihn kannte. Er blieb für Philipp zeitlebens ein Phantom. Ich glaube, er litt sehr darunter. Zuerst wuchs er bei Mutter und Bruder auf, und später dann steckten sie ihn in ein Internat.«

»Wo Sie ihn kennen lernten«, unterbrach Eschenbach. Er erinnerte sich daran, dass sie es in der Kirche erwähnt hatte.

»Ja … Raschnitz.« Einen Moment lang schwieg sie, und Eschenbach war, als verschwände sie aus der Gegenwart. Dann hob sie ihren Blick, und mit einem Ruck war sie wieder da. »Sie haben gut aufgepasst, Herr Kommissar. War eine schreckliche Beerdigung, nicht wahr?«

»Ich finde Beerdigungen immer schrecklich«, sagte Eschenbach.

»Ach ja? Ich möchte einmal, dass die Leute tanzen. Gospelchor und eine tanzende Menge … können Sie sich das vorstellen?« Rania Oberholzer breitete ihre Arme aus, und ihr Körper bebte.

»Eigentlich nicht so recht, nicht bei uns. Ist ja auch egal.« Eschenbach hatte sich über seine eigene Beerdigung noch nie

Gedanken gemacht. »Sicher gibt es unterschiedliche Formen, Trauer auszudrücken.«

»Ich finde Singen und Tanzen keine schlechte.« Sie lachte.

»Vielleicht«, grummelte Eschenbach, der beides nicht konnte. »Erzählen Sie mir von Raschnitz.«

»Es war so gegen zehn Uhr morgens. An einem grauen Dienstag, nach Ostern. Ich glaube, es war Mai oder Ende April. Ich weiß es nicht mehr so genau. Dienstag ist mir geblieben.« Sie öffnete eine neue Flasche, die dritte. Eschenbach nahm sie ihr ab und füllte die Gläser. »Unsere Klasse hatte gerade eine Freistunde, als der große, dunkelblaue Wagen seines Bruders vorfuhr. Johannes hatte ihn selbst gefahren. Ich dachte erst, er wäre der Chauffeur. Sie waren nur zu zweit, das ist mir gleich aufgefallen. Normalerweise kommen beide Elternteile, oder nur die Mutter mit Fahrer. Selten nur der Chauffeur … beim ersten Mal wenigstens. Wir wussten damals nicht, dass Johannes sein Bruder war. Als Vater kam er vom Alter her nicht in Frage, obwohl sie sich ähnlich sahen. Väter von Internatskindern sind älter, Mütter jünger. Sehr viel jünger.« Sie lachte. »Und manchmal ist es genau umgekehrt.«

»War er in Ihrem Alter?«, fragte Eschenbach, der Internatsgeschichten nur vom Hörensagen kannte.

»Ja, fast auf den Tag genau. Am 27. Oktober ist er geboren, ich am achtundzwanzigsten. Wir sind beide Skorpione!« Sie rollte mit den Augen. »Wir waren acht Mädchen und vier Jungs. Philipp war der fünfte und hübscheste von allen. Er war schlaksig, hatte lange, bis auf die Schultern fallende, dunkelblonde Locken.« Sie schaute nachdenklich zum Fenster raus.

»Und?« Eschenbach fiel nur dieses eine Wort ein, und er hoffte, dass es reichen würde, um die Geschichte am Laufen zu halten.

»Ich glaube, es waren seine Augen. Manchmal strahlte daraus die Sonne.« Sie hielt inne. Dann fuhr sie mit der flachen Hand über ein paar Wassertropfen, die wie Perlen auf der glatten Holzoberfläche geschimmert hatten, und verstrich sie. »Aber meistens hatten sie den blassen Glanz des Mondscheins.« Wieder dachte sie nach. »Sind Sie mondsüchtig, Herr Kommissar?«

»Meine Frau behauptet es.«

»Und? Hat sie Recht?«

»Vielleicht. Ich weiß nicht so genau. Aber als Entschuldigung für meine schlechten Launen lasse ich es gelten.«

»Der Mond hat einen größeren Einfluss auf uns, als wir denken; Gezeiten, Menstruation, das Wechselspiel von Wachsen und Absterben.«

Vielleicht hätte Corina Rania Oberholzer den Spitznamen »Mrs Doom« gegeben. So wie sie über den Mond und Bettlach sprach, wie sie da saß in ihrem schwarzen T-Shirt, das ihr wie ein Poncho über den Schultern hing; mit den schwarzen Fingernägeln und dem dunklen Lipgloss. Eschenbach hätte Einspruch erhoben. Zu lebhaft, offen und flunkrig war sie in Wirklichkeit. Kam jetzt die Geschichte vom Werwolf? Vom Sonnyboy, der nachts kleine Mädchen fraß?

»Wir waren alle verrückt nach ihm. Wir flogen ihm zu wie kleine, lichtgeile Motten.« Sie trocknete sich mit dem rechten Ärmel den Schweiß auf der Stirn. »Ich habe später einmal einen Zigeuner kennen gelernt. Dem liefen Hunde und Katzen nach wie wir damals Philipp. Wildfremde Tiere, die ihren Herrchen und Frauchen einfach davonliefen. Können Sie sich das vorstellen?«

»Und? Hatten Sie was mit ihm?«

Rania Oberholzer lachte schallend. »Ich? Alle hatten was mit ihm! Er bumste jede … und die meisten Jungs noch dazu.« Sie öffnete die letzte Flasche, und Eschenbach übernahm das Einschenken. »Wir waren ihm hörig, Herr Kommissar. Das ganze Internat war ihm hörig. Und wenn ich das sage, dann meine ich nicht nur die Schüler.« Sie lachte, als wolle sie das Gesagte mit ihren Zähnen zersägen. »Kennen Sie Ihre devote Seite, Herr Kommissar?«

Eschenbach grinste verlegen. »Ich glaube nicht, dass ich eine habe.«

»Das dachte ich auch. Und dann kommt dieser schlaksige Junge, mit seinem Engelsgesicht und den tiefblauen Augen … und plötzlich ist alles anders.«

Eschenbach, der eigentlich dagegenhalten wollte, schwieg.

»Ich weiß nicht, ob er wirklich das war, was wir in der Psychologie pädophil nennen. Ich habe lange darüber nachgedacht, später, während meines Medizinstudiums.«

»War er ein Sadist? Meinen Sie das?« Eschenbach hatte von ähnlichen Fällen schon gelesen.

»Vielleicht. Was auch immer das heißt. Er war gefühlskalt und mitleidlos. Und das Tragische daran war, dass er selbst es wusste. Es gab Zeiten, da schloss er sich ein. War unnahbar und sprach mit niemandem ein Wort. Einmal, da brannte er sich mit einer Zigarette ein Loch in den Unterarm. Er schrie dabei, und es stank nach verkohltem Fleisch.«

»War er in Behandlung?«

»Später ja. Ich glaube, sein Bruder hat irgendwann gemerkt, was mit ihm los war.«

»Wissen Sie, wo?«

»Burghölzli«, kam es kurz. »Und Basel, soviel ich weiß.«

»Kennen Sie die Akten?«, fragte Eschenbach und schaute sie an, wie sie trank und aus dem Fenster sah.

»Wie kommen Sie darauf, Herr Kommissar? Ich bin weder Familienmitglied, noch ist … ich meine, war Philipp mein Patient.«

Eschenbach wusste nicht, warum er sicher war, dass Rania Oberholzer die Akten von Philipp Bettlach besaß. »Sie haben sie also. Kann ich sie sehen?«

Sie wandte ihren Blick vom Fenster zu ihm, sah ihn lange schweigend an. Dann kam das Lachen zurück, mit dem sie dem Leben trotzte. »Ich sehe, Sie sind nicht blöd, Herr Eschenbach. Und ich will Ihnen auch nichts vorgaukeln. Ich gebe sie Ihnen.« Sie sah ihn ernst an. »Es sind Kopien, die nicht existieren. Die auch weiterhin nicht existieren … ich nehme an, wir verstehen uns?«

Eschenbach nickte.

Sie stand auf, ging ein paar Schritte zur Wand und zog die Schublade einer Hängeregistratur heraus. Einen Moment suchte sie, bis sie es fand. Es war eine graue Mappe ohne Aufschrift.

»Hier. Finden Sie Philipps Mörder!« Sie legte die Akte auf den Tisch und blieb stehen.

»Liegt Ihnen denn etwas daran? Ich meine, spielt es für Sie denn eine Rolle, ob wir den Mörder finden?«, fragte Eschenbach und blätterte beiläufig in den Unterlagen.

Sie sah ihn an, und es war ihm, als hätte sie sich die Frage auch schon gestellt. »Ja. Für meine Patienten spielt es auch eine Rolle, ob wir den richtigen oder den falschen Zahn erwischen.« Einen Moment zögerte sie, dann sprach sie weiter: »Philipp war krank ... aber er war auch ein Freund. Ein kranker Freund eben; und nicht nur medizinisch betrachtet, halte ich Mord für eine äußerst ungeeignete Methode, um Kranke zu therapieren.«

»Die Akten sind über dreißig Jahre alt«, sagte der Kommissar verwundert. »Wurde er später nicht mehr behandelt?«

»Soviel ich weiß schon, in ausländischen Kliniken, größtenteils in den USA. Er hat nicht viel darüber gesprochen. Die Schweiz ist ein kleines Land, und Philipp Bettlach war in hiesigen Gesellschaftskreisen ein prominenter Name. Ich nehme an, er wollte damit möglichst anonym bleiben.«

Eschenbach nickte. Es erklärte die regelmäßigen Auslandsaufenthalte, auch wusste er nun, weshalb seine Anfrage bei den Schweizer Kliniken nichts gebracht hatte.

Sie streckte ihm ihre große, fleischige Hand entgegen.

»Eine letzte Frage noch.« Er sagte das, während sie sich die Hände gaben. »Wissen Sie, weshalb ihn Eveline Marchand so plötzlich verließ?«

»Ja, sie bekam ein Kind.«

Eschenbach stockte: »Von ihm?«, wollte er wissen.

»Nein.«

»Sind Sie sicher?« Eschenbach ließ ihre Hand nicht los. Er

hielt sie, als hänge die Information daran, die er so dringend benötigte.

»Ja. Damals, nachdem er das mit dem Kind rausbekommen hatte, gab es einen Streit ums Sorgerecht. Nur kurz, denn der Vaterschaftstest verlief nicht zu seinen Gunsten.« Sie sah auf seine Hand, die ihre umklammerte. Erst als er sie losließ, sprach sie weiter. »Zuerst war er wütend, wollte wissen, wessen Kuckucksei es war. Aber schon kurz darauf interessierte es ihn nicht mehr.«

»Und wissen Sie wer …«, hakte Eschenbach nach, während sie beide zur Tür gingen.

»Keine Ahnung, Herr Kommissar. Aber Sie werden es sicher herausfinden.«

Als sie draußen im Flur standen, gaben sie sich nochmals die Hand, wortlos, wie alte Freunde. Dann ging Eschenbach nachdenklich die langen weißen Wände entlang zum Lift. Irgendwie fand er, dass sie Recht hatte. Zu viel Weiß würde auch ihn krank machen.

26

Das Gewitter, das sich zusammenbraute, wollte sich partout nicht entladen. Eine Drohgebärde der Natur, dachte Eschenbach. Dunkle Wolken waren aufgezogen und Wind, der die Sträucher entlang der Zuggleise flach legte.

Als er in Zürich ankam, war wieder schönstes Sommerwetter. Die ersten Abendpendler flogen den Zügen zu, die sie pünktlich und sicher zu ihren Familien in die Vororte brachten. Es erinnerte Eschenbach an Viehtransport, und er war froh, dass er zu Fuß zur Arbeit gehen konnte.

Er liebte die Bahn, sofern er gegen den Strom in halb leeren Abteilen reisen konnte. Das rhythmische Rattern der Waggonräder, wenn Stahl auf Stahl rieb und Tonnen von Eisen über filigrane Gleise dahinstoben; all das regte ihn an. Meist zum Denken – und manchmal zum Schlafen. Beides war ihm recht.

Er hatte die Berichte gelesen, die ihm Rania Oberholzer mitgegeben hatte. Das erste Gutachten stammte von einem Privatdozenten Dr. Eberhard Meierhans, seinerzeit stellvertretender Leiter der Psychiatrie der Universität Basel. Das zweite von einem Prof. Dr. Max Zogg, ehemaliger Chefarzt für Psychiatrie am Universitätsspital Zürich. Beide stimmten in den wesentlichen Grundzügen überein, obwohl das Zürcher Exemplar wesentlich kürzer und prägnanter gefasst war. Vielleicht gehört es zum Privileg eines Chefs, sich kurz halten zu dürfen. Vielleicht lag es auch einfach nur am Namen, dachte Eschenbach. Wer Zogg hieß, konnte nicht langatmig sein.

Wenn man den Ärzten glauben wollte, war Philipp Bettlach eine *»emotional instabile Persönlichkeit mit narzisstischen Tendenzen und einer larvierten bipolaren Störung, ausgelöst durch eine dissoziale Entwicklung verbunden mit sexuellen Störungen, basierend auf einer disharmonischen psycho-sexuellen Entwicklung«*.

Irgendwie traf es das, was auch Eschenbach von ihm dachte. Nichtvorhandensein eigener Identität. Suche nach Extremerlebnissen – meist ausgelebt im sexuellen Bereich. Taub in der Seele? War es das?

Am Samstag, als Corina und Kathrin gegen Mittag vom Engadin zurückkamen, standen ein neues Basilikum, ein neuer Rosmarin und eine neue Blumenschale auf der Terrasse. Eschenbach wässerte gerade die Steinplatten und seine Füße. Die letzten Krümel frischer Erde, Zeugen seiner morgendlichen Umtopfaktion, hüpften vor dem Wasserstrahl davon.

Unter den zwei aufgespannten Sonnenschirmen aßen sie Kuchen und tranken Kaffee. Von den neuen Kräutern und den frisch gepflanzten Blumen war nicht die Rede. Von den alten, die er hatte verdorren lassen – und die in einem verschnürten Müllsack unten in der Tonne lagen, auch nicht.

Kathrin erzählte vom Engadin. Dass das ewige Weiß auf den Berggipfeln wegen der Hitze braun geworden wäre und man größere Felsabstürze zu befürchten habe.

Corina meinte, die einzigen Abstürze, die sie zu befürchten hatte, wären jene von Kathrin gewesen.

»Disco bis halb vier – und das alles noch im Wachstum«, sagte sie.

»Ich bin eh schon größer als du, Mama«, kam es mit vollem Mund zurück.

»Länger vielleicht. Mit Größe hat das nichts zu tun«, entgegnete Corina und stibitzte ein Stück Kuchen von Kathrins Teller.

»Mann! Du hast doch selbst welchen«, beschwerte sich Kathrin und zog ihren Teller näher zu sich heran. »Du weißt, dass ich das ätzend finde.«

Eschenbach versuchte einen strengen Blick und war glücklich, dass sie wieder zu dritt waren.

Er berichtete über die Ereignisse der letzten Tage, über seine Reise nach Bern und die neue Lavazza im Büro. Später hing Kathrin über eine Stunde mit einer Freundin am Telefon, bis sie endlich mit Rollerblades unter den Armen türmte.

Eschenbach fand, dass sie mit den schwarzen Kunststoffschalen, die sie über ihre nackten Knie und Ellbogen band, und mit den Handschuhen und Gelenkstutzen wie eine Gladiatorin aussah. Sie war hübsch, hatte Corinas lange Beine und ihren sinnlichen Mund. Die Hotpants aus vergammeltem Jeansstoff saßen auf Hüften, die mehr knabenhaft als fraulich waren, und man sah, dass sie die Farbe ihres Stringtangas auf das Schwarz ihrer Ausrüstung abgestimmt hatte.

Später, als Corinas verschwitzter Körper schwer atmend auf seinem lag, fragten sie sich, wie lange es wohl noch gehen würde. Hatte sie schon etwas mit einem Jungen? Corinas Lächeln verriet ihm, dass er von ihnen Dreien der Letzte wäre, der es erführe.

»Was meinst du, wenn ich wieder in einem Chor mitsingen würde«, fragte Corina beiläufig, als sie draußen auf der Terrasse waren. Sie lag auf einem alten Liegestuhl und streckte ihre Beine in die Abendsonne.

»In einem Chor?« Eschenbach blätterte im Wochenend-Magazin des *Tagesanzeigers* und hatte nur mit einem Ohr zugehört.

»Ja, in einem Chor.« Sie sagte es laut und deutlich. »Hörst du mir überhaupt zu?«

»Sicher doch.« Eschenbach legte das Magazin zur Seite und

drehte sich zu Corina. »Singen also …« Er musste an Eveline Marchand denken und daran, wie unglücklich das Gespräch mit ihr am Schluss verlaufen war. »Du hast eine schöne Stimme … also warum nicht?«

»Meinst du?« Sie lächelte.

»An was für einen Chor hast du denn gedacht?«

»Ich weiß nicht«, murmelte sie, zog die Beine an und legte das Kinn auf ihre Knie. »Nichts Kirchliches jedenfalls.«

»Also keine Bach-Kantaten?« Eschenbach schmunzelte.

»Wieso, magst du sie?«

»Ich liebe Bach, das weißt du doch.«

»Schon … aber singen möchte ich lieber etwas anderes, mit mehr Swing. So wie an diesem Konzert vor Weihnachten.«

»Den Katzenchor meinst du? Bei dem nur Frauen singen?«

»Bo Katzmann heißt der Chor.« Corina musste lachen.

»Mit diesem gut aussehenden Chorleiter, ich verstehe …« Er hob die Augenbrauen und grinste.

»Du nimmst mich nicht ernst«, sagte sie und schmollte. »Bo Katzmann unterrichtet in Basel. Ich möchte mir hier in Zürich was suchen.«

»Dann bin ich aber erleichtert«, flachste er. »Der sah verdammt gut aus. Heißt er wirklich Bo?«

»Bo Katzmann heißt bürgerlich Reto Borer.« Eine Spur von Verlegenheit huschte über ihr Gesicht. »Und wenn du mich jetzt fragst, warum ich das weiß …«

»Ich bin ein Idiot«, murmelte Eschenbach, der bereits aufgestanden und durch die Verandatür ins Innere der Wohnung verschwunden war.

Eine halbe Stunde lang saß er an Kathrins PC und stöberte im Internet, dann hatte er, was er suchte: Pierre Oliver hieß in Wirklichkeit Peter Oliver Deck.

Zwei weitere Stunden brauchte er für den Rest. Im Büro lud er die *Genesis*-Datendiskette und fand Peter O. Deck wie vermutet auf der Liste. Dann rief er die Kripostelle in Basel an und ließ sich die Nummer von Dirk Meidinger geben. Er erreichte den Kollegen auf einer Grillparty und war froh zu hören, dass man in Basel die Sachlage bereits erfasst hatte.

»Wir haben bei Deck noch nichts Verdächtiges gefunden«, meinte Meidinger. »Aber sobald wir etwas haben, melden wir uns.«

Eschenbach bedankte sich und verließ kurz nach halb neun das Präsidium. Sein Magen knurrte, und als er zu Hause ankam, empfing ihn Corina in sommerlicher Abendgarderobe.

Nachdem sich auch Eschenbach frisch gemacht hatte, gingen sie essen. Zu viert. Kathrin nahm noch eine Freundin mit, was beiden recht war. »Es ist mir lieber, sie bringt ihre Freunde mit nach Hause, dann wissen wir wenigstens, was läuft«, war die Auffassung von Corina, und Eschenbach hatte sich damit abgefunden, dass sein Haus für Kathrins Freundeskreis offen stand. Obwohl er sich manchmal wünschte, dass es etwas ruhiger und geordneter zugehen könnte. Wenigstens in seinen eigenen vier Wänden.

Das Alvarez war ein kleines Restaurant am See, dessen Tische unter freiem Himmel standen und das für seine frisch zubereitete Paella bekannt war. Eschenbach aß wie ein Scheunendrescher, und Corina fragte mindestens dreimal, ob sie nicht zugenommen habe. Dabei hob sie jedes Mal das T-Shirt bis zum Nabel, und alle mussten sagen, dass ihr Bauch schön braun, aber nicht dicker geworden war. Die Mädchen tuschelten unter sich und schickten in immer kürzer werdenden Abständen SMS-Nachrichten in die warme Sommernacht hinaus.

Der Montagmorgen verging schleppend und ereignislos. Die Hälfte der Leute war in den Ferien, die andere Hälfte hatte nichts zu berichten. Wenigstens nichts Aufregendes. Es war einfach nicht normal, dass in dieser Phase der Ermittlungen nichts lief. Auch Koblers Anruf, der normalerweise gegen halb zwölf erfolgte, blieb aus. Eschenbach fiel ein, dass sie für ein paar Tage in den Urlaub gefahren war. Hatte sie Südfrankreich gesagt? Oder französische Atlantikküste? Er wusste es nicht mehr, es war ihm auch egal. Er war sicher, dass Rosa Mazzoleni es wusste, nur so für den Notfall. Vielleicht hatte sie es sogar selbst organisiert.

Er überlegte sich, ob er Lenz anrufen und sich nach dem Stand seiner Recherchen erkundigen sollte. Lenz würde ihn dafür hassen, das war ihm klar. Er sei fertig, wenn er fertig sei, würde Lenz sagen. Und wenn er Jagmetti anpiepsen und für einen Zwischenbericht zu sich beordern ließe, würde ihm Lenz womöglich die Freundschaft kündigen. Also ließ er es bleiben.

Der Kommissar stand auf und verließ sein Büro. »Haben wir was Neues von Hottiger?«, fragte er Rosa Mazzoleni. Er sah sich ein paar der Ansichtskarten an, die an der Stellwand im Sekretariat hingen. »Ich meine, ist etwas hereingekommen heute Morgen?«

»Sie fragen mich das jetzt schon zum dritten Mal.« Rosa sah auf die Uhr. »Und das innerhalb von zwei Stunden.«

»Und von der Zollbehörde … ich meine, hat da jemand angerufen?«

»Nein, Zoll auch nicht.« Rosa Mazzoleni klappte genervt den Ordner auf ihrem Tisch zu. »Kein Fax, kein Anruf, kein gar nichts! Nur der übliche Bürokram.«

»Nichts also«, brummelte Eschenbach.

»Herrgott! Es ist Montag und Sommerferien … ist das denn so ungewöhnlich?«

Der Kommissar grunzte und hob eine Ansichtskarte auf, die ihm zu Boden gefallen war. »Offenbar die einzige Post, die wir bekommen«, murrte er. Dann legte er die Karte auf den Schreibtisch von Rosa Mazzoleni und ging wortlos zurück ins Büro.

Schon seit Tagen lief die Großfahndung nach Doris Hottiger; die Grenzschutzpolizei hatte ihre Kontrollen verschärft; und was den Vater des Mädchens betraf, hatte Eschenbach angeordnet, die Passagierlisten der Atlantikflüge laufend zu überprüfen. Wenn Ernst Hottiger in die Schweiz käme, würde er es sofort erfahren. Und wenn nicht aufgrund der Einreise, dann deshalb, weil er Hottigers Haus am Sihlsee durch eine Videokamera überwachen ließ.

Der Kommissar hatte sich auf alles eingestellt: auf einen Blitzeinsatz, gefolgt von stundenlangen Verhören; auf Anwälte, die sich schützend vor Hottiger – Vater oder Tochter – stellen würden oder auf einen Rüffel von Regierungsrätin Sacher. Alles wäre ihm recht gewesen.

Dass dieser gottverdammte Montag einfach so an ihm vorbeitrödeln würde, damit hatte er nicht gerechnet.

Auf den Postberg, der sich im Eingangskorb stapelte, hatte er keine Lust. Er hatte ihn flüchtig durchgesehen, und es war nichts dabei, das ihn auch nur ein kleines Stückchen weitergebracht hätte.

Eschenbach wollte gerade zur Tür gehen, als Rosa Mazzolenis Stimme durch die Gegensprechanlage scherbelte.

»Basel in der Leitung, haben Sie umgestellt?«

»Ich wollte gerade …« Eschenbach nahm den Hörer und setzte sich wieder.

Eine Viertelstunde später, nachdem er mit Kommissar Dirk Meidinger von der Basler Kripo telefoniert hatte, war Eschenbach ein anderer Mensch. Der Jäger hatte das Wild, von dem er wusste, dass es da war, wieder entdeckt. Und seine Gedanken, nach ereignislosem Warten das Gewehr gegen Suppengeschirr zu tauschen, waren verflogen.

Sie hatten bei dem Toten in Basel kinderpornographisches Material gefunden. In einem versteckten Fach, hinter den Weinflaschen im Keller. Bilder, ein Adressbuch und mehrere Videos.

Eschenbach fühlte, wie es in ihm jubelte. Gewiss, es war schöner, Troja zu entdecken oder eine bisher unbekannte Grabkammer im Tal der Könige. Auch einen verloren geglaubten Schlüsselbund; jeder Fund war schöner als das, worüber er sich gerade freute.

Wie oft war in den über zwanzig Jahren, in denen er Polizist war, der erste Gedanke der richtige gewesen. Als er das erste Mal vom Basler Mord gelesen und das Fax in den Händen gehalten hatte, war es ihm durch den Kopf geschossen: Die beiden Morde hatten etwas miteinander zu tun. Er wusste nicht, warum er das dachte; mochte auch gar nicht darüber nachdenken. Die Macht des ersten Gedankens ist, dass man nicht weiter darüber nachdenken muss. Jetzt hatte er den Hinweis, dass er der richtigen Spur folgte. Etwas, das die beiden Morde in Verbindung brachte, und worüber er sich, so himmeltraurig es ihm vorkam, ausgiebig freuen konnte.

Er ertappte sich dabei, einen Moment zu überlegen, selbst hinzufahren. Litt er schon unter Verfolgungswahn, oder war er nur ein gebranntes Kind? Und worin lag der Unterschied? Die Kopien, die ihm die Basler Polizei freundlicherweise anfertigen würde, lägen in zwei Stunden abholbereit, hatte man ihm versichert.

Er wählte die Nummer der Streifenwagen-Leitstelle und meldete sich mit Namen, Dienstgrad und Identifikationsnummer. »Haben Lohmeier und Wullschleger gerade Dienst?«, fragte er. Es dauerte einen Moment, bis die freundliche Frauenstimme sich wieder meldete.

»Ja, noch bis acht Uhr. Soll ich Sie durchstellen, Herr Kommissar?«

»Gerne, ich warte.« Wieder vergingen zwei Minuten und Eschenbach suchte die angebrochene Schachtel Zigarillos, die er eben noch in den Händen gehalten hatte.

»Streifenwagen siebzehn«, meldete sich die vertraute Stimme von Steffen Lohmeier. Es kamen die üblichen Sprüche, die über die vielen Jahre zu einer Art Standardbegrüßung herangewachsen waren.

»Weißt du, was ich meiner Frau zu Weihnachten schenke?«, fragte Lohmeier, ohne eine Antwort abzuwarten. »Einen Stuhl … ich hab ihn schon gekauft. Jetzt muss ich nur noch das Elektrische montieren!« Er lachte heiser. Auch die frauenfeindlichen Witze – Lohmeier gab noch zwei weitere zum Besten – gehörten dazu. Obwohl sie eigentlich nicht zu diesem feinfühligen

Menschen passten. Genauso wenig wie sein Ziegenbart und sein Raubein-Image, das er ebenfalls kultivierte.

Eschenbach beschrieb, wo und bei wem sie sich melden sollten. Er legte besonderen Wert darauf, dass das Päckchen danach direkt zu ihm ins Präsidium gebracht wurde. »Keine andere Hand dazwischen«, sagte er. Steffen Lohmeier lachte, als hätte er auch darin etwas Zweideutiges gefunden.

Danach erledigte Eschenbach noch drei Anrufe. Er informierte den Vorgesetzten von Lohmeier über dessen Sondereinsatz, telefonierte mit dem technischen Labor und orderte zwei Techniker und einen Raum. Corina erreichte er nicht. Er sprach auf das Band, dass er nicht zum Abendessen käme und es ihm Leid täte.

Als Eschenbach über die Sihlbrücke in Richtung Bahnhofstraße ging, fiel ihm ein, dass er vergessen hatte, Dr. Mallner anzurufen. Joachim Mallner war Polizeipsychologe, und er wollte ihm die beiden Gutachten über Philipp Bettlach zeigen. Er schaltete sein Handy ein und wartete, bis das lästige Piepsen, das ihm die eingegangenen Nachrichten anzeigte, aufhörte. Er wählte Rosa Mazzolenis Nummer, überquerte die Straße und fand vor dem Eingang eines Kinderkleiderladens Schatten. Es war Jagmetti, der sich meldete.

»Aha, zurück aus den kühlen Katakomben? Und, wie war's?«

»Das ganze Wochenende war's, Chef!« Jagmetti tönte müde.

Eschenbach konnte ein Lachen nicht zurückhalten. »Habt ihr was gefunden?«

»Sie kennen ja den Lenz!«, kam es zurück. »Wenn sich der mal in eine Sache reingebissen hat, dann …« Jagmetti suchte nach einem treffenden Satzende.

»Dann hört er nicht mehr auf«, sagte Eschenbach. »Ich kann es mir vorstellen.«

»War ziemlich intensiv. Fast achtundvierzig Stunden nonstop am Suchen. Sagen Sie, Chef, der Lenz, ich meine … Sie finden doch auch, der ist ziemlich speziell, der Typ!«

Eschenbach lehnte sich an einen bunten Elefanten, der auf

einem knallroten Sockel stand, und auf dem Kinder reiten konnten, wenn die Eltern Kleingeld einwarfen. »Ja, der Lenz, der ist wirklich speziell, da haben Sie nicht Unrecht, Jagmetti. Gehen Sie schlafen.« Eschenbachs Körper bebte unter einer weiteren Lachsalve, und der Elefant begann zu schaukeln, ohne dass jemand eine Münze eingeworfen hatte. »Ach, noch was, geben Sie mir doch bitte Frau Mazzoleni, bevor ich es vergesse.«

»Die ist für einen Moment weg. Ich hüte das Telefon.« Es klang gequält.

Eschenbach sah, wie ihm die Verkäuferin durch das Schaufenster einen bösen Blick zuwarf. Er riss sich zusammen, nahm das Handy in die andere Hand und löste sich vom wippenden Elefanten, der unverändert freundlich lächelte. »Dann schauen Sie doch schnell in ihrer Kartei nach. Ich brauche die Telefonnummer von Dr. Mallner, und die von Lenz können Sie mir auch noch geben.«

Es dauerte einen Moment. Eschenbach merkte, dass er nichts zum Schreiben hatte. Er ging in den Laden und deutete an, was er brauchte. Mit verächtlichem Blick gab ihm die Verkäuferin einen Kugelschreiber und einen Zettel, und er notierte die Nummern. Er dankte nickend. »Und gehen Sie jetzt schlafen, ich erwarte Sie erst morgen früh wieder«, sagte er und beendete das Gespräch. Die Verkäuferin schüttelte verständnislos den Kopf, ohne dass ihre brave Fönfrisur in Unordnung geriet. Eschenbach sah ihr an, dass sie einem Geschäft, bei dem man nachmittags um vier schlafen ging, nichts Seriöses abgewinnen konnte. Er lächelte freundlich, warf ein Zwei-Franken-Stück in die UNICEF-Box, grüßte und verließ das Geschäft.

Eschenbach überlegte, ob er in den Zeughauskeller gehen sollte; dann sah er auf die Uhr. Es hatte keinen Sinn, dachte er. Heinz ist um diese Zeit nie da. Er schlenderte weiter und fand in einem der zahllosen Straßencafés einen Schattenplatz. Auf den Nebentischen lagen ausgebreitet Straßenkarten und Fremdenführer. Zeigefinger aus aller Herren Länder suchten Straßen, Kirchen und Baudenkmäler.

Er bestellte ein großes Bier und einen Wurstsalat Spezial. Lieber hätte er eine Schweinshaxe bestellt, aber die gab es, wie alles, was auf der großen Karte stand, erst ab achtzehn Uhr. Auf der kleinen Karte war der Wurstsalat Spezial das Größte. Er tippte die Nummer von Lenz ein und wartete; es nahm niemand ab. Als das Bier kam, versuchte er es nochmals. Diesmal hatte er Glück, denn es klackte in der Leitung und Lenz meldete sich.

»Schon am Zusammenräumen?« Eschenbach wischte sich den Bierschaum von der Oberlippe.

»Ach du?«

Eschenbach wusste nicht, ob es Freude oder Enttäuschung war. »Habe gehört, ihr seid fertig. Habt ihr etwas gefunden?«

»Fix und fertig, der Junge. Ist mir zweimal eingenickt in der Nacht. Habe ihn schlafen lassen. Eigentlich ein feiner Kerl. Wir haben dir einen Stapel zusammengetragen. Die Mazzoleni hat alles unter Verschluss. Schau dir auch die CD an. Vieles haben wir nicht ausgedruckt. Aber ich denke, du findest, was du suchst.«

»Ach ja? Komm sag's mir. Habt ihr einen Verdacht? Faule Eier?« Der junge Tamile, der ihm weiß beschürzt gerade den Wurstsalat hinstellten wollte, runzelte die Stirn: »Nix Eier … Wurst.« Eschenbach deutete ihm an, dass er das Handy und nicht ihn meinte.

»Ihr findet es schon raus. Jagmetti soll dir helfen, er kennt das Material. Lass ihn aber zuerst eine Runde pennen. Sieht aus wie eine Kellerleiche.«

»Kunststück, wenn er das Wochenende mit dir verbracht hat.«

Statt einer Antwort kam ein lachendes Grunzen. »Ich verdufte jetzt ein paar Tage. Wolke sieben. *Adlerauge* fliegt auch ohne mich.«

»Ich wünsch dir alles Gute«, sagte Eschenbach, der wusste, was mit Wolke sieben gemeint war. »Und melde dich bei mir, wenn du wieder einigermaßen auf dem Damm bist.«

Aber Lenz hatte schon aufgelegt.

27

Im Technikraum summte der Projektor. In doppelter Lebensgröße vergewaltigten zwei Männer auf der Leinwand ein achtjähriges Mädchen. Abwechselnd hielt mal der eine, dann wieder der andere die Kamera. Gesichter waren keine zu sehen, abgesehen von jenem, das schrie, wimmerte und zwischendurch mit großen, leeren Augen in die Kamera blickte.

Nachdem Eschenbach das Bier und den Wurstsalat Spezial in die nächste Kloschüssel gekotzt hatte, ging es ihm besser. Körperlich wenigstens. Die Techniker hatten den Ton ausgemacht, einer rauchte eine Zigarette, obwohl Rauchverbot herrschte.

»Das war die Letzte?«, fragte der Kommissar, als das Bild auf der Leinwand schwarz wurde. Er spürte, wie ihm die Magensäure hochkam, und sein Mund war trocken, obwohl er ihn gerade erst mit Wasser ausgespült hatte.

»Ja, fünf Kassetten. Das war die letzte«, sagte der Techniker und hielt seine Zigarette in einen weißen Plastikbecher, der halb mit Wasser gefüllt war. Es zischte.

»Wir machen Abzüge. Die Körper der Männer. Hände, Füße, Uhren, Ringe, Muttermale, alles, was wir finden.« Eschenbach blickte zuerst den einen, dann den anderen der beiden Techniker an.

»Klar, kein Problem. Wann brauchen Sie es?«

»Jetzt! Wir machen das jetzt. Geht das?«

»Klar. Ich dachte nur, Sie müssen vielleicht, ich meine, das kann schon eine gewisse Zeit …«

»Das ist kein Problem. Ich habe Zeit. Wenn es sein muss bis morgen früh.«

Beide sahen ihn an, als käme er von einem anderen Stern.

»Ihre Zeit wird natürlich als doppelte Überzeit gutgeschrieben.« Freiwillig tat das hier niemand.

»Darum geht es gar nicht«, warf der Jüngere der beiden ein, der bisher noch nichts gesagt hatte. »Ich meine, wir haben den halben Keller voll mit solchem Schweinkram, und bis jetzt hat sich niemand dafür interessiert. Beschlagnahmtes Material aus Hausdurchsuchungen und Razzien in Sexshops. Die schleppen das Zeugs kistenweise zu uns herunter. Sie sind der Erste von denen da oben, der mal herunterkommt, sich das auch ansieht und uns sagt, was wir damit anfangen sollen.«

Eschenbach wusste nicht, wie er darauf hätte antworten sollen. Er dachte daran, dass die Operation *Genesis* noch gar nicht begonnen hatte, und dass dies erst ein ganz kleiner Anfang war. Plötzlich taten ihm die Männer Leid, die, ohne es zu wissen, bald zu den Hütern der größten Kinderporno-Müllhalde der Schweiz werden würden.

»Packen wir's an, Jungs!«, sagte der Kommissar und schlug mit der flachen Hand auf den hellgrauen Tisch. »Sagt mir, wie ich euch helfen kann. Auf geht's!«

Die beiden Techniker sahen sich kurz an und standen auf. Eschenbach glaubte, eine gewisse Erleichterung auf ihren bleichen Gesichtern entdeckt zu haben. Irgendwie waren sie alle froh, dass sie jetzt eine Aufgabe hatten und ein gemeinsames Ziel.

Als Eschenbach um halb fünf nach Hause kam, saß Corina, nur mit einem leichten Nachthemd bekleidet, auf der Terrasse im Dunkeln. Während er in der Küche Licht machte, um sich ein Glas Wasser zu nehmen, wandte sie den Kopf und sah ihn an, ohne etwas zu sagen. Er löschte das Licht, ging hinaus und setzte sich neben sie.

»Sag mal, spinnst du? Weißt du, wo ich überall angerufen habe? Bei Christian, bei Gabriel – im Schafskopf und privat, im Präsidium, im Zeughauskeller … ach weiß ich, wo überall noch.« Es sprudelte nur so aus ihr heraus, und Eschenbach fiel auf, wie lange sie sprechen konnte, ohne Luft zu holen. »Kein Schwein weiß, wo du bist! Das Handy hast du auch nicht eingeschaltet …«

Er ahnte, was jetzt kommen würde, und schwieg. Das Wasser, das er trank, schmeckte schal. Leitungswasser. Er hatte kürzlich einen Bericht über die hervorragende Qualität des Zürcher Wassers gelesen. Man könne auf teures Mineralwasser getrost verzichten, war das einhellige Fazit des Autorenpaars gewesen, von denen der eine der Stadtchemiker war. In puncto Mineraliengehalt weise das Stadtzürcher Wasser sogar ein deutliches Plus gegenüber den meisten Mineralwassern auf, hieß es. Er hatte sich gefragt, ob in den Restaurants nun gekühltes Leitungswasser angeboten würde – zu demselben Preis wie Perrier oder Walserwasser. Oder ob diejenigen, die das schon taten, es fortan mit einem besseren Gewissen tun würden. Eschenbach wusste nicht, warum ihm das jetzt alles durchs Hirn schoss, und warum ihm das Wasser nicht schmeckte.

Corina hatte ihren angefangenen Satz nicht beendet. Sie sah Eschenbach an, sah, dass ihm nicht nach Streiten zumute war. Die Frage, ob er eine Geliebte habe, wollte sie nicht mehr stellen. Keine Geliebte der Welt würde einen Mann so traurig nach Hause schicken. Überhaupt war die Geschichte mit der Geliebten nur ein Vorwand, eine Szenerie, hinter der sie ihre Angst um ihn verbarg. Sie kam sich plötzlich kindisch vor.

»Wir haben die Kinderpornos gefunden.« Er sprach leise, fast mechanisch ins Halbdunkel »Und noch Abzüge gemacht. Vielleicht haben wir Glück.«

»Willst du darüber reden?«, fragte Corina, die sich erhoben und rittlings auf seinen Beinen Platz genommen hatte.

»Morgen vielleicht«, murmelte er müde. Dann goss er den Rest aus seinem Wasserglas in den Topf mit dem Basilikum.

»Es ist schon morgen«, flüsterte sie an seinem Hals, und sie hielten einander noch eine ganze Weile fest umschlungen.

Der beißende Rauch der Brissago hielt ihn davon ab, seine Augen ganz zu schließen. Er las in Lenzens Bericht. Ab und zu liefen ihm seine Gedanken davon, und er wusste nicht, ob er die Seite, die gerade aufgeschlagen vor ihm lag, schon gelesen hatte oder nicht.

Er sehe schlecht aus, hatte Rosa Mazzoleni zu Bedenken gegeben. Obwohl, so direkt gesagt hatte sie es ihm nicht. Eher indirekt, und das war im Grunde genommen schlimmer. Ob er letzte Nacht noch lang gearbeitet habe, hatte sie gefragt, wobei sie ihren Blick besorgt über den Brillenrand angehoben hatte. Eschenbach machte sich nichts vor: Es hieß, dass er bleich, abgekämpft, mürrisch und, wenn man es genau nahm, zum Kotzen aussah. Da half nichts. Da konnte man weder mit Lavazza-Espresso-in-perlweißem-Mokkageschirr und Zuckerdose noch mit Amarettigebäck und Gute-Miene-zum-bösen-Spiel-Lächeln dagegen halten. Tür zu war das Einzige, was half.

Von Jagmetti nahm Eschenbach an, dass er noch schlief, und hatte sich deshalb nicht nach ihm erkundigt.

Lenz hatte den Ordner in vier Kapitel gegliedert. Militär, Sport, Familie, Beruf. Wie einfach sich ein Leben in Kapitel gießen lässt, dachte Eschenbach.

Woher hatte Lenz nur seine Informationen? Vertrauliche Dokumente, die wichtige Stationen von Hottigers militärischer Laufbahn belegten. Wie um alles in der Welt kam er zu solchem Material? Er hätte ihn am liebsten angerufen, aber er wusste, dass es nichts bringen würde. Schon gar nicht in dem Zustand, in dem sich Lenz womöglich gerade befand.

Ein Foto zeigte Hottiger als jungen Hauptmann im Generalstab, ein anderes als Ausbilder in der Uniform eines Obersten. Da war er schon älter und hatte einen kurzen, graumelierten Bart. Bärte sind selten bei hohen Offizieren, dachte Eschenbach. Irgendwie liebten es die Militärs rasiert – am besten bis hinter die Ohren. Eschenbach fand, dass Hottiger mit Bart besser aussah. Er hatte etwas von Hemingway, etwas Verwegenes, Romantisches. Eschenbach las einige der Zeugnisse. Sie waren allesamt ausgezeichnet. Intelligent, willens- und durchsetzungsstark waren die häufigsten Attribute darin. Bei einem der Zeugnisse stutzte er. Er las es ein zweites Mal. Es war nicht der Inhalt, der ihm besonders aufgefallen war, es war die Person, die es ausstellte:

Hauptmann Hottiger leitete die Übung »Aurora« mit der ihm eigenen strategischen Brillanz. Trotz schwerster Störmanöver seitens der Übungsleitung verlor er zu keinem Zeitpunkt das Ziel aus den Augen. Er verfügt über eine überdurchschnittliche Intelligenz und die Gabe, sich in die Position des Gegners hineinzudenken. Obwohl individualistisch geprägt, vermag er seine persönlichen Absichten einem größeren Ganzen unterzuordnen.

Ich schlage vor, Hauptmann Hottiger an einem der nächsten Ausbildungslehrgänge für Generalstabsoffiziere teilnehmen zu lassen.

Oberst im Generalstab J. Bettlach

Johannes Bettlach und Hottiger kannten sich also vom Militär! Weiter hinten im Ordner stieß Eschenbach ein weiteres Mal auf denselben Namen. Diesmal als Trauzeuge. Bettlach und Hottiger waren Freunde.

Eva Matter und Ernst Hottiger hatten am 23. Mai 1981 standesamtlich in Horgen, Kanton Zürich, geheiratet. Über eine kirchliche Trauung fand er nichts. Hottiger war damals vierzig gewesen, seine Frau knapp sechzehn Jahre jünger. Sie musste schon schwanger gewesen sein, denn sieben Monate später, am 10. Dezember 1981 gebar sie im Spital Lachen, Kanton Schwyz. Eine Kopie der Geburtsurkunde von Doris Hottiger lag dabei. Ebenfalls die Sterbeurkunde von Eva Hottiger-Matter. Ausgestellt am 18. Dezember 1981 von einem Dr. Beat Leibundgut, Feusisberg, Kanton Schwyz. Eschenbach stutzte, als er die Daten las. Auch Lenz mussten sie aufgefallen sein, denn sie waren mit schwarzem Filzstift eingekreist.

Eschenbach war bisher davon ausgegangen, dass Eva Hottiger bei der Geburt und somit noch an demselben Tag gestorben war. Was er in den Händen hielt, deutete darauf hin, dass sie erst eine Woche später verstorben war. Als Todesursache wurde »plötzlicher Herzstillstand« angegeben. Plötzlicher Herzstillstand als Spätfolge einer Geburt? Eschenbach wusste vom »plötzlichen Kindstod«. Er wusste um die Angst junger Mütter, dass ihr Neugeborenes zu atmen aufhöre und stürbe. Aber der plötzliche Tod einer Mutter?

Auf die Kopien der beiden Urkunden, Geburts- und Sterbeurkunde, hatte Lenz zwei Worte gekritzelt. Mit großen Buchstaben stand da: »CHECK«, und darunter unleserlich etwas, das er als *Originale?* entzifferte. Zweifelte Lenz an der Echtheit der Urkunden? Und wenn er das tat, weshalb? Wie überhaupt war er in so kurzer Zeit an die Dokumente gekommen? Alles Fragen, die er ihm gerne gestellt hätte – und die ihm vielleicht auch Jagmetti beantworten könnte, wenn er nur endlich eintreffen würde.

Er schrieb sich ein paar Namen, Adressen und Telefonnummern in sein Notizbuch; dann wählte er die Handynummer von Johannes Bettlach. Zu seinem Erstaunen erreichte er den Bankier beim ersten Versuch.

»Ich hätte mich gerne mit Ihnen über Eva Matter unterhalten.«

Es knirschte in der Leitung, die Stimme von Johannes Bettlach war nur ganz schwach zu hören: »Ich bin gerade … schlecht … Ausland bis … Hallo?« Vereinzelte Gesprächsfetzen knödelten sich durch die Unendlichkeit.

»Sind Sie noch da?« Eschenbach schrie.

Die Leitung war tot.

Der Kommissar fluchte und bat Rosa Mazzoleni um die Nummer der Zürcher Handelsbank.

»Er ist die ganze Woche im Ausland«, flötete Bettlachs Sekretärin. »Freitag gegen drei Uhr ist er wieder im Büro. Kann ich etwas ausrichten?«

»Er soll mich anrufen«, raunzte Eschenbach. »Und zwar umgehend, wenn Sie ihm das bitte sagen könnten.« Der Kommissar ließ sich für Freitag einen Termin geben und beendete das Gespräch. Missmutig knallte er den Bericht in seine Schreibtischschublade. Als er zusperren wollte, merkte er, dass er den Schlüssel nicht fand. Er wusste gar nicht, ob er je einen besessen hatte.

Er verließ sein Büro und bat Rosa, während seiner Abwesenheit niemanden in sein Büro zu lassen.

»Ich lasse nie jemanden in Ihr Büro.«

»Und wenn Sie mal nicht hier sind?«, beeilte Eschenbach sich zu fragen.

»Dann schließe ich zu. Das tue ich schon seit über zehn Jahren. Ist Ihnen das noch nie aufgefallen?«

»Wie sollte es mir auffallen, wenn ich nicht hier bin?« Eschenbach zog die Augenbrauen hoch; es war ein lahmes Argument. Natürlich wusste er, dass sie zusperrte, bevor sie abends nach Hause ging. Aber dass sie es auch tat, wenn sie mal für einen Schwatz in den ersten Stock ging, das hatte er nicht gewusst.

»Stellen Sie sich vor, es käme irgendwer. Es könnte ja jeder kommen«, sagte sie kopfschüttelnd. Sie ordnete gerade einen Berg Akten und hatte eine Büroklammer im Mund. »Und überhaupt, wo soll das enden«, fuhr sie fort, ohne aufzusehen. »Das fehlt mir noch, dass einer einfach so ins Büro des Kriminalkommissariats schleicht.«

In diesem Moment trottete Jagmetti den Gang entlang. Er wirkte ausgeschlafen. Trotzdem sah der Kommissar, dass sein Blutdruck im Keller und sein Selbstbewusstsein angeschlagen war.

»Hallo, bin wieder zu gebrauchen.« Er zwinkerte verlegen. Als weder Frau Mazzoleni noch Eschenbach seinen Gruß sofort erwiderten, hängte er noch ein flapsiges »Läuft's nicht gut?« an.

»Doch, es läuft blendend«, kam es gepresst durch Frau Mazzolenis Mundwinkel. Sie sah nur kurz über den Brillenrand und vertiefte sich gleich wieder in die Aktenberge, die wie schlecht zusammengebundenes Altpapier vor ihr auf dem Schreibtisch lagen.

»Es geht«, murmelte Eschenbach. »Wir haben zu tun, Sie können gleich mitkommen. Wir fahren an den oberen Zürichsee, nach Lachen.« Er betonte die erste Silbe des letzten Wortes so, dass es sich nur um die Ortschaft und keinesfalls um das Verb handeln konnte.

»Dann viel Spaaaß«, zischte es aus den Akten. »Und übrigens, es gibt ein wunderschönes Designhotel in Laaachen.« Sie hatte die Büroklammer aus dem Mund genommen und drehte sie zwischen den Fingern. »Hervorragende mediterrane Küche. Ich rufe gleich an und reserviere einen Tisch.« Sie drehte an ihrer Roll-Kartei, dass die Kärtchen flogen. »*Al Porto*, hier haben wir's. Es liegt direkt am See. Ihr werdet es bestimmt finden.« Sie hatte schon zum Hörer gegriffen, besann sich aber anders und schrieb die Nummer auf einen Zettel. »Hier, rufen Sie selbst an.« Ohne eine Reaktion abzuwarten, kramte sie einen Schlüssel aus ihrem Pult, stand auf und ging die paar Schritte zu Eschenbachs Büro. Dann steckte sie den Schlüssel ins Türschloss, drehte ihn zweimal um und lächelte: »Ich hab jetzt nämlich Pause, meine Herren!«

Sie fuhren mit Eschenbachs altem Volvo auf der Autobahn, die erhöht entlang der linken Seite des Zürichsees in Richtung Chur verlief.

Jagmetti sah bleich aus.

»Ist Ihnen nicht gut?«, fragte Eschenbach.

Der junge Polizist verzog den Mund.

»Kunststück. Kein Frühstück, da wäre mir auch schlecht.« Er kurbelte sein Fenster herunter, und der sommerliche Fahrtwind pfiff durchs Wageninnere. »Gleich da vorne fahren wir raus und essen etwas, dann kommen Sie wieder auf Touren.«

Nachdem sie den Wagen auf einen Parkplatz direkt vor dem

Eingang zum Tankstellenshop gestellt hatten, kauften sie Sandwiches und Cola, setzten sich schweigend auf eine Bank und aßen.

»Besser?«, fragte Eschenbach nach einer Weile. Jagmetti nickte kauend und spülte den Rest mit Cola runter. Dann fuhren sie weiter.

»Wie seid ihr eigentlich zu den Unterlagen gekommen?«, wollte der Kommissar wissen.

Jagmetti zuckte nur mit den Schultern. »Hat er mir nicht verraten. Ehrlich gesagt, ich habe mich auch nicht getraut, ihn zu fragen. Irgendwie schafft er es, in die entsprechenden Datenbanken reinzukommen. Ist ziemlich ausgebufft, der Alte, hätte ich nie gedacht. Gewisse Dokumente sind uns auch gefaxt worden.« Jagmetti überlegte einen Moment, bevor er weitersprach. »Obwohl, im Rahmen einer Strafuntersuchung sind wir ja durchaus befugt und sollten ohne weiteres an die Dokumente herankommen.«

»Um Gottes willen, ja.« Eschenbach verdrehte die Augen. »Alles legal, Jagmetti. Machen Sie sich keine Sorgen. Ich wundere mich nur manchmal, wie schnell er das alles zusammenhat. Aber Tempo ist ja nichts Illegales.«

»Außer auf der Straße«, sagte Jagmetti.

Eschenbach grinste und nahm den Fuß vom Gaspedal.

28

»Den Rest fahren wir auf der Landstraße«, sagte Eschenbach und steuerte den Wagen durch eine lang gezogene Kurve von der Autobahn herunter. »Pfäffikon, Kanton Schwyz. Das war früher einmal ein Bauernkaff. Jetzt ist es ein Steuerkaff für Superreiche.« Er zeigte rechts auf die Hügel, die in sattem, ausladendem Grün einen herrlichen Ausblick auf den See versprachen. Das untere Drittel war treppenförmig mit Terrassenhäusern überbaut und schimmerte in hellen, dezenten Farben. Ab und an erhob sich ein Baukran. Darüber thronten mit großzügigem Abstand einige neu errichtete Villen. »Früher weideten die Kühe hier, jetzt das Kapital«, grummelte Eschenbach. »Manchmal frage ich mich, ob Steuerpolitik die einzige Politik ist, die in unserem Land funktioniert.«

Hier und da sahen sie auch alte Häuser, unmoderne, in ärmlich-ländlichem Stil. Sie wirkten zwischen den weißen Fassaden zugezogener Millionäre wie Bettler; letzte Zeugen vergessener Armut.

Sie fuhren über eine kleine Brücke, unter der eine Straße hindurchführte, und sahen die Kirche von Lachen. Wie viereckige Richtpfeiler, stämmig, fast ein wenig lieblos, ragten die Zwillingstürme aus den Häusern hervor, und ihre geschwungenen Zwiebeldächer wirkten wie aufgesetzte Sahnehauben. Eschenbach musste unweigerlich an jene Turbane denken, die sich

Frauen mit Frotteetüchern in ihr nasses Haar drehen, wenn sie aus der Sauna kommen.

Die Straße führte in engen Kurven durch den verwinkelten Dorfkern, und als sie dachten, sie wären zu weit gefahren, entdeckten sie den weiß-blauen Wegweiser, der zum Spital führte.

Wie die ganze Gegend hier bestand auch das Spital aus einem alten und einem neuen Teil. Die gynäkologische Abteilung war im neuen. Eine Treppe führte hoch zum Eingang. Links an der Mauer stand ein Zitat von Albert Schweitzer:

Das ist das tiefste und vornehmste Band, das Menschen miteinander verbinden kann: Miteinander etwas wollen zum Guten.

Eschenbach blieb stehen. Las es ein zweites und noch ein drittes Mal, bis er es begriff. Er zweifelte an sich selbst, seinen Sinnen und seinem Verstand. Vielleicht lag es auch an der Hitze oder an den vier Stunden Schlaf, die ihm fehlten.

Gegenüber der Mauer war eine Cafeteria. Menschen, vor allem ältere, saßen auf modernen Aluminiumstühlen unter grellblauen Sonnenschirmen, die für ein Mineralwasser warben. Die meisten Gäste schwiegen vor sich hin, starrten in die Kaffeeschale vor sich oder auf das Zitat von Albert Schweitzer.

Eine knappe Viertelstunde mussten sie auf bunt gepolsterten Stühlen warten. Es war kaum Betrieb in der Geburtenabteilung. Eschenbach und Jagmetti sahen sich die Fotos der Babys auf den Geburtenkarten an, die wie ein farbiges Mosaik an der Wand hingen. Sie versuchten anhand der Fotos herauszufinden, ob es ein Junge oder ein Mädchen war; wobei jeweils einer den Namen abdecken und der andere raten musste. Jagmetti gewann sieben zu vier. Bei Andrea waren sie nicht sicher, ob es ein italienischer Junge oder ein Schweizer Mädchen war, und bei einem türkischen Namen einigten sie sich auf ein Mädchen, obwohl beide den Vornamen noch nie gehört hatten.

Schwester Claudia war eine stämmige Mittfünfzigerin mit rotem Gesicht und lebendigen, fröhlichen Augen. Sie hätte sich erst noch etwas frisch machen wollen, sagte sie; denn so hohen und amtlichen Besuch bekäme sie selten. Eschenbach musste schmunzeln. In Lachen war man als Dorfpolizist noch eine Respektsperson. Zusammen mit dem Posthalter und dem Lehrer, dachte er. Er beneidete sie um ihr Privileg.

Ja, sie konnte sich noch gut an das Ehepaar Hottiger erinnern. Ein seltsames Paar, fand Schwester Claudia.

»Wissen Sie, Herr Kommissar, hätte ich nicht die Papiere gehabt, die sie als Ehepaar auswiesen, ich hätte geglaubt, es wären Vater und Tochter.«

Eschenbach hätte schwören können, dass sich das Rot ihrer Wangen vertiefte.

»Nicht wegen des Altersunterschiedes, wenn Sie das denken. Dass sich ein junges Mädchen einen gestandenen Herrn zur Seite nimmt …«

Ihm gefiel ihre Ausdrucksweise.

»Das war es nicht. So was würde mich auch nicht irritieren.« Sie sah Eschenbach an und lächelte. »Nein, es war mehr die Art, wie sie miteinander umgingen.« Ohne eine Zwischenfrage abzuwarten, fuhr sie fort: »Sehen Sie, ich habe in den letzten dreißig Jahren schon ganze Dörfer voller Kinder zur Welt gebracht. Und wissen Sie was?«

Schwester Claudia ließ ihm kaum Zeit für ein kurzes Kopfschütteln. »Selbst das scheueste oder zickigste Paar, Streithähne und Miesepeter … wenn ihr Kind zur Welt kommt, sind sie ein Liebespaar.« Sie machte eine kurze Pause.

»Die Hottigers waren keins. Und das, obwohl sie erst ein halbes Jahr miteinander verheiratet waren.«

»Und die Geburt? Ich meine, wie ist sie verlaufen? Sie wissen vielleicht auch, dass …« Eschenbach kam nicht weiter.

»Das ist es ja gerade. Die verlief ohne jegliche Komplikationen. Ein Kaiserschnitt … auf Wunsch der Mutter. Wie im Bilderbuch, sage ich Ihnen. Und dann, knapp eine Woche später, lese ich die Todesanzeige. Eine so hübsche, junge Frau. Tragisch, wir waren alle erschüttert.«

»Wie lange ist sie denn im Spital geblieben?«, fragte Eschenbach.

»Vier Tage.«

»Bitte?«, meldete sich Jagmetti, völlig erstaunt. »Meine Schwester hatte auch einen Kaiserschnitt, wegen der Steißlage des Babys. Sie ist über eine Woche im Spital geblieben.«

»Das ist auch völlig normal. Eine gute Woche, sagen wir immer.«

Jagmetti nickte.

»Aber die Hottigers wollten nach vier Tagen schon nach Hause. Sie wäre gut aufgehoben und hätte auch eine Hausangestellte. Dr. Bamatter, unser Chefgynäkologe, willigte schließlich ein.« Schwester Claudia zuckte mit den Schultern, und ihre kräftigen Arme wirkten auf einmal schwach und hilflos. »Wäre sie nur geblieben, vielleicht hätte die Kleine ihre Mutter jetzt noch.«

»Und Dr. Bamatter, lebt er noch? Ich konnte ihn nirgends finden.« Eschenbach tupfte sich mit dem Taschentuch den Schweiß von der Stirn.

»Ach, der Willy. Der ist schon lange tot. Es war eine seiner letzten Operationen. Ein Jahr später hat er sich pensionieren lassen. Mit siebzig, wohlverstanden. Hat sehr darunter gelitten, unter der Geschichte, das kann ich Ihnen sagen. Aber Frau Hottiger hatte sich nach der Operation schnell erholt und eine sehr gute Konstitution … Es ist nicht schön, wenn man so etwas erlebt, und dann noch so kurz vor der Pension.«

Eschenbach nickte. »Ist er der Sache nachgegangen? Ich meine, es dürfte für einen so erfahrenen Arzt wie ihn doch sehr seltsam klingen, wenn eine junge Frau, mit guter Konstitution, wie Sie sagen, plötzlich stirbt.«

»Ja, tagelang redete er von nichts anderem. Er sprach mit dem Arzt, der den Totenschein ausgestellt hatte. Wie hieß er doch gleich?«

»Dr. Leibundgut?«, warf Eschenbach ein. Es war ein Name, den er sich gut hatte merken können.

»Ja, Dr. Leibundgut. Aber es war zu spät. Der Leichnam war längst kremiert, als die Todesanzeige in der Zeitung erschien. Abdankung in kleinstem Familienkreise, Sie wissen schon.«

Wieder das hilflose Zucken. »Es ist nicht einfach, so in Pension zu gehen.«

Eschenbach nickte und dachte unbehaglich daran, wie viel ungelöste Fälle er einmal zurücklassen würde.

Die beiden Polizisten bedankten sich und gingen zum Lift, wo sie sich entschieden, das Treppenhaus zu nehmen. Ein paar Schritte täten gut, fand Eschenbach und kramte nach einem Zigarillo.

»Eine merkwürdige Geschichte, finden Sie nicht, Chef?«

Eschenbach sagte nichts. Er stapfte schweigend die Treppe hinunter und dachte nach.

»Lenz und ich haben versucht, etwas über diese Eva Matter herauszufinden«, sagte Jagmetti. »Früherer Wohnort, Eltern … irgendetwas.« Der junge Polizist schüttelte den Kopf. »Sie werden es nicht glauben, Chef. Wir fanden nichts. Totale Fehlanzeige! Entweder die Daten in der Heiratsurkunde sind falsch, oder die Matter gibt's gar nicht.«

Wieder sagte Eschenbach nichts. Nur der Trittschall seiner Lederabsätze war zu hören. Schweigen, klack, Schweigen, klack. Bis ins Parterre.

»Hat Lenz das gesagt?«

»Was?«

»Das mit der Matter, dass es sie nicht gibt?« Eschenbach stand still. Sie waren unten angelangt. Treppenhäuser sind einsam, steril und hässlich, vor allem in Spitälern, dachte er.

Jagmetti öffnete die Tür zur Eingangshalle. »Nein. Das ist meine Meinung, Lenz sagt nie so was. Nur Fakten und Daten. Etwas anderes interessiert ihn nicht, vermute ich. Ich finde, er macht sich's ziemlich einfach.«

Eschenbach musste lachen. Er dachte daran, wie es Lenz wohl gerade ging und wie verdammt wenig einfach er es hatte. »Wenn Sie nichts vergessen können, dann merken Sie sich besser nur Wahres oder Falsches.«

»Aber es gibt nicht nur Schwarz und Weiß«, wehrte sich Jagmetti.

»Eben, darum.«

»Wir sollten die Originale überprüfen, hat er gesagt. Geburtsurkunden, Heiratsurkunden, Sterbeurkunden.«

»Können Sie sich ein Leben ohne Urkunden vorstellen, Jagmetti?«

»Nicht wirklich.«

»Und wie ist es mit Urkunden ohne Leben?«

Jagmetti wusste nicht, was er mit dieser Frage anfangen sollte, aber er sah, dass Eschenbach es ernst meinte.

Sie genossen den Blick vom Al Porto über den kleinen Hafen auf den See hinaus. Eine Familie mit zwei Kindern band gerade ihr Motorboot fest. Alle halfen mit, trotzdem schien es nicht richtig zu klappen. Das Boot stand schief, die Wellen drohten es an den Steg zu drücken. Der Vater beschuldigte die Mutter, während der Junge, ein Teenager im Flegelalter, dem Vater die Schuld am misslungenen Manöver in die Schuhe schob. Die Tochter zupfte an ihrem Bikini und schmollte. Wie im richtigen Leben, dachte Eschenbach und nahm noch einen Bissen; die gegrillte Seezunge schmeckte köstlich. Dann wischte er sich mit der Serviette den Mund und eilte kauend zu Hilfe.

Als der Kahn festgezurrt und verankert war, lächelte man sich zu, und der Vater zischte in Richtung der Mutter, es habe gar keinen Grund zur Panik gegeben. Er erntete giftige Blicke.

Eschenbach setzte sich wieder an den Tisch, bestellte einen großen Eisbecher und behauptete, dies sei der schönste Platz am ganzen Zürichsee. Jagmetti entschied sich für Erdbeeren mit Schlagrahm.

»Wenn schon, denn schon«, sagte der Kommissar, als er mit dem Löffel ins Gefrorene stach. »Für das, was wir alleine für die Nachspeise hinblättern, gibt's eine Woche das Menü eins in der Polizeikantine.«

»Na dann …«, murmelte Jagmetti und schob sich eine Erdbeere mit Sahne in den Mund.

Auf der Fahrt zurück in die Stadt saß Jagmetti am Steuer, und Eschenbach telefonierte ununterbrochen.

Die Sekretärin von Salvisberg im Gerichtsmedizinischen Institut beteuerte, dass ihr Chef umgehend zurückrufen werde. Er sei derzeit unabkömmlich. Eschenbach stellte sich vor, wie Salvisberg in der Kühlkammer von Leichen aufgehalten wurde. Er hatte ihm die Abzüge aus den Pornos zugestellt und um eine »Gegenüberstellung« mit Bettlachs Leiche gebeten.

Der Zweite, den er nicht sofort erreichen konnte, war der Zivilstandsbeamte, der die Hottigers damals getraut hatte. Eschenbach bat um Rückruf und hinterließ die Nummer des Präsidiums. Wenn man Tote schon nicht warten lassen kann, dann wenigstens die Heiratswilligen, dachte er. Vielleicht würde es sich der eine oder die andere nochmals überlegen. Schaden täte es nicht; gerade bei der heutigen Scheidungsrate.

Einzig Schwester Claudia erreichte er, nachdem er dreimal intern weiterverbunden worden war. Wenn auf Pathologen und Zivilstandsbeamte schon kein Verlass mehr war, dann wenigstens auf Krankenschwestern. Eschenbach bedankte sich für das Gespräch und ihre Auskunftsbereitschaft. Sagte etwas darüber, wie präzise sie sich habe erinnern können und wie froh er darüber sei. Sie hörte aufmerksam zu. Als er sie schließlich darum bat, abends für eine kurze Unterredung nach Zürich zu ihm ins Präsidium zu kommen, sagte sie ohne Umschweife zu.

Als sie kurz vor Zürich im Stau standen, erreichte Eschenbach noch den Korporal, der die Hausdurchsuchung bei Bettlach geleitet hatte. Er forderte ihn auf, sämtliche Fotos, Familienalben und ähnliche Gegenstände, die der Tote bei sich im Hause aufbewahrte, zu ihm ins Präsidium bringen zu lassen.

Der Kommissar lehnte sich zurück, streckte die Beine aus und dachte nach. Vielleicht hatte er ja Glück, und sein Plan ging auf. Dann könnten sie sich die Sache mit den Originaldokumenten sparen, und die Suche nach Frau Matter, die ins Endlose zu laufen drohte, ebenfalls.

Der Fahrtwind, der durch die offenen Fenster ins Innere des Wagens wehte, wurde schwüler, und seine Müdigkeit, die vorher wie weggeblasen schien, schlich sich wieder ein. Er verstaute sein Mobiltelefon in der Hosentasche, zündete sich eine Brissago an und drehte das Radio auf. *What a Wonderful World* schepperte Louis Armstrongs belegter Bass aus den alten Lautsprecherboxen, und Eschenbach wünschte, dass es so wäre.

29

Sie saßen am runden Besprechungstisch in Eschenbachs Büro. Jagmetti brachte auf einem Tablett Espressi, Biskuits und Mineralwasser.

»Das ist jetzt also das Büro eines Hauptkommissars«, sagte Schwester Claudia, und ihr Blick kreiste durch den Raum. »Sieht ganz anders aus als im Fernsehen.«

»Das ganze Leben ist anders als im Fernsehen.« Der Zivilstandsbeamte, der eine bunte Fliege trug, schien zu wissen, wovon er sprach. Er hatte sich als Elmar Gabathuler vorgestellt. Für Eschenbach schien er einer jener Menschen zu sein, die trotz – oder war es vielleicht wegen? – ihrer ernsten und wehmütigen Seele immer heiter und froh wirken wollten.

Eschenbach ließ seinen Gästen Zeit. Er bedankte sich für ihr Erscheinen und wartete, bis sich die anfängliche Nervosität in ihren Gesichtern und Gesten gelegt hatte. Er dachte darüber nach, ob er ihnen die Fotos nicht besser getrennt zeigen sollte.

Er wusste nicht, was ihn davon abhielt. Hoffte er, dass die beiden sich gegenseitig inspirierten; wenn einer sich erinnerte, der andere mitzog? Wollte er damit seine Chance erhöhen, dass er mit seiner Vermutung Recht bekam? Spekulierte er darauf, dass sie sich zu zweit sicherer fühlten, wenn es unsicher wurde? Wie suggestiv war Polizeiarbeit überhaupt?

Eschenbach fragte sich, wie sich Menschen an ein Gesicht erinnern sollten, das sie vor zwanzig Jahren einmal gesehen hatten. Ein Gesicht unter Tausenden. Eine Eheschließung und eine Geburt pro Woche ergab in zwanzig Jahren zweitausendundachtzig für jeden. Das ging noch, fand er und stellte sich vor, wie viel neue Gesichter er sah: in einer Woche, einem Monat. In zehn, zwanzig, dreißig Jahren. In Sitzungen und Gesprächen; bei Vor- und Einladungen. Auf Festen und bei Festnahmen. Bei Ab-, Über- und Ausführungen. Eschenbach hörte auf zu zählen. Es würde die Zahl verzehnfachen. Wie soll sich nun jemand unter zehntausend Gesichtern an das eine oder andere erinnern? Er musste unweigerlich an Lenz denken und nahm sich vor, ihn morgen zu besuchen.

Eschenbach legte die drei Fotos, für die er sich entschieden hatte, zwischen Schwester Claudia und Gabathuler auf den Tisch. »Ist das die Frau?«, fragte er. »Kennen Sie sie?«

»Ja, das ist sie!«, kam es ohne zu zögern von Schwester Claudia. »Frau Matter, die Frau, von der wir heute Morgen sprachen. Lebt sie denn? Auf dem Bild scheint sie älter zu sein, und ihr Haar ist kürzer.«

Eschenbach blieb ohne Regung. Er sah schweigend zu Gabathuler, der nervös an seiner Fliege nestelte.

»Meinen Sie wirklich?« Der Zivilstandsbeamte war verunsichert und blickte hinüber zu Schwester Claudia. Wie ein Schüler, der nicht recht wusste, ob das, was ihm sein Nachbar einflüsterte, auch wirklich die richtige Antwort war. Er nahm die drei Bilder in die Hand und sah sie, eines nach dem anderen, genau an. Er nickte. »Es könnte schon sein, obwohl …« Wieder fingerte er an seiner Fliege, als gäbe sie ihm Halt. »Die junge Frau hatte doch …«

»Blondes, langes Haar«, unterbrach ihn Schwester Claudia. »Und hier hat sie dunkles Haar und trägt es kürzer. Das habe ich auch bemerkt. Aber schauen Sie.« Die Krankenschwester zeigte mit dem Finger auf das zweite Bild. »Hier, die Grübchen in ihrer Wange, das markante Kinn, und da …«, wieder schien sie etwas zu entdecken, von dem sie glaubte, es schon einmal gesehen zu haben. »Ihre Augen …. Und die Falten in ihrer Stirn, wenn sie lacht, wie hier auf dem Foto.«

Sie nahm ein Bild nach dem anderen in die Hand, betrachtete sie schweigend und sagte dann: »Sie hat traurige, verletzliche Augen.« Und nach einer kurzen Pause: »Doch, das ist Eva Matter, daran besteht überhaupt kein Zweifel!« Sie sah Eschenbach an, trotzig, als wäre sie bereit, für ihre Überzeugung zu kämpfen. »Und wissen Sie was, Herr Kommissar?«, fügte sie noch hinzu: »Sie haben fast dieselben Augen.«

»Also, ich weiß nicht recht.« Gabathuler, der bolzengerade auf seinem Stuhl saß und die Finger gegeneinander presste, war nicht wohl in seiner Haut. »Ich möchte nicht, dass jemand aufgrund meiner Aussage verurteilt wird.«

»Da müssen Sie keine Angst haben«, sagte Eschenbach. Was er befürchtet hatte, war eingetroffen. Und doch, ein Gedanke schoss ihm durch den Kopf. Etwas, woran er noch gar nicht gedacht hatte, und das sich jetzt, wie der Farbenfächer eines Regenbogens, zwischen Sonne und Wolkenwand vor ihm auftat. Er stand auf und ging zu seinem Pult, wo die restlichen Fotos, die man in Bettlachs Haus sichergestellt hatte, auf einem Stapel lagen. Der Kommissar blätterte sie sorgsam durch, zögerte einen Moment und nahm dann ein Bild heraus. Er legte es vor Gabathuler auf den Tisch und sorgte dafür, dass Schwester Claudia es nicht sehen konnte.

»Ja, die hier ist es! Die war's.« Der Zivilstandsbeamte sagte es ohne Zögern, mit lauter bestimmter Stimme, als hätte er gerade eine Trauung vollzogen. Dann gab er es Schwester Claudia. Sie sah das Foto lange an. Es zeigte Doris Hottiger, wie sie lachte; das Haar fiel ihr in dicken blonden Strähnen über Wange und Schulter. Schwester Claudia blickte zu Eschenbach hoch, der noch immer stand. Ihre Augen trafen sich länger als nur für einen Augenblick, und Eschenbach war froh, dass sie schwieg.

Sie verabschiedeten sich, und Eschenbach begleitete seine Gäste nach unten zur Pforte. Gabathuler ließ sich von der Drehtür beschwingt ins Freie befördern, während Eschenbach der Schwester nochmals die Hand drückte.

»Frauen sehen anders«, sagte er, und bevor sie in der Drehtür verschwand, rief er ihr nach: »Wir melden uns.«

Als Eschenbach wieder ins Büro trat, sah er, dass Jagmetti noch immer die Fotos betrachtete, die er säuberlich in einer Reihe nebeneinander gelegt hatte.

»Diese Ähnlichkeit ist verblüffend. Warum sind wir nicht früher drauf gekommen, Chef?«

»Weil wir Männer sind«, sagte Eschenbach. Er nahm das Foto von Doris Hottiger und gab es Jagmetti. »Das schenke ich Ihnen.«

»Dürfen Sie das denn?«, fragte er und nahm es an sich, als wären es die Kronjuwelen von England.

»Nehmen Sie's!« Eschenbach dachte an die Archive im Keller, an das ganze Material, für das sich kein Schwein interessierte. Dann schob er die drei Bilder zusammen, die noch auf dem Tisch lagen, hob sie auf und legte sie zu den anderen auf seinem Schreibtisch. Sie zeigten in unterschiedlichen Posen ein und dieselbe Frau: Eveline Marchand.

Der Anruf von Salvisberg erreichte ihn morgens um halb sieben. Eschenbach saß mit Jagmetti in einer überfüllten Wartelounge am Flughafen Zürich.

»Immer noch der alte Frühaufsteher«, grummelte der Kommissar.

»Wer zu spät aufsteht, den bestraft das Leben«, klang es heiser am anderen Ende. »Bei mir schlafen noch alle«, fügte er hinzu und lachte.

Eschenbach hatte keine Lust, den Spruch zu kontern; nicht um diese Zeit.

»Ich habe zwei gute Nachrichten.« Salvisberg merkte, dass Eschenbach für Witze nicht aufgelegt war. »Die Körper auf den Abzügen sind identisch mit Bettlach und dem Toten aus Basel. Ich habe gestern Abend noch mit meinem Basler Kollegen telefoniert. Er ist derselben Meinung. Narben, Körperbehaarung,

Faltenbildung etc. Ich erspare Ihnen die Details … steht alles in dem Bericht, den ich Ihnen noch zukommen lasse. Dachte nur, Sie wollen es vielleicht gleich wissen.«

»Ja, danke.« Eschenbach überlegte. Dann hatte er doch Recht mit seiner Vermutung gehabt: Es schien, als habe jemand zwei Kinderschänder exekutiert. Aber wer war dieser Jemand, der sowohl Richter wie Henker spielte? Der ohne viel Federlesens die Bösen von den Guten trennte? »Was meinen die Basler: Ist es Selbstmord oder Mord?«

»Selbstmord ist nicht sehr wahrscheinlich. Die Dosis Schlaftabletten war zu gering, meinen sie. Obwohl, ich möchte meinen Kollegen nicht vorgreifen. Die Untersuchungen sind noch nicht abgeschlossen.«

»Ich weiß«, murmelte Eschenbach. »Dann war es also Mord.«

»Im Gegenteil«, konterte Salvisberg. »Sie gehen von einer natürlichen Todesursache aus … allenfalls ein Unfall.«

»Was?« Eschenbachs Weltbild schien zu wanken. »Das glauben Sie doch selbst nicht, oder?!«

»Wieso nicht? Das sind bei weitem die häufigsten Todesursachen. Vergessen Sie das nicht. Die Leute fallen um … einfach so oder durch einen Unfall.« Salvisberg lachte über sein Wortspiel. »Ermordet zu werden ist ein Privileg, das nur wenigen zukommt.«

»Ach hören Sie auf, Salvisberg. Die beiden kannten sich. Jemand hat hier den Henker gespielt. Da bin ich todsicher!«

Salvisberg lachte wieder. »Gehen Sie auch auf die Salzburger Festspiele? Nächstes Wochenende läuft *Jedermann.* Die Ferres spielt die Buhlschaft. Ich finde die Geschichte hinreißend, schon rein aus pathologischer Sicht. Kennen Sie's?«

»Natürlich kenne ich's.« Eschenbach war sichtlich genervt. »Das war Mord, Salvisberg! Die machen sich's zu einfach in Basel.«

Die Dame am Schalter bat über den Lautsprecher die Fluggäste mit Flug nach Paris, Pass und Flugtickets bereitzuhalten und sie am Schalter vorzuweisen.

»Und wie um alles in der Welt kommen Sie auf Unfall? Können Sie mir das wenigstens noch erklären?« Eschenbach stand auf und stellte sich in die Reihe zu Jagmetti, der Ticket und Pass schon in der Hand hielt.

»Oliver hatte ein schwaches Herz. Er nahm Digoxin. Beides ist erwiesen. Vielleicht hatte er Schlaf- und Herztabletten verwechselt, die Schlaftabletten nicht vertragen, oder beides.«

»Das ist doch Schwachsinn, Salvisberg«, polterte der Kommissar und suchte in der Reisetasche nach seinen Tickets.

»Wenn jemandem, der ein schwaches Herz hat, eines Tages das Herz stillsteht, dann liegt der natürliche Tod näher als alles andere. Ist das denn so schwierig zu verstehen? Vielleicht ein selbst verschuldetes Missgeschick, Kontraindikationen mit anderen Medikamenten und dergleichen, einverstanden. Aber für eine Mordfantasie à la Agatha Christie müssen Sie schon verdammt gute Karten haben.«

Eschenbach befand sich kurz vor dem Check-in-Desk. Er wollte die Personen, die hinter ihm standen, vorlassen und bemerkte, dass er der Letzte in der Schlange war.

»Aber es ist doch möglich, dass ihn jemand erstickt hat. Zuerst die Schlaftabletten und dann im Schlaf erstickt. Das ist doch möglich und sieht aus wie Herzstillstand, oder?«

Die Dame, die ihm Ticket und Pass abnahm und zugehört hatte, sah ihn mit großen Augen an. Sie wollte schon einen Kollegen zu Hilfe rufen, als ihr Eschenbach unaufgefordert seinen Polizeiausweis entgegenstreckte. Sie nickte, stempelte und versuchte ein Lächeln.

»Natürlich ist das auch möglich. Möglich ist vieles«, sagte Salvisberg ungeduldig. »Wenn Ihre alte rostige Karre eines schönen Tags auseinander bricht, dann ist Sabotage auch eine Möglichkeit. Aber nicht sehr wahrscheinlich. Bringen Sie Beweise, vielleicht haben Sie Recht, und es ist etwas faul. Ich wollte Ihnen nur sagen, was der Stand der Dinge ist und was man mir gesagt hat, mehr nicht.«

»Schon gut«, grummelte Eschenbach.

»Ach ja, Geschlechtsverkehr hatte er auch noch, bevor er starb«, fügte Salvisberg hinzu. »Mit einer Frau. Vielleicht hat sie ihm das Herz gebrochen.«

Eschenbach bedankte sich, schaltete sein Mobiltelefon aus und ging durch den Andockstutzen ins Innere des Flugzeugs.

30

Paris mit dem Flugzeug sei nicht ungefährlich, hatte Rosa Mazzoleni ihm mit auf den Weg gegeben. Es liege nicht am Flug. Nein, dieser sei nicht gefährlich, nicht gefährlicher als sonst wohin, hatte sie gesagt. Eins zu wie viel auch immer; praktisch null, die Chance, dass man abstürze. Das Gefährliche sei die Taxifahrt vom Flughafen in die Stadt. Eschenbach fragte sich, ob sie wusste, dass er Taxis hasste. Egal, ob in Paris, Zürich oder sonst wo. »Nehmen Sie einen älteren Fahrer mit Veston und Krawatte«, hatte sie ihm ans Herz gelegt.

Der Einzige, der bei vierzig Grad im Schatten Veston und Krawatte trug, war ein alter Hongkong-Chinese. Die falsche Wahl, wie sich nachträglich herausstellte.

Für den klapprigen Renault lagen die hundertsechzig Sachen an der Grenze des Machbaren. Der Chinese nutzte Ton- und Lichthupe sowie die ganze Breite der sechsspurigen Autobahn.

Man sollte die Menschen nicht nach ihrer Kleidung beurteilen, dachte Eschenbach. Als ein Sattelschlepper vor ihnen immer größer wurde, streckte sich sein rechtes Bein und drückte, einem Reflex folgend, dorthin, wo kein Bremspedal war. Im letzten Moment wechselte der Chinese die Spur und sprach die ganze Zeit hektisch in das Kabel, das vom linken Ohr zum Mobiltelefon auf dem Nebensitz führte.

Zusätzlich zur Angst, die er ausstand, deprimierte es Eschenbach, dass Jagmetti seelenruhig neben ihm saß und in *Paris Match* blätterte. Als läge er in einer Hängematte. War es die Jugend, die die Gefahr nicht sah, einfach nicht wahrnahm? Oder das Alter, das im Bewusstsein der Endlichkeit die Gefahr überschätzte? Eschenbach hasste sich; für seinen Angstschweiß, und dafür, wie er am Leben hing, wie ein Süchtiger an der Nadel.

Er schielte hinüber zu Jagmettis Lektüre. Auf einer Doppelseite sah man Prinzessin Stephanie mit De-Luxe-Wohnmobil beim Campieren in der Schweiz. »Die Zigeunerprinzessin« titelte das Blatt bissig. Nach dem Zirkusdirektor hatte sie nun eine Affäre mit einem Artisten. Ein Abstieg, wie man befand. Man sah den Leibwächter, wie er eine Pizza brachte. Kartonschachtel statt Tafelsilber. Das Blatt empörte sich, dass es sich für eine Prinzessin so nicht gehörte.

Der Fürst tat es still, die Presse laut und abschätzig. Prinzessinnen gehören nicht auf Zeltplätze und Pizzen nicht in blaublütige Magen. Verkehrte Welt, dachte Eschenbach.

Abstruse Gedanken kreisten in seinem Kopf. Was steht in unseren Genen, und wem gehorchen sie? Nach welchen Gesetzen funktionieren wir? Vielleicht stammte die Prinzessin aus einer ganz anderen Welt. Vielleicht hatte Fürstin Gracia eine Affäre mit einem Zirkusartisten oder einem Zigeuner gehabt, und niemand hatte es je erfahren? Würde es das wilde Leben der jungen Prinzessin erklären, oder war das ganze Leben nur eine Illusion?

»Irgendwie wird man freier, wenn die Temponadel bei hundertsechzig steht und der Fahrer kurzsichtig ist«, sagte er zu Jagmetti, der ihn irritiert ansah. Eschenbach schloss die Augen und öffnete sie erst wieder, als der Taxifahrer anhielt und den Fahrpreis nannte.

»Man sieht sich im Leben immer zweimal, nicht wahr, Herr Eschenbach?« Lächelnd öffnete Eveline Marchand den beiden Polizisten die Tür ihres Pariser Apartments. Sie trug ein leichtes Sommerkleid mit Blumenmuster in Blassblau und Rosa.

»Mindestens zweimal«, sagte Eschenbach und war froh, dass die Beklommenheit ihres letzten Gesprächs verflogen war.

Eveline führte ihren Besuch ins Wohnzimmer. Der alte Holzboden knarrte behäbig, und Eschenbach sah, dass Eveline keine Schuhe anhatte. Kleine, zierliche Füße huschten über hundert Jahre altes Eichenholz. Auf einem niedrigen Couchtisch aus schwarzem China-Lack standen drei Drinks bereit.

»Wassermelone, Kiwisaft und ein kleiner Schuss Cointreau. Mein Sommergetränk«, sagte sie und wies den beiden Beamten einen Platz zu. »Ihre Sekretärin hat Sie angemeldet ... ich dachte, etwas Erfrischendes kann nicht schaden.«

Es waren derselbe Charme, derselbe wache Blick und dieselben Grübchen unter den hohen Wangenknochen, die Eschenbach schon bei seinem ersten Besuch verzaubert hatten.

Die beiden Polizisten ließen sich auf der Ledercouch nieder und warteten, bis auch Eveline sich setzte. Sie saß ihnen schräg gegenüber, auf einem ausladenden, mit Brokatseide überzogenen Sessel.

Eschenbach ergriff ohne Umschweife das Wort:

»Sie waren mit Doris schwanger, als Sie Bettlach über Nacht verließen. Das war der wirkliche Grund, nicht wahr, Frau Marchand?« Seine Frage platzte in den Raum wie eine Bombe ohne Widerhall. Er sah ihr in die hellen Augen, und sie schwiegen eine Weile.

Der Kommissar räusperte sich. »Ich möchte Ihnen nicht die Zeit stehlen, glauben Sie mir. Also reden wir Klartext.«

Sie nickte.

»Sie haben unter einem anderen Namen geheiratet und ein Kind zur Welt gebracht. Doris Hottiger. Stimmt das?«

Wieder nickte sie.

Claudio Jagmetti, dem die forsche Gangart seines Chefs missfiel, stemmte sich auf der Couch nach vorne und griff nach einem der Drinks. Seine Hände hinterließen auf dem dunkelbraunen Leder zwei feuchte Flecke.

»Ihre Ehe mit Ernst Hottiger – können Sie dazu etwas sagen?«, fuhr der Kommissar fort. »Sie ist ungültig, da Sie zu diesem Zeitpunkt noch mit Philipp Bettlach verheiratet waren … aber das ist in diesem Zusammenhang unwichtig.« Er machte eine kurze Pause und sah Eveline Marchand an: »Ist er der Vater des Kindes?«

Eveline zögerte. Sie blickte zu Jagmetti, der sich verschluckt hatte und husten musste.

»Wir wissen aufgrund des Vaterschaftstests, den Sie damals selbst vorgebracht haben, dass Philipp dafür nicht in Frage kommt«, folgerte Eschenbach, der sich durch Jagmettis Gehuste nicht beirren ließ.

»Ja, Doris ist unser Kind«, murmelte sie und zog beide Schultern hoch, als wollte sie sich dafür entschuldigen. Dann sah sie irritiert zu dem jungen Polizisten: »Geht es?«

»Ja, ja«, keuchte Jagmetti mit hochrotem Kopf. Er hielt sich die Hand vor den Mund und ein weiterer Hustenanfall folgte. Erst als ihm Eschenbach ein paar Mal kräftig auf den Rücken klopfte, wurde es besser.

Eveline schien erleichtert. Sie nahm eines der bauchigen Gläser vom Tisch und sagte: »Dann auf Ihr Wohl!«

»Auf das Ihre!«, sagte Eschenbach.

»Santé«, kam es gepresst von Jagmetti.

Sie schwiegen eine Weile.

»Ich habe mir immer ein Kind gewünscht, wissen Sie.« Eveline hatte ihr Glas abgesetzt und ihre Beine zu sich auf den Sessel gezogen. »Schon ganz am Anfang, als ich noch verliebt gewesen war. Dabei habe ich immer gedacht, es läge an mir.«

»Und Doris?«, fragte Jagmetti. »Ist sie bei Ihnen aufgewachsen? Hier, in Paris?«

Eveline lächelte: »Ja, in den ersten Jahren war sie bei mir und später immer öfter bei Ernst in der Schweiz. Die Schulen sind hier nicht besonders, wissen Sie … und wir wollten nicht, dass sie in einer Großstadt aufwächst.«

Eschenbach verstand nicht viel vom französischen Schulsystem, aber es reichte, um zu wissen, dass die Schule nicht der eigentliche Grund gewesen war, weshalb Doris zurück in die Schweiz kam.

Eveline schien seine Gedanken zu lesen und fügte hinzu: »Ernst wollte es so … er hängt sehr an ihr. Es hat mit seiner eigenen Kindheit zu tun. Ein Kind braucht einen Vater … da war er stur. Schließlich hat es sich ergeben, dass Doris in der Schweiz zur Schule ging.«

»In Zürich?«, wollte Eschenbach wissen.

»Nein, in Einsiedeln, in die Klosterschule. Eine offene Klosterschule … wir haben sie nicht eingesperrt.«

»Lebten Sie immer getrennt?«, wollte Jagmetti wissen.

»Ja, eigentlich schon. Ich behielt meine Wohnung hier.« Sie zögerte, fuhr dann aber fort. »Wenn ich in der Schweiz war, dann wohnte ich bei Ernst, in seinem Haus am Sihlsee. Und in den Schulferien kam Doris meistens zu mir. Ernst war in der Schweiz beruflich sehr engagiert, und ich musste unentdeckt bleiben. Ein für alle Mal aus Philipps Leben verschwinden. Schon wegen des Kindes, verstehen Sie?«

Die Beamten nickten. Es war die übliche Erklärung einer Beziehung, die im Grunde genommen keine war.

Eschenbach sah sich die Bilder an, die an den Wänden hingen und in kräftigen Farben den Raum beherrschten: Zwei Strichmännchen in Rot und Blau umarmten sich. Sie hatten kein Gesicht – weder Augen, Ohren, Nase oder Mund. Und doch, sie versprühten Sinnlichkeit, etwas, das lebte, lachte und roch. Der Kommissar mochte die Bilder von Keith Haring; sie waren einfach in der Form – und trotzdem so unmissverständlich klar im Ausdruck. »Lieben Sie Ihren Mann?«, fragte er, als hätte ihn das rot-blaue Paar dazu inspiriert.

»Sie stellen einen Haufen persönlicher Fragen, Herr Kommissar.« Eveline lächelte ohne Verlegenheit. »Ich beantworte sie gerne … ich zweifle nur, ob Sie etwas damit anfangen können. Ist es schlussendlich nicht eine Frage des Standpunktes, wie wir Liebe definieren?«

Eschenbach sah auf die Uhr. Er wollte Antworten, keine Fragen.

»Ja, ich liebe Ernst. Er ist ein wunderbarer, ein starker Mann.«

Eschenbach nickte, kramte ein baumwollenes Taschentuch aus seiner Hose und tupfte sich Stirn und Schläfe.

»Wann haben Sie erfahren, dass Doris und Ihr Exmann ein Verhältnis miteinander hatten?« Es war Jagmetti, der diese Frage stellte.

»Irgendwann im Mai … ein paar Tage nach Pfingsten«, sagte sie ruhig. »Ernst hat mich angerufen und es mir gesagt. Wir hatten einen heftigen Streit deswegen. Ich habe ihm vorgeworfen, dass er es hätte verhindern müssen …« Sie hielt einen Moment inne. »Als ob sich das einfach so verhindern ließe. Ich habe ihm eine Szene gemacht, das können Sie mir glauben. Dass Doris und er in demselben Club Golf spielen mussten … schiere Nachlässigkeit, fand ich. Eine Nachlässigkeit, die ich von Ernst nicht kannte.« Sie hielt inne und sah den Kommissar lange an. »Aber wissen Sie, was das Perfide daran war?«

Die Polizisten schüttelten den Kopf.

»Sie kannten sich gar nicht vom Golfplatz. Sie trafen sich im Tessin. Doris war mit einer Freundin dort. In einem Grotto, irgendwo am Lago Maggiore, lernten sie sich kennen. Merkwürdig, nicht wahr? Der Golfclub spielte gar keine Rolle.«

Eschenbach überlegte, ob sie sich was einreden wollte. Wenn Philipp nach ihrer ersten Begegnung wieder nach Zürich und Doris nach Paris gegangen wäre, hätte es dasselbe Ende genommen? Spielten die räumliche Nähe und der Golfclub nicht doch eine Rolle? Immerhin hatte Doris dort eine Stelle angetreten. Man kann das Schicksal auch herausfordern, fand er. Und doch, wie vorbestimmt war alles? Wo fing es an und wo hörte es auf mit dem Fatalismus? Es war ein Thema, über das Eschenbach mehr nachdachte, als ihm lieb war, und über das er nur selten sprach. Zu viele Fragen und zu wenig Antworten – dann war es besser, man schwieg.

»Und Ernst Hottiger, was sagt er?« Eschenbach unterdrückte ein Gähnen.

»Natürlich machte er sich Vorwürfe. Er ist ein sehr gewissenhafter Mensch und er hasst Zufälle. Berufsbedingt, versteht sich.« Sie fuhr sich durchs Haar und lächelte. »Aber irgendwann sind die Kinder groß. Irgendwann wachsen die Bäume der Sonne entgegen, und nicht mehr dorthin, wo es der Gärtner will.«

»Wessen Ansicht ist das, Ihre oder die Hottigers?«

»Die Ansicht von uns beiden.« Wieder lächelte sie.

»Als Doris entdeckt hatte, was sich hinter Philipp Bettlach verbarg … ich meine, hat sie Ihnen Vorwürfe gemacht?«

»Ja und nein. Wir haben nicht viel darüber gesprochen. Es gibt Dinge, die müssen erst ruhen, bevor man über sie spricht.«

»Ist sie jetzt hier, bei Ihnen?«

Eveline Marchand zögerte. »Ja. Sie hat sich fürs nächste Semester an der Sorbonne eingeschrieben. Philosophie.« Sie lachte. »Als gäbe einem das Leben nicht schon genug Fragen …«

Jagmetti rutschte auf der Couch nach vorne. »Kann ich sie sehen?«, fragte er, die Hände zusammengefaltet auf seinen Knien.

Von der morgendlichen Frische war nichts mehr übrig geblieben. Die Julisonne drang durch die großen Fenster und warf ein hartes Licht in das Innere des Raumes.

»Sie wollte nicht dabei sein, wenn wir miteinander reden. Ich glaube, es ist besser so«, sagte Eveline und sah dabei zu Jagmetti, als ginge es nur ihn etwas an. »Sie hat mir viel von Ihnen erzählt … ich glaube, sie vermisst Sie.«

Jagmetti wusste nicht recht, was er sagen sollte. Eine Antwort war das ja nicht gerade. Er war froh, als Eschenbach wieder das Wort ergriff.

»Ich gehe davon aus, dass Doris bei Ihnen bleibt und man Sie beide hier erreichen kann, wenn es nötig wäre.«

»Ja, sie bleibt jetzt hier für eine Weile. Sie können jederzeit anrufen.«

»Und Johannes Bettlach … ich meine, sehen Sie sich noch? Jetzt, nachdem das alles passiert ist …« Der Kommissar fuhr mit der Fingerkuppe über den Rand seines leeren Glases.

»Johannes ist ein Freund, ein sehr guter Freund. Das war er immer … und ist er immer geblieben.« Sie schaute auf die Uhr. »Es ist Mittag, soll ich Ihnen etwas auftischen lassen?«

Eschenbach erschrak, als er sah, dass es bereits kurz vor ein Uhr war. Durch den Verkehr, der um diese Zeit herrschte, würde er zum Flughafen gut eine Stunde brauchen. Es war Zeit aufzubrechen. »Das ist sehr nett, danke. Aber wir müssen zurück.«

Alle drei standen auf, und Eveline Marchand begleitete sie an die Tür.

»Lieben Sie ihn immer noch?«

Sie sah ihn fragend an.

»Den guten Freund, meine ich?« Eschenbach sah in ihre hellen Augen und zog die Augenbrauen hoch.

»Ist Freundschaft nicht die edelste Form von Liebe?« Sie lachte. Es war ein fröhliches, beherztes Lachen, und beide ließen es dabei bewenden. »Ich werde gleich ein Taxi rufen lassen, es wird ein paar Minuten dauern.«

Eschenbach nickte und bat Jagmetti vorzugehen. Er hatte noch etwas, das er gerne unter vier Augen mit Eveline Marchand klären wollte.

Das Taxi stand schon da, und der Motor lief, als Eschenbach aus dem kühlen Hausflur ins Freie trat. Jagmetti, der in sich gekehrt auf dem Rücksitz des Wagens saß, erschrak, als sein Chef die Türe aufriss.

»Steigen Sie aus, Jagmetti«, polterte der Kommissar fröhlich. Er hatte ein breites Grinsen im Gesicht. »Sie bleiben hier.«

Jagmetti stutzte.

»Sie haben ziemlich viele Überstunden … und ein paar Tage Paris haben noch niemandem geschadet.« Er lachte. »Morgen ist Freitag, ich erwarte Sie am Montag wieder zurück.«

Sein Assistent rutschte umständlich auf der Sitzbank zur offenen Tür und stieg aus, ohne dass er auch nur ein einziges Wort herausbrachte.

»Eveline weiß Bescheid. Rufen Sie im Präsidium an. Frau Mazzoleni soll Sie umbuchen«, rief ihm Eschenbach zu, nachdem er im Fond des Wagens Platz genommen und dem Fahrer das Fahrtziel genannt hatte. »Und übrigens … auf dem Flohmarkt an der Porte de Clignancourt gibt es Stühle … die halten ein ganzes Leben.«

Jagmetti stand auf dem Gehsteig und sah dem davonfahrenden Taxi nach. Was meinte Eschenbach mit den Stühlen? Er konnte sich keinen Reim darauf machen, und als er nachdenklich zurück zum Eingang ging, merkte er, dass sein Magen knurrte und er Hunger hatte.

31

Eschenbach hatte viel über den Fall nachgegrübelt. Fliegen eignete sich besonders dafür, fand er. Die abgehobene Unerreichbarkeit, die Einsamkeit über den Wolken, es hatte etwas Zeitloses, Ewiges.

Als er auf dem Weg zum Flughafen im Präsidium angerufen hatte, um die Suchaktion nach Doris zu beenden, wusste man es dort bereits. Außerdem war Ernst Hottiger gelandet: vor zwei Stunden, mit einer Maschine der Air France, via Paris. Die Nachricht sei von der Flughafenpolizei Zürich-Kloten soeben hereingekommen, hieß es.

Der Flieger, in dem Eschenbach saß, war halb leer. Der Kommissar hatte zwei Sitze für sich allein. Der wirkliche Luxus beim Fliegen ist nicht der Champagner, sondern der Platz, dachte er.

Der Schweizer Fluggesellschaft, mit der er flog, ging es schlecht, schlechter, als man es wahrhaben wollte. Das meinten jedenfalls die Experten. Vor zwei Jahren war es ihr so schlecht gegangen, dass es am Ende nicht einmal mehr fürs Kerosin gereicht hatte. Man glaubte es erst, als die Flugzeuge stehen geblieben waren. Zum Glück am Boden und nicht in der Luft. Man kauft einem den Bettler nicht ab mit dem Schweizerkreuz auf der Brust, hatte Corina damals gesagt; mit Banken und Schokolade im Gepäck habe man im Armenhaus nichts verloren.

Das Selbstbewusstsein der Schweizer war seither nicht mehr dasselbe, fand Eschenbach. Es war durchscheinend geworden, zerbrechlich irgendwie. In den Gesichtern der Stewardessen sah man es genauso wie in denen der Flugkapitäne. Hinter maskulinen Pilotenbrillen und einem aufgesetzten Lächeln verbarg sich Scham, wo früher einmal Stolz gewesen war. Sogar die Flugzeuge glänzten nicht mehr wie einst. Man tat sich schwer mit der Verletzlichkeit hierzulande. Vielleicht lag es an den hohen Bergen, den tiefen Seen oder am selbst auferlegten Zwang, immer und überall neutral sein zu müssen. Vielleicht war es auch die schiere Kleinheit, die Sprache, die niemand verstand, oder die Angst, mitten in einem wachsenden Europa langsam isoliert zu werden.

Eschenbach las den Leitartikel der *Neuen Zürcher Zeitung* zur Lage im Nahen Osten und im Inlandteil den Bericht zum bevorstehenden Nationalfeiertag. Die große und die kleine Welt.

Sie landeten.

Wie jedes Jahr um diese Zeit herrschte am Flughafen Hochbetrieb. Heerscharen von Badelatschen und halb offene Freizeithemden mischten sich unter rahmengenähtes, schwarzes Leder und gestärkten Baumwollzwirn. Halb nackte Oberkörper mit ärmellosen T-Shirts konkurrierten mit hochgeschlossenen Businessuniformen. Ferien- und Arbeitswelt gaben sich die Hand, wobei Eschenbach auffiel, dass es in der Welt der Geschäftigen weitaus weniger hektisch zuging. Er dachte an Kobler und rief sie in Südfrankreich an, während er sich von einem Taxi ins Präsidium chauffieren ließ.

Dass sie Doris Hottiger gefunden hatten, schien sie zu beruhigen. Vermisste und verschwundene Zeugen seien ein heikles Thema, vor allem bei einem Mordfall, meinte sie. Und natürlich hatte sie Recht.

Er wünschte schöne Ferien, und sie bedankte sich; allerdings nicht ohne darauf hinzuweisen, dass sie viel Arbeit mitgenommen und nur noch vier Tage Urlaub habe. Nächste Woche sei sie wieder zurück, sagte sie, und falls etwas Gravierendes vorfiele, wisse er ja, wo sie zu erreichen sei. Es klang nach Entschuldigung und schlechtem Gewissen.

Eschenbach stellte sich Kobler vor, wie sie in Badelatschen und Bikini unter südfranzösischen Palmen lag und Akten las.

Beinahe hätte er gesagt, dass er daran denke, den Fall Bettlach noch diese Woche abzuschließen – und dass er mit dem Gedanken spiele, nächste Woche auch ein paar Tage Urlaub zu nehmen. Badend und angelnd auf Gabriels Fischerboot oder schlafend am Seeufer. Unter schweizerischen Platanen und ohne Akten. Vor allem ohne Akten.

Er wusste nicht, was ihn zu dieser Vorstellung hinriss. Vielleicht war es die Müdigkeit, die er verspürte, oder die Hitze, die ihm täglich mehr zusetzte. Im Grunde genommen war es nur ein Gefühl. Er hatte es immer, wenn er lange und intensiv an einem Fall arbeitete und sich die Fäden in seinem Kopf zu einer Lösung verdichteten.

Auf der Ablage neben Rosa Mazzolenis Schreibtisch stand normalerweise eine Schale mit feinsten, bunt verpackten Schokoladentäfelchen. Jetzt thronte dort, in hässlichem Computergrau, ein elektrischer Ventilator. Er drehte seinen Kopf brummend hin und her, als würde vor ihm Tennis gespielt.

»Schauen Sie nicht so entsetzt. Es ist keine Schönheit … aber es war der Letzte, den ich kriegen konnte.« Frau Mazzoleni sah über den Rand ihrer Brille und wischte sich mit einem Taschentuch über die Stirn, obwohl sie gar nicht schwitzte. »Ausverkauft, die Dinger … restlos ausverkauft. Den hier hatte die Kassiererin für sich; sie war so freundlich und hat ihn mir weiterverkauft.«

»Zu einem überteuerten Preis, nehme ich an«, sagte Eschenbach und grinste. »Jetzt müsste man Heizlüfter kaufen, mit Preisnachlass!«

Eschenbach arbeitete bis tief in die Nacht hinein. Er hatte sich zum zweiten Mal den Bericht von Lenz vorgenommen. Diesmal nicht nach der Gliederung, wie sie Lenz angedacht hatte, sondern chronologisch. Das Leben ließ sich nicht beliebig ordnen; es war ein zusammenhängendes Kunstwerk. Wenn man ein Bild begreifen wollte, dann nützte es nichts, wenn man es nach Farben ordnete. Es verlöre nicht nur seine Vollkommenheit, sondern auch seinen Sinn.

Jede der dreihundert Seiten las er sorgfältig. Er nahm sie aus dem Ordner heraus, suchte ihren wirklichen Platz im Leben von Ernst Hottiger, und gliederte sie neu. Die Erinnerung ist eine unauslöschbare Komponente in der Art und Weise, wie wir urteilen und handeln. Die Rätsel von heute erklären sich zu einem großen Teil durch das Gestern, dachte er.

Das Geheimnis der Biographie Ernst Hottigers lag in dessen Kindheit. Es war eines jener tragischen Ereignisse, die ein Leben bestimmten wie Weichen die Richtung von Zügen.

Ernst war ein unauffälliger Junge, bis zu dem Zeitpunkt, als sich seine Eltern trennten. Ilse Hottiger, die sehr jung Mutter geworden war, emigrierte drei Jahre nach Kriegsende mit einem jungen Künstler nach Kanada. Der Vater, dem das Sorgerecht für den Jungen zugesprochen wurde, hatte fortan wenig Glück. Er litt darunter, dass seine Frau ihn verlassen hatte, und ertränkte seine Schmach im Alkohol. Es folgten der wirtschaftliche Ruin seiner Sattlerei und schließlich die Entziehung des Jungen durch die Vormundschaftsbehörde.

Ernst Hottiger war zehn Jahre alt, als man ihn in ein Heim für Waisen steckte. Das Leben ist ein zynischer Hund, fand Eschenbach.

Ein knappes Jahr später brachte sich der Vater um. Band sich mit den Schnürsenkeln seiner alten Armeeschuhe einen Sack Steine um den Hals und sprang in die Limmat. Dem Jungen sagte man nichts. Für ihn galt er als vermisst. Erst als Hottiger fünfzehn Jahre später selbst begann, Nachforschungen anzustellen, fand er es heraus.

Schon früh übten Waffen eine besondere Faszination auf den jungen Hottiger aus. Stundenlang zielte er mit einer selbst gebastelten Steinschleuder auf Einmachgläser, die er heimlich aus der Küche entwendet hatte. Aus Haselruten und ein paar alten Brettern wurde ein Pfeilbogen oder eine Armbrust gezimmert; immer ging es ihm ums Schießen – und immer auch ums Treffen.

Damit sein Interesse in kontrollierte Bahnen geriet, ermöglichte ihm die Heimleitung, an Jungschützenkursen und später am Knabenschießen teilzunehmen. Er belegte zweite und dritte Plätze, gewann aber nie. Zu seinem vierzehnten Geburtstag bekam er ein gebrauchtes Luftgewehr. Eine Stiftung zur Förderung talentierter Waisenkinder kam für die Kosten auf. Es wurde seine Leidenschaft. Zwei Jahre später wurde er in die schweizerische Talentförderung aufgenommen, mit achtzehn war er Mitglied des Schweizer Nationalkaders der Luftgewehrschützen. Er rechtfertigte das Vertrauen, das man in ihn setzte: ein Jahr später, mit Bronze und Gold bei den Olympischen Spielen 1960 in Rom. Mit Kleinkaliberbüchse und Großgewehr. Liegend.

Es folgte eine lange Militärkarriere. Festungstruppen, das Kommando einer Übermittlungskompanie, Scharfschützenkurse und schlussendlich die Ausbildung zum Generalstabsoffizier. Erste Kontakte zu Johannes Bettlach; Kontakte, aus denen langsam eine Freundschaft heranwuchs. Ende der siebziger Jahre half ihm Bettlach, eine eigene Sicherheitsfirma zu gründen.

Das Beziehungsnetz, das er während seiner Militärzeit sorgsam aufgebaut hatte, reichte bis in die obersten Ränge von Politik und Wirtschaft. Es folgten unternehmerischer Erfolg und Reichtum. Und doch tauchte er kaum irgendwo auf. Weder in den Medien noch in der Öffentlichkeit – von den Partys der Schweizer Halbprominenz ganz zu schweigen. Nicht den leisesten Hauch eines Skandals fand Eschenbach, und was ihm besonders auffiel: auch keine Frauen.

Bis 1981 diese Eva Matter auftauchte, die, wie sie herausgefunden hatten, Eveline Marchand, verheiratete Bettlach war. Dann die Heirat mit ihr, die kurz darauf folgende Geburt von Doris und der eilig fingierte Abgang von Eva Matter.

Dieser Teil las sich wie ein Bühnenstück. Und je länger Eschenbach darüber brütete, umso klarer sah er, dass es auch eines war. Wie sonst käme eine Hebamme dazu, den beiden frisch Verheirateten jegliche Liebesbeziehung abzusprechen? So gut es inszeniert und so stimmig das Bühnenbild auch war, sie hatten es schlecht gespielt. Sie hatten bei der Liebesszene gepfuscht, und zwar gehörig. Es fiel auf, wenn man dort pfuschte, wo die Zuschauer nicht zusehen, sondern mitfühlen wollen.

Die Frau passte nicht in Hottigers Leben. Sie war ein Fremdkörper. Hottiger hatte kein Verhältnis zu Frauen, und wenn, dann ein gestörtes. Da war sich Eschenbach sicher. Die Mutter, die sich früh aus der Pflicht geschlichen und Vater und Sohn sich selbst überlassen hatte. Wen würde es wundern? Und dass sich im langen Leben eines erfolgreichen Mannes außer der Mutter, ein paar Sekretärinnen und Haushälterinnen, und einer einzigen Eva Matter nichts an Frauen finden ließ, war mehr als ein Indiz dafür.

Weshalb also die Liaison, die keine war? Die plötzliche Heirat? Wegen des Kindes? Sicher, Hottiger war loyal und hatte ein schon fast überzeichnetes Verantwortungsbewusstsein. So viel ging aus seiner Biographie hervor. Zweifellos hätte er zu Frau und Kind gestanden. Selbst wenn es nur ein einziger »Fehltritt« gewesen wäre. Aber an eine Amour fou, an eine kurze, heftige Romanze mochte er nicht glauben. Zu klar und glaubhaft waren die Äußerungen der Hebamme gewesen. Doris Hottiger war nicht seine Tochter, und er nicht der Geliebte der Mutter. Das Ganze war nur ein Schattenspiel. Ein Auftrag oder gewissermaßen ein Freundschaftsdienst. Wer aber war der Auftraggeber?

Fieberhaft ging Eschenbach ein weiteres Mal durch den Bericht. Diesmal machte er sich an die Rekonstruktion des Beziehungsnetzes von Ernst Hottiger. Jugend- und Sportfreunde. Seine Förderer und Begleiter, der ganze Militärfilz, die Verwaltungsräte seiner Firmen und die Auftraggeber, die Lenz herausgefunden und mit Fragezeichen versehen hatte. Er schrieb die Namen auf ein weißes Blatt Papier, verband sie mit Strichen und Pfeilen und färbte sie ein: Rot für Freundschaft, Grün sinnigerweise fürs Militär. Blau stand für wirtschaftliche und Schwarz für politische Verbindungen. Es wurde ein hübsches Bild, fand er. Und mittendrin in diesem Netz von Verflechtungen standen die beiden Namen, an denen alles hing: Ernst Hottiger und Johannes Bettlach.

Der nächtliche Straßenlärm drang auf einer Wolke von Rauch und Lampenschein durch das offene Fenster in sein Büro, und in der Ferne hörte er eine Kirchenuhr, die viertelstundenweise die Zeit abarbeitete. Aus seiner Müdigkeit war Erschöpfung geworden. Er kannte das Gefühl, wenn die Schwere des eigenen Körpers ihn zu erdrücken drohte. Es war der Moment, wenn nach einem langen, hart geführten Verhör die Wahrheit herausbrach wie ein Kristall aus einem verwahrlosten Steinbruch. Doch wen hatte er verhört? Sich selbst? Und wo lag die Wahrheit? Er blickte auf die Skizze vor sich. Die Namen und Striche flossen ineinander wie die Formen eines Kaleidoskops.

Er blinzelte, rieb sich die geröteten Augen und zündete den letzten Zigarillo an. Dann nahm er einen schwarzen Filzstift aus seiner Schublade und kreiste die beiden Namen ein, die vor ihm zu verschwimmen drohten. Zwei dicke, schwarze Kreise.

32

Der See spiegelte das einfallende Morgenlicht zurück in den wolkenlosen Himmel. Ernst Hottiger schloss die Tür zu seinem Bootshaus auf, ging gemächlich ein paar Schritte am Ufer entlang und setzte sich auf eine Steinbank am Wasser. Er liebte die frühen Stunden, wenn der See unbewegt und flach war und wie schweres Quecksilber glänzte. Der Kommissar hatte sich für neun Uhr angemeldet. Er hatte noch gute zwei Stunden Zeit. So viel würde er nicht brauchen, dachte er.

Es war windstill an diesem Morgen. Die Schweizer Fahne hing regungslos am Mast, sodass man das weiße Kreuz nicht sehen konnte. Wie ein blutiges Tuch klebte sie am weiß getünchten Holz.

Es war der Tag vor dem Schweizer Nationalfeiertag. Bald würde man wieder die Feuerwerkskörper krachen hören, dachte Hottiger und überlegte sich, ob er ein Patriot war. Er erinnerte sich, wie er damals in Rom zuoberst auf dem Podest stand – wie die Nationalhymne schmetterte und die Fahne über ihm wehte. Er kannte jedes Wort dieser Hymne, jeden Ton. Der langsame, rhythmische Anfang. Ein erhabenes Schreiten, ein Gang, wie ihn nur Könige hatten. Könige und Schweizer Berge vielleicht. Müsste das Finsterahorn oder der Eiger eines Tages gehen, sie würden in diesem Rhythmus davonmarschieren. Erhaben und stolz, die Jungfrau und den Mönch links liegen lassend.

Aber war er deshalb ein Patriot? Weil er die Berge liebte, Soldaten ausbildete und für die Schweiz Olympisches Gold holte? Wäre er nicht viel lieber nur ein fürsorglicher Vater gewesen? Ohne Heldentaten und Pulverdampf. Einfach nur Vater? Aus Italien, Portugal, Kroatien oder sonst woher? Spielte die Nationalität eine Rolle bei den wichtigen Dingen im Leben? Es war immer noch windstill, und er überlegte sich, ob für ein Bad im See noch Zeit blieb.

Diesen Zürcher Kommissar dürfe man nicht unterschätzen, hatte man ihm gesagt. Nicht spektakulär, aber beharrlich – etwas verschroben und intelligent sei er, und unberechenbar. Er fuhr sich mit beiden Händen übers Gesicht, über sein graues Barthaar und hörte ein Geräusch, wie wenn ein Fisch nach Luft schnappte. Die Ringe auf dem Wasser wurden größer, ebbten ab und verschwanden wieder. War es vielleicht ein Hecht gewesen, oder doch nur ein flacher Zander?

Er stand auf und ging den Kiesweg zurück ins Haus.

Er wusste nicht, warum er sich für die Beretta entschied. Er hätte auch die SIG aus dem Waffenschrank nehmen können oder die alte Parabellum, Kaliber 7.65, die er so liebte. Beide hatte er während seiner aktiven Dienstzeit getragen. Vielleicht war es das, was ihn störte und weshalb er die Beretta nahm.

Er prüfte das Magazin und machte ein paar Manipulationen an der Waffe. Sie war zweifellos gut in Schuss. Er war zufrieden. Früher hatte er sie alle noch selbst gepflegt, gereinigt und geölt. Mit der Zeit waren es zu viele geworden. Doch Magdalena Rüdisühli, seine Haushälterin, weigerte sich hartnäckig, diese Aufgabe zu übernehmen. Nicht einmal vom Staub auf den Vitrinen und Gestellen wollte sie etwas wissen.

Es waren ein paar pensionierte Freunde aus seiner aktiven Schützenzeit, die sich um seine Sammlung kümmerten. Männer aus altem Schrot und Korn, die es zu Hause nicht aushielten und die über Pistolen und Gewehre mehr wussten als über ihre Frauen. Hottiger lächelte.

Eschenbach war spät dran. Er hatte um sieben noch eine Unterredung mit Bernhard Rytz, dem Dienstchef für Vorermittlungen, und wollte wissen, wie es um die Akte *Genesis* stand. Kobler hatte darauf bestanden, dass er die Akte an Rytz abgab, damit er sich voll auf den Fall Bettlach konzentrieren konnte. Er hatte kein gutes Gefühl dabei gehabt.

Die Sitzung war wenig erfreulich verlaufen. Es gehe ihm viel zu langsam voran, hatte Eschenbach gedonnert. Überhaupt fehle nur noch, dass die Presse davon erführe, und dann verschwänden sie alle im Nirwana: die Verdächtigen, die Beweise und auch Rytz, wenn er sich nicht endlich darum kümmere.

Eschenbach nahm die Ausfahrt Richtung Einsiedeln, mäanderte entlang der Landstraße, die in weit gezogenen Kurven bis hoch zum Sihlsee führte. Auf der Gegenseite staute sich der Verkehr. Ein Bauer holperte gemächlich mit einer gewaltigen Ladung Heu talwärts.

Es war kurz vor neun, als er rechts abbog und nach ein paar Kurven die Halbinsel erreichte, auf der das Anwesen von Ernst Hottiger lag. Eine große Tafel wies darauf hin, dass es sich um Privatgrund handelte, an zwei Stellen entdeckte er Überwachungskameras. Ansonsten gab es weder Schranken noch Zäune. Auch Stacheldraht sah er keinen.

Die Zufahrt zum Haus war schmal und von Bäumen gesäumt. Kein Eingang im üblichen Sinne, wie man es bei Häusern dieser Größe hätte erwarten können. Keine Treppe, die nach oben führte, und kein überdachtes Entree. Was Eschenbach vom Haus sah, war eine weiße Mauer. Breit und hoch. Sonst nichts. Sie schützte das eigentliche Anwesen, das er hinter der Mauer auslaufend zum See hin vermutete.

Er parkte seinen Volvo, stieg aus und ging langsam auf die Mauer zu. Eine Überwachungskamera schwenkte zu ihm hin und brummte leise zur Begrüßung. Eschenbach blieb stehen und blickte freundlich ins Glasauge des stählernen Wächters. Es geschah nichts. Einen Moment lang wartete er noch, dann sah er auf seine Armbanduhr; es war kurz nach neun. Erst jetzt bemerkte er die eingelassene Tür. Er zog den Metallring aus seiner Vertiefung, drehte und drückte. Die Tür ließ sich nicht öffnen. Er hielt inne, wieder rührte sich nichts. Dann ging er nach links, an der Mauer entlang, und bemerkte, dass die Tür Teil eines größeren Tors war. Der Kommissar vermutete ein Garagentor und ging weiter, bis ans Ende der Mauer. Jetzt sah er, dass er richtig lag. Eine riesige, gegen beide Seiten offene Garage verbarg sich dahinter. Er zählte vier Wagen, wo Platz für weitere zehn war, und weiter hinten erblickte er das Haupthaus; ein weißer kubischer Block. Die Form des Gebäudes erinnerte ihn an den Bauhausstil der zwanziger Jahre. Der Eingang war schlicht, fast lieblos. Als Eschenbach dort angekommen war, drückte er den Knopf der Gegensprechanlage und wartete. Er drückte ein zweites und nach ein paar Minuten noch ein drittes Mal, ehe er an die Tür klopfte und rief.

Zehn Minuten waren vergangen, und noch immer regte sich nichts. Der Kommissar überlegte, ob er Verstärkung anfordern sollte. Sein Mobiltelefon lag im Auto, seine Waffe noch immer beim Büchsenmacher. Er wusste nicht, was ihn mehr ärgerte. Er drückte die Türklinke und bemerkte, dass die Tür nicht verschlossen war. Ohne Zögern trat er ein. Überall dunkler Steinboden und in der Mitte eine ausladende Treppe, die nach oben führte. Ein riesiger Wohnraum, mit einer eindrucksvollen Glasfront zum See hinaus.

»Kommen Sie endlich!« Eine harte Stimme zerriss die Stille. »Ich bin oben, gleich rechts, in der Bibliothek.«

Eschenbach stieg die Stufen hinauf und trat in das abgedunkelte Zimmer. Er erkannte Hottiger, der auf einem dunkelgrünen Ledersessel saß und die Beine ausgestreckt hielt.

»Hier bin ich, verdammt noch mal! Sie kommen zu spät.« Sein schmaler Mund bewegte sich kaum hinter seinem grauen Bart.

»Sie machen es mir nicht gerade einfach, ich war pünktlich um neun hier. Was soll das Versteckspiel?«

»Sie sind zu spät, Herr Kommissar … Wir sind beide zu spät, glauben Sie mir. Das Leben nimmt keine Rücksicht auf die, die zu spät kommen.«

Erst jetzt sah Eschenbach, dass Hottiger eine Pistole in der Hand hielt.

»Geben Sie auf, Hottiger. Meine Leute wissen, wo ich bin.« Eschenbach blieb ruhig, stand da und wartete.

Hottiger lachte. Es war ein heiseres, mutloses Lachen. »Sie glauben doch nicht im Ernst, ich würde Sie abknallen. Den einzigen Polizisten, dem ich zugetraut hatte, dass er endlich aufräumt mit diesem Gesindel.« Hottiger schob mit einem kräftigen Fußtritt den Hocker, auf dem er seine Beine hatte, in Richtung des Kommissars. »Hier, setzen Sie sich.«

Eschenbach blieb lieber stehen.

Hottiger nahm die Pistole von der rechten in die linke Hand. Dann wieder zurück in die rechte. Es sah aus, als prüfe er, in welcher Hand sie besser läge. »Ich habe mein ganzes Leben geschossen. Auf Scheiben, Tontauben, Büchsen, Flaschen und später … im Militär auch auf Menschen. Mit Übungsmunition … zu Übungszwecken. Ich habe alles getroffen, immer, verstehen Sie? In der Mitte getroffen, dort wo es die fetten Punkte gibt …« Er hielt inne.

»Und jetzt?« Eschenbach sah auf die Pistole, die wieder die Hand gewechselt hatte.

»Einen Moment lang habe ich mir überlegt, ob es nicht besser wäre, wenn ich mich selbst erschieße …« Er lachte. »Aber ich glaube, ich kann's nicht. Für einen Schützen ist es schwierig, wenn er das Ziel nicht vor Augen hat.« Er sah Eschenbach an. »Könnten Sie's? Ich meine, könnten Sie sich einfach wegknallen?«

»Ich habe mir das noch nie wirklich überlegt … Ich weiß es nicht«, sagte Eschenbach.

»Ich dachte immer, es wäre nicht schwer. Wenigstens nicht für mich.«

Eschenbach hörte schweres Atmen.

»Es ist vielmehr …« Hottiger schwieg einen Moment, sah seine Hand an, das schwarze Metall, das darin glänzte. »Es sind die verdammten Fragen, die mich nachts nicht schlafen lassen. Sie kommen wie schwarze Schatten. Fragezeichen, große fragende Fratzen. Schattenmonster … sie laufen mir nach. Haben Sie das auch, manchmal?«

Eschenbach stand nur da und wartete.

»Warum lief meine Mutter davon wie eine Henne nach dem Eierlegen? Und was für ein Vater ist das, der sich selbst ersäuft? Im Alkohol und dann wie ein hilfloser Lurch in der Limmat. Warum, verdammt noch mal, lässt sich ein Vater so gehen?«

Eschenbach war, als vergingen Stunden, bis er weitersprach. »Was ist schon Liebeskummer und wirtschaftlicher Ruin gegen … gegen die Einsamkeit der Heimatlosen? Wir hätten auswandern und neu anfangen können. Neu anfangen kann man immer.« Hottiger stand auf, sicherte die Waffe und schob sie in das Lederholster unter seinem Arm. Dann ging er ein paar Schritte und setzte sich auf die Kante des großen Eichentisches im hinteren Teil des Raumes.

Eschenbach sah im Halbdunkel nur das Weiß seiner Augen und spürte, dass Hottiger ihn ansah.

»Wissen Sie, was es heißt, in einem Heim aufzuwachsen, Herr Kommissar?« Er sprach leise, fast flüsternd. Eschenbach musste sich anstrengen, dass er alles verstand. »Damals, als sich keine Sau für Heime interessierte und dafür, was hinter den Mauern und Türen vor sich ging? Wissen Sie, was ich alles tun musste, bis ich ein Luftgewehr bekam? Und Munition, und Zielscheiben? Wie viel Vaterliebe ich ertragen musste, von Männern, die keine Väter waren? Dann bekomme ich einmal in meinem Leben eine Chance. Ein Kind, das mich braucht, meine Liebe und meinen Schutz. Und ich merke, ich kann es gar nicht …«

Eschenbach sah angestrengt ins Halbdunkel. Und plötzlich, wie Furien aus der Dunkelheit, flogen ihm die Antworten zu, nach denen er so fieberhaft gesucht hatte: Wie groß musste Hottigers Schmerz gewesen sein, als sich Doris von ihm abwandte und Schutz und Wärme in den Armen eines andern suchte. In den Armen eines Mannes, der zudem sein Alter hatte und ebenso gut ihr Vater hätte sein können.

»Es ist schon eigenartig, wenn Sie plötzlich merken, dass Sie nicht können«, fuhr Hottiger fort. »Sie wollen die Hand reichen, und sehen, sie ist gar nicht da. Nur ein Stumpf am Handgelenk. Sie wollen hochspringen und merken, dass Sie gar keine Füße, keine Knie haben. Wenn nichts da ist, nichts von Sinn und Wert, dann wird sogar das Einfache unmöglich. Verstehen Sie? Dann können Sie nicht einmal Vater sein.« Er strich sich mit der rechten Hand durch den Bart, der im Halbdunkel fast weiß schien. »Haben Sie Kinder?«

Eschenbach nickte. »Eine Tochter.«

»Ihre eigene … ich meine, sind Sie der Vater?«

»Nein.«

»Spielt es für Sie eine Rolle?«

»Ich weiß es nicht. Manchmal denke ich darüber nach, wie es wäre … ich meine, ob ich zu einem leiblichen Kind anders wäre. Ich weiß es wirklich nicht.«

»Als Doris klein war, in der Badewanne planschte und mir ihre Arme entgegenstreckte … ich konnte sie nicht einmal berühren, ohne das Gefühl zu haben, ich täte ihr Unrecht. Dasselbe Unrecht, das man mir angetan hatte … es klingt absurd, ich weiß. Aber so war's!«

Eschenbach nickte, obwohl er sich nicht sicher war, ob er es verstand.

»Ich wickelte sie in Handtücher, in saubere, weiße Handtücher, nur weil ich mich schämte, sie anzusehen und sie zu berühren.« Eine ganze Weile schwieg Hottiger. Hockte auf dem schweren Schreibtisch und fuhr mit der Hand entlang der hölzernen Kante. Dann stand er auf. »Ich bin nicht Doris' Vater, Herr Eschenbach … aber ich nehme an, das wissen Sie bereits.«

»Ich wusste es nicht, aber ich habe es angenommen«, sagte der Kommissar. Er hatte sich auf den Hocker gesetzt, den ihm Hottiger zugeschoben hatte. Jetzt wurde ihm unwohl. Er stand wieder auf. »Johannes Bettlach, nicht wahr? Er ist der Vater von Doris?«

»Sehen Sie, Herr Kommissar, das wiederum weiß ich nicht – aber ich nehme es auch an.«

»Sie haben nie danach gefragt?«

»Nein, nie direkt. Erstaunt Sie das?«

»Ehrlich gesagt ja. Sie waren doch Freunde.«

»Wir sind es immer noch. Ich habe nicht viele Freunde.« Er lächelte. »Genau genommen sind Eva und Johannes die einzigen. Freundschaft ist etwas, das man sehr genau nehmen sollte.«

»Sie sagten Eva?«

»Ja, Eveline Marchand. Ich weiß nicht warum, aber ich habe sie von Anfang an nur Eva genannt. Sie findet Sie übrigens hinreißend …«

»Ach ja?« Eschenbach hüstelte.

»… und Matter ist ein häufiger Name. Also hieß sie eine kurze Zeit Eva Matter. Wir wollten kein Risiko eingehen. Wegen Philipp, meine ich.«

»Und die Leiche?«

»Ach was! Es gab nie eine Leiche.« Hottiger schien sich zu ereifern. »Es werden heute Milliarden von Dollars verschoben, ohne dass Bares fließt. Schweinebäuche werden gehandelt, in Kontrakten, mit einem Federstrich erworben und verkauft, ohne dass sie je einer in den Händen hatte. Warum glauben Sie, dass es mit einer einzigen Leiche anders ist?«

»Aber das mit Philipp, das ging nicht mit einem Federstrich?«

»Nein. So was macht einen fertig, das ist kein Federstrich …« Er holte tief Luft, wie ein Schwimmer, bevor er abtaucht und wendet. Dann sprach er weiter. »Als Eva und Johannes damals zu mir kamen und mich baten, diese besondere Form einer Patenschaft zu übernehmen, wussten wir alle nicht, dass es so enden würde.« Er zog seine buschigen Brauen zusammen, bis sie sich berührten. »Man kann zwei Menschen nicht auseinander halten wie Süd- und Nordpol … nicht ein ganzes Leben lang.«

»Eine schlechte Ausrede für jemanden wie Sie«, warf Eschenbach ein.

»Ich bin nicht der liebe Gott, Herr Kommissar. Ich glaube, Sie verwechseln da etwas.« Er lächelte müde. »Ich bin nur ein Klempner … einer, der Leitungen legt und der sie flickt, wenn sie undicht sind.«

»Haben Sie deshalb Philipp erschossen? Weil ihr Sicherheitskonzept leckte, weil passierte, was nicht hätte passieren dürfen?«

»Philipp hätte längst in eine Anstalt gehört. In eine geschlossene, wenn Sie mich fragen. Aber Johannes gab nicht auf. Er rannte mit ihm von Klinik zu Klinik, und am Ende glaubten wir alle, dass er geheilt und alles vorbei wäre …«

»Haben Sie deshalb nicht eingegriffen, weil Sie glaubten, er wäre geheilt?« Eschenbach sah Hottiger fragend an.

»Ich hatte nicht einmal verhindern können, dass Doris und Philipp sich kennen lernten. Ich war in Amerika, als es passierte. Und plötzlich waren sie ein Paar … was sollte ich noch tun? Als sie mich dann anrief … aufgelöst und mit den Nerven am Ende, war der Schlamassel schon perfekt. Ich flog zurück in die Schweiz und sah mir die Videos an: Dann wusste ich, dass nichts so war, wie es schien.«

»Warum gingen Sie nicht zur Polizei … Sie hatten die Beweise. Es wäre ein Leichtes gewesen, Bettlach aus dem Verkehr zu ziehen.«

»Ach, und dann? Kliniken und Gutachten und das Ganze noch mal? Der Glaube an das Gute macht dem Elend kein Ende. Zu dieser Erkenntnis sollten Sie langsam auch kommen. Gerade als Polizist.« Er lächelte bitter. »Aber was soll's? Okay, ich bin zu spät gekommen, habe es vermurkst … da gibt es nichts zu rütteln. Es war mein Fehler. Ich hätte Doris schützen müssen … so etwas lässt sich nicht wieder gutmachen, ich weiß.«

»Und trotzdem haben Sie Bettlach erschossen?« Eschenbach wusste, was er darauf antworten würde.

»Das Geschehene kann man nicht rückgängig machen … aber dass es wieder und wieder passiert, verstehen Sie? Wieder und wieder und wieder …« Hottiger wiederholte es sicher zehn Mal. »Das musste ich verhindern. Ich musste der Sache ein Ende bereiten! Wenn die Nadel in der Plattenrille hängen bleibt, dann muss sie einer rausnehmen.«

Die beiden Männer sahen sich eine Weile an, ohne dass einer etwas sagte. Dann war es wieder Hottiger, der das Wort ergriff.

»Was ist es denn für eine Tragödie, wenn so einer verschwindet? Einer, der Kindern die Zukunft aus dem Leib reißt … ganze Leben versaut? Wie lange wollt ihr noch warten, bis ihr dieses Gesocks endlich einbuchtet? Wie lange?«

»Es gibt Gesetze, Herr Hottiger. Auch für dieses Gesocks, wie Sie es nennen.«

»Eine schlechte Ausrede, Herr Kommissar. Sie haben einen ganzen Ordner mit Namen. Alles Kinderficker und Leute, die auf so etwas stehen. Und was machen Sie? Sie lassen es sich wegnehmen. Und wo liegt es jetzt? Bei irgendeinem Bürokraten. So wird das nichts, glauben Sie mir.«

»Woher wissen Sie das?«, fragte Eschenbach erstaunt.

»Haben Sie sich nie gefragt, woher *Sie* es wissen?« Er zog eine Braue hoch. »Vom Bundesamt für Polizei, dem BAP vielleicht? Und woher hat es das BAP?«

»Vom *US Postal Inspection Service*«, sagte Eschenbach.

»Richtig. Und die bekamen es vom FBI.« Er machte eine kurze Pause. »Eine verdammt lange Mühle, die da mahlt, bis etwas zutage gefördert wird. Und dann kommen Sie, und legen es zu den Akten … warten, bis auch der Hinterletzte Wind davon bekommt. Wissen Sie, wie viel Zeit und Mühe es uns gekostet hat, *Landslide* hochgehen zu lassen?« Er sah Eschenbach wütend an.

»Wieso uns? Was haben Sie mit *Landslide* zu tun?«, wollte Eschenbach wissen.

»*Landslide* …« Hottiger lächelte müde. »Das ist mein Baby, wenn Sie so wollen.«

Eschenbach runzelte die Stirn.

»Es ist ein dummer Vergleich, ich weiß. Aber trotzdem, es ist so. Es gibt unzählige solcher Dreckschleudern – Portale, auf denen das ganze Kinderpornozeugs vertrieben wird. Meist kommt man nicht an sie heran; sie formieren sich immer wieder neu. Es sind die wirklichen Profis, wenn es um den Vertrieb via Internet geht. Aber bei *Landslide* ist es mir gelungen.« Er sagte es nicht ohne Stolz. »Dank meiner Beziehungen zu Amerika, zum FBI.«

Eschenbach nickte nachdenklich.

»Und während ich in den Staaten hockte, machte sich Bettlach an Doris ran. Ich wäre besser hier geblieben … dann wäre das alles nie so weit gekommen.« Er schloss die Augen für einen Moment und atmete tief durch, bevor er weitersprach. »Jetzt habt ihr das ganze Gesindel quasi auf dem Präsentierteller. Ihr müsst sie nur einsammeln … aber nicht mal das könnt ihr. Mein Gott!« Er stand immer noch da, halb sitzend, halb stehend an den Tisch gelehnt. »Es gibt Studien, die sagen, dass über fünfzig Prozent der Täter in ihrer Kindheit selbst missbraucht worden sind. Sehen Sie das denn nicht? Das hört nie auf, ein Perpetuum mobile … das nimmt kein Ende!«

Eschenbach schwieg. Er dachte an die Namen auf der Liste. Über vierhundert, nur im Kanton Zürich. Die Spitze eines Eisberges. »Und jetzt? Wollen Sie die alle umbringen?«, fragte er Hottiger. »Mit dem Risiko, dass es auch mal einen Falschen trifft?« Es war ein müdes Argument, er wusste es. Aber ihm fiel kein besseres ein.

»Bettlach und dieser … ach, wie hieß er noch, dieser egozentrische Musiker aus Basel …«

»Pierre Oliver … oder Peter Deck«, warf Eschenbach ein.

»Genau, Deck! Das waren nicht die Falschen, Herr Kommissar. Es gibt Videos. Ich kann Sie Ihnen gerne zeigen …«

»Das können wir uns sparen«, sagte Eschenbach. »Ich habe die Videos gesehen.«

»Na also. Weshalb die Aufregung? Obwohl … Oliver war schon tot, als ich kam.«

Eschenbach stutzte.

»Herzprobleme, wie ich später erfahren habe … schwierig zu glauben.«

»Was ist schwierig zu glauben?«, fragte Eschenbach.

»Dass so jemand überhaupt ein Herz hat.« Hottiger versuchte ein Lachen, das wie ein heiseres Husten klang. »Das Mädchen und das Schlafmittel … war wohl zu viel für ihn. Ein unverdient schöner Abgang, finde ich.«

»Haben Sie ihm … Ich meine, die Frau und das Schlafmittel?«

»Schicksal, Herr Kommissar. Es ist besser, wir gehen jetzt.« Er stand auf, tastete nach der Brille auf dem Schreibtisch und setzte sie auf. Dann ging er ein paar Schritte auf Eschenbach zu und blieb nochmals stehen. »Wenn es vorbestimmt ist, dass Sie von einem roten Auto zu Tode gefahren werden, Herr Kommissar, dann kommt es so. Glauben Sie mir, dann befördert Sie eines schönen Tages eine rote Karre ins Jenseits.«

»Ach ja? Und wer bitte bestimmt das?«

»Ist das *wer* denn so wichtig? Reicht Ihnen nicht die Tatsache, *dass* es so ist?«

Sie gingen schweigend nach unten.

»Ich habe meine Sachen im Bootshaus. Ich bin gleich wieder zurück.« Er öffnete das Fenster zum Garten.

»Einen Moment noch …« Eschenbach nahm ihm die Waffe aus dem Schulterholster. »Ich weiß, Sie können es nicht … aber es ist besser so.«

Hottiger lachte hinter dunklen Brillengläsern.

Durch die riesige Fensterfront, die bis zum Boden reichte, sah Eschenbach, wie er den Kiesweg hinunter zum See ging und im Bootshaus verschwand. Ein Segelboot kreuzte weit draußen auf dem Wasser. Es war etwas Wind aufgekommen. Die Schweizer Fahne neben dem Bootshaus streckte und wand sich. Eschenbach wunderte sich, dass sie auf Halbmast stand.

Der Kommissar sah die Explosion, bevor er sie hörte. Die Fensterfront zerbarst und kam wie ein gewaltiges Mosaik aus

Glas auf ihn zugeflogen. Eschenbach warf sich auf den Boden. Ein Regen aus Glassplittern prasselte auf ihn nieder. Er schützte Hinterkopf und Hals mit den Händen und blieb noch eine ganze Weile so liegen. Als er aufgestanden war, bemerkte er, dass er an Armen und Händen blutete. Er entfernte die Scherben und ging zum Eingang, wo er Hemd und Hose auszog. Dann lief er zum Auto und rief Streifenwagen und Notarzt.

33

Hottiger hatte nicht überlebt. Die Spurensicherung nahm an, er habe sich unmittelbar neben der Sprengladung befunden, als sie detonierte. Es wäre schwierig gewesen, überhaupt noch etwas von ihm zu finden, hatte man ihm auch noch mitgeteilt.

Eschenbach saß in seinem Lieblingscafé an der Limmat und aß Joghurt – was er selten tat. Eigentlich nie, außer wenn er krank war oder sich so fühlte. Seine Hände und Arme waren mit Heftpflastern übersät, und am linken Unterarm, wo ein Splitter besonders tief eingedrungen war, trug er einen weißen Verband.

Er ging die Zeitungen durch.

Obgleich er den Medien ein ausführliches Pressekommuniqué hatte zukommen lassen, schrieben sie kaum mehr als ein paar Zeilen. Sogar die Boulevard-Presse berichtete so kurz und sachlich, als fehle es ihnen an Tinte. Er hätte es beinahe übersehen, zwischen der mehrseitigen Berichterstattung zur andauernden Hitzewelle und den Bildern der kampierenden Prinzessin. Sogar die Feriengrüße der schweizerischen Cervelat-Prominenz und der Artikel zum Verbot von Feuerwerkskörpern am Nationalfeiertag waren größer, farbiger und besser platziert.

Trotz der gewaltigen Explosion starb Hottiger also leise und unbemerkt an einem *tragischen Unfall*. Eschenbach beneidete ihn post mortem um seine Beziehungen.

Kobler, mit der er inzwischen mehrmals telefoniert hatte, war heilfroh, dass die Sache *low key* verlaufe, und dass der Fall nun als »gelöst« zu den Akten gelegt werden könne. Deutlich mehr Sorge bereiteten ihr die Waldbrände an der Côte d'Azur. In St. Tropez sei der Himmel rabenschwarz, meinte sie. Es klang ernst. Eschenbach versicherte, dass das brennende Bootshaus gelöscht und der Himmel in Zürich blau sei. Und dass er nun ein paar Tage Urlaub nehme, fügte er beiläufig hinzu, wohl wissend, dass schwer etwas dagegen einzuwenden war.

Johannes Bettlach erschien pünktlich um vier. Eschenbach, der früher gekommen war, saß im Schatten der Platanen im Garten des Zürichhorns vor einem Glas Rotwein. Er sah auf den See hinaus. Kleine hüpfende Wellen umspielten die Boote an den Bojen. Wie trunken schwankten die Schiffe im Wasser, und hier und da blitzten die blanken Metallbeschläge in der Sonne.

Er bemerkte den großen, hageren Mann erst, als dieser sich zu ihm setzte und ihn anlächelte. Sein dicht gewelltes, weißes Haar, der dunkle Teint und die große, leicht gebogene Nase hatten etwas von einem römischen Kaiser, fand Eschenbach.

Er suchte die hellen Augen Bettlachs, die sich hinter dunklen Gläsern versteckten. Wie bei einem Blinden. Plötzlich hatte er das Gefühl, dass das Lächeln gar nicht ihm galt. Dass er an ihm vorbei auf den See sah und eine Fratze zog. Ein Irrtum der Gesichtsmuskulatur. Beide schwiegen eine ganze Weile.

»Und, sind Sie jetzt glücklich, Herr Kommissar?« Er nahm die Brille ab und sah Eschenbach an. »Sie haben Ihren Fall gelöst. Bravo.« Er sprach leise und klatschte andeutungsweise ein paar Mal in die Hände. Er tat es so langsam, dass Eschenbach die Altersflecke auf seinen großen Händen zählen konnte. »Ein Mörder weniger für Sie … und ein Toter mehr. Das macht's einfacher, nehme ich an.«

Eschenbach schwieg einen Moment. Bettlach klang zynisch, aber als er ihn ansah, wusste er, es war kein Zynismus: Es war

Trauer, tiefe Traurigkeit. »Sie waren Freunde, ich weiß. Es tut mir Leid für Sie.«

»Es muss Ihnen nicht Leid tun, Herr Kommissar. Sie sind der Jäger … Sie machen Ihren Job, sonst nichts.«

»Und Sie?« Eschenbach spürte, wie sein Magen in Wallung geriet. Plötzlich nervte ihn die distanzierte Gelassenheit seines Gegenübers. Die Art, wie er über allem stand und ihm die Rolle des Jägers unterjubelte. »Wo waren Sie, als sich das Unglück anbahnte? Doris ist immerhin Ihre Tochter. Warum haben Sie Ihren Bruder nicht rechtzeitig in die Klapsmühle gesteckt?«

Es dauerte eine ganze Weile, bis Bettlach antwortete.

»Waren Sie schon einmal in einer Klapsmühle, Herr Kommissar?« Er sprach langsam, fast monoton. »Zugedröhnt mit Medikamenten? Elektroschocktherapie und … «, er stockte einen Moment. Dann fuhr er fort: »Philipp war in mehr Klapsmühlen als Sie in Hotels, Herr Eschenbach. Es gibt kaum einen führenden Psychiater, Neurologen oder Therapeuten auf der Welt, bei dem er nicht in Behandlung gewesen wäre. Seine Auslandsaufenthalte, Ferien, Studien … die verbrachte er alle in geschlossenen Anstalten, in Klapsmühlen, wie Sie sagen. Therapien über Therapien, die alle nicht hielten, was sie versprachen. Die ganze Pharmaindustrie hat sich an ihm gesundgestoßen. Aber er blieb krank. Und ich konnte die Hoffnung nie aufgeben. Er war doch so gesund, so robust, rein äußerlich, meine ich. Er war so fröhlich, charmant und geistreich …« Bettlach hielt inne. Er fuhr sich mit beiden Händen übers Gesicht, rieb sich die Augen, nahm seine Sonnenbrille, wollte sie aufsetzen und legte sie wieder zurück auf den Tisch. »Es ist schwierig, gegen eine Krankheit anzukommen, die man nicht sieht. Die keine hässlichen Pusteln und kein Fieber verursacht. Die man nicht wegoperieren und an der man nicht einmal sterben kann.« Er senkte seinen Blick und starrte eine Zeit lang schweigend vor sich hin. Dann wollte er weitersprechen, zögerte und hob seinen Blick hinauf in den Himmel, wo die Möwen kreischend ihre Kreise zogen.

Eschenbach schluckte und merkte, dass er vom Wein, der vor ihm stand, noch gar nichts getrunken hatte. Sollte er Bettlach etwas bestellen? Es schien ihm, als wäre er um Jahre gealtert, seit er ihn das letzte Mal gesehen hatte. Irgendwie wirkte er zerbrechlicher, durchsichtiger als der römische Kaiser. Eschenbachs Groll war verschwunden.

Ein schlankes Mädchen, braun gebrannt, mit einem Piercing im linken Nasenflügel kam zu ihnen an den Tisch und brachte ein zweites Glas Wein. Die sonnengebleichten, blonden Locken, die sie mit einem roten Gummiband zu einem Pferdeschwanz zusammengebunden hatte, erinnerten Eschenbach an Doris Hottiger. Er überlegte, ob Bettlach auch an sie dachte.

Fast eine Viertelstunde saßen sie wortlos da und tranken den Wein, der vom langen Warten viel zu warm geworden war. Das Servicepersonal war damit beschäftigt, an Wäscheleinen, die sie von Ast zu Ast und von Baum zu Baum gezogen hatten, bunte Lampions und Girlanden zu befestigen. Tische wurden abgedeckt und mit rotem Packpapier von einer Endlosrolle neu überzogen. Es folgten weißes Geschirr, weiße Servietten, Kerzenleuchter und Fähnchen. Es war der erste August.

Als die junge Frau mit dem Nasenpiercing vorsorglich die Rechnung brachte, war es Bettlach, der sie entgegennahm und beglich.

»Wir gehen gleich«, sagte er freundlich. Dann wandte er sich zu Eschenbach: »Doris hat mich angerufen, sie hat jemanden kennen gelernt. Einen jungen Polizisten … Jagmetti heißt er. Arbeitet auch hier in Zürich, kennen Sie ihn?«

Eschenbach räusperte sich. »Flüchtig …«

»So wie sie sich anhörte …« Er schmunzelte. »Ich glaube fast, sie ist verliebt.«

Sie standen schweigend auf und gingen.

»Papa, halt mal.« Kathrin balancierte auf einem Gartenstuhl und streckte Eschenbach Nagel und Hammer entgegen. »Ich komm da nicht ran … kannst du mal?« Sie zeigte auf den Holzbalken unter der Dachrinne.

»Was soll ich?«

»Knall einen Nagel rein … dann hängen wir den Lampion dran. Ist doch schön, oder?« Sie war einen halben Kopf größer als er, so wie sie auf dem Stuhl stand, mit ihren Bikinihosen, die nur knapp den Po bedeckten, und den langen Beinen, die sie von ihrer Mutter hatte.

Eschenbach fasste sie mit beiden Händen in der Taille, hob sie vom Stuhl, küsste sie auf die Stirn und stellte sie auf den warmen Steinboden.

»Du magst es nicht, wenn ich größer bin als du, oder?« Sie lachte.

»Doch, aber nicht, wenn du auf wackligen Stühlen herumbalancierst.«

»Du findest rote Lampions mit Schweizer Kreuz uncool. Ist aber hip, glaub mir.« Sie streckte ihm Hammer und Nagel entgegen. »Komm, sei lieb, Papa. Nur einen, ehrlich … oder höchstens zwei. Mama findet's auch cool.«

»Hat sie das gesagt?«

»Nein. Sie hat hübsch gesagt … oder schön.«

»Oder romantisch? Hat sie nicht romantisch gesagt?«

»Vielleicht. Aber gemeint hat sie cool.«

»Wenn das so ist …« Eschenbach musste leise lachen. »Dann spannen wir jetzt eine Wäscheleine vom Balken da herüber zum Sonnenschirm, befestigen sie mit einem Mastwurf und ziehen sie weiter nach dort, wo wir sie mit einem Nagel befestigen.«

»Wow!«

»Und dann hängen wir alle Lampions dran, die wir haben.«

»Mega!« Sie schnalzte mit der Zunge. »Ich hol das Wäscheseil.«

»Oder eine starke Schnur. In der zweitobersten Schublade, in der Küche …«, rief er ihr nach, aber sie war schon weg.

Als Corina mit Tüten schwer beladen zur Wohnungstür hereinkam, war das Seil gespannt und alle Lampions hingen. Es sah aus wie auf einem chinesischen Hinterhofmarkt, fand Eschenbach. Corina fand es hübsch. »Richtig hübsch«, hatte sie gesagt.

»Und wenn es dunkel ist, dann zünden wir die Kerzen an«, meinte Kathrin, die auf der Holzbank an der Hauswand saß und in einer Modezeitschrift blätterte. »Dann wird's richtig romantisch.«

»Cool«, sagte Eschenbach mit gespielter Lässigkeit. Er grinste und half Corina beim Auspacken. Sie sah ihn erstaunt an: »Nicht du auch noch.« Sie küssten sich.

Eschenbach saß in der niedrigen Kabine von Gabriels kleinem Fischerboot. »Du wirst noch absaufen mit der Nussschale«, hatte ihm Corina frühmorgens prophezeit.

Tatsächlich hatte der Wetterbericht für den Nachmittag »lokale Gewitter mit teils heftigen Sturmböen« vorausgesagt. Am Ufer sah Eschenbach, wie die gelbe Warnleuchte blinkte, als ginge es um Leben und Tod. Er brauchte noch fünf Minuten bis ins Restaurant Meilenbach. Im Geiste ging er die Speisekarte durch und wählte die gebackenen Egli. Eine große Portion, und ein Bier. Der kleine Motor gurgelte in den Wellen und gab sein Letztes.

Eigentlich war er froh, dass er alleine war. Corina mochte keine Wellen und Sturm verheißende, gelbe Blinklichter schon gar nicht. Ihr wurde schlecht, wenn es zu arg schwankte.

Kathrin, die immer noch Ferien hatte, war mit ihrer Clique auf »Schnäppchenjagd«. »Geiz ist geil, Papa«, hatte sie gesagt. Er fragte sie nicht nach dem tieferen Sinn dieser Botschaft, und auch nicht danach, wem sie wohl nütze. Sie konnte nichts dafür, dass er bei T-Shirts für fünf Franken immer an Kinderarbeit und an die Ausbeutung in der Dritten Welt denken musste. Vielleicht war ein Monatslohn von einem Dollar für eine Achtjährige wirklich »geiler« als Prostitution und Drogen. Was wusste Kathrin schon, und was würde es helfen, wenn sie es wüsste?

»Kommen Sie um Gottes willen herein!«, rief es vom Ufer. Ein Mann in gelbem Ölzeug und grünen Fischerstiefeln winkte hektisch.

Eschenbach steuerte so gut es ging auf den Holzsteg zu, wo der Mann stand. Die Wellen schlugen gegen das Boot, und er hatte große Mühe, den Kurs zu halten.

»Hier, werfen Sie das Tau!«, schrie der Mann, als Eschenbach näher kam.

Der Regen peitschte ihm ins Gesicht, als er die Kabine verließ und dem Mann im Ölzeug das Tau zuwarf. Das Fischerboot wehrte sich widerspenstig gegen seine Fesseln. Erst als es vorne und hinten am Holzsteg festgezurrt war, knarrte es zufrieden und schaukelte wie eine altmodische Kinderwiege mit den Wellen auf und ab.

Der Mann im gelben Ölzeug war eine Frau. Maggie Wullschleger, Berufsfischerin aus Horgen. »Sie sind mir aber einer«, sagte sie, als sie am Stammtisch saßen und ein großes Helles vor sich hatten.

Eschenbach, dem Regen und Schweiß aus den Haaren über die Stirn lief, hob sein Glas: »Auf meine Rettung, und nochmals vielen Dank. Petri Heil!« Er war durchnässt bis auf die Unterhosen.

»Petri Dank!«, sagte sie, und beide tranken.

Der Wirt, ein stämmiger Endfünfziger mit Stirnglatze, brachte ein Küchentuch, mit dem sich der Kommissar Haare und Nacken trocknen konnte; und eine Viertelstunde später stand eine Platte mit herrlich gebackenen Egli auf dem Tisch.

Das Mobiltelefon, das er aus seiner nassen Hosentasche zog, funktionierte zum Glück noch. Er wählte die Nummer vom Präsidium.

»Sie haben doch Ferien …«, sagte Rosa Mazzoleni in vorwurfsvollem Ton. »Jetzt, wo's regnet«, fügte sie noch hinzu. Er wusste nicht, ob der Vorwurf ihm oder dem Wetter galt. »Wo sind Sie?« Die Besorgnis in ihrem Tonfall gewann Überhand.

»Gestrandet.«

»Gestrandet? Um Gottes willen!«

»Und gerettet.« Eschenbach musste grinsen und sah zu Maggie, die mit ihrer Gabel gerade das letzte Stück Egli von der Platte fischte.

»Das auch noch«, kam es von Rosa Mazzoleni erleichtert. »Sie sind mir aber einer …«

»Das hat mir heute schon jemand gesagt.« Er räusperte sich. Dann sagte er ernst: »Salvisberg wollte mir noch etwas zukommen lassen, Sie wissen schon. Ein graues Kuvert: Laborbefund. Könnten Sie mal kurz, ich meine …«

»Ich schaue nach.« Es raschelte im Hintergrund. »Hier, ich habe es. Soll ich's aufmachen?«

»Gerne. Lesen Sie vor.«

»Sehr geehrter Herr Eschenbach,

unsere labortechnischen Untersuchungen haben ergeben, dass die beiden Haarproben, bezeichnet als Probe A: Fall D., Basel, und Probe B: D. H., Zürich, mit einer Wahrscheinlichkeit von 99.99% nicht identisch sind. Unser Resultat stützt sich auf folgende Analyseverfahren: DNA-Test …

Jetzt kommt nur noch technischer Firlefanz, soll ich trotzdem weiterlesen?«

»Nein, das reicht. Vielen Dank und … Frau Mazzoleni?«

»Ja?«

»Können Sie den Bericht vernichten … zu den qualifizierten Abfällen, meine ich.«

»Ich stecke ihn persönlich in den Reißwolf, keine Sorge. Und Sie machen jetzt Ferien, verstanden?«

»Verstanden«, sagte er. Dann war die Leitung tot.

Ein wenig schämte sich Eschenbach. Er hatte nie wirklich geglaubt, dass Doris Hottiger beim großen Abrechnen ihres Ziehvaters mit von der Partie war. Und doch, konnte er sicher sein? Die mysteriöse Blondine in Pierre Olivers Bett – womöglich hatte sie ihm das Schlafmittel in den Wein, den Champagner oder in sonst was getan, bevor Ernst Hottiger ihm den »Rest« geben wollte. Die Haarproben von Doris hatte er aus Philipp Bettlachs Haus, und es hatte ihm einfach keine Ruhe gelassen. Jetzt wusste er's.

»Blond ist nicht immer gleich blond«, murmelte er vor sich hin und nickte zu Maggie herüber, die mit einem Hölzchen zwischen ihren Zähnen stocherte. Eschenbach hob fragend die Augenbrauen. Sie nickte. Dann bestellte er noch zwei Helle.

34

Marianne Felber saß in der Redaktion des *Zürcher Tagblatts* an ihrem Schreibtisch und fluchte: »Scheiße«, zischte sie unablässig in den halb leeren Kaffeebecher, den sie sich gegen die Lippen presste: »Scheiße.«

»Jetzt hör endlich auf damit«, schimpfte Xeno Schluep. »Ich kann es nicht mehr hören!« Xeno hatte gerade seinen Computer ausgeschaltet und griff nach der *Freitag*-Tasche, die an der Stuhllehne hing. »Komm lieber noch mit ins Avalon einen Prosecco kippen. Ich lade dich ein.« Er versuchte es mit einem Augenzwinkern.

»Das ist einfach nicht zu fassen«, fauchte Marianne. »Nicht zu fassen.«

»Es wird nicht besser, wenn du die Sätze wiederholst.«

»Doch, wird es.« Sie fuchtelte mit weißem Papier.

»Kommst du jetzt mit, oder was?«

»Die ignorieren das einfach!« Marianne ließ die Schultern hängen und seufzte. »Ich produziere doch nicht für die Müllabfuhr.« Sie hätte gerne geschrien. Stattdessen sprach sie unterdrückt und leise, machte aus jedem Vokal eine Kanonenkugel. Schüsse mit Schalldämpfer. Sie warf die drei zusammengehefteten DIN-A4-Blätter aufs Pult. Wieder kaum ein Geräusch. Warum können Männer Fernsehapparate aus dem Fenster schmeißen, wenn Fußballclubs verlieren? Und warum brachte sie es nicht fertig, wenigstens die Computermaus gegen die Wand zu werfen? *Wireless* von *Logitech* für hundertzehn Franken. Sie würde das Ding später ersetzen. »Dieser Artikel …« Sie stand auf. »Die wollen darüber nichts mehr bringen. Aus und fertig.«

»Eben«, nuschelte Xeno. »Und wenn Randegger das sagt, dann ist es so. Reg dich nicht auf.«

»Randegger ist ein …« Marianne konnte sich kaum mehr zurückhalten und warf ihrem Kollegen einen giftigen Blick zu. So wie er dastand, mit der geschulterten Plastikmappe und dem zerzausten, blonden Haar, sah er nicht aus wie dreiundvierzig. Eher wie ein Zweitklässler, fand sie. Höchstens.

»Also ich gehe jetzt … ich meine, kommst du?«

»Nein … ich weiß nicht. Es ist doch nicht normal, dass einer einen umbringt; sich selbst dann in die Luft jagt und nicht mehr als fünf Sätze darüber geschrieben wird, oder?«

»Sieben«, korrigierte Xeno.

»Was sieben?« Marianne zupfte am dunkelblauen T-Shirt, das knapp ihren flachen Bauch bedeckte.

»Es sind sieben Sätze, ich habe sie gezählt: sieben im *Bund*, in der *Neuen Zürcher Zeitung* und sieben bei uns. Dieselben Sätze, derselbe Wortlaut.«

»Dann findest du es also auch nicht in Ordnung?«

»Doch!« Xeno lachte. »Es sieht sehr nach Ordnung aus.«

Marianne zog die Augenbrauen kraus.

»Es scheint, als käme das Diktat von ganz weit oben; deshalb würde ich mir keine großen Gedanken mehr machen.«

»Du meinst, es ist etwas faul?«

»Nein, aber es scheint, als habe jemand dafür gesorgt, dass es ein rasches … ein stilles Ende gibt.«

»Bei einer Explosion!«, rief Marianne.

»In der Presse, meine ich. Kein großes Tamtam und so.«

»Aha! Und das ist so üblich bei euch in der Schweiz …« Marianne rollte die Augen. »Also bei uns in Deutschland …«

»Ich weiß«, unterbrach Xeno. »Bei euch kotzt jeder öffentlich.«

»Bei uns gibt es wenigstens eine Pressefreiheit.« Marianne ließ sich wieder in den Stuhl fallen und verschränkte die Arme. »Wenigstens das.«

»Ich weiß. Und die Stasi …«

»Das war in der DDR und ist schon fünfzehn Jahre her … Ach was weißt du schon.«

»Ich lese die Zeitung.«

»Eben!« Marianne triumphierte. »Und wenn dort nur sieben gezinkte Sätze stehen, dann kannst du sie dir gleich in die Schuhe stopfen.« Xeno hatte ihr einmal erzählt, dass er als Offiziersordonnanz im Militär seinen Vorgesetzten mit Zeitung die Stiefel ausstopfen musste.

Xeno lachte. »Was soll daran gezinkt sein? Es war die Wahrheit, kurz und bündig.«

»Und keinen interessiert's mehr! Das ist doch zynisch, oder?«

»Wieso? Die deutsche Presse hat mit den CDU-Spendengeldern über ein Jahr lang die Zeitungen gefüllt. Und nichts ist dabei herausgekommen! Das finde ich zynisch!«

Sie schwieg, schob sich die Sonnenbrille ins Haar und schaltete den Bildschirm aus. Wortlos gingen sie zum Ausgang.

Es war ein versöhnlicher Abend gewesen, und Marianne wusste nicht, weshalb sie in die Redaktion zurückkehren wollte. Ihr Artikel würde nicht gedruckt werden; weder heute Nacht noch irgendwann später. Was also hatte sie dort zu suchen? Die Mordgeschichte war tot. Gestorben. Verendet am Schiss zittriger Chefredaktoren oder erstickt durch ein System, dessen Elementarkräfte sie nicht kannte. Xeno meinte, sie solle Randeggers Vorschlag annehmen und fürs Magazin den Artikel über *von Dutch* schreiben. »Die Marke ist Kult«, hatte er sich ereifert.

Nach vier Gläsern Prosecco gab sie ihm Recht. Drei Wochen Zeit würde man ihr für die Recherche geben; ein paar Tage Los Angeles inklusive, und alles auf Spesen. Kein schlechtes Angebot also. Sie schlenderte über die Rathaus-Brücke und betrachtete das Spiel der Lichter am anderen Ufer der Limmat.

Zwischen den Bäumen hindurch schimmerten farbige Glühbirnen, auf dem Wasser tanzten ihre Spiegelbilder wie fröhliche Funken. Marianne hielt inne, setzte sich einen Moment auf das wuchtige Brückengeländer und zog ein Bein zu sich hoch. Es war abends um halb elf, ein kühlender Luftzug umspielte ihren Nacken und ließ sie erschauern. Ihre Handflächen ertasteten die raue Oberfläche, auf der sie saß. Der Stein war angenehm warm; es war eine sinnliche Wärme, die von ihm ausging und die Marianne für das entschädigte, was ihr der Tag schuldig blieb.

Der dünne Lederriemen ihrer Flip-Flops schmerzte zwischen den Zehen. Sie zog die Dinger aus und betrachtete einen Moment lang ihre Füße. Dann hüpfte sie hinunter auf den Gehsteig, ging barfuß die paar Schritte hinüber zum Limmatquai und setzte sich auf eine Bank, um die Schuhe wieder anzuziehen.

Als sie ihre Magnetkarte durch den Schlitz am Eingang des Gebäudes vom *Zürcher Tagblatt* schob, war es kurz vor Redaktionsschluss. Letzte Sätze wurden gedrechselt, man sprintete von hier nach dort, weil man nicht sicher war, doch noch etwas Wichtiges vergessen oder übersehen zu haben. In dieser Hektik bemerkte man sie nicht. Das »Hallo« von Dario Hollenweger, Redaktor für Sport, war eine Ausnahme. Es war ein »Hallo«, das nicht wirklich zählte. Es galt nicht ihr; hätte ebenso an jemanden von der Reinigungsmannschaft, den Laufburschen oder an den Garderobenschrank gerichtet sein können. Ein Begrüßungsreflex aus der Tiefe geistiger Abwesenheit.

Marianne setzte sich an ihr Pult und schaltete den Bildschirm an. Es war ein leeres Ritual, denn eigentlich wollte sie weder schreiben noch lesen. Sie wollte nur nicht allein sein, das war alles.

Der Bildschirm flackerte.

Sie nahm das *Tagblatt* und blätterte es durch; wollte die Sätze nochmals zählen. Waren es wirklich sieben? Sie suchte nach dem kleinen Abschnitt und stieß auf die Doppelseite mit den

Todesanzeigen. »Fünfmal ist er gestorben«, grummelte sie vor sich hin und blätterte um, um zu sehen, ob auf der nächsten Seite noch eine sechste Anzeige folgen würde. Es kam keine mehr. Die Eidgenössische Technische Hochschule, der Schweizerische Offiziersverein, der Verband für Sportschützen, das Schweizer Olympia-Team von Rom und die Tochter. Sie alle hatten die *schmerzliche Pflicht*, das *Bedauern* oder die *traurige Ehre*. Nichts von Mord oder Totschlag, kein Ton von Rache oder Vergeltung.

Marianne griff in die unterste Schublade und kramte das Päckchen Marlboro Gold hervor, das sie für den Notfall versteckt hielt; hinter einem dunkelblauen Etui mit Schminksachen. Zwei Wochen hatte sie es ohne ausgehalten, literweise Wasser getrunken und kleine Pflästerchen wechselweise auf Bauch und Rücken geklebt. Hautrötungen und Juckreiz in Kauf genommen; und natürlich Harndrang und immer wieder das Verlangen nach einem letzten Zug. Sie überlegte einen Moment, dann riss sie das Zellophan von der Schachtel, stand auf, nahm sich die Streichhölzer von Xenos Schreibtisch und zündete die Zigarette an.

Der Rauch schlich über die Todesanzeigen hinweg, zog in kleinen Schwaden hinauf unter das grelle Licht der Halogenlampe und verflüchtigte sich. Erst paffte sie nur, dann inhalierte sie tief und genoss. Sie dachte daran, wie sie nach der letzten zahnärztlichen Reinigung dem hässlichen Zahnbelag abgeschworen hatte, der sich regelmäßig auf der Innenseite der Schneidezähne gebildet hatte. Sie wollte wieder lachen und dabei den Kopf in den Nacken werfen; mit der Zunge die polierten Zahnhälse ertasten. Ein Lächeln wie Zahnpasta! – Visualisieren und Durchhalten. Es war ihr erster Gedanke am Morgen und der letzte, bevor sie einschlief.

Sie fragte sich, während sie die Texte der Todesanzeigen miteinander verglich, wie Doris Hottiger mit dem Tod ihres Vaters zurechtkommen und wie sich das viele Geld, das sie erbte, wohl anfühlen würde.

Und dann war da dieser Satz; klein, aber trotzdem groß genug, dass man ihn unmöglich übersehen konnte. Unten, bevor der dicke, schwarze Strich der Sache einen Rahmen gab. Auf jeder Anzeige gleich:

Auf Wunsch des Verstorbenen möge man an Stelle von Blumen das Kinderheim Fluntern und die Universität des Kantons Zürich mit einer Spende berücksichtigen.

In Klammern standen jeweils die Postkonto-Nummern in fetter Schrift. Keine Blumen also für einen Mörder, dachte sie; das ging in Ordnung.

Marianne schlief unruhig. Ein Tornado fegte über Los Angeles hinweg, und das Flugzeug, mit dem sie flog, stürzte vor der Landung ins Meer. Der fette Amerikaner neben ihr trug eine Baseballkappe der Marke *von Dutch* und beanspruchte nebst seiner eigenen Sitzfläche auch die Hälfte ihres Platzes. Er behauptete, der Tornado sei das Werk von Al-Qaida. Als sie aufwachte, lag sie schweißnass am äußersten Rand ihres breiten Bettes.

Auf dem Bistrotisch in der Küche lag aufgeschlagen das *Tagblatt* von gestern mit den Todesanzeigen. Was verband Hottiger mit einem Kinderheim und der Universität Zürich? Sie schleppte sich in die Küche, aß eine halbe Wassermelone und trank zwei Gläser Multivitaminsaft. Sie fühlte sich elend. Sicher lag es daran, dass sie wieder rauchte.

Möglicherweise war es Trotz, vielleicht aber auch ihr journalistischer Instinkt, der sie dazu trieb, sich an den Computer zu setzen, die Telefonnummern ausfindig zu machen und anzurufen.

Es gibt Menschen, die ziehen Wurzeln aus zwanzigstelligen Zahlen oder kennen Tausende von Primzahlen auswendig, ohne sich anzustrengen. Einfach so. Iris Hegibach, Sekretärin beim Kinderheim Fluntern, hatte keine solchen Talente. Ihre Begabung bestand einzig darin, jeden Satz so zu formulieren, als läge darin ein Vorwurf: »Wir sind eine Privatstiftung, wussten Sie das nicht? Daten geben wir keine bekannt.«

Marianne gab sich liebenswürdig; sie beabsichtige als Freundin des Hauses Hottiger einen größeren Betrag zu spenden, wüsste aber gerne mehr über das Engagement Ernst Hottigers für die Stiftung Fluntern.

»Als Freundin des Hauses müssten Sie darüber aber Bescheid wissen«, kam es prompt zurück.

Marianne schmunzelte. Frau Hegibach schien die geborene Gralshüterin zu sein, beschützte eine Institution von Gutmenschen vor dem Morast des täglichen Lebens. Doch gegen Schmeicheleien war auch sie nicht gefeit. Es dauerte nicht lange, bis Marianne wusste, was sie wissen wollte. Ernst Hottiger war Präsident der Stiftung gewesen und hatte einen Teil seiner Kindheit in der Obhut des Instituts verbracht.

Der zweite Anruf galt der Universität Zürich, und Marianne fand langsam Spaß daran, den Drachen in den Vorzimmern die Würmer aus der Nase zu ziehen.

»Ernst unterstützte eine große Anzahl wohltätiger Institutionen – ich konnte mir beileibe nicht alle merken«, sagte sie und diktierte nochmals die Nummer des Postcheck-Kontos aus der Anzeige. Dann wurde sie weiterverbunden.

»Institut Professor Madulan«, meldete sich eine zurückhaltende Stimme, und wieder gab sich Marianne als eine Freundin von Ernst Hottiger aus.

»Wie, sagten Sie, ist Ihr Name?«

»Eleonor Winkler«, log Marianne und griff mit der linken Hand nach dem Päckchen Marlboro auf der kleinen Kommode neben dem Tisch. »Eleonor Winkler.«

»Also, Frau Winkler … sagten Sie Eleonora?«

»Nein, nur Eleonor – ohne A am Schluss. Und Winkler mit W wie Winkel.« Marianne musste ein Lachen zurückhalten. Sie fingerte eine Zigarette aus der Schachtel und versuchte sie anzuzünden. Entweder überprüft der Drache online gerade meinen Namen, dachte sie, oder sie ringt mit ihrem Gewissen.

»Wir dürfen eigentlich keine Daten herausgeben«, kam es zögernd.

»Sie brauchen mir keine Daten zu geben ...«, hauchte Marianne verständnisvoll. »Aber es wäre schön zu wissen, in welcher Art der Verstorbene mit Ihrem Institut verbunden war. Ich will Sie ja unterstützen – finanziell meine ich.«

Die Dame seufzte.

»Und da hilft es, wenn man wenigstens den Zusammenhang kennt.«

»Das verstehe ich ja«, kam es genervt.

Marianne schwieg eisern und wartete.

»Also, Herr Hottiger ist Mitglied des Gönnervereins unseres Forschungsinstituts.«

»War Mitglied, meinen Sie?«

»Ja, natürlich. Er hat uns finanziell sehr unterstützt ... auch wenn es ihm selbst nichts mehr gebracht hat.«

»Wie meinen Sie das, ihm nichts mehr gebracht?« Marianne wurde hellhörig.

»Als Patient ...«, kam es zögerlich. »Ich meine, Herr Hottiger war Patient unseres Instituts. Aber eigentlich dürfte ich das gar nicht ... das sind Informationen, die wir nicht herausgeben.«

»Das weiß ich natürlich.« Marianne spürte, wie ihre Hände feucht wurden. Jetzt musste sie ihr ganzes journalistisches Geschick aufwenden, um herauszufinden, an welcher Krankheit Hottiger gelitten hatte. »Ernst war sehr froh über die Arbeit Ihres Instituts und hat mir sogar aus einem der Forschungsberichte vorgelesen. Er war überzeugt, dass sie ihm helfen würden.«

Die Dame am anderen Ende der Leitung schwieg.

»Es ist doch so«, bohrte Marianne weiter. »Er hatte guten Grund, sich Hoffnung zu machen, oder nicht?«

»Sie kennen Ernst Hottiger nicht gut, oder?« Die Stimme der Dame war plötzlich kalt.

»Was heißt schon kennen.« Marianne schaltete blitzschnell. »Sicher hat er mir nicht alles erzählt … und überhaupt: Was wissen wir schon von den Menschen um uns? Selbst jenen, die uns vermeintlich sehr nahe stehen?«

»Aber aus den Berichten hat er Ihnen vorgelesen?«, fragte die Dame spitz.

»Natürlich«, konterte Marianne. »Aber vielleicht hatte es mit seiner Krankheit nur am Rande zu tun. Ich verstehe nicht viel von medizinischer Forschung, müssen Sie wissen.«

Stille in der Leitung.

»Was ist denn falsch daran?«, hakte Marianne nach. Sie spürte, dass ihr Lügengebilde nahe daran war einzustürzen. »Dass er mir aus den Berichten vorgelesen hat, ist es das, was Sie stört? Weil er es unmöglich durfte?«

»Nein«, sagte die Stimme nach einer Weile. »Nicht konnte. Ernst Hottiger konnte Ihnen unmöglich etwas vorlesen.«

»Weshalb denn nicht? Er war doch kein Analphabet.«

»Nein, das war er nicht. Er konnte nicht lesen, weil er nahezu blind war.«

Marianne schluckte.

»Selbst mit einer Lupe hätte er kaum etwas gesehen. Nur Licht und Schatten, wir konnten ihm leider nicht helfen.«

Einen Moment lang war Stille, dann legte Marianne den Hörer auf.

35

Eschenbach genoss die paar Tage Ferien, die er sich genommen hatte, und saß auf der kleinen Terrasse seiner Altbauwohnung mitten in Zürich. Er streckte die Arme. Der Himmel war klar, und der Kommissar wusste, dass hinter dem alten Gebäudekomplex im Osten bereits die Sonne schien. Erst kurz nach elf Uhr würde sie die ersten Strahlen über das finstere Ziegeldach zu ihm auf den Sitzplatz werfen. Von nun an jeden Tag ein paar Minuten später, dachte er; der August war ein Tagedieb.

Obwohl er für drei gedeckt hatte, saß er alleine am Frühstückstisch. Corina war beim Früh-Yoga, und Kathrin schlief noch. Gestern waren sie zusammen im Kino gewesen: *Master and Commander* mit Russell Crowe. »Das ist wieder so ein Männerfilm«, hatte Corina ihm ins Ohr geflüstert, als die Fregatte von Crowe mit Kanonendonner angegriffen und beinahe zerlegt wurde. »Jetzt wisst ihr, was eine richtige Breitseite ist«, hatte er seinen beiden Frauen gesagt. In der Pause gab's Popcorn und Cola, danach flogen wieder die Spanten; allerdings die des gegnerischen Schiffs. »Und wieder keine einzige Frauenrolle«, hatte Corina bemängelt. Dafür alles auf Großleinwand und mit Dolby-Surround-Sound, dachte Eschenbach. Sein zufriedenes Gegrunze war im Kampfgetöse untergegangen.

Er hatte das schnurlose Telefon mit auf die Terrasse genommen und sich mit vollem Mund gemeldet.

»Sind Sie es, Chef?« Die Stimme von Rosa Mazzoleni kam zögernd.

»Ja, sicher …« Er schluckte den Bissen hinunter.

Rosa wollte ihm die Geschichte gleich vorlesen: *Zürcher Tagblatt*, Frontseite, Inlandteil. »Fast eine ganze Seite, Chef.« Weiter als bis zur Überschrift war sie jedoch nicht gekommen. Der Kommissar hatte sich auch noch das letzte Croissant genommen, das eigentlich für Corina reserviert gewesen war, und gesagt, er würde sofort ins Präsidium kommen.

Nachdem er das Haus verlassen und sich am Kiosk beim Paradeplatz das *Tagblatt* gekauft hatte, setzte er sich gleich gegenüber ins Mövenpick. Dort stand es: *Golfplatz-Schütze war blind! Wer erschoss den Bankier Philipp Bettlach?* Als er den Artikel gelesen hatte, war sein Espresso kalt.

Der Zeitungsbericht hatte eingeschlagen wie eine Bombe.

Eschenbach saß auf seinem schwarzen Ledersessel im Büro und legte den Hörer zurück auf die Gabel. Es war ein langes Gespräch mit Elisabeth Kobler gewesen, bei dem vor allem sie gesprochen und er zugehört hatte. Von schlampiger Polizeiarbeit war die Rede gewesen und davon, dass er sich seine Ferien an den Hut stecken könne. Der Zigarillo im Mund war erloschen, das eine Ende breit gebissen. Er blickte durch die halb geschlossenen Jalousien nach draußen; es war Mittag, und die Sonne schien, als wisse sie nichts von allem. »Rufen Sie Jagmetti und Lenz!«, donnerte Eschenbach in die Gegensprechanlage. Er hantierte mit dem Feuerzeug und versuchte die erloschene Brissago wieder in Brand zu stecken. »In einer halben Stunde bei mir im Büro … so ein Scheißding!«

»Brauchen Sie noch etwas?«, gurrte Rosas Stimme aus der Anlage.

»Irgendwie ist es verstopft …« Der Kommissar klopfte den Anzünder aus rotem Plastik auf die Tischplatte. »Verdammt!

Oder vielleicht das Gas …« Er hob ihn gegen das Licht. »Frau Mazzoleni?«

»Ja«, kam es ruhig. »Ich habe noch Streichhölzer, wenn Sie das meinen?«

»Genau, das meine ich.«

Die Augenklinik des Universitätsspitals Zürich hat eine lange Tradition: Seit bald 150 Jahren werden hier Patientinnen und Patienten mit Augenerkrankungen betreut. Im Laufe der Jahre hat sich das Wissen in der Ophthalmologie immens vergrößert …

Eschenbach las den Text zur Geschichte des Spitals, während sie auf Professor Randolf Madulan, den Leiter der Forschungsabteilung der Klinik, warteten. Jagmetti blätterte in einer Modezeitschrift.

»Weiß der Geier, weshalb die Augenklinik an der Frauenklinikstraße liegt.« Der Kommissar klang gereizt, zeigte Jagmetti die Broschüre, auf der die Adresse des Instituts stand. Dann wurden sie gerufen.

Wie geprügelte Hunde traten sie eine Stunde später aus dem Universitätsgebäude hinaus ins Freie. Die tief stehende Sonne blendete, und Eschenbach suchte in Hemd- und Jackentasche nach seiner Sonnenbrille. Vergeblich. Neben ihm trottete Jagmetti und schwieg. Im Gegensatz zu seinem Chef verbarg er seine Niedergeschlagenheit hinter rechteckigen Gläsern, die sich im Licht dunkelblau verfärbt hatten.

»Er war der perfekte Mörder«, sagte Eschenbach und wischte sich mit der Hand den Schweiß von der Stirn. »Und jetzt ist dieses Arschloch blind.«

Jagmetti zog Luft durch die Nase. »Scheint so. Annähernd jedenfalls.«

Als sie die Haltestelle erreichten, sahen sie die Tram mit der Neun nur noch von hinten; wie sie davonholperte und keine hundert Meter später an einer Ampel wieder bremsen und anhalten musste.

»Hat ihr nichts gebracht, dass sie früher losgefahren ist«, brummte Eschenbach leise.

»Wären wir gerannt, hätte es gereicht«, sagte Jagmetti. Er zog die Schultern hoch und vergrub die Hände in den Hosentaschen.

»Vielleicht«, kam es lustlos von seinem schlecht gelaunten Vorgesetzten. »Ich renne keinen Trams mehr hinterher. Sieben Minuten rechtfertigen keinen Herzinfarkt.«

Jagmetti sagte nichts.

Sie überquerten die Straße und setzten sich im Schatten der Häuserblocks auf eine kleine Mauer.

»Ich hab den Typen nur im Halbdunkel gesehen, in seinem Haus am Sihlsee. Und dann, als er den Weg hinunter zum Bootshaus ging … Es sah weiß Gott nicht aus, als suchte er den Weg.« Eschenbach stützte die Arme auf seine Oberschenkel. »Ich hätte ihn ins Präsidium beordern müssen, dort hätte ich es gemerkt … Es ist mein Fehler. Verdammte Scheiße!«

Jagmetti saß schweigend daneben, versuchte hie und da verständnisvoll mit dem Kopf zu nicken oder strich – mehr aus Verlegenheit – mit den Fingern durch sein dichtes Haar. Der Kommissar schien ihn gar nicht wahrzunehmen. Eschenbach saß vornübergebeugt, die Ellbogen auf den Knien, und sprach zwischen seinen Beinen hindurch mit dem Asphalt oder mit sich selbst. Selbstzweiflerisch und wütend. Erst als die Tram auf die Haltestelle zufuhr, erhoben sich beide; schlenderten aus dem Schatten heraus auf die andere Seite der Straße und stiegen ein.

»War er nun tatsächlich blind?«, wollte Rosa Mazzoleni wissen, als Eschenbach eine halbe Stunde später an ihrem Schreibtisch vorbeiging.

»Ja«, knurrte der Kommissar. »Wenn man den Ärzten glauben will.« Er zuckte mit den Schultern.

»Lieber den Ärzten als der Presse«, seufzte sie. »Hier geht es zu, sage ich Ihnen … also ich bin froh, wenn es Abend ist.«

»Ich auch!«, polterte Eschenbach. »Oder Weihnachten, das

wäre mir auch recht.« Wütend knallte er die Tür hinter sich zu, setzte sich an seinen Schreibtisch und telefonierte mit der Abteilung für Medienarbeit. Man hatte die Pressekonferenz auf halb sieben Uhr abends angesetzt, in einer Stunde also; dann sprach er mit Kobler und rief anschließend noch zu Hause an. Die Einladung heute bei Corinas Eltern am Zugersee, die Wanderung ins Maderanertal, seine ganzen Ferien: Alles im Arsch! Er stand auf, ging zum Fenster und sah zwischen den schräg gestellten Jalousien hinunter auf die Straße. Hastig zog er noch ein paar Mal an seinem Zigarillo, drückte dann eine Lamelle nach unten und warf den brennenden Stummel ins Freie.

»Wir müssen jetzt unsere Hausaufgaben machen«, war der letzte Satz, den Eschenbach gesagt hatte, bevor er die Medienkonferenz beendete. Es war nicht wirklich eine Antwort auf die Frage, ob man nun gedenke, mit der Schlamperei im Polizeibetrieb fortzufahren oder ob vielleicht die Polizei auch blind sei. Er hatte die Konferenz, die eigentlich mehr einem Verhör glich, auch nicht beendet. Er hatte sie abgebrochen, basta. Nachdem er über eine Stunde lang Prügel bezogen hatte. Einzig Marianne Felber vom *Zürcher Tagblatt* hatte die ganze Zeit gelächelt, ohne eine einzige Frage zu stellen. Im Gegensatz zu den anderen im Saal – die Polizei eingeschlossen – hatte sie ihre Hausaufgaben gemacht.

Als der Kommissar das Präsidium endlich verlassen konnte, war es zehn Minuten vor elf. Während er ging, kam ihm die Konferenz vor einem Monat in den Sinn, als der Mord taufrisch war und wie ein weißes Blatt Papier vor ihm gelegen hatte. Nun kam er sich vor wie der Maler, der zum x-ten Mal seine Skizze zerriss, weil die Perspektive nicht stimmte oder der Himmel zu dunkel geraten war. Der Genius ging flöten, wenn man zu viel daran herumdokterte. Er hatte Hunger.

Bis auf drei Tische war der Schafskopf noch voll. Die großen Schiebefenster gegen die Straße standen offen, und gut genährte Fröhlichkeit hatte sich breit gemacht. Der Kommissar nickte, als ihm Estefan von der Theke aus zuwinkte, dann setzte er sich an den Tisch hinten in der Ecke und streckte die Beine aus.

Nach einer Weile kam Gabriel aus der Küche, mit Monogramm auf der Schürze und zerzaustem Haar: »Ich habe noch Paella, oder willst du Riesencrevetten auf dem Grill?«

»Oder ein Stück Fleisch, wenn du hast …« Eschenbach sah Gabriel an und zwinkerte mit den Augen. »Ein richtiges, meine ich.«

Gabriel musste lachen. »Ein Rindsfilet à point, mit gedämpfter Tomate und Rösti, nehme ich an.«

Der Kommissar nickte, und als Gabriel wieder in der Küche verschwand, nahm er das *Zürcher Tagblatt* vom Fenstersims. Er las den Sport- und Wetterbericht, den Artikel über den neuen Theaterdirektor im Schiffbau und die Klatschspalte auf der letzten Seite. Der Inlandteil fehlte.

»Voilà, à la mode du commissaire«, witzelte Gabriel, der wie ein fröhlicher Komet mit angerichtetem Teller und einer Flasche Wein aus der Küche schoss. »Lass es dir schmecken«, sagte er, nachdem er den Teller liebevoll auf das weiße Tischtuch gestellt hatte. Danach füllte er den Wein in zwei bauchige Gläser und setzte sich.

»Einen Nebbiolo von Gaja …«, murmelte Eschenbach mit vollem Mund und studierte das Etikett der Flasche. »Du bist völlig plemplem.«

»Ach, was soll's; auf uns beide. Auf die Sehenden dieser Welt!«

Sie ließen das kräftige Rot langsam kreisen, und nach einer Weile hoben sie das Glas unter die Nase: kräftige Eiche, der feine Hauch reifer Johannisbeeren; ein Morgen im Piemont. Die Freunde prosteten sich zu, tranken und sahen sich einen Moment lang schweigend an.

»Bist du sicher, dass er wirklich blind war?« Gabriel fingerte an der Dekoration herum, die auf dem Tisch stand; einem Blumengesteck in Weiß und Lila. »Ich meine, man kann nicht alles glauben, was in der Zeitung steht …«

»Ja, er war blind, beinahe jedenfalls.« Eschenbach ließ sich nochmals Wein einschenken. »Er hätte einen Spatzen nicht von einem Raben unterscheiden können. Auch nicht mit einem Zielfernrohr. Geschossen hat der ganz sicher nicht.«

»Mmh … du meinst also tatsächlich.«

»Ja, eben.«

»Und jetzt, was machst du?« Bei dieser Frage zupfte Gabriel die kleine weiße Rose aus dem Tischgesteck. Sie welkte.

»Keine Ahnung. Ich werde …« Er kaute nachdenklich, sah an Gabriel vorbei und betrachtete das große Bild an der Wand. Es zeigte einen einsamen Strand mit einem vermoderten Baumstrunk, den die Flut vergessen hatte. Strandgut.

Erst als der Kommissar mit dem Essen fertig war, den Rest der Sauce mit einem Stück Brot zusammengenommen und das Besteck fein säuberlich nebeneinander auf den Teller gelegt hatte, war er wieder zu ganzen Sätzen bereit. Er fuhr sich mit der Serviette mehrmals über den Mund. »Ich war heute im Augeninstitut der Uni Zürich. Die haben mir alles erklärt.« Er nahm sein schwarzes Notizbuch aus der Jackentasche und blätterte. »Eine Altersabhängige Makuladegeneration, AMD, hatte man zuerst vermutet. Anscheinend recht häufig, wenn man älter wird. Meist merkt man es beim Lesen. Ein verschwommener Fleck in der Mitte des Schriftbildes oder ein grauer Schatten.«

»Der graue Star?«, unterbrach ihn Gabriel.

»Nein, das habe ich auch gefragt. AMD ist etwas anderes. Der Schatten wird größer und führt zu einer Verschlechterung der Sehschärfe.«

Gabriel hielt die leere Weinflasche mit ausgestrecktem Arm vor sein Gesicht. »Kannst du das Kleingedruckte unter Gaja lesen, wenn du die Flasche so hältst?«

»Komm, hör auf, du bist kurzsichtig – aber wer ist das nicht. Jedenfalls war es nicht AMD.« Er blätterte und suchte den Begriff, der ihm entfallen war. »Sorsby Fundusdystrophie war es.« Eschenbach seufzte. »Ich kann mir nichts mehr merken, sage ich dir. Das wird immer schlimmer.«

»Also diesen Sorsby-Fundus … Dings, den hätte ich mir auch nicht merken können.« Gabriel zündete sich eine Zigarette an und paffte.

»Rauchen ist ganz schlecht, hat dieser Forscher Madulain … Dr. Madulan gesagt.« Wieder der Blick ins Buch.

»Gegen was?«, wollte Gabriel wissen.

»Gegen alles halt.«

»Ich inhalier gar nicht mehr«, sagte Gabriel mit dem Mund voller Rauch. »Paffe nur noch aus lauter Gewohnheit.«

»Es ist extrem schlecht für die Augen, hat er gesagt.«

»Dann soll ich besser inhalieren, meinst du?« Er lachte und dann hustete er.

»Es ist nicht zum Lachen. Ich glaube, ich lasse mir mal die Augen untersuchen. Rein prophylaktisch, meine ich.« Eschenbach trank einen Schluck Wasser.

»Und mit dem Rauchen hast du aufgehört?«, wollte Gabriel wissen. Ihm war aufgefallen, dass der Kommissar seine Zigarillos in der Tasche ließ.

»Ich rauche weniger«, sagte Eschenbach. »Versuche es.«

»Seit du heute in der Klinik warst … ach hör doch auf! Das legt sich. Du bekommst schon keinen solchen Fundus.«

»Sorsby-Fundus …« Der Kommissar las seine Notizen durch. »Sorsby Fundusdystrophie – ist extrem selten und genetisch bedingt; basiert auf einer Mutation im TIMP3-Gen. Man weiß nicht viel darüber.«

»Und dein Mörder hatte das … ich meine dieser Hottiger.«

»Ja. Es geht sehr schnell mit der Sehschärfe; nimmt radikal ab, meist in der fünften Lebensdekade.« Und nach einer kurzen Pause fügte er noch hinzu: »Eine zufrieden stellende Therapie dagegen gibt es nicht – noch nicht.« Dann klappte er sein Notizbuch zu. Mehr hatte er nicht aufgeschrieben.

»Ich werde nächstes Jahr fünfzig«, sagte Gabriel mehr zu sich selbst, stand auf und brachte eine Flasche Grappa mit zwei kleinen Gläsern. »Barolo Sperss; das Leben ist zu kurz für schlechte Schnäpse.«

36

Es störte Eschenbach nicht, dass er zu wenig geschlafen hatte und verkatert war. Im Grunde genommen war es ein Zustand, mit dem er gut leben konnte, den er manchmal sogar mochte. Er stellte sich vor, dass beim Marathonlauf, nach Kilometer dreißig, ein ähnliches Gefühl einsetzte; wenn der Läufer die Beine nicht mehr spürte und alles um ihn herum an Distanz gewann.

Zum wiederholten Mal ging er die Akte Hottiger durch, in der Hoffnung, etwas Wesentliches übersehen zu haben. Die traurige Einsamkeit seiner Jugend und der Halt, der ihm der Schießsport gegeben hatte. Die Olympischen Spiele 1960 in Rom, das Militär und dann die Karriere als Sicherheitsberater. Ein Leben im Dienste anderer, als Beschützer und Wächter. Eschenbach fragte sich, ob sich Hottiger nicht auch am Schluss vor jemand anderen gestellt, sich gewissermaßen geopfert hatte; im Wissen, dass er selbst nie mehr sehen würde? Es war eine Möglichkeit, die er auf jeden Fall weiter im Kopf behalten musste.

Vielleicht lag es an den Fotos, die vor ihm lagen. Die olympische Flagge, vor der Hottiger posierte, mit Medaille und ohne Lachen; ernst, mit dunklen Augen und scharfem Blick. Vielleicht lag es auch nur an Eschenbachs Zustand, dass ihm der Marathonläufer Abebe Bikila in den Sinn kam; dieser schwarze Schlaks aus dem nördlichen Hochland Äthiopiens, der wie Hottiger in Rom olympisches Gold gewonnen hatte. Zweiundvierzig Kilometer in zwei Stunden, fünfzehn Minuten und sechzehn Sekunden. Der Leibgardist von Kaiser Haile Selassie lief die schnellste Zeit, die bis dato gelaufen worden war; scheinbar mühelos und barfuß. In Tokio, vier Jahre später, gewann er abermals. Es war der letzte große Sieg gewesen, bevor er mit dem Auto, das man ihm geschenkt hatte, verunfallte und querschnittsgelähmt blieb. Abebe, der lahme Läufer und Hottiger, der blinde Schütze – Sicherheitsfanatiker und Leibgardist.

Als Elisabeth Kobler ohne anzuklopfen in sein Büro stürmte, rieb sich der Kommissar gerade die Augen. Dann warf er die Akte Hottiger auf einen Stapel mit weiterem Papier. »Was ist?«, fragte er ohne aufzublicken.

»Wir müssen jetzt handeln«, kam es von der Polizeichefin.

»Aha, und was heißt das?« Er sah sie an.

Kobler zog einen Stuhl zu Eschenbachs Schreibtisch und setzte sich. »Wir müssen denen irgendetwas liefern.«

»Wem sollen wir was liefern, bitte?« Eschenbach blieb ruhig.

»Dieser Artikel ...« Kobler machte eine kurze Pause. »Der hätte nicht gedruckt werden sollen. Das war ein Fehler ... ferienbedingt.«

»Ach ja?« Der Kommissar lehnte sich zurück und zog die Augenbrauen hoch. »Und weshalb?«.

»Regierungsrätin Sacher ist stinksauer. Man hatte sie deswegen angerufen und nicht gleich erreicht. Verlagsleitung und Chefredaktion wollten den Artikel zurückhalten. Irgendwie ist er dann doch durchs Netz gerutscht.« Kobler sprach leise und wippte dabei mit dem Fuß.

»Ich verstehe immer noch nicht.« Eschenbach rückte weiter nach vorne und stützte die Ellbogen auf die Tischplatte. »Alles, was in der Zeitung stand, stimmt. Ausnahmsweise, mag ja sein. Aber Hottiger hatte diese ... ich meine, er war tatsächlich blind; annähernd jedenfalls. Er konnte diesen Mord unmöglich begehen. Das ist zwar scheiße, aber es ist so. Und eigentlich …« Er hielt inne. »Eigentlich sollten wir dieser Marianne Felber dankbar sein, dass sie das getan hat, was wir eigentlich hätten tun müssen.«

»Sie kennen diese Journalistin?«

»Nein, verdammt noch mal!« Eschenbach wurde laut. »Aber es ist ein Name, den wir uns künftig besser merken sollten.«

»Das sieht Regierungsrätin Sacher anders«, kam es schneidend von seiner Chefin.

»Ist mir egal, wie es die Sacher sieht. Wir haben unsere Arbeit nicht richtig gemacht; sind nach dreißig Kilometern einfach stehen geblieben, statt weiterzulaufen. Jetzt haben wir den Dreck.«

»Also *back to square number one*«, seufzte sie.

«Nein, nicht am Anfang …«, widersprach Eschenbach. »Aber auch noch nicht am Ende.« Das Neudeutsch von Kobler zerrte an seinen Nerven.

»Und jetzt? Ich meine, irgendetwas müssen wir tun.« Kobler umfasste mit den Händen ihr Knie, hob die Schultern, als müsse sie Anlauf nehmen. Dann sagte sie: »Nichtstun ist keine Option, Eschenbach!«

Der Kommissar nickte, als hätte er darauf gewartet. Es war der Standardsatz von Regierungsrätin Sacher; eine Floskel der Hilflosigkeit, wie er fand. Abwarten und dem Gegner den nächsten Zug zu überlassen war immer eine Option, das wusste auch Kobler. Aber dazu brauchte es Nerven und ein dickes Fell, und auf beides konnte er nicht mehr zählen.

»Ich erwarte keine überstürzte Aktion, aber Nichtstun ist auch keine Lösung …« Er ging ihr unübersehbar auch auf die Nerven.

»Ja, ich weiß!«, fuhr Eschenbach dazwischen und sah gereizt auf die Uhr. Er konnte den Satz nicht mehr hören. »Ich denke darüber nach.«

Es war kurz vor zwölf Uhr mittags.

»Tun Sie das«, murmelte Kobler und stand auf. »Sie wissen ja, ich vertraue Ihnen.«

Den Nachmittag verbrachte der Kommissar in Sitzungen und am Telefon. Festnahmen von Personen, die sich im Ausland aufhielten, liefen via Rechtshilfegesuch über den Bund. Ein Hin und Her, das ein paar Tage in Anspruch nahm und keine Abkürzung zuließ.

Gerne hätte er Johannes Bettlach persönlich gesprochen, aber dieses Unterfangen erwies sich als die Quadratur des Kreises. Doch diesmal ließ der Kommissar nicht locker. Er wollte wissen, mit welcher Maschine Bettlach in welches Ausland geflogen war und in welchem Hotel er übernachtete. Sekretärinnen wissen das, und sie lügen schlecht, wenn es um Details geht und man es genau wissen will. Eschenbach hatte das Gefühl, dass Bettlach sehr wohl erreichbar gewesen wäre; dass er nicht in der Maschine der SWISS saß, die um 12.30 Uhr in Zürich gestartet war und acht Stunden später in New York landen würde. Er spürte es einfach: Johannes Bettlach war da, in seiner Bank vielleicht oder in der alten Villa oberhalb von Herrliberg, und ließ sich abschirmen wie ein Kranich beim Brüten.

Auch wenn das Herumgedruckse von Bettlachs Sekretärin um die Termine und Buchungen ihres Chefs ein Indiz dafür war, dass Eschenbach mit seiner Vermutung richtig lag, wollte der Kommissar sichergehen. Er ließ die Daten, die man ihm gegeben hatte, durch Max Kubly und seine Leute beim internen Informationsdienst überprüfen.

»Flug der SWISS von heute Mittag nach New York, ich gebe Ihnen die Nummer …« Es dauerte einen Moment, bis Eschenbach den Zettel mit den Notizen gefunden und die Angaben durchgegeben hatte. »Passagierliste, Sie wissen schon … und dann noch die Reservation im Hotel Mercer in Manhattan.«

Der Beamte am anderen Ende der Leitung wiederholte jede einzelne Angabe. Er hatte eine helle Stimme und hieß Yves Bechstein. Eschenbach musste jeden Namen und jede Zahl mit »Richtig!« oder »Korrekt!« quittieren. Als der Kommissar einmal mit einem »Mmhh« bestätigte, wiederholte Bechstein seine Rückfrage. Dabei setzte er ein schrilles »Richtig?« an den

Schluss. Eschenbach überlegte, wie es wohl wäre, wenn man diese Art von Gespräch gänzlich automatisieren würde. Dann allerdings mit einer Bariton-Stimme, fand er. Bechstein klang wie Trompete.

Am Ende des Gesprächs bat der Kommissar noch darum, in jedem Fall das *US Immigration Office* zu kontaktieren. »Auch für den Fall, dass er nirgends gebucht ist.«

»Selbstverständlich«, sagte Trompete und erbat noch ein »Korrekt!« für die Flughäfen John F. Kennedy und Newark International.

Am nächsten Morgen brauchte Eschenbach lange, bis er die offenen Fragen des Falls Bettlach in einen Zwischenbericht umgesetzt hatte. Kobler benötigte den Report für Sacher. Dringend, wie sie sagte.

Der Plan glich einem Pokerspiel, das wusste er. Aber es war die einzige Möglichkeit, die sich bot. Ernst Hottiger hatte erkannt, dass er gänzlich erblinden würde, was mehr als ein Bankrott – vielleicht sogar schlimmer als der Tod gewesen sein musste. Trotzdem, es schien nicht wahrscheinlich, dass er sich deswegen umgebracht hätte. Deshalb nicht, weil es schon sein Vater getan und er ihn dafür gehasst hatte, oder weil es in seinen Augen zu feige war und nicht in seine Wertordnung passte. Was aber, wenn er durch seinen Selbstmord jemand anderen schützen konnte? Jemand, der ihm nahe stand, näher vielleicht, als er sich selbst war? Dann bekäme sein Selbstmord plötzlich einen Sinn, würde sich in Hottigers Welt der Sicherheit und des Beschützens einordnen wie das Schloss in eine Kette.

37

»Was ist das?« Jagmetti warf den Haftbefehl auf Eschenbachs Schreibtisch und stand da, als hätte man gerade sein Haus geplündert. »Das ist doch nicht Ihr Ernst, oder?«

»Doch!«, polterte Eschenbach. »Heute Morgen um sieben hat man sie festgenommen. Jetzt ist endlich Schluss mit dem Theater!«

»Doris ist unschuldig«, zischte Jagmetti. Enttäuschung und Zorn standen rot auf seiner Stirn.

»Das hat der Richter zu entscheiden, nicht ich.«

»Und das?« Der Polizeischüler hämmerte mit dem Zeigefinger auf das Papier, das in französischer Sprache verfasst war. »Warum weiß ich nichts davon?!«

»Das muss ich wohl nicht erklären, oder?« Eschenbach zog die Augenbrauen hoch. »Ich wäre jetzt gleich zu Ihnen gekommen.«

»Sie trauen mir nicht … ich weiß nicht.« Jagmetti machte eine kurze Pause, bevor er weiter auf den Kommissar einredete. »Das ist so was von mies … und hinterhältig. Wenn Sie Charakter hätten, dann wenigstens direkt ins Gesicht. Dann sagen Sie mir doch, dass ich als Polizist nichts tauge. Dass ich ein … ein latentes Risiko bin, hinderlich gewissermaßen.«

Eschenbach wollte etwas sagen, kam aber nicht dazu. Es regnete Vorwürfe und Selbstmitleid. Der Kommissar widerstand der Lust, sich eine Brissago anzuzünden. So saß er einfach nur da, mit den Händen auf der Armlehne wie im Konzert, und schwieg. Nach einer Weile, als er Jagmettis Pulver verschossen glaubte, sagte er: »Und jetzt, sind Sie fertig, Jagmetti?«

»Ja.« Und nach einer kurzen Pause fügte er hinzu: »Ich kündige, Chef!«

»Hören Sie auf, ich bin nicht Ihr Chef.«

»Ich kündige trotzdem, es ist mir egal«, sagte Jagmetti und ging zum Ausgang. Seine Schritte waren zögerlich, und es schien, als hätten sie die Kraft der Empörung verloren.

»Dann bitte schriftlich und beim Abteilungsleiter Ausbildung!«, rief Eschenbach noch hinterher, bevor die Türe leise ins Schloss fiel.

Einen Moment lehnte sich der Kommissar zurück, faltete die Hände im Nacken und dachte darüber nach, ob er es Jagmetti nicht doch hätte sagen sollen. Er war kein misstrauischer Mensch, im Gegenteil. Die Achtung voreinander und das gegenseitige Vertrauen waren die wichtigsten Grundlagen erfolgreicher Polizeiarbeit. Es waren seine Grundsätze; Ideale, an die er glaubte und die er auf jedem Polizeilehrgang aufs Neue predigte. Und doch, er hatte anders entschieden. *Contre cœur*, was ihm nicht leicht gefallen war.

»Der letzte Satz war zu viel.« Es war Rosa Mazzolenis Stimme, die aus der Gegensprechanlage schepperte.

»Welcher Satz?«, murrte Eschenbach, obwohl er wusste, was sie meinte.

»Tun Sie nicht so, Chef.« Sie machte eine kurze Pause. »Dass er kündigen solle, und das noch bei Sepp Kohler! Der ist so blöd und nimmt die Kündigung an.«

»Glaube ich nicht.«

»Moment.« Im Hintergrund klingelte das Telefon; dann knackte es im Lautsprecher, und der Ton war weg.

Eschenbach sah auf die Uhr und wollte gerade aufstehen, als Rosa ins Büro trat.

»Es war nur ein kurzer Anruf«, sagte sie beschwingt.

»Und?«

»Privat, nichts Wichtiges.« Sie lächelte. Der Hosenanzug in blassem Rosa stand ihr fabelhaft, und das kurze, schwarze Haar war streng nach hinten gekämmt – mit viel Gel gebändigt.

»Sie machen Ihrem Namen alle Ehre«, sagte der Kommissar und deutete mit einer eleganten Geste auf den freien Stuhl gegenüber.

Sie blieb stehen. »Ich wollte nur sagen … wegen vorhin. Nicht dass Sie meinen, ich belausche Sie.«

»Da wäre ich nie darauf gekommen.« Eschenbach lachte schallend.

Die Verhaftung von Doris Hottiger war zum Medienereignis geworden, dafür hatte Eschenbach gesorgt. Die Festnahme in Paris, die zweiwöchige Auslieferungshaft im Flughafengefängnis Charles de Gaulle und dann die Überführung in die Schweiz mit dem Linienflug der Air France; Ankunft am 12. September, morgens um halb zehn in Zürich-Kloten.

Schweizer Staatsbürger, die man auf diese Weise – und in den seltensten Fällen geschah das freiwillig – in ihre Heimat zurückführte, wurden direkt im Untersuchungsgefängnis beim Zürcher Flughafen einquartiert. Dort blieben sie dann bis zur Eröffnung des Prozesses. In der Regel ein Jahr – selten länger als zwei Jahre. Gleichzeitig saßen dort auch Menschen, deren Heimat die Schweiz nicht war. Sie waren in der Überzahl und warteten, bis man sie wieder dorthin zurückbrachte, woher sie kamen, wo sie aber nicht mehr hinwollten.

Dass man Doris Hottiger nicht im Flughafengefängnis untergebracht hatte, lag einzig daran, dass es dort keine Zellen für Frauen gab. Also brachte man sie ins Bezirksgefängnis Dielsdorf, in eine kleine Zelle im Westteil des Gebäudes.

Der Fall Philipp Bettlach wurde Kapitel für Kapitel aufgerollt. Der Stoff aus kranker sexueller Neigung und Rache, in einer gesellschaftlich angesehenen Familie, war wie geschaffen für die farbigen Gazetten des Boulevards, und Doris Hottiger wurde zum zweiten Mal in ihrem jungen Leben gegen ihren Willen ein Star der Medien: hübsch, blond, mit dem Finger am Abzug.

Ein kurzer Ausschnitt aus einem der Videos wurde gezeigt, Interviews wurden geführt; allerdings mit Opfern, die nichts mit dem Fall zu tun hatten. Doris wurde zur Rächerin einer scheinbaren Mehrheit tragisch Betroffener. Die Berichte über sie wurden Bestandteil täglicher Nachrichten wie das Wetter oder die Krise am Gaza-Streifen.

Das Bezirksgefängnis Dielsdorf, in dem Doris zwölf Quadratmeter bewohnte, war bald in aller Munde und genoss einen Bekanntheitsgrad, der sonst nur dem Bundeshaus zuteil wurde.

Die Aufseherin Martha Imhof, die seit siebzehn Jahren in Dielsdorf die Türen auf- und zuschloss, erlitt wenig überraschend einen Nervenzusammenbruch. Aufgrund einer unbedachten Äußerung ihrerseits hatte das auflagenstärkste Blatt im Land aus der überzeugten Christin einen kaltherzigen Wachhund gemacht. Der aufgewiegelte Volkszorn war zu viel gewesen für die stämmige Frau Ende fünfzig; gerade für sie, die alles nur deshalb tat, weil es ihr Job war, weil alles in der Bibel stand und weil Schuld und Sühne ihre eigentlichen Maßstäbe waren.

Eschenbach saß in seinem Büro und ging die Presseberichte durch. Sein Plan war gewesen, mit Hilfe der Medien Druck zu machen. Druck auf Doris und – sollte sie es tatsächlich nicht gewesen sein – auf den Mörder, der immer noch frei herumlief. In den drei Wochen, in denen Doris in Untersuchungshaft saß, hatte der Fall eine Eigendynamik entwickelt, die dem Kommissar von Tag zu Tag unangenehmer wurde.

Er hatte die Sache gewaltig unterschätzt: Die Gewissenskonflikte, die Zerrissenheit und Nervosität, die er auf der Gegenseite provozieren wollte, waren auf ihn selbst zurückgefallen. Und seit sich wegen der laufenden Berichterstattung in der Regenbogenpresse und im Fernsehen täglich mehrere Personen zur Tat bekannten, war auch der Polizeiapparat in Unruhe.

»Wann rechnen Sie mit einem Geständnis?« Es war Elisabeth Koblers Standardfrage. In den letzten vierundzwanzig Stunden war es schon das zweite Mal, dass sie ihn deswegen anrief.

»Ich weiß es nicht … eigentlich glaub ich nicht mehr daran, dass noch eins kommt.«

»Sind Sie da nicht etwas zu pessimistisch?«

»Geständnisse kommen gleich am Anfang oder gar nicht.«

»Das hat natürlich etwas …«

»Eben.«

»Dann können wir uns auf einen Indizienprozess gefasst machen«, sagte Kobler. »Ist mir auch recht. Schließlich liegen klare Verdachtsmomente vor. Man kann uns nichts vorwerfen.«

»Nein, das nicht.«

»Haben wir die Waffe schon gefunden?«

»Nein. Die Blaser R93 Tactical, mit der vermutlich geschossen wurde, ist verschwunden. Seriennummer, Waffenschein usw. haben wir alles bei Ernst Hottiger gefunden. Sie war als Teil seiner Sammlung registriert.«

»Und Frau Hottiger ging dort ja bekanntlich ein und aus.«

»Richtig. Sie besaß einen Schlüssel und kümmerte sich während der Abwesenheit von Ernst Hottiger auch um das Anwesen. Das haben Lieferanten und Nachbarn bestätigt.«

Das war alles bereits mehrmals von den Medien aufgenommen worden und hatte schon in diversen Zeitungsberichten gestanden.

»Und dieser Anwalt von der Hottiger …«

»Alex Kalbermatten«, warf Eschenbach ein.

»Ja, genau. Von *Kalbermatten & Dormann* – übrigens eine der besten Kanzleien für Strafsachen.«

»Ich weiß.« Eschenbach rollte die Augen. »Seinem Haftentlassungsgesuch wurde nicht stattgegeben. Kaum verwunderlich, da Doris schon einmal ins Ausland getürmt ist.«

»Dann ist ja alles bestens.«

»Sage ich ja.«

Nachdem sie sich verabschiedet hatten, schaute Eschenbach

auf die Uhr und überlegte, ob er die S-Bahn noch erreichen würde.

Einmal die Woche fuhr er mit der S5 nach Dielsdorf und besuchte Doris, in der Hoffnung es käme etwas Gescheites dabei heraus. Ein Geständnis oder ein Hinweis, der ihn weiterbringen oder Doris entlasten würde. Er tat es immer dienstags, inoffiziell und als Privatperson. Ansonsten hätte er sie ins Präsidium beordern müssen; im Rahmen einer Einvernahme und mit einem Haufen Beamter, die sie begleitet, herumgestanden und betreten geschwiegen hätten, wenn alles protokolliert worden wäre.

Auch wenn seine kurzen Besuche erst drei Wochen andauerten und sie sich die meiste Zeit nur schweigend gegenübersaßen, war daraus eine kleine Gewohnheit geworden. Jeweils kurz vor fünf verließ er das Präsidium, schlenderte entlang der Sihl zum Bahnhof und ließ sich beim Türken in der Bahnhofshalle einen Döner einpacken. Und jedes Mal hatte er Glück, dass in der S-Bahn ein Fensterplatz frei war; mit Blick in Fahrtrichtung.

Es irritierte Eschenbach, dass schon Mittwoch war und dass er den Tag zuvor keine Zeit für seinen Besuch gefunden hatte. Corina hatte unbedingt in den Schiffbau gewollt, um sich eine Inszenierung von Christoph Schlingensief anzusehen. Das Ensemble hatte sich zwei Stunden angebrüllt und Eschenbach sich gegen den Schlaf gewehrt.

Hatte Doris auf ihn gewartet, aus purer Routine? Er mochte die wenigen Gewohnheiten, die sein Beruf bot; die Spaziergänge durch Zürich, die Morgensitzung, wenn er seine engsten Mitarbeiter um sich versammelt hatte, oder den Kaffeeklatsch mit Rosa. Für ihn waren es Brückenköpfe, die wie kleine Inseln trotzig dem Strom der Veränderung standhielten. Es war zehn nach fünf, und Eschenbach beschloss, den Wagen zu nehmen.

Als er mit seinem alten Volvo zurück in die Stadt fuhr – im Schritttempo durch den Milchbucktunnel –, befiel ihn wieder dieses seltsame Gefühl. Er hatte es jedes Mal, wenn er von Doris kam. Aber diesmal konnte er es beschreiben: Es war die Schwere, die ihn einhüllte wie die Abgase der Autos, die vor ihm standen oder seitlich an ihm vorbeischlichen. Es war ein schlechtes Gefühl.

In den drei Wochen, in denen er Doris besucht hatte, war ihm aufgefallen, dass sie abgenommen hatte. Es war nicht das Abnehmen, das einem gut stand und für das man sich gelegentlich mit Salaten abquälte. Es war so gänzlich anders; als hätte ein fahles Grau ihren Mund um die Sinnlichkeit betrogen. Die Backenknochen standen stärker hervor als früher und hatten den Wangen ihren Platz genommen.

Es sind die Farben, dachte er. Genauso war es bei seinem Vater gewesen, der vor vier Jahren an Magenkrebs gestorben war. Während er auf der N1 nur schrittweise vorwärts kam, gingen ihm die Besuche im Paracelsus-Spital in Richterswil durch den Kopf: die gutmütigen braunen Augen des alten Herrn, der bis zum Schluss an das Leben glaubte, und die Witze, die sie gemacht hatten, um vom Sterben abzulenken.

Über eine Stunde lang stand Eschenbach im Stau. Mit offenen Fenstern schlich er quer durch die halbe Stadt in Richtung Westen. Als er sich in die Langstraße einfädelte, hatte Daniel Barenboim die zweite und vierte Symphonie von Beethoven durch, und da er nur die beiden Musikkassetten besaß, überlegte er, welche von beiden er nochmals hören wollte. Er ließ es schließlich beim Radio; dort diskutierten ausgewählte Gäste das Neubauprojekt *Hardturm*. Groß und teuer würde es werden – ein der Stadt würdiger Fußballtempel mit Einkaufsparadies. Der Vertreter eines lokalen Vereins drohte mit Einsprachen.

Auf der Höhe Badenerstraße bog er rechts ab und zirkelte seinen Volvo hundert Meter später um eine Traminsel herum auf die Gegenfahrbahn. Hundert Franken Bußgeld, rechnete er sich aus, dann bog er rechts in die Marta-Straße und hielt Ausschau nach einem Parkplatz. Die Hausnummer hatte ihm Rosa Mazzoleni gegeben, als er sie vom Auto aus angerufen hatte.

C. Jagmetti stand handschriftlich auf einem Stück weißem Klebeband. Eschenbach drückte die Klingel und zählte drei Stockwerke. Lift gab es keinen. Das Treppenhaus war schlecht beleuchtet und heruntergekommen. Eschenbach vermied es, sich am Geländer festzuhalten.

Die Tür stand bereits offen, als er oben ankam und nach Luft rang. »Hallo«, kam es von Claudio Jagmetti, der aus dem Innern der Wohnung auf ihn zutrat. Barfuß, mit Jeans und einem weißen T-Shirt. »Basel-Liverpool, drei zu null«, sagte er knapp und streckte die Hand aus.

Im Hintergrund flimmerte grüner Rasen auf einem kleinen Bildschirm.

»Eine halbe Stunde gespielt und schon drei Tore für Basel.« Er schien es deshalb zu wiederholen, weil er annahm, dass Eschenbach sonst die Tore auf der englischen Seite vermutet hätte. Unrecht hatte er nicht.

»Soll ich später nochmals vorbeikommen?« Der Kommissar wies mit dem Kinn in Richtung Fernsehen.

»Nein, kommen Sie nur, ich hole uns ein Bier.« Er stellte den Fernseher ab und ging in die Küche. »Ich nehme an, Corona ist okay?«, sagte er, als er mit zwei Flaschen in der Hand wieder zurück ins Wohnzimmer kam.

Eschenbach nickte; er saß bereits auf dem niedrigen Sofa, hatte sich ein Kissen in den Rücken geklemmt und streckte die Beine aus. Außer der Couch, auf der sich beide hingesetzt hatten, standen noch ein kleiner Bistrotisch aus Aluminium und zwei Stühle im Zimmer. Zwei schwarze Boxen füllten die Ecken; sie gehörten zur Stereoanlage, die auf demselben Holzmöbel stand wie der Fernseher. Die Wände waren kahl.

»Das ist ein Hammer … ich meine, wer hätte das gedacht.«

Der Kommissar nickte. Er nahm an, dass sich Jagmettis Kommentar auf das Spiel bezog. Dann setzte er die Flasche an.

»Sorry, ich habe gar nicht daran gedacht. Soll ich Ihnen ein Glas holen?«

»Danke, es geht.« Eschenbach lachte und schüttelte den Kopf.

Es musste den jungen Polizisten irritiert haben, als er ihn aus der Flasche trinken sah. »Soviel ich weiß, trinkt man Corona ohne Glas.«

Die beiden Beamten saßen eine Weile schweigend nebeneinander; und weil keiner etwas sagte, nahmen sie immer wieder die Flasche an die Lippen, tranken und setzten ab.

»Noch immer abtrünnige Gedanken?« Es war Eschenbach, der den ersten Schritt tat.

»Josef Kohler hat mich in die EDV-Abteilung kommandiert ... es war meine Idee.« Und nach einer kurzen Pause fügte er noch hinzu: »Die Kündigung habe ich nie geschrieben.«

»Mmhh«, grummelte Eschenbach und sog an der Flasche. »Ich weiß nicht, ob es richtig war, Ihnen nichts zu sagen ... irgendwie hoffte ich, Sie kämen nochmals bei mir vorbei.« Wieder trank er einen Schluck.

»Ich dachte, es ist besser so. Der ganze Medienrummel ...« Er rieb sich die Handflächen an den Jeans. »Jetzt bastle ich halt an der Webseite der Kantonspolizei herum.«

»Und das ist spannend?«

»Es lenkt ab.«

Der Kommissar rümpfte die Nase. So hatte er EDV auch immer verstanden. »Aber Sie wollen nicht wirklich dort bleiben, oder?«

»Bis alles vorbei ist schon, doch.« Jagmetti blickte zum Fernseher, obwohl dort nichts mehr lief.

»Bis zum Prozess also?«

»Das wird sich weisen.«

Eschenbach drückte das Kissen in seinem Kreuz zurecht und drehte sich zu Jagmetti: »Hat sie Ihnen etwas gesagt?«

»Nein.« Die Antwort war kurz und bitter. Und auf Eschenbachs langes Schweigen erwiderte er: »Doris ist unschuldig.«

»Das ist eine berechtigte Hoffnung. Leider weisen die Indizien in eine andere Richtung.«

Jagmetti sagte nichts.

Der Kommissar kannte die Liste derer, die Doris besuchten,

und wusste, dass der junge Polizist regelmäßig bei ihr war. Als Privatperson war es nicht gegen die Regeln, und als jemand, der ernsthafte Gefühle für Doris hegte, geradezu logisch. Nachdem Eschenbach leer getrunken hatte, setzte er nochmals an; hievte sich auf die Couchkante und stellte die Flasche auf den Holzboden. »Ich möchte ehrlich zu Ihnen sein und die Sache so darlegen, wie sie sich im Moment stellt.«

Jagmetti nickte.

»Ich weiß genauso wenig wie Sie, ob Doris geschossen hat oder nicht.« Eschenbach hielt inne, wartete auf eine Reaktion. Es kam nichts: keine Empörung, kein Aufbrausen, nicht einmal ein zorniger Blick. Der junge Polizist saß nur da und sah am Kommissar vorbei zur Wand.

»Bisher hat sie nicht gestanden – eigentlich kaum Brauchbares von sich gegeben.« Eschenbach sprach langsamer als sonst, als wollte er Jagmetti Gelegenheit geben, sich zu äußern. »Im Moment sind sechs Ermittler damit beschäftigt, das Umfeld von Hottiger nochmals abzugrasen. Schützenverband und Militär … das alte Lied, Sie kennen es ja.«

Jagmetti sagte wieder nichts, griff zur Flasche, und als er merkte, dass sie leer war, stellte er sie zurück auf den Couchtisch.

»Wir müssen davon ausgehen, dass Ernst Hottiger den Mörder kannte«, fuhr Eschenbach fort. »Vielleicht hat er sogar jemanden mit der Erschießung von Philipp Bettlach beauftragt. Das ist jedenfalls unsere Theorie.«

»*Ihre* Theorie«, warf Jagmetti dazwischen.

»Von mir aus, dann ist es halt meine. Jedenfalls – und das ist der zweite Punkt an der Sache – hat er mit seinem Selbstmord beinahe erreicht, die Geschichte zu vertuschen und den Mörder zu decken.«

»Hätte auch fast hingehauen.«

»Genau.« Eschenbach war froh, dass Jagmetti aus seiner Lethargie erwacht war. »Das Ganze war perfekt inszeniert. Der halb dunkle Raum, in dem wir unser Gespräch geführt hatten, und die Tatsache, dass ich ihn vorher nie treffen konnte. Hottigers selbstsicherer Gang den Kiesweg hinunter zum Bootshaus; ein Meisterstück. Jeden Stein unter seinen Füßen muss er gekannt haben, sodass er auch blind wie ein Sehender gehen konnte. Und dann die Explosion, die jeden Hinweis auf seine Augenkrankheit verschwinden ließ. Ein genialer Schachzug. Und doch …« Der Kommissar fuhr sich durchs Haar und hielt einen Moment inne: »Wir haben es uns zu einfach gemacht; nicht wirklich darüber nachgedacht.«

»Wie kommen Sie darauf?«

»Ein Sicherheitsmensch wie Hottiger hätte sich nie so spektakulär in die Luft gejagt – es passte einfach nicht zu ihm.«

»Ich habe einmal gelesen, dass sich hohe Militärs erschießen – mit der Pistole in den Kopf. Es sei der einzige Grund, weshalb sie eine Waffe tragen.« Jagmetti lachte. »Aber das ist mehr Folklore als Fakt, nehme ich an.«

»Nicht unbedingt. Es ist eine sehr effiziente Art, sich das Leben zu nehmen; geht rasch und ist einfach. Jeder höhere Offizier ist Geheimnisträger – und aus diesem Grund wird er vermeiden, in Gefangenschaft zu geraten. Schlussendlich ist es Selbstschutz oder ein Reflex der Ohnmacht; nennen Sie es, wie Sie wollen.«

»Lernt man das?«, wollte Jagmetti wissen, der als einfacher Soldat nur ein Gewehr und keine Pistole besaß.

»Ja, und ich bin überzeugt, Hottiger hätte es genauso getan, wäre es ihm lediglich um sein Leben gegangen. Aber das Risiko, dass man seine Blindheit entdecken würde, war zu groß. Also legte er sich auf eine Kiste Dynamit und nahm in Kauf, dass er jemand anderen verletzen oder gar töten konnte. Die Fischerboote fahren nahe am Ufer … er konnte das nicht ausschließen.«

»Das konnte ihm doch egal sein«, sagte Jagmetti, den Eschenbachs Argumentation nicht überzeugte.

»Ernst Hottiger hat sein Leben damit verbracht, andere Leute zu beschützen. Niemals hätte er aus Leichtsinn oder Verzweiflung einen unschuldigen Menschen gefährdet. Alles, was er tat, war Teil eines Plans – auch sein Selbstmord. Er hat sich selbst in die Schusslinie gebracht; sich vor den Mörder gestellt, um ihn zu schützen.«

»Sie haben Recht. Dann muss er den Mörder gekannt haben.«

»Oder die Mörderin. Anders kann ich es mir nicht erklären.«

»Und Sie glauben, es ist Doris?«

»Die Indizien sprechen gegen sie, das ist entscheidend. Was ich glaube, ist irrelevant.«

»Und wenn sie jemanden deckt, wie ihr Ziehvater?«

»Dann ist es an ihr auszupacken.«

»Blut ist dicker als Wasser, hat sie gesagt.«

»Mit diesen Worten?«, wollte Eschenbach wissen.

»Ja. Sie hat einen völlig verschrobenen Familiensinn ... und einen Vaterkomplex.«

»Ich weiß.«

»Es ist zwecklos, ich habe alles versucht. Sie schaltet auf stur und schweigt wie ein Grab.«

»Eben.«

Eine Weile saßen sie wortlos nebeneinander, starrten auf kahle weiße Wände und auf die Flimmerkiste, die Jagmetti vor einer Stunde ausgeschaltet hatte.

Eschenbach stand auf, um sich zu verabschieden. »Melden Sie sich doch mal«, sagte er. »Ich glaube, Rosa Mazzoleni vermisst Sie.«

Jagmetti brachte ihn zur Tür und drückte auf den Knopf für das Licht.

Das Treppenhaus blieb dunkel.

»Macht nichts ... es geht schon«, rief der Kommissar nach den ersten zwei Tritten. Und als er auf dem ersten Zwischenboden angelangt war, fügte er noch über die Schulter hinzu: »Sie fehlen mir übrigens auch, Jagmetti!«

38

Am nächsten Morgen war nichts so wie sonst: Rosa Mazzoleni lag mit einer Magenverstimmung zu Hause, nachdem sie den Abend zuvor notfallmäßig ins Triemlispital eingeliefert werden musste. Mit Verdacht auf Salmonellen, hatte sie gesagt. Schließlich seien es aber die Muscheln gewesen, italienische *cozze.* Eschenbach fand, dass schon der Name alles sagte. Er wünschte gute Besserung und meinte, sie solle sich ausschlafen. Eine Viertelstunde später rief er zurück, weil er die Schlüssel zum Schrank nicht fand, und zehn Minuten später nochmals wegen der Kaffeemaschine. Ein drittes Mal mochte er sie nicht stören; auch dann nicht, als er es fertig gebracht hatte, das Band auf dem Telefonbeantworter zu löschen statt abzuhören. Missmutig verließ er das Präsidium.

Er ging die Gessnerallee hinauf bis zur Sihlbrücke und setzte sich in das kleine Café an der Ecke. Im Sommer aß er hier manchmal ein Eis, hausgemachte Stracciatella, ein Tipp von Rosa. Jetzt war es ihm zu kalt, und er entschied sich für ein Salamibrot. Er stand an einem der hohen Marmortische, kaute und sah durchs rahmenlose Fensterglas dem Verkehr zu, der vom Stauffacher in Richtung Innenstadt rollte. Es war die zweite Verkehrswelle am Morgen, kurz vor neun Uhr, bevor die großen Einkaufszentren ihre Tore öffneten und das Leben in den Straßen Zürichs erst richtig losging. Davor waren es Handwerker und Angestellte gewesen, die zwischen sechs und acht Uhr ihrer Arbeit zuflogen; meist mit dem Handy am Ohr oder – im Auto – mit Freisprechanlage ins Leere redend. Von A nach B, von Tiefgarage zu Tiefgarage. Eschenbach fragte sich manchmal, ob diese Leute ihren morgendlichen Weg auch finden würden, wenn die Straßen plötzlich frei wären und vor ihnen niemand fahren würde.

Ein Handy spielte die *Pink-Panther*-Melodie. Es ging eine Weile, bis der Kommissar merkte, dass es seins war und Kathrin schon wieder einen neuen Klingelton heruntergeladen hatte.

»Mit wem spreche ich bitte?« Er fragte es ein zweites Mal, nachdem er den Anrufer nicht richtig verstanden hatte. Es war ungewöhnlich, dass jemand, dessen Stimme er nicht kannte, ihn auf dem Handy anrief.

»Polizeiposten Bellevue, Korporal Schubiger.« Die Stimme klang weiblich und sehr laut.

Der Kommissar war inzwischen hinaus auf den Gehsteig geeilt, weil er glaubte, dort einen besseren Empfang zu haben.

»Spreche ich mit Kommissar Eschenbach?«, fragte die Unbekannte.

Ein Lastwagen dröhnte an ihm vorbei.

»Ja«, schrie er und hielt sich das andere Ohr zu.

»Hallo?«, dröhnte es aus dem Handy.

Eschenbach ging zurück ins Lokal an seinen Fensterplatz und schaute auf die drei kleinen Balken im Display, die einen optimalen Empfang anzeigten.

»Ja, Eschenbach hier!«, knurrte er und stopfte sich den letzten Bissen Salamibrot in den Mund.

Der Korporal, der eine Frau war, schrie sich nochmals den Namen des Polizeireviers und ihren eigenen Namen samt Dienstgrad aus dem Leib. Dann sagte sie mit nachlassender Lautstärke, dass in seinem Büro niemand ans Telefon ginge und sie die Nummer von Max Kubly vom Informationsdienst habe.

Eschenbach spülte die Sandwichreste mit einem Glas Wasser hinunter. »Und, wie kann ich helfen?« Mit der Zunge zwischen den Zähnen suchte er nach Zahnstochern.

»Eine Frau Marchand, Eveline Marchand, ist hier. Sie will Sie sprechen, sagt, es sei dringend.« Und nach einer kurzen Pause fügte sie hinzu: »Sie sagt, sie habe jemanden umgebracht.«

Eschenbach stutzte einen Moment, dann sagte er, als wären ihm seine Gedanken bereits enteilt: »Lassen Sie sie auf keinen Fall gehen, ich komme sofort.«

Die junge Frau von der Bar war ihm hinaus aufs Trottoir gefolgt, mit der Rechnung in der Hand. Und weil er nur einen Hundert-Franken-Schein dabei hatte, gingen sie zusammen wieder zurück ins Café. In Eschenbachs Zeitrechnung war eine Ewigkeit vergangen, bis er wieder draußen war und die fünfhundert Meter bis zum Paradeplatz zurückgelegt hatte.

Die kurze Tramfahrt hinunter zum Bürkliplatz und dann noch eine Station bis Bellevue war er ständig in Bewegung. Er konnte nicht denken, wenn er saß; also ging er vom hinteren Teil des Wagens nach vorne und wieder zurück. So schritt er mehrere Male die ganze Wagenlänge ab, wobei er aufpassen musste, dass er die wenigen Fahrgäste, die sich in den Sitzreihen hielten, nicht anrempelte.

Eveline Marchand saß am breiten Holztisch im Büro des Korporals, Polizeiposten Bellevue. Als Eschenbach eintrat, grüßte sie ihn mit einem verlegenen Nicken und stand auf.

»Frau Marchand hat soeben ein Geständnis abgelegt«, sagte Korporal Schubiger, leicht mollig und mit blonden Locken. »Sie muss nur noch unterschreiben.« Sorgfältig zog sie das Blatt Papier aus der alten IBM und legte es ihrem Gegenüber auf den Tisch. »Hier unten, bitte.«

Eveline stand auf und unterzeichnete.

Schubiger nahm das Blatt und legte es auf die Kopiermaschine. »Ich mache Ihnen eine Kopie … und dann brauche ich noch Ihre Unterschrift für die Überführung.«

»Ja, ja, ich weiß«, sagte Eschenbach und zog einen Kugelschreiber aus seiner Jackentasche.

Am Schalter unterhielt sich ein Polizist mit einer Frau, die einen Entreißdiebstahl meldete. Sie diktierte dem Beamten den Inhalt der gestohlenen Tasche.

Nachdem alles Formelle vom Tisch war und sich Eschenbach bei Frau Korporal bedankt hatte, verließ er mit Eveline das Büro. Sie nahmen den Diensteingang, der in einen kleinen Innenhof führte. Auf einem markierten Parkfeld stand ein Streifenwagen; daneben spielten zwei Mädchen *Himmel und Hölle.* Sie blieben stehen.

»Ich wusste nicht, wo ich Sie finden würde.« Eveline lächelte. »Der Polizeiposten am Bellevue ist der einzige, den ich kenne. Als Mädchen habe ich hier meine Fahrradnummern gelöst … ich glaube, es waren rote. Gibt es die immer noch?«

»Nein, nur noch Vignetten, die man aufs Fahrrad kleben muss. Ich glaube, sie werden sogar gratis abgegeben.«

»Muss man das nicht wissen … ich meine als Polizist?«

»Eigentlich schon.« Eschenbach seufzte. »Es ist lange her, seit ich das letzte Mal Fahrrad gefahren bin.«

Während sie nebeneinander hergingen, telefonierte der Kommissar kurz mit Ivo Fröhlich, einem Freund, den er vom Polizeisport her kannte. »Kannst du mir einen Stand richten, mit einem Stg. 90. Den Rest erzähle ich dir später. Ich bin in zwanzig Minuten bei dir.«

Bei der Sechseläutewiese stiegen sie in ein Taxi, und der Fahrer nickte, als ihm Eschenbach das Fahrtziel nannte. Eine Adresse in Oberrieden, offenbar eine, die dem älteren Mann am Steuer bekannt war.

»Ich habe noch ein paar persönliche Sachen im Hotel«, sagte Eveline, nachdem sie eine Weile schweigend Seite an Seite gesessen hatten. »Vielleicht sollten wir die besser noch holen. Ich meine, bevor wir …«

»Das hat Zeit«, unterbrach sie Eschenbach. »Wir fahren nicht in die Haftanstalt … noch nicht.« Er nahm den Zettel, den ihm der Korporal ausgehändigt hatte, aus der Innentasche seiner Weste. Nachdem er ihn überflogen hatte, blickte er Eveline von der Seite an. »Sie müssen gut schießen können, wenn Sie das wirklich getan haben wollen.«

»Ich habe es von Ernst … er hat mir alles gezeigt.«

»Dann ist ja gut. Immerhin wurde Philipp aus erheblicher Distanz erschossen.«

»Ich weiß.« Sie nickte in sich hinein, ohne Eschenbach eines einzigen Blickes zu würdigen.

Der Schießplatz Oberrieden lag quer zum Hang mit herrlichem Blick auf den Zürichsee. Ivo Fröhlich erwartete sie. Er war groß und schlank mit schlohweißem Haar. Eine gebogene Pfeife hing in seinem Mundwinkel, und die olivbraune Weste, die er offen über dem hellen Strickpullover trug, hatte ihre beste Zeit bereits hinter sich.

»Dass ich dich hier mal seh, da schneit es schon eher schwarz vom Himmel.« Er schüttelte Eschenbach mit beiden Händen. Und zu Eveline meinte er mit einem Augenzwinkern: »Was habe ich für eine Geduld gebraucht, bis der endlich was auf die Scheibe brachte. Null Talent, aber ein netter Kerl.« Dann streckte er ihr seine kräftige Hand zur Begrüßung entgegen.

Eveline musste lachen.

Den kurzen Moment nach der Begrüßung nutzte Eschenbach, nahm den alten Mann beiseite und erklärte ihm in wenigen Sätzen, um was es eigentlich ging.

»Sehr gut!«, sagte Ivo Fröhlich. »Und nun kommt endlich! Rein in die gute Stube, ich habe alles vorbereitet.«

Im Innern des Schießstandes brannte Licht aus Neonröhren, und die einzelnen Plätze waren wie in einem Pferdestall durch Holzwände voneinander getrennt. Für die Schützen lagen graue Turnmatten bereit, auf die sie sich legen konnten.

In der Wandhalterung, die für mehrere Waffen Platz bot, stand ein schwarzes Gewehr. Ivo nahm es heraus.

»Ein Schweizer Sturmgewehr 90, fünfzig Schuss, geladen und

gesichert.« Er gab es Eveline, und beide sahen, dass sie das Gewicht der Waffe unterschätzt hatte. »Ich habe es auf Einzelfeuer eingestellt.«

»Ich denke, wir nehmen am besten einen der mittleren Plätze«, sagte Eschenbach ruhig und wechselte einen Blick mit Ivo Fröhlich.

Dieser brachte zwei orangefarbene Kopfhörer. »Gehörschutz für euch beide … bei mir bringt's nichts mehr.«

Eschenbach klemmte sich das Ding um den Hals wie ein Discjockey und ging zu Eveline, um ihr zu helfen. Sie trug schwarze Jeans ohne Gürtel und helle Turnschuhe mit roten Streifen. Die Waffe stand vor ihr auf dem Boden; sie hielt den Gewehrlauf wie einen Spazierstock. Eschenbach kamen die ersten Tage seiner Rekrutenschule wieder in den Sinn, als er zum ersten Mal eine Waffe in den Händen hatte. Er schmunzelte.

»Wollen wir wirklich?«

»Ich kann das«, sagte sie und schleppte die Waffe zur Matte.

»Na gut«, brummte der Kommissar. »Wenn Sie unbedingt einmal schießen möchten …« Er nahm das Gewehr, klappte die beiden Metallstützen heraus und stellte es so hin, dass der Lauf in Richtung Scheibe zeigte. Als er merkte, dass Eveline den Hebel nicht fand, der die Waffe entsichern würde, kniete er sich neben sie hin. »Ein Auge müssen Sie zudrücken und mit dem anderen … sehen Sie hier: Kimme, Korn, Ziel. Die Scheibe dort …«, er zeigte auf das kleine, weiße Viereck dreihundert Meter weiter vorne. »Das ist das Ziel.«

Ivo Fröhlich hatte sich auf die Bank gesetzt, die etwas weiter hinten an der Wand stand. Er zog an seiner Pfeife und beobachtete, wie der Kommissar, der es selbst nicht recht konnte, zum ersten Mal in seinem Leben jemandem erklärte, wie er zu schießen hatte.

39

Der Schuss dröhnte Eschenbach in den Ohren, denn er hatte zum Schluss vergessen, sich den Gehörschutz überzustülpen. Vielleicht brauchte er deshalb einen Moment, bis er bemerkte, dass Eveline weinte. Immer noch hinter dem Sturmgewehr auf der Matte liegend, die Hände vor ihrem Gesicht. Er setzte sich neben sie, während Ivo behutsam die Waffe wegräumte.

Dass auf der Scheibe kein Einschuss zu verzeichnen war, erwähnte keiner von beiden.

Wie oft in seinem Leben waren es Situationen wie diese, Momente wortloser Hilflosigkeit, die dem Kommissar auf den Magen schlugen.

»Gehen wir etwas trinken?«, fragte er.

Sie nickte, und Ivo überbrückte das betretene Schweigen des Aufbruchs mit einem Selbstgespräch über die dringend notwendigen Reparaturen an seinem Schützenstand.

»Ich fahre euch in die Buchmühle.«

Eschenbach grummelte einen Dank im Voraus und stieg mit Eveline Marchand in den alten Land Rover von Ivo Fröhlich. Es ging ein steiles Stück den Hang hinauf und dann durch eine kurze Unterführung, über die die Autobahn in Richtung Chur hinwegdonnerte. Die schwere, graue Wolkendecke, die den ganzen Vormittag trübselig den Himmel verdunkelt hatte, zeigte blaue Risse, und das Radio spielte Ländlermusik.

»Der *Vreneli-Schottisch*«, sagte Ivo Fröhlich. Er summte mit und hantierte dabei am Lautstärkeregler seiner Anlage. Und als müsste er die gedämpfte Stimmung eines ganzen Schützencorps wieder aufmöbeln, schlenkerte er den Wagen im Rhythmus des gezupften Basses der Kapelle *Heirassa* den Weg hinauf bis zum Restaurant.

Erst als der Kommissar sah, dass Evelines Hände nicht mehr zitterten und ihre Bewegungen ruhiger und selbstbewusster geworden waren, fing er an, über die Sache zu reden. Über den Fall Philipp Bettlach, und darüber, wie aus diesem Fall während der letzten sieben Wochen der Fall Doris Hottiger wurde.

»Ich verstehe, dass Sie die Geschichte gerne auf sich genommen hätten.« Er lächelte, und etwas unbeholfen fügte er noch hinzu: »Ich glaube, Mütter sind so.«

Sie sah ihn nur kurz an, senkte den Blick wieder und rührte mit dem Löffel in ihrem Kamillentee.

»Ernst wollte das auch – und eigentlich ist es nur ein dummer Zufall, dass es ihm nicht gelungen ist.« Der Kommissar biss in ein trockenes Stück Linzertorte und half mit einem großen Schluck Fernet Branca nach. »Er wollte die Sache vertuschen, weil er wusste, dass es Doris gewesen war, die Philipp erschossen hatte.«

Eveline sah ihn ungläubig an.

»Er hatte als Vater versagt, als Beschützer seine Sache gehörig vergeigt; deshalb kam ihm die Sache mit dem Mord gerade recht, und er glaubte, er könne es mit einem Husarenstreich wieder ins Lot bringen.«

»Nein, das ist nicht wahr!«

»Doch.« Der Kommissar fuhr mit dem Finger über den Rand des Schnapsglases. Er tat es unbewusst; es war ein Tick, über den sich Corina maßlos aufregen konnte. »Aus welchem Grund sonst hätte er sich das Leben genommen? Doris war ihm das

Wichtigste, der einzige Grund, für den sich ein Suizid lohnte. Denn er tat etwas, das er im Grunde genommen verachtete.«

»Sie wissen gar nichts«, kam es zischend.

»Oh doch, glauben Sie mir, der Zug ist abgefahren!«

»Doris wird schweigen.«

»Doris kann schweigen, so lange sie will. Das ist ihr gutes Recht. Und Sie können es auch. Alle können von mir aus schweigen! Es wird nicht der letzte Mordprozess sein, der aufgrund von Indizien entschieden wird.«

»Sie schweigt, weil sie nichts weiß!«

»Das müssen die Richter entscheiden. Es geht mich nichts mehr an, Frau Marchand, meine Ermittlungen sind abgeschlossen.«

»Sie machen es sich einfach.«

»Ich habe getan, was ich konnte; es liegt nicht mehr in meiner Hand. Nur eines kann ich Ihnen sagen: Die Anwälte, die Johannes Bettlach engagiert hat, und mögen sie noch so gut sein, haben schlechte Karten.«

»Sie werden den Prozess gewinnen.«

Eschenbach zuckte mit den Schultern. »Möglich ist natürlich alles … Aber ehrlich gesagt, ich glaube nicht daran.«

»Dann werden wir Berufung einlegen.«

Hier zögerte Eschenbach, und für einen Moment zuckte ein Lachen in seinem Mundwinkel. »Sicher tun Sie das.« Er nahm einen kräftigen Schluck Fernet und spürte, wie es ihn innerlich wärmte. Was er gehört hatte, war nicht Eveline, waren nicht die besorgten Worte einer Mutter gewesen. Es waren die Worte eines Machtmenschen, und auf einmal war er sich seiner Sache sicher. Eveline hatte mit dem alten Bettlach über den Fall gesprochen. Er redete schnoddrig weiter: »Eine Berufung? Auch dann sind es schnell einmal drei, vier Jahre, die sie in irgendeinem Loch verbringt – unschuldig, wie Sie mir glauben machen wollen. Ich schaue mir zweimal die Woche die Namen der Leute an, die Doris besuchen. Sie stehen auch drauf – wissen also, wie charmant es dort zugeht.«

Sie nickte.

»Die Jahre zwischen zwanzig und dreißig zählen doppelt, Frau Marchand. Sie werden mir da sicher Recht geben. Und wenn man sie im Gefängnis verbringt, vielleicht dreifach … ich weiß nicht.«

»Wir werden klagen … auf Schadenersatz.« Es klang hilflos, und der Kommissar sah, dass sie den Tränen nahe war.

»Dazu müssen Sie zuerst den Prozess gewinnen, und selbst dann … was bekommen Sie zurück, Geld?«

Eveline schwieg, hielt den Blick auf ihren Tee gerichtet, von dem sie nicht einen einzigen Schluck getrunken hatte.

»Wenn Doris aus Dielsdorf wieder rauskommt«, fuhr der Kommissar fort, »schuldig oder nicht, dann hat sie ihre Jugend verloren. Und glauben Sie mir, es ist am Ende völlig egal, ob zwei oder fünf Jahre. Sie wird nicht mehr dieselbe Frau sein. Eine junge Tanne, der man einmal die Spitze weghaut, wächst nie mehr gerade in den Himmel.«

Eschenbach spulte das ganze Programm ab, lieblos wie ein Fabrikarbeiter, der Schrauben in einen VW Lupo dreht.

Nach zehn Minuten stand Eveline auf, bat den Wirt um ein Taxi und verließ grußlos und ohne einen einzigen Blick des Abschieds das Lokal.

Der Kommissar wog das leere Schnapsglas in den Händen, starrte auf eine Reihe von Hirschgeweihen an der Wand und auf die umliegenden, leeren Holztische. Dann bestellte er einen zweiten und kurz darauf noch einen dritten Schnaps.

Er hatte den schwierigsten Teil seines im Grunde genommen einfachen Plans hinter sich. Jetzt musste er warten.

40

Der Anruf kam am darauf folgenden Tag, morgens kurz vor elf Uhr. Und als Johannes Bettlach eine knappe Stunde später von Eveline gestützt aus dem Lift trat, erkannte ihn der Kommissar kaum wieder.

Aus den Falten waren Furchen geworden, und die hellen Augen versteckten sich in tiefen, traurigen Höhlen. Der silbergraue Haarschopf, den der Kommissar eher als einen Heiligenschein in Erinnerung hatte, wirkte matt und viel zu groß für das eingefallene Gesicht. Vor ihm stand ein alter Mann.

»Er möchte alleine mit Ihnen sprechen«, sagte Eveline, nachdem sie Johannes Bettlach beim Hinsetzen geholfen hatte. Dann ging sie hinaus und schloss die Tür hinter sich.

»Ich habe Philipp erschossen.« Bettlach sprach ohne Ankündigung ins Leere. »Die Blaser … eine R93 Tactical. Ernst hatte sie mir gegeben.«

Eschenbach lehnte sich im Stuhl zurück. »Und Sie können das? Ich meine, es waren immerhin …«

»Ich habe dieselbe militärische Ausbildung wie Ernst.« Der alte Mann unterbrach ihn barsch. »Es braucht keinen Schützenkranz, um zu töten.«

»Wo ist die Waffe jetzt?«

»Ich habe sie vergraben … dort, wo auch die Urne meiner Mutter liegt: in meinem Garten, neben der alten Platane.«

»Wir werden es überprüfen«, sagte der Kommissar trocken.

»Sie ist dort, glauben Sie mir. Mit einem Metalldetektor … Sie werden sie finden. Ich nehme an, Sie haben so was, oder?«

»Nein«, erwiderte Eschenbach, doch seinem Gegenüber entging die Ironie. »Dann war das mit Ernst eine abgekartete Sache gewesen?«, seufzte er.

»Nein, so würde ich es nicht sagen …« Bettlach sprach wieder leiser und dachte einen Moment nach. »Seit es mit seinen Augen immer schlechter wurde, sprach er häufig vom Sterben, und dass alles keinen Sinn mehr habe. Nachdem er mir die Waffe gegeben hatte, musste er annehmen, dass ich Philipp erschossen hatte.«

»Haben Sie mit ihm darüber gesprochen?«

»Nein.«

»Und trotzdem hat er Sie gedeckt?«

»Ernst war so.«

Eschenbach runzelte die Stirn.

»Es zählte immer nur die Sache. Sein ganzes Leben stellte er in den Dienst anderer. Was er auch tat … es musste immer einen Zweck haben. Ich glaube, mit seinem Selbstmord hat er auch dem Tod noch etwas Sinnvolles abgerungen.«

»Für seinen Freund?«

»Nein, nicht mich.«

»Für wen denn sonst?«

»Er tat es für Doris.«

»Aber Sie waren doch Freunde.«

»Ja, das schon …« Bettlach zögerte einen Moment, bevor er weitersprach. »Ernst hatte sich in den letzten Jahren zurückgezogen … es gab auch unschöne Szenen wegen Philipp.«

»Wegen Doris?«

»Schon früher. Er konnte es einfach nicht mehr mit ansehen, wie unschuldige Menschen draufgingen … es ist schrecklich. Ich habe keine Ahnung, wer und wie viele.«

»Sie hätten es verhindern können …«

»Vielleicht … Wir haben schon mal darüber gesprochen, nicht wahr?«

Eschenbach nickte.

»Ich habe immer gehofft und gebetet, dass es irgendwann einmal aufhören würde. Und dann die Ärzte, die meiner Hoffnung

Nahrung gaben, ohne wirklich zu versprechen … und ohne es zu halten.« Er hielt die Finger ineinander verknotet und sah Eschenbach verzweifelt an: »Die Hoffnung ist eine Schlampe, Herr Kommissar. Ich habe es verdrängt, es nicht wahrhaben wollen, bis mir Doris die Videos zeigte.« Er fasste die Armlehnen seines Stuhls und rückte näher zum Tisch. »Haben Sie sie gesehen?«

Eschenbach nickte.

»Mein Junge ist … er war ein Monster, nicht wahr? Ich habe das nie so gesehen … Für mich war er immer mein Junge.«

»Ihr Junge? Sie meinen Ihren Bruder.«

»Nein. Er war mein Junge, mein eigen Fleisch und Blut.« Er sah den Kommissar an. Seine Augen waren feucht. »Verstehen Sie denn nicht? Ich bin Philipps Vater.«

Eschenbach stockte. »Und der Grenzschutzbeamte … der Geliebte Ihrer Mutter?«

»Den Schweizer Zöllner gab es nicht, gab es nie. Den haben meine Mutter und ich später erfunden. Ich war's. Ich habe die Flüchtlinge mit einem Ruderboot auf die andere Seeseite gebracht. Morgens, wenn der Nebel über dem Wasser lag und man kaum seine eigene Hand vor dem Gesicht sah. Ich war's … ich war der Geliebte meiner Mutter.«

»Philipp war Ihr Sohn …« Eschenbach wiederholte es, als könne er es besser verstehen, wenn er es selbst aussprach.

»Mein einziger Sohn, ja.« Bettlach schüttelte den Kopf, als meine er das Gegenteil. »Es sind meine gottverdammten Gene, verstehen Sie? Ich musste verhindern, dass sie sich selbstständig machten … dass es weiter und weiter ging.«

Eschenbach nickte, obwohl er nicht sicher war, ob er es verstanden hatte.

»Als sich die Katastrophe anbahnte … mit Philipp und Doris … und die ganze Geschichte drohte, sich ein zweites Mal zu wiederholen; da musste ich handeln.« Er ballte verzweifelt die Faust. »Wenn die Nadel in der Plattenrille hängen bleibt, dann muss einer aufstehen und sie rausnehmen.«

Der Kommissar erinnerte sich, dass Ernst Hottiger dasselbe gesagt hatte. »Und eine geschlossene Anstalt … ich meine, wäre das nicht auch eine Lösung gewesen?«

»Sicher. Diese ganzen Anstalten … und immer wieder hoffen und irren.« Er schüttelte den Kopf, als hätte er schon tausend Mal darüber nachgedacht. »Ich werde alt, Herr Kommissar, und wenn ich nicht mehr da bin, wer passt auf Philipp auf?«

»Wusste er, dass Sie sein Vater sind?«

»Nein, ich habe es ihm nie gesagt … auch Adele hat es für sich behalten; mit ins Grab hat sie's genommen. Wir wollten es beide mit ins Grab nehmen. Jetzt bin ich der Einzige.«

»Und Eveline natürlich …«

»Nein! Sie wusste nichts davon.«

»Ach, wirklich?«

»Bis gestern … da habe ich ihr alles gesagt.«

Eschenbach hob erstaunt die Augenbrauen.

»Auch Sie, Herr Kommissar, Sie wären ohne mich nie drauf gekommen. Aber bei Ihnen weiß ich, dass Sie es wieder vergessen werden. Es spielt keine Rolle mehr, nicht wahr?«

»Nein, jetzt nicht mehr.« Eschenbach sah in die wässerigen Augen des alten Mannes. »Und Hottiger, ich meine, hat er es gewusst?«

»Ernst? Ich nehme es an. Wir haben vieles voneinander gewusst, ohne dass wir je darüber gesprochen hätten. Ich denke, dass er an meiner Stelle dasselbe getan hätte.« Bettlach hielt einen Moment inne. »Ja, ich glaube, der Ernst wusste es.«

»Und Doris? Weiß sie …«

»Ja. Eveline und ich haben es ihr gesagt, heute Morgen. Sie weiß jetzt, dass ich ihr Vater bin … und auch der Vater von Philipp.«

»Und?«

»Nichts und. Sie muss es einfach wissen. Es ist wichtig für sie, verstehen Sie? Ich habe viel zu lange geschwiegen, es unter den Teppich gekehrt.«

»Ihre Einsicht kommt etwas spät, finden Sie nicht?«

»Vielleicht ...« Eine plötzliche Leidenschaft durchfuhr den alten Mann. »Trotzdem müssen wir wissen, wer wir sind ... und woher wir kommen. Es ist wichtig für unseren Geist, glauben Sie mir. Ohne Geist ist die Evolution nur ein fantasieloser Plan.«

Beide sahen sich noch einen Moment lang an, bevor der Kommissar die zwei Beamten rief, die Johannes Bettlach begleiteten. Irgendwie tat ihm der Alte Leid, wie er, nach vorne gebeugt und von Polizeibeamten gestützt, hinaustrottete. Wie ein Spieler, der ein Leben lang vergeblich versucht hatte, gegen die gezinkten Karten des Schicksals nicht zu verlieren.

Eschenbach setzte sich wieder hin, nur einen Moment, und notierte in wenigen Stichworten, was er später in den Abschlussbericht tippen würde.

»Frau Marchand wartet immer noch«, kam es von Rosa Mazzoleni vorwurfsvoll durch die Gegensprechanlage. »Kann ich sie reinschicken?«

»Ich komme gleich«, rief er und verstaute den Schreibblock in der Schublade. Als er das Fenster schließen wollte, das wegen seiner Zigarillos immer einen Spaltbreit offen stand, sah Eschenbach den Polizeiwagen aus der Ausfahrt kommen. Durch das dunkle Fenster im Fond glaubte er, die silberne Mähne von Johannes Bettlach zu erkennen. Behutsam fädelte sich der Wagen in den Straßenverkehr ein und fuhr davon.

Obwohl es nur eine kurze Strecke war vom Präsidium zum Bezirksgefängnis an der Rotwandstraße, für den alten Mann bedeutete es die Reise in eine andere Welt.

»Er wird es nicht überleben«, sagte Eveline, die plötzlich neben ihm stand. »Seine Bilder, die Musik ... es wird ihm fehlen.«

»Vermutlich.«

»Die ganze Welt wird ihm fehlen.«

Der Kommissar nickte.

Sie standen noch eine Weile schweigend am Fenster, sahen der Abenddämmerung zu, wie sie sich langsam über die Stadt senkte.

Epilog

Seit zwei Tagen schneite es unablässig. Dicke, nasse Flocken taumelten auf die Dächer der Häuser und auf die Autos, die notdürftig geparkt am Straßenrand standen, weil sie wegen Schnee und Eis nicht mehr weiterkamen. Es ging alles langsamer in dieser Jahreszeit; wenn die Straßen verstopft und die Stromleitungen der Züge und Trams vereist waren. Die Leute kamen später in die Büros und gingen früher nach Hause. Nur die Putz-Equipe kam pünktlich wie immer. Um halb acht Uhr abends standen sie da: Türken, Tamilen, Menschen aus dem Kosovo, aus Moldawien, Tschechien und wer weiß von woher überall noch.

Sie grüßten Eschenbach freundlich, als sie zu ihm ins Büro kamen, bevor sie mit einem flauschigen Lappen über Tische, Stühle und übers Telefon fuhren und mit dem Staubsauger hantierten. Der Sicherheitsbeamte, der den Reinigungstross begleitete, Türen auf- und zuschloss und aufpasste, dass nichts Unrechtes geschah, salutierte. Eschenbach winkte.

Auf dem Schreibtisch des Kommissars standen aufgeklappt ein paar Weihnachtskarten: Motive von Alexander Calder und Max Ernst, Selbstgebasteltes genauso wie aufgeklebte Fotos und Firmenkarten. Festtagsgrüße von den Freunden, Christian, der mit den Kindern zum Skilaufen nach Klosters gefahren war, und Gabriel, der ihn zu einem Apéro einlud. Eine der Karten zeigte die Champs-Elysées mit Christbäumen: »Habe Prüfung bestanden und verbringe den Jahreswechsel mit Doris in Paris.« Neben dem gedruckten *Joyeux Noël* stand hinzugekritzelt: »Ein herzliches Dankeschön noch, ich melde mich im Januar.« Unterschrieben von Claudio Jagmetti.

Etwas abseits vom fröhlichen Kartenwirrwarr lag ein Brief. Die Handschrift, geschwungen und in blauer Tinte, hätte besser zu Büttenpapier gepasst als zu dem schmuddeligen, klein karierten Papier, auf dem sie sich festgesogen hatte.

Lieber Herr Eschenbach,

seit ich am 9. Oktober hier eingeliefert worden bin, schreibe ich jeden Tag einen Brief an Sie. Meistens mittags um halb vier, nachdem ich eine kurze Stunde geschlafen oder mich einfach nur hingelegt habe. Sie wissen das nicht – können es auch nicht wissen, da ich den Brief des vorangegangenen Tages zerreiße, sobald ich ihn wieder neu verfasst habe. Schreiben hält mich geistig bei Trost und ist eine Abwechslung zum vielen Lesen.

Die ersten Briefe begann ich mit »Lieber Herr Kommissar«. Irgendwann wurde »Lieber Kommissar Eschenbach« daraus, und vielleicht lande ich irgendwann einmal bei »Lieber Eschenbach«. Ihren Vornamen kenne ich nicht, und ich kann mich auch nicht erinnern, ihn jemals gehört oder irgendwo gelesen zu haben.

Das Bezirksgefängnis Zürich ist ein Loch hinter dem Gerichtsgebäude, aber das wissen Sie ja besser als ich. Trotzdem will ich hier bleiben – auch wenn Sie sich offenbar redlich bemühen (ich nehme an, es kommt von Ihnen), dass man mich in einen dieser modernen Luxusbunker verschieben möge. Es ist das einzige Gefängnis der Stadt – meiner Stadt –, und die liegt mir mehr am Herzen als Pfäffikon oder irgendein anderes Kaff außerhalb. Das mag für Sie seltsam klingen, aber so bin ich nun mal. Und genauso ist es hier auch: veraltet und verbraucht, mit kleinen Gitterfenstern unter der Decke. Nicht gemacht, um hinauszuschauen. Außer man steigt aufs Bett – und dafür bin ich nun wirklich zu alt.

Kurzum: Es ist der ideale Ort zum Sterben. Man fühlt sich bereits halb begraben, also kann der nächste Schritt nicht mehr weit sein.

Nachts, wenn ich mich ins Bett gelegt und noch ein paar Seiten gelesen habe (in Klammern stand durchgestrichen: *Anton Čechov*, darüber: *Jane Austen), dann versuche ich es: Das mit dem Sterben … Im Moment übe ich noch; ich glaube, es fehlt mehr am Mut als an der Ruhe hier. Meine schlotterigen Knie und die gelegentlichen Herzrhythmus-Störungen sind meine Verbündeten. Ich denke, dass wir es bis zum Todestag von Philipp schaffen werden. Im Sommer sterben war schon immer mein Traum gewesen.*

Das Einzige, das mich vorübergehend daran hindert, ist das Essen. Ich weiß nicht, woher es kommt (vielleicht kochen sie es tatsächlich selber, wie sie behaupten) – jedenfalls ist es vorzüglich. Es scheint, als wollten sie die Baufälligkeit der Anlage mit kulinarischen Höhenflügen wettmachen.

Eveline besucht mich regelmäßig; ab und zu auch Doris oder Frau Saladin – meine treue Sekretärin. Es ist nicht einfach mit ihnen. Sie wollen mich aufmuntern, dabei bin ich es, der sie am Ende trösten muss. Manchmal bin ich sogar froh, wenn sie wieder gegangen sind und ich zurück in meine Zelle kann. Wenn man alt wird, kommt man an den Punkt, wo alles gesagt ist – auch das Ungesagte.

In zwei Tagen ist Weihnachten, und ich versuche schon seit einer Woche Herrn Donat In-Albon zu bestechen, damit er mir eine Kerze besorgt (strengstens verboten – Brandgefahr!). Ich glaube, ich bin der einzige Christ hier im Haus – die Angestellten einmal ausgeschlossen.

In-Albon ist fünfunddreißig und mein Aufseher (er besteht auf dieser Bezeichnung) – ich nenne ihn meinen jungen Werther, was ihn maßlos ärgert. Wärter gebe es nur im Zoo (worauf ich immer erwidere, dass ich dort gerne das Elefantengehege bezöge). Seit ich eine Kerze will, bin ich wieder anständig mit ihm (humorlos), und wenn's klappt, schenke ich ihm Goethes Büchlein und zwei Tickets für den Zirkus Conelli (dorthin ging ich oft mit Doris an Weih-

*nachten). Wenn nicht, dann gibt es Goethe ohne die Tickets (*Götz von Berlichingen*).*

Die Wände sind voll gekritzelt mit allerlei dummem Zeug (Sprachen, die ich überhaupt nicht kenne). Ich dachte immer, das wäre nur im Film so. Kürzlich ertappte ich mich dabei, selbst nach einem geeigneten Spruch zu suchen. Vielleicht etwas von Oscar Wilde. Ich bin mir noch nicht schlüssig.

Mit freundlichem Gruß
Johannes Bettlach

Eschenbach nahm die losen Blätter und faltete sie zweimal, exakt entlang der vorhandenen Falze. Genau so, wie sie gefaltet waren, als man sie ihm am Morgen gebracht hatte; zusammen mit der Nachricht, dass Johannes Bettlach tot sei.

Im Bericht des Gefängnisarztes würde später nachzulesen sein, dass er in der Nacht auf den vierundzwanzigsten Dezember gestorben war. Vermutlich gegen sechs Uhr morgens und ohne Einwirkung äußerer Gewalt.